Scarlett Peckham

D'abord étudiante en anglais, puis employée dans le domaine de la communication, Scarlett Peckham s'est ensuite tournée vers l'écriture de son premier livre, *The Duke I Tempted*, après avoir lu toutes les romances présentes dans la bibliothèque de sa grand-mère. Récompensé par le prix de la Meilleure Romance 2018 de BookPage, son premier ouvrage a également été encensé par le *New York Times* et le *Washington Post*.

Libre et scandaleuse

Aux Éditions J'ai lu

LES SECRETS DE CHARLOTTE STREET

1 – Par amour
N° 12795
2 – Par fierté
N° 12951

SCARLETT
PECKHAM

LA SOCIÉTÉ DES SIRÈNES – 1

Libre et scandaleuse

Traduit de l'anglais (États-Unis)
par Agathe Nabet

J'AI LU

Si vous souhaitez être informée en avant-première
de nos parutions et tout savoir sur vos auteures préférées,
retrouvez-nous ici :

www.jailu.com

Abonnez-vous à notre newsletter
et rejoignez-nous sur Facebook !

Avertissement

Chères lectrices, cette histoire s'inscrit dans le cadre de la romance, mais elle est sombre et orageuse.

Ce livre contient des scènes de sexe explicites ; il aborde les thèmes de la mort ; du traumatisme entourant la mortinatalité, les fausses couches et d'autres aspects de la maternité au XVIIIe siècle ; du harcèlement sexuel, du sexisme ; de la contrainte conjugale, de l'enlèvement et de la privation de liberté ; ainsi que des descriptions d'addiction à l'alcool et de sevrage.

Titre original
THE RAKESS

Éditeur original
Avon Books, an imprint of HarperCollins Publishers

À la mémoire de Mary Wollstonecraft,
qui n'est pas un personnage de ce livre,
mais qui en est l'inspiratrice.

Quelques hommes s'appliquent aux affaires, les autres se livrent au plaisir ; mais toute femme est une libertine dans l'âme.

ALEXANDER POPE

PREMIÈRE PARTIE

Extrait tiré de
La Société des Sirènes – Souvenirs
par Séraphina Arden, 1827

Contrairement à ce que prétend la légende, ce n'est pas une révolte qui a présidé à la création de la Société des Sirènes.

Ironiquement, tout a commencé avec une bouteille de champagne qui rafraîchissait dans un seau en argent.

Je portais ce soir-là une robe de soie écarlate. J'ai senti palpiter mon pouls quand j'ai appliqué de l'essence de bergamote au creux de mon cou et j'ai pensé : « Ce soir marque le début de l'ère de notre revanche. »

Je me souviens du moment où j'ai traversé le hall dans un bruissement soyeux pour aller répondre à la porte. J'étais aussi frémissante qu'une danseuse s'apprêtant à virevolter sur scène après toute une vie de répétitions.

Je me suis arrêtée pour ramasser le journal de Jack Willow, afin de le brandir triomphalement en accueillant mes trois amies. J'avais préparé les mots que je prononcerais en ouvrant la porte : « Savourons notre victoire, mes très chères amies ! Contemplons le chemin parcouru ! »

Tant d'années s'étaient écoulées depuis que lady Elinor Bell nous avait présentées les unes aux autres. Nous étions alors de pauvres filles déchues, d'origines sociales très disparates, et la seule chose que nous avions en commun, c'étaient nos mœurs relâchées. J'étais la fille déshonorée d'un mineur des Cornouailles ; je corrigeais, le jour, le journal de Jack Willow et je couchais, la nuit, avec des philosophes. Cornelia était la nièce d'Elinor, rejetée par son aristocratique famille quand il s'était avéré que ses relations avec son professeur de peinture n'étaient pas uniquement artistiques. Et Thaïs était une belle-de-nuit, qui était venue trouver Elinor, alors qu'elle sollicitait des dons destinés à venir en aide aux jeunes filles contraintes à la prostitution.

Elinor avait fait de nous ses filles. Elle nous avait appris qu'une famille pouvait se forger grâce à l'affection plus qu'aux liens du sang. Elle nous avait conseillées, et présentées à toutes sortes de gens, nous assurant que les malheurs de nos vies ne venaient pas d'un défaut dans nos personnalités, mais des restrictions et des injustices qui font de la féminité une forme de pénitence.

Elle mettait l'accent sur un principe que nos biographies avaient jusqu'alors contesté : nous étions importantes. Et sur le fait que les filles – même celles prétendument perdues – ne sont pas des objets que l'on peut mettre au rebut.

Elle nous avait sauvées.

Et désormais, grâce à la publication de cet article, nous allions sauver d'autres femmes.

Il appelait à s'engager en vue de construire un institut philanthropique œuvrant à l'éducation des jeunes filles. Si nous avions toutes participé à l'élaboration de cette proposition, seule Elinor l'avait signée. Nous avions vu cela comme un subterfuge intelligent. La Couronne d'Angleterre avait tendance à considérer la moindre demande d'égalité comme un acte de sédition et le fait d'attacher à cette proposition le nom de femmes tombées en disgrâce aurait sans doute suscité sa colère.

Nous nous étions dit que la réputation sans tache d'une personne aussi respectable que lady Bell masquerait le radicalisme de nos idées.

Nous pensions que lady Elinor – une matrone, une épouse, une vicomtesse – était en sécurité.

Nous nous trompions.

Car lorsque j'ouvris la porte ce soir-là, Elinor ne se trouvait pas avec Cornelia et Thaïs.

À sa place se tenait Jack Willow, les yeux au beurre noir. Derrière lui, Thaïs serrait la main d'une Cornelia en larmes – elle que je n'avais jamais vue pleurer.

— Que s'est-il passé ? demandai-je en m'empressant de les faire entrer. Où est Elinor ?

— Il l'a emmenée, souffla Thaïs. Lord Bell. Il a dit qu'elle était allée trop loin et qu'elle avait sali son nom.

— Emmenée ? répétai-je, abasourdie. Mais où ?

Jack prit appui contre le mur.

— Il n'a pas voulu le dire.

Cornelia désigna le visage tuméfié de Jack.

— Il a saccagé l'imprimerie. Il a dit qu'il irait trouver les journaux, qu'il dénoncerait Jack et Elinor, il les a traités de jacobins et d'adultères, et a menacé de poursuivre Jack pour propos criminels !

Elinor avait toujours considéré la jalousie de son mari comme une preuve amusante de son amour pour elle.

Sauf qu'une attitude possessive reflète l'instinct de propriétaire de celui qui la manifeste, pas son amour. Et Elinor, malgré son intelligence supérieure, sa vaste fortune et son cœur généreux, n'était jamais que la servante de son époux aux yeux de la loi.

Lord Bell avait tenu à le lui rappeler.

Nous comprîmes ce soir-là que nous avions commis une erreur de jugement ; Elinor n'avait jamais été en sécurité. Et si elle n'était pas en sécurité, aucune femme ne l'était.

Alors à quoi bon continuer à se montrer prudentes ?

Si une dame de qualité pouvait être arrachée à son foyer par l'homme à qui elle avait consciencieusement donné deux enfants, de quoi protégeait donc l'adhésion aux codes de la respectabilité ?

Peut-être était-on finalement plus libre en cessant d'être une femme respectable. Car que peut-on retirer à une femme qui n'a plus rien à perdre ?

Puisque nous étions déjà des femmes de mauvaise réputation, célibataires, et que les journaux n'hésitaient pas à nous traiter de toutes sortes de noms d'oiseaux, ne possédions-nous pas finalement une forme de pouvoir ? Après tout, les femmes de mauvaise vie ne cessent de fasciner le sexe qui veut les soumettre. Et nous avions l'habitude de voir nos prétendus méfaits alimenter la chronique et les potins des places de villages.

Pourquoi ne pas attacher nos idées à cette notoriété ? Pourquoi ne pas collecter des fonds en misant sur le scandale ?

Ce fut quand cette idée nous vint que nous ouvrîmes la bouteille de champagne. Non pour porter un toast, mais pour prêter serment, celui de fonder un édifice qui ferait du monde un endroit plus sûr pour des femmes comme lady Bell. Pour des femmes comme nous. Pour toutes les femmes.

Et le serment de libérer Elinor du joug de lord Bell.

Ceci afin de rectifier la légende qui prétend que c'est un esprit de révolte qui a présidé à la création de la Société des Sirènes.

Tel ne fut pas le cas.

Car les sirènes, voyez-vous, ne naissent *pas assoiffées de justice.*

Elles le deviennent.

1

Trente ans plus tôt, Kestrel Bay,
Cornouailles, juin 1797

En ce début d'après-midi, alors que le soleil dardait ses rayons brûlants, Séraphina Arden se tenait devant son miroir, vêtue de sa chemise la plus diaphane. Elle plissa les yeux face au miroitement de l'océan et ôta une à une les épingles qui retenaient ses cheveux.

Elle déroula une longue mèche depuis sa tempe et l'arrangea devant son sein gauche, la boucle qui la concluait venant se placer juste au-dessus du cercle rosé que laissait deviner la finesse du linon. Elle défit une autre mèche sur sa nuque et la laissa retomber dans son dos. Cela lui donnait un petit air équivoque, comme si elle sortait d'une étreinte passionnée.

Parfait.

Elle incarnait à la perfection l'image de la femme irrémédiablement perdue.

Henri adorait cela, si elle se souvenait bien.

Cela faisait deux ans qu'ils ne s'étaient pas revus, mais le souvenir de leurs nuits parisiennes lui coupait encore le souffle. Même les peintres médiocres ont cette souplesse dans les mains qui élève ce qui est purement charnel au rang d'art – et le travail d'Henri était loué sur trois continents.

Elle drapa une cape sur ses épaules et s'engagea sur le chemin côtier en direction du belvédère abandonné, à la limite de sa propriété et de celle de Jory Tregereth. Perchée au sommet d'une falaise battue par les vents, l'ancienne folie offrait à celui qui voulait bien se donner la peine de gravir quelques marches recouvertes de mauvaises herbes un merveilleux panorama sur Kestrel Bay.

L'air avait la même odeur que dans son enfance – un mélange d'embruns, de sable et de pollen. Un parfum salé et entêtant qui la mettait mal à l'aise. Elle était venue ici pour se rappeler comment cette période de sa vie s'était achevée, or maintenant qu'elle y était, chacun des souvenirs de cette époque se révélait cuisant.

Henri allait lui faire du bien. Il lui rappellerait la femme qu'elle était devenue et lui ferait oublier ce qu'elle avait perdu.

Elle gravit les marches d'un pas prudent et l'éclat du rivage la fit grimacer. À cette heure du jour, la lumière qui frappait les falaises formait un arc si éblouissant qu'il était difficile de distinguer le ciel de la mer.

Mais elle n'avait d'yeux que pour Henri.

Il était arrivé en avance. Appuyé à la balustrade, le dos tourné, il dessinait les falaises. Quelle vision ! Comme dans un clair-obscur, ses vêtements de couleur sombre et sa chevelure se détachaient sur le paysage brumeux. Elle avait oublié à quel point il était bien fait de sa personne : élancé, avec des épaules larges, des bras puissants et d'habiles mains d'artiste. Elle ne distinguait pas son visage, en revanche le contour de son menton lui parut plus plaisant que dans son souvenir. Les deux années qui s'étaient écoulées depuis leur dernière entrevue lui avaient été favorables.

Une lumière s'alluma en elle, ce qui n'était plus arrivé depuis cette soirée, six semaines auparavant, où Elinor avait disparu et où tout ce que sa vie avait de plaisant s'était retrouvé comme engourdi.

— Henri, dit-elle.

Il ne se retourna pas, car il ne l'entendit pas par-dessus le rugissement du vent qui soufflait depuis l'océan. Ce qui donna une délicieuse idée à Séraphina.

Elle déposa sa cape sur la balustrade du belvédère, ôta ses souliers et s'approcha sans bruit. Quand elle fut derrière lui, elle posa le doigt sur sa nuque, sous le nœud de satin qui retenait ses cheveux en catogan. Sur ce point sensible qui commandait tous les autres points sensibles du corps.

Aucun homme ne résistait à cela.

Séraphina le savait mieux que personne.

— Henri, lui murmura-t-elle à l'oreille.

Il sursauta et pivota vers la colonne de marbre qui se trouvait derrière lui comme s'il était assailli par un coupe-jarret et non par la femme dont il était venu partager le lit. Son carnet de croquis lui échappa. Son visage était obscurci par l'ombre de la colonne, mais il saisit son poignet et l'attira à lui, vers la lumière.

Séraphina se mordit la lèvre, gagnée par l'impatience. Il se souvenait qu'elle appréciait une certaine forme de rudesse.

— Par le Christ, gronda-t-il avec un fort accent écossais.

Écossais ?

Il s'avança au soleil et elle découvrit son visage, aussi beau… que parfaitement inconnu.

Qui diable était cet homme ?

Elle se libéra et recula en refermant les bras autour d'elle pour cacher à sa vue sa… son… *tout*… ce que sa chemise laissait deviner.

Elle regarda son visage et s'efforça de le resituer, inquiète qu'il puisse s'agir de quelqu'un de son passé, qui risquerait de dire quelque chose de cruel, de tendre la main vers elle et de…

Son pied nu se posa sur le carnet de croquis. Elle baissa les yeux. Ce n'étaient pas les falaises qu'il dessinait.

C'étaient les poutrelles de soutènement du belvédère.

Elle lui jeta un coup d'œil et vit qu'il l'observait.

La faim qu'elle lut dans son regard était l'exact reflet de celle qui l'habitait elle-même.

Adam Anderson détacha les yeux de la femme qui avait failli le faire passer de l'autre côté de la balustrade et se débarrassa de son manteau d'un mouvement d'épaules. Il le lui tendit pour qu'elle puisse s'en couvrir.

— Je vous prie de m'excuser, madame. Tenez, prenez ceci.

Elle avait refermé les bras sur son corps à peine vêtu comme si c'était lui, et non elle, qui lui avait sauté dessus.

Le moyen n'était guère efficace pour rétablir sa pudeur. Le soleil qui l'éclairait à contre-jour faisait de sa chemise transparente un voile lumineux qui s'enroulait autour de fort jolies jambes, des jambes qui s'épanouissaient sensuellement au niveau des hanches où la sombre toison qui... *Par le Christ.*

Elle soutint longuement son regard, puis laissa retomber ses bras le long de son corps, une lueur amusée dans les yeux, et rebroussa calmement chemin sur le sol dallé, ignorant son geste chevaleresque.

— Qui êtes-vous ? s'enquit-elle d'un ton indolent.

Elle le défiait de sa démarche, ses fesses ondulant avec une lenteur nonchalante sous sa chemise.

Il ressentit une bouffée d'irritation envers lui-même quand il réalisa qu'il ne pouvait s'empêcher de la lorgner.

C'était la faute de cette chemise, la façon dont elle tournoyait autour de ses jambes...

Stop.

— Je suis Adam Anderson, répondit-il dans son dos. L'architecte de M. Tregereth. Pardonnez-moi si je vous ai dérangée. Il ne m'avait pas précisé que ce bâtiment servait encore.

La femme attrapa la cape qu'elle avait laissée sur la rambarde. Elle s'en couvrit avant de lui lancer un coup d'œil par-dessus son épaule, l'air narquois.

— Il ne serait pas ravi de l'apprendre, selon moi.

Son visage était saisissant. Sourcils noirs obliques, nez élégant, yeux verts ombrés de cils épais… Un visage qu'il aurait pris plaisir à dessiner, à l'époque où il dessinait encore des femmes plutôt que des charnières de fenêtres.

— J'espère que Tregereth n'a pas l'intention de démolir le belvédère, reprit-elle. Ce serait dommage. J'aime observer cette jolie petite ruine depuis ma fenêtre.

Elle indiqua la demeure délabrée, quoique encore imposante, qui se trouvait au-dessus d'eux, sur le promontoire de la falaise.

On lui avait dit que l'endroit était abandonné.

Il désigna une dalle de pierre fissurée qui menaçait de glisser vers le bord de la corniche.

— Il faut renforcer les fondations. Cette folie risque de s'écrouler. Méfiez-vous si vous venez seule ici.

Elle écarquilla les yeux.

— Vous pensez que j'avais l'intention d'être seule, monsieur Anderson ?

Le vent s'engouffra entre les pages de son carnet de croquis qui menaça de s'envoler. Elle l'en empêcha de son pied nu, puis se pencha pour le ramasser et le lui tendit.

Leurs doigts se frôlèrent un bref instant. Les poils de son avant-bras se dressèrent comme s'il était traversé par un courant.

Il écarta vivement la main et elle le regarda faire. Une lueur entendue s'alluma dans ses yeux et les coins de sa bouche se relevèrent.

— Si un gentleman se présente ici à ma recherche, envoyez-le chez moi. Et vous serez bien aimable de ne pas mentionner ma présence ici à M. Tregereth. Il n'a jamais approuvé mes visites.

Elle lui adressa un clin d'œil, pivota sur ses talons et s'engagea pieds nus dans l'escalier, ses pantoufles à la main.

— Pardonnez-moi, madame, lança-t-il. Je n'ai pas retenu votre nom.

Elle se retourna.

— Séraphina Arden, répondit-elle en s'inclinant de façon théâtrale, l'œil rieur.

Un rire qui signifiait : *Évidemment que c'est moi, imbécile.*

Il reconnut alors la silhouette anguleuse des gravures qui se vendaient dans les échoppes du Strand et portaient en légende *La Débauchée*.

La femme qui remontait le chemin à demi nue se moquait de lui parce qu'elle n'avait nul besoin de se présenter ; elle était l'une des femmes les plus scandaleuses d'Angleterre.

2

Quand les hommes s'adonnent aux plaisirs terrestres en dehors des liens du mariage, on dit que ce sont des débauchés et on admire leur virilité. Ils peuvent se marier, prospérer et même diriger ce pays sans que rien ne vienne entacher leur personnalité. Mais qu'une femme bien née s'avise seulement de sortir seule de chez elle et il se murmure aussitôt qu'elle est compromise. Pourquoi une simple rumeur condamnerait-elle une femme pour un péché que l'on pardonne aux hommes ?

Un essai en défense des femmes déshonorées
par Séraphina Arden, 1793

Séraphina s'éveilla au milieu des reliefs des festivités de la veille, le corps d'un Français à demi étendu sur le sien.

Henri s'étira auprès d'elle.

— *Chérie*, murmura-t-il d'une voix ensommeillée en tentant de frotter de sa joue râpeuse contre son nez.

Elle s'écarta et quitta le lit.

La veille, elle avait découvert qu'Henri appartenait à une espèce qu'elle avait en horreur : il était câlin. Et ce n'était là qu'une des nombreux traits déplaisants qu'elle avait oubliés depuis son séjour à Paris.

Il était arrivé avec un nombre alarmant de malles et l'intention avouée de passer l'été à lui « faire l'amour » au soleil de Kestrel. Et comme si cela ne suffisait pas, il lui avait avoué porter sur son cœur, depuis leur dernière entrevue, *une mèche de ses cheveux*.

Un frisson la parcourut.

Elle n'avait pas encore eu le cœur de lui dire que son idée d'une romance estivale se limitait à des ébats enthousiastes, suivis, au moment de se séparer le lendemain matin, de la promesse de répéter l'aventure deux ans plus tard.

Henri était charmant, mais les hommes sont faits pour administrer les plaisirs d'alcôve et soulever des charges trop lourdes pour une femme. Dès qu'il s'agit de choses plus subtiles, ils ne peuvent que décevoir.

Elle avait invité Henri pour la distraire de ses souvenirs de Kestrel Bay et du sentiment oppressant qu'ils faisaient naître en elle – pas pour accroître son malaise avec de nouveaux soucis.

Elle fuyait les amants qui mélangent sport en chambre et sentiments. Rien ne la déstabilisait davantage qu'un homme qui s'attardait dans son lit le lendemain matin.

En outre, elle avait passé une partie de la soirée avec Henri à repenser à l'architecte du belvédère. À la façon dont il avait pris une brève inspiration à son contact, comme si elle l'avait piqué.

C'était de cela qu'elle avait besoin – d'un inconnu. Du coup de fouet de la pure séduction.

Ce qui ne facilitait pas les choses quand il s'agissait de s'extirper de ce malentendu avec Henri, de son regard tendre et de sa mèche de cheveux volée.

— Chéri ? dit-elle en tapotant son épaule.

Il roula sur le côté.

— Mmmm.

Que sa tête lui faisait mal ! Elle avait trop bu la veille, le vin se révélant le meilleur antidote à ses tracas. Elle avait espéré qu'en ingurgiter une quantité suffisante lui donnerait peut-être le courage d'expliquer à Henri qu'il n'était qu'un hôte temporaire. Ou au moins que cela lui permettrait d'apaiser ses inquiétudes – Elinor, le livre, les souvenirs.

Hélas, elle n'avait trouvé dans la boisson ni courage ni apaisement !

Elle se pencha pour ramasser un mégot de cigarillo sur une soucoupe posée par terre, et laissa échapper un glapissement quand elle marcha sur un objet coupant. Des éclats du verre qu'elle avait cassé la veille s'étaient plantés dans son talon. Elle les retira un à un en grimaçant de douleur.

— Poupée, murmura Henri en se rapprochant. Mon Dieu, ton pied ! s'écria-t-il en plissant le front à la vue du sang.

— C'est juste une coupure.

— Viens ici que je l'embrasse.

Il se pencha et lui attrapa le mollet. Elle recula et fourra son pied endolori dans sa pantoufle, à l'abri du douteux pouvoir guérisseur de ses lèvres.

— Reviens te coucher, ronronna-t-il.

— Je crains de devoir me mettre au travail. Prends ton temps. Je vais demander à Maria de t'apporter le petit déjeuner, comme cela tu auras le ventre plein pour voyager.

Un silence pesant s'abattit dans la chambre.

— Voyager ?

Elle se força à croiser son regard.

— C'est très gentil d'offrir de me tenir compagnie. Mais vois-tu, je suis affreusement en retard dans mon travail et si tu restes là à me tenter, je serai trop distraite pour écrire. Tu trouveras une pension de famille à Penzance, si tu tiens à rester dans la région. La lumière est magnifique.

— Penzance, répéta-t-il, aussi sceptique que si elle avait parlé de l'enfer.

— Ce n'est qu'à une heure de route – si j'ai terminé mon livre, je viendrai te voir pendant l'été. À présent sois gentil et j'enverrai ton valet te faire beau avant le déjeuner.

Elle sortit en boitillant sans attendre sa réponse et gagna le rez-de-chaussée. Tompkins, sa secrétaire, était dans le hall, occupée à ramasser d'autres preuves des festivités de la veille.

Que faisaient donc ses bas, abandonnés près du canapé ? Et était-ce vraiment une autre bouteille vide de Château-Margaux ? Rien n'était susceptible de choquer Tompkins, Dieu merci.

— Oh, Tompkins ! Quel désordre.

Ce désordre – les bouteilles vides, l'homme indésirable, les tempes douloureuses – avait tendance à se reproduire trop souvent. Séraphina n'était pas connue pour sa tempérance en matière d'alcool, mais ces derniers temps, on aurait pu l'accuser d'être… déraisonnable. Ce qui avait commencé comme un moyen de distraire ses pensées du sort d'Elinor menaçait de devenir un mode de vie. Elle se répétait sans cesse qu'elle allait réduire et devenir raisonnable, mais la terreur qui s'emparait d'elle chaque fois qu'elle tentait de travailler à ses souvenirs justifiait l'envie de relâcher l'étau de ses pensées avec une boisson forte.

Elle se montrerait raisonnable plus tard, quand ce serait terminé.

Tompkins sortit une carafe à décanter du ventre béant du pianoforte de la défunte mère de Séraphina et lui décocha un sourire qui, bien que ne reflétant aucun jugement de sa part, ne parvenait pas tout à fait à cacher son inquiétude.

— Il y a du café pour vous dans le bureau.

— Merci. Vous êtes une sainte. J'ai une migraine atroce. J'imagine que nous n'avons pas de poudre contre les maux de tête ?

— Vous en trouverez juste à côté du café. Et j'ai apporté votre courrier. Vous avez une lettre de Mlle Ludgate.

Enfin ! Il lui tardait d'avoir des nouvelles de Londres. Elle avait quitté la capitale en pleine tourmente, alors que tous les journaux bruissaient de la soudaine disparition d'Elinor et de l'annonce de la publication des mémoires de Séraphina.

— Dieu vous bénisse. Puis-je vous demander une autre faveur ? Veillez à ce que les domestiques de M. Lapierre tiennent sa voiture prête après le déjeuner. Vous leur donnerez l'adresse de l'auberge de Chapel Street.

Tompkins plissa le front.

— Certainement. Cela dit, j'avais cependant cru comprendre qu'il avait l'intention de passer tout le mois de juillet ici.

Séraphina ramassa la cravate abandonnée du Français.

— En effet. Et c'est bien là le problème, n'est-ce pas ?

Tompkins eut un sourire narquois.

— Je vois. Je m'en occupe.

— Comme toujours. Merci.

Séraphina passa dans le petit salon qui lui tenait lieu de bureau. Il offrait une vue sur l'océan, une petite table de travail, et c'était à peu près tout. Dans son enfance, c'était le salon de couture où elle avait passé bien des journées sous la stricte surveillance de sa belle-mère, à broder des mouchoirs pour son père, trop grossier pour se donner la peine de les utiliser.

C'était pure perversité de sa part d'avoir choisi cette pièce pour y coucher ses souvenirs par écrit.

Mais c'était peut-être elle-même, la vraie victime de cette ironie. Ses parents étaient morts, après tout. Alors qu'*elle* était vivante et que cette pièce ravivait sa fureur à leur endroit sans inspirer précisément sa prose.

Elle déplia la lettre de Cornelia.

Séraphina chérie,

J'espère que l'océan te fait du bien. Nous nous languissons de toi, Thaïs et moi, alors en ton absence nous nous contentons d'ourdir des projets de rébellion en savourant des vins fins. Écris-nous pour donner de tes nouvelles, car si tu ne le fais pas, nous serons forcées de venir vérifier par nous-mêmes que tu profites sereinement de ton séjour à la campagne et que tu ne contemples pas les falaises d'un œil noir en te frappant la poitrine et en pensant à Lui. Si tu es tentée de le faire, même fugitivement, que ce message constitue un rappel. « Il » n'en vaut pas la peine.

JW préfère éviter d'écrire car les avoués de Bell le suivent à la trace et il les soupçonne de lire son courrier ; cela dit, il est venu me voir hier avec des nouvelles de son enquêteur. Prépare-toi à la phrase suivante, ma belle, car ce n'est pas une bonne nouvelle : nous pensons que cette ordure de Bell a fait enfermer E. dans un asile ! L'homme de JW pense que l'endroit est situé près du domaine que Bell possède dans le Sud, mais il n'a pas pu le localiser précisément. Il écrira dès qu'il en saura davantage.

Ne désespère pas, ma chère. Nous la trouverons et nous la ferons sortir, coûte que coûte.

Thaïs vient d'arriver et elle se joint à moi pour t'adresser toute notre affection. Elle ajoute : Écris-nous, vilaine !

Affectueusement,

Cornelia (et Thaïs)

Lady Elinor Bell dans un *asile* !

Elles avaient cru que Bell retenait Elinor dans une de ses propriétés du Nord – le domaine qu'il possédait en Écosse, peut-être. Cela en revanche était bien pire.

Quelle institution corrompue était prête à accepter de considérer une femme parfaitement saine de corps et d'esprit comme une aliénée ? Quels que soient les mensonges que racontait son époux au sujet de sa prétendue infidélité, suggérer que l'éducation, l'apprentissage et l'indépendance seraient bénéfiques aux femmes était-il si inconcevable qu'un médecin puisse considérer cela comme une preuve de folie ?

La colère dont elle était venue chercher le souvenir refit bel et bien surface.

Elle ressentit également la vulnérabilité qui accompagne toute transgression audacieuse. Défier le monde quand vous êtes entourée de personnes qui partagent votre point de vue est une chose, c'en est une toute autre dans un monde d'hommes qui considèrent vos actes comme les signes précurseurs d'une épidémie.

Elles devaient se montrer prudentes.

Elle devait se montrer prudente.

Billevesées. Ne les laisse pas t'intimider. C'est exactement ce qu'ils cherchent.

Il fallait qu'elle trouve le moyen de se calmer les nerfs.

Par la fenêtre, elle aperçut l'architecte au loin. Il venait de chez Tregereth et se dirigeait vers le cottage abandonné au sommet de la colline. Sans doute y logeait-il le temps des rénovations.

Il retenait vraiment l'attention, avec son teint hâlé, ses cheveux brillants et sa belle carrure. Le souvenir de ses doigts lui enserrant le poignet avait été la partie la plus excitante de toute sa soirée avec Henri.

Elle se demanda si M. Anderson était aussi doué pour son métier qu'il l'était pour contempler la mer d'un air mélancolique. Si tel était le cas, ce devait être un génie, car cela faisait une éternité qu'elle n'avait pas vu un homme aussi séduisant – et elle avait l'œil pour les remarquer.

Elle pourrait trouver à l'employer.

Cornelia, Thaïs et elle s'étaient promis de faire construire un bel édifice au cœur de Londres pour abriter leur institut dédié aux femmes. Le genre d'édifice qui affirmerait, par sa seule stature, la valeur des femmes et réfuterait, par son élégance, l'idée qu'une certaine catégorie de femmes ne peut prétendre au respect et encore moins aux mêmes droits que les hommes.

Elles s'étaient donné pour objectif de rassembler cinquante mille livres, estimant ce chiffre élevé et impressionnant. Ce serait toutefois une bonne chose d'avoir une idée du coût réel du bâtiment qu'elles imaginaient.

Elle pourrait peut-être solliciter l'avis de M. Anderson. Ce serait un prélude utile avant de solliciter d'autres services de sa part…

Elle griffonna rapidement un message.

— Tompkins, appela-t-elle, puis-je vous charger d'une autre course ?

Adam offrit son visage au vent humide qui soufflait de la falaise tandis qu'il remontait le chemin du cottage qu'il louait pour l'été. Le climat était étouffant et lourd, en Cornouailles, au mois de juin ; il s'arrêta pour ôter son gilet et dénouer sa cravate.

Un claquement au loin lui fit tourner la tête et il découvrit qu'il passait devant la maison de Mlle Arden. Le volet cassé d'une fenêtre donnant sur sa terrasse battait au vent. Il fut pris d'une envie de gravir les marches menant à sa propriété pour proposer de le réparer.

Mais la démarche aurait été illogique car il avait passé la soirée de la veille à repousser le souvenir de son sourire quand elle l'avait surpris à la lorgner. Ce sourire ne recélait-il pas une invitation ?

Peu importait. Il n'était pas là pour penser aux femmes.

Il détourna les yeux de la maison et pressa le pas.

L'éclatante lumière d'été des Cornouailles le changeait agréablement de la grisaille de Cheapside, même si l'ouvrage dont l'avait chargé Tregereth l'agaçait par sa frivolité. Rénover une maison de campagne ne l'enthousiasmait guère – c'était la construction d'un édifice sérieux qu'il ambitionnait, afin de se distinguer.

Sauf que la distinction est un privilège de riche. La chance avait cependant voulu que la demeure de Tregereth soit située en contrebas de la route qui menait à Alsonair, principale demeure du marquis de Pendrake, qui dirigeait le Conseil royal d'architecture. Pendrake était, disait-on, sur le point de nommer l'architecte qui réaliserait le nouvel arsenal naval, le plus grand édifice public financé par la Couronne depuis des décennies. Le plus cher espoir d'Adam, c'était que Pendrake soit touché par l'élégante signature d'Anderson & Mayhew, architectes associés, lorsqu'il passerait devant la maison de Tregereth.

Peut-être trouverait-il même le moyen de lui être présenté, qui sait ?

Il avait passé la moitié de sa vie à attendre une occasion comme celle-là. La firme qu'il avait fondée avec l'appui de son beau-frère n'était que modérément prospère et ce n'était pas en accomplissant des travaux d'embellissement pour des nobliaux de province qu'il obtiendrait les commandes dont il rêvait, celles qui lui permettraient de réaliser la promesse qu'il avait faite à la famille de son épouse quand ladite famille avait autorisé leur fille à se marier très en dessous de sa condition.

Mayhew avait misé sur Adam parce qu'il le croyait capable d'accomplir de grands travaux, avec un important retour sur investissement. Des ponts. Des aqueducs. Des édifices publics. Il était tellement redevable aux Mayhew qu'il ne pouvait vraiment pas continuer ainsi.

Surtout au vu de ce qu'il leur avait déjà coûté : leur fille.

Il ne pourrait jamais compenser la disparition de Catriona. Il se sentirait toutefois mieux s'il réussissait à rembourser sa part des six mille livres de capital que Mayhew avait investis quand ils s'étaient installés à Londres.

— Papa ! appela une petite voix.

Il leva les yeux et aperçut ses enfants qui dévalaient la colline. Il fut frappé par leur métamorphose après seulement deux semaines en Cornouailles. C'était comme s'ils avaient respiré le bonheur en même temps que l'air marin. Peut-être avaient-ils trop inhalé sa propre mélancolie, en plus du brouillard de Londres, ces trois dernières années. Ici, ils semblaient plus légers.

Adeline se précipita vers lui lorsqu'il franchit le dernier tournant du chemin. Il sourit à sa petite fille bondissante et tachée d'herbe, mais son cœur se serra de la voir sourire ainsi – à seulement quatre ans, elle était déjà le portrait craché de sa mère.

— Papa ! On a vu un agneau. Il est venu jusqu'à moi, débita Addie, haletante.

Adam la souleva dans ses bras et savoura l'éclat de rire que cela provoqua.

— Quel agneau pourrait résister à la jolie petite Adeline ? lui demanda-t-il.

— C'était un mouton, corrigea Jasper, soucieux d'apprendre à sa sœur à faire la distinction. Il y avait trois moutons blancs et un noir.

Adam ébouriffa les cheveux de son fils, se demandant si un garçon de sept ans aussi solennel avait jamais existé.

— Dans ce cas, j'espère que tu leur as demandé pardon au nom de ta sœur. Les moutons détestent être pris pour des agneaux.

Assise sur une couverture où elle lisait un livre, Marianne, la sœur d'Adam, s'esclaffa.

— Nous sommes allés jusqu'en haut de la colline, ce matin. Jasper a fait la connaissance du berger et Adeline s'est lancée dans un concours d'aboiements avec son chien.

Adeline poussa un aboiement aigu près de son oreille.

— Arrrouf ! Arrrrrrouf !

Adam la déposa dans l'herbe.

— Va donc jouer, dit-il en l'incitant à rejoindre son frère, qui s'était déjà désintéressé des adultes et construisait une forteresse avec des cailloux et des touffes de genêts.

Adam jeta un coup d'œil à la couverture du livre de sa sœur. *Un essai en défense des femmes déshonorées*. L'ouvrage qui avait fait la notoriété de Séraphina Arden.

Il se raidit.

Il n'avait pas parlé à sa sœur de sa rencontre avec l'auteure de cet ouvrage. Penser à sa réaction face à cette femme le mettait mal à l'aise.

— Pas trop ennuyeux ? s'enquit-il en désignant le livre.

Marianne eut un rire penaud et glissa l'ouvrage sous la couverture.

— Je sais qu'elle est très controversée, mais Mlle Arden est la plus célèbre résidente de Kestrel Bay et je me suis dit qu'il pourrait être intéressant que je me fasse ma propre opinion sur ses écrits après en avoir entendu dire tant de mal au marché.

— Et quelle est ton impression ?

— Je ne la trouve pas aussi choquante que le prétend la rumeur. Les gens parlent tellement de son statut de femme déchue qu'on pourrait penser qu'il s'agit d'un ouvrage licencieux, or elle aborde surtout des questions de lois et d'éducation.

— Ce n'est pas seulement le statut de Mlle Arden qui est décrié. Ce sont ses idées.

— Des idées que je ne désapprouve pas, je dois dire. Je la trouve plutôt lucide.

Adam non plus ne les désapprouvait pas. Sa femme lui avait fait lire ce livre à sa sortie et il avait trouvé que Mlle Arden justifiait une plus grande égalité entre les sexes. S'il n'avait pas été autant troublé par sa quasi-nudité quand elle lui avait révélé son nom, il le lui aurait dit.

Il regrettait de ne pas l'avoir fait.

— Il paraît qu'elle habite juste à côté, dit Marianne. Apparemment, c'est la première fois qu'elle revient ici depuis son enfance. Les femmes au marché semblaient fort mécontentes. Elles voient son retour d'un très mauvais œil.

Adam s'assit près d'elle sur la couverture.

— Figure-toi que je l'ai rencontrée.

Une lueur d'intérêt fit briller les yeux de Marianne.

— Et tu n'as rien dit ! Comment as-tu réussi à lui être présenté ?

— En fait, elle m'est tombée dessus pendant que j'inspectais les fondations du belvédère de Tregereth.

Sa sœur écarquilla les yeux, ravie.

— Est-elle aussi terrifiante qu'on le prétend ?

Il hésita à parler, par respect pour Mlle Arden, mais l'incident avait été si singulier qu'il fut soulagé de pouvoir le partager avec quelqu'un.

— Ce n'était sans doute pas son meilleur jour, pour dire les choses délicatement.

Marianne plaqua la main sur sa bouche et rit.

— Oh, mon pauvre ! J'aurais bien voulu assister à la scène.

Si elle savait.

Il rougit et détourna les yeux.

— Je crois qu'elle a trouvé cette rencontre amusante.

Marianne lui tapota le bras.

— Au moins Mlle Arden est-elle à la hauteur de sa légende.

— En effet.

Il contempla l'océan. Les vagues qui venaient se briser sur le rivage étaient fascinantes. Il sortit son carnet de croquis et un morceau de fusain de sa poche. Le bon côté de son travail insipide pour Tregereth, c'était qu'il lui permettait de profiter de cette vue.

— Papa ! cria sa fille. Un cheval !

Il tourna la tête et découvrit une cavalière qui approchait, venant de la demeure de Mlle Arden.

— Monsieur Anderson ? demanda-t-elle lorsqu'elle fut à portée de voix.

L'allure austère, plutôt belle, elle ne portait pas de chapeau et semblait parfaitement à l'aise sur sa jument. Adam se leva.

— Oui ?

— Je suis Mlle Tompkins, la secrétaire de Mlle Arden, se présenta-t-elle avant de lui tendre un pli. Elle m'a chargée de vous remettre ceci et d'attendre votre réponse.

Il prit le feuillet et le déplia.

Monsieur Anderson... ce fut un plaisir de faire votre connaissance hier. Que mon estimé voisin, M. Tregereth, ne soit pas encore venu exiger des excuses de ma part pour avoir violé sa propriété atteste de votre aimable discrétion. Je me demandais si je pourrais solliciter une autre faveur de votre part : j'envisage la construction d'un important édifice et j'aurais besoin de l'opinion d'un architecte. Pourrais-je vous persuader de m'accorder une brève entrevue ? Je suis entièrement à votre disposition.

Séraphina Arden

Elle voulait le voir.

Se pouvait-il que leur rencontre l'ait frappée de la même façon qu'elle l'avait frappé lui ?

Mlle Tompkins le regardait, attendant sa réponse.

Il hésita. À Londres, il avait vu le nom de Mlle Arden mentionné dans un scandale touchant l'aristocratie – une femme de la noblesse s'était enfuie avec un radical. Être lié à ce genre d'histoire risquait de le desservir. Les hommes qui tenaient son destin entre leurs mains n'avaient que peu de tolérance pour les jacobins.

Il repensa pourtant au sourire en coin de Séraphina Arden, à la lueur amusée dans son regard quand elle l'avait dévisagé, comme si elle savait qu'il était terrifié par le désir qu'elle suscitait en lui, et il se surprit à déclarer à Mlle Tompkins :

— Dites à Mlle Arden que je passerai la voir demain soir, en revenant de chez M. Tregereth. Aux alentours de 16 h 30.

3

Prendre un amant en dehors des liens du mariage, c'est toujours prendre un risque, mais le fardeau n'est pas partagé équitablement. Si, du fait de leurs transgressions, les âmes des deux pécheurs sont mises en péril dans l'autre monde, pourquoi les femmes devraient-elles être les seules à en payer le prix dans celui-ci ?

Un essai en défense des femmes déshonorées
par Séraphina Arden, 1793

Une belle apparence n'améliore pas le travail d'écriture. Séraphina s'attarda pourtant à sa toilette, brossant longuement ses cheveux pour les rendre brillants et choisissant une robe bleu ciel au décolleté plongeant qui, à défaut d'améliorer sa prose, flattait son teint et mettait sa poitrine en valeur.

On n'étoffe pas non plus son manuscrit en regardant par la fenêtre. Cependant, quand la pendule sonna 16 heures, Séraphina se surprit à balayer du regard le chemin côtier, de l'autre côté de la fenêtre, dans l'espoir d'apercevoir une haute silhouette.

Elle leva les yeux au ciel, regrettant que Thaïs et Cornelia ne soient pas là pour rire avec elle car elle se laissait distraire de son travail par la puissante carrure d'un bel Écossais. Toutefois à 16 h 30, elle avait cessé de faire semblant de travailler pour guetter ouvertement son arrivée.

Elle avait été surprise que l'architecte accepte si promptement de lui rendre visite. Peut-être avait-il fait cela par politesse et s'était-il finalement ravisé. Il ne serait pas le premier à considérer le fait de s'associer avec elle comme trop risqué. Il ne serait que le dernier d'une liste aussi longue qu'ennuyeuse. Un fait dont elle tirait habituellement fierté.

Et qui expliquait d'autant moins qu'elle reste plantée devant la fenêtre comme une rosière. Ou que sa peau devienne brûlante quand une silhouette évoquant celle de M. Anderson apparut sur le chemin.

Elle retourna s'asseoir à son bureau en lissant ses cheveux et adopta un air détaché, perdue dans ses pensées, quand Tompkins frappa à la porte pour annoncer son visiteur.

L'homme qui entra dans la pièce était vêtu de façon plus formelle que la version échevelée qu'elle avait rencontrée au belvédère. Il était bâti pour porter l'habit et même si sa redingote avait souffert d'une journée de travail dans le vent et la poussière de Kestrel, il la portait comme s'il se trouvait dans une salle de bal – il aurait fait sensation à Londres.

Elle fut heureuse d'avoir choisi sa robe bleue, et se promit d'en faire bon usage.

— Monsieur Anderson, dit-elle en se levant d'une façon qui avantageait sa silhouette, je vous remercie d'être venu.

Il se tenait très raide, l'air presque cérémonieux, poli et affable, son regard reflétant cependant une pointe d'incertitude. Elle nota qu'il veillait à fixer son visage, comme s'il redoutait que ses yeux s'aventurent plus bas.

— Tout le plaisir est pour moi, mademoiselle Arden, répondit-il.

— Je vous en prie, asseyez-vous, dit-elle en désignant le siège de l'autre côté de son bureau.

Il le recula de façon à ménager un espace pour ses longues jambes et déposa sur le sol la petite sacoche de cuir lisse qu'il avait avec lui. Malgré son attitude polie, il donnait l'impression d'être bien dans sa peau. Séraphina était sensible à ce genre de choses.

Ce qui signifiait donc que c'était elle qui le mettait mal à l'aise.

— Connaissez-vous mon travail, monsieur Anderson ?

Cette question était un test, car un certain genre d'homme lui répondrait par un regard salace ou une plaisanterie grivoise.

M. Anderson se contenta de hocher la tête, sérieux, presque sur ses gardes.

— Oui.

Ce n'était donc pas un coureur de jupons, et probablement pas un libertin. Elle commencerait donc par parler affaires et passerait à des propositions plus charnelles une fois qu'elle l'aurait mieux cerné.

Elle lui décocha son plus charmant sourire.

— Dans ce cas, peut-être savez-vous que je suis en faveur de l'éducation des femmes. Je suis venue ici, en Cornouailles, pour travailler à un manuscrit qui appelle à souscrire des dons en vue de construire un institut dédié à l'éducation et à l'apprentissage des femmes. J'espérais que vous pourriez m'aider à y voir plus clair quant au coût d'un tel projet.

Il se carra dans son fauteuil, apparemment satisfait par cette explication.

— Je vois. Je serais heureux de vous faire profiter de mes connaissances en la matière. Quel genre de construction envisagez-vous exactement ?

— Une structure de belle taille, à Londres – peut-être sur une de ces places qui ont récemment vu le jour, au nord de la ville. Elle devra comporter des dortoirs, une grande salle de conférences et cinq ou six ateliers destinés à l'apprentissage professionnel.

Il fronça les sourcils.

— L'apprentissage professionnel ? Vous voulez dire travaux d'aiguille, service domestique, ce genre de choses ?

Elle sourit.

— Non. Je veux dire pharmacie, ferronnerie, ébénisterie. Tous les métiers qui permettent de gagner sa vie honnêtement.

— Ah, fit-il en baissant la tête, pensif.

Si M. Anderson avait entendu parler du scandale que la naissance de ce projet avait suscité, il n'en laissa rien paraître. Cela dit, l'indignation publique qui s'était emparée de Londres après l'enlèvement d'Elinor reposait davantage sur les accusations d'adultère que sur l'essai qui avait incité Bell à porter celles-ci.

Ce qui avait incité Séraphina et ses amies à utiliser ce scandale pour lever des fonds. Quand on cherche à retenir l'attention, les ragots sont bien plus efficaces que l'argumentation philosophique.

— L'édifice devra être élégant et confortable, précisa-t-elle. Pas une de ces maisons de redressement où l'on vous enseigne les corvées, comme ces oppressants couvents de la Madeleine. J'imagine une maison où une femme pourra élever son âme et cultiver son esprit. Avec un jardin, beaucoup de lumière et des espaces où l'on aura plaisir à converser.

Le regard de M. Anderson s'éclaira et il se pencha en avant. L'idée semblait l'intriguer, alors que, d'ordinaire, la réponse masculine à son projet oscillait entre objection et dérision.

— Combien de femmes envisagez-vous de loger dans cette résidence ? s'enquit-il.

— Au moins une centaine. Et il y aura aussi une nursery, pour celles qui auraient des enfants en bas âge.

Il se tapota le menton, l'air songeur.

— Auriez-vous du papier ?

Elle sortit une feuille du tiroir de son bureau et la lui tendit, avec un crayon. Quand il se pencha au-dessus de la feuille, une mèche de cheveux châtains tomba sur son front. Il avait de belles mains. Ses doigts étaient longs et agiles et il émanait de lui une telle assurance, mélange de calme et d'habileté, qu'elle fut captivée par le spectacle qu'il offrait.

Il passa un quart d'heure à dessiner, s'interrompant de temps à autre pour l'interroger sur les logements pour les enseignants et les conférenciers en visite, les écuries.

Il était intelligent et consciencieux – exactement le genre de personnes avec qui elle aimait travailler. En outre, compétence, assurance et doigts agiles étaient tout à fait adaptés à l'autre rôle qu'elle avait l'intention de lui confier.

— Voilà, dit-il en poussant la feuille vers elle.

En quelques grands traits efficaces, il avait esquissé un bâtiment, à la fois élégant et d'une symétrie néoclassique, qui s'élevait fièrement au centre d'une place ouverte.

— Je vous suggère une structure en forme de fer à cheval sur quatre niveaux, ouvrant sur une cour intérieure bordée de dépendances destinées aux ateliers et aux écuries. Ce qui permet une façade centrale imposante tout en créant une atmosphère intime au niveau des ailes de la résidence.

Son dessin émerveilla Séraphina. C'était à la fois pratique et beau. Exactement ce qu'elle voulait.

— Quel serait le coût d'une telle construction ?

Il prit le temps de réfléchir avant de lui répondre.

— Entre trois et six mille guinées. Sans compter le terrain, l'ameublement et la main-d'œuvre.

Elle parut surprise.

— Cela peut donc aller du simple au double ?

— Le coût dépend essentiellement de votre goût. Le reste de votre architecte.

Il avait des yeux bruns chaleureux qui ne cherchaient pas à fuir son regard.

— Vraiment ?

— Oui. Un bon architecte peut maintenir les prix des matériaux et du labeur très bas sans sacrifier à la qualité de la construction et du style.

Elle ne pouvait laisser passer une aussi belle occasion. Elle sourit à M. Anderson en le regardant droit dans les yeux.

— Je vois. Et êtes-vous un *bon* architecte, monsieur Anderson ?

S'il entendit l'invite qui sous-tendait sa question, il ne le fit pas savoir.

— Je me targue de posséder un certain talent, répondit-il avec un petit rire. Mais les Écossais sont réputés pour leur vanité.

— Je l'ai entendu dire, ronronna-t-elle.

— Je vous adresserai une liste d'architectes recommandables si vous avez l'intention de lancer un appel d'offres.

Elle se pencha en avant, sachant que ce mouvement comprimerait sa poitrine et ferait saillir ses seins.

— Je vous en serais reconnaissante.

Les yeux de M. Anderson demeurèrent obstinément rivés sur son visage.

Son expression était toujours chaleureuse, mais elle avait du mal à dire s'il avait compris que l'intérêt qu'elle lui portait n'était pas strictement professionnel. Où était passé ce regard affamé qu'elle lui avait vu au belvédère ? Avait-elle imaginé qu'il la désirait ?

Il n'y avait qu'une seule façon de le savoir.

Elle se leva et lui décocha un sourire entendu.

— Je m'apprêtais à sortir prendre l'air sur la terrasse avant votre arrivée. Voulez-vous vous joindre à moi ? D'ici, la vue sur le Kestrel est extraordinaire et la lumière est si belle à cette heure de la journée.

L'état de la maison de Mlle Arden fit tiquer Adam quand elle le conduisit sur la terrasse. Quoique aussi spacieuse qu'il l'avait supposé de loin, elle avait besoin de sérieuses réparations. Le vent faisait trembler les murs et les rafales qui soufflaient de l'océan ne devaient rien arranger. S'il avait disposé d'un peu plus de temps, il lui aurait proposé d'inspecter la construction.

Les murs d'une maison ne devraient pas trembler ainsi.

Cela dit, elle ne semblait pas s'en soucier. Elle passait gracieusement de pièce en pièce, comme si le plancher ne gémissait pas sous ses pas. Elle avait une façon de se mouvoir à la fois souple et autoritaire, comme une panthère.

Son pouls s'emballait lorsqu'il la regardait.

— Passez-vous beaucoup de temps ici ? demanda-t-il pour distraire ses pensées de la fascination qu'elle lui exerçait sur lui.

Il avait eu la curieuse impression, quand ils étaient dans son bureau, qu'elle flirtait avec lui. Son imagination devait lui jouer des tours. Pourquoi une créature aussi exotique que Séraphina Arden s'intéresserait-elle à *lui* ?

— Je n'y étais pas revenue depuis ma prime jeunesse, répondit-elle. J'en ai hérité voilà deux ans, après le décès de ma belle-mère.

Un coup de vent fit claquer un volet.

— Son fantôme sans doute, commenta-t-elle. Qui tente de me chasser d'ici en venant hanter les lieux.

C'était plus probablement l'air marin qui rouillait les gonds. Il devina cependant que l'idée d'un esprit amer frappant aux fenêtres pour lui faire peur n'était pas pour déplaire à Mlle Arden.

— Je pourrais vous envoyer quelqu'un pour changer les gonds, si cela vous dérange.

Elle déclina son offre d'un geste de la main.

— Cela n'en vaut pas la peine. Je ne suis ici que pour quelques semaines. Pour écrire mes souvenirs de jeunesse. Cet état de délabrement ajoute à l'atmosphère des lieux, vous ne trouvez pas ?

Il acquiesça et la suivit sur un balcon surplombant la mer. La maison était à près de cent pieds au-dessus de celle de Tregereth. La vue était éblouissante.

Tout comme Mlle Arden en plein soleil. Avec ses traits affirmés, son visage était aussi saisissant que les nuages pourpres qui flottaient derrière elle.

Cela faisait des années qu'il n'avait pas observé une femme avec autant d'intérêt. Ce n'était pas tant du fait de sa beauté – son visage était plus surprenant que véritablement beau – qu'à cause de la façon dont elle capturait la lumière.

Et, bien sûr, de cette maudite chemise transparente qu'elle portait quand il l'avait rencontrée, et à laquelle ne cessaient de revenir ses pensées à toute heure du jour.

— Vous jouissez en effet d'une vue splendide, dit-il. Si je parvenais à en trouver le temps, j'aimerais la peindre.

Ou la peindre, elle. Il n'avait plus peint aucune femme depuis la mort de Catriona.

— Vous peignez des paysages ?

Il se racla la gorge, craignant que la conversation ne prenne un tour trop personnel.

— Cela m'arrivait, autrefois. Aujourd'hui, je dois me contenter de dessiner des maisons.

— Vous êtes le bienvenu pour profiter de ma terrasse, si vous souhaitez reprendre cette occupation. C'est toujours agréable de rendre service à ses voisins.

Il lui coula un regard oblique. Sa voix était un peu haletante, comme si elle cherchait à lui faire savoir qu'elle disait autre chose que ce qu'il entendait.

S'agissait-il d'une forme d'invite ou se faisait-il des illusions ? Son talent à distinguer le flirt de la conversation polie lui servait si peu qu'il s'était émoussé. Depuis la mort de Catriona, il passait son temps à travailler ou à s'occuper de ses enfants, et fuyait les mondanités.

Il se sentait gauche.

Mais peu importait, au fond, car il soupçonnait ce projet de construction d'être de nature à alarmer ses relations. Il avait beau apprécier le franc-parler et les manières amusantes de Mlle Arden, nouer une amitié avec une radicale était inenvisageable.

— Entre mon travail et ma vie de famille, il est peu probable que j'en trouve le temps, je le crains, répondit-il d'un ton de regret sincère.

Elle s'étira. Sa silhouette se détacha sur le paysage lumineux des falaises et elle le regarda du coin de l'œil comme pour vérifier qu'il la regardait.

Ce qu'il n'avait pas manqué de faire, évidemment.

Il allait devoir prendre congé.

— J'ai vu deux enfants qui jouaient sur le chemin, ce matin, dit-elle. Ce sont les vôtres ?

— Oui. Comme je dois rester ici tout l'été, j'ai préféré les emmener. Les sortir de la grisaille londonienne pour leur faire respirer l'air de la mer.

— Votre épouse doit apprécier ces vacances, elle aussi.

Elle avait dit cela d'un ton dans lequel il perçut une autre question.

— C'est ma sœur qui s'occupe des enfants. Je suis veuf.

Séraphina se rembrunit.

— Oh, je suis vraiment désolée !

Il secoua la tête, peu désireux de s'attarder sur ce sujet, toujours délicat.

— Cela fait déjà plusieurs années.

Trois ans et sept mois pour être exact.

— Et pourtant ce n'est pas si lointain, dit-elle, surprenant visiblement quelque chose sur son visage. Cela ne s'éloigne jamais complètement, vous savez.

Elle le gratifia d'un petit sourire triste. Dieu merci, l'arrivée d'une servante lui permit de ne pas répondre.

La femme déposa une carafe de vin et deux verres entre eux. Elle remplit le verre de Mlle Arden, et s'apprêtait à remplir celui d'Adam, lorsqu'il l'arrêta.

— Non, merci. Cela ne me réussit pas.

Mlle Arden inclina la tête de côté.

— Le Château Rauzan-Ségla ne vous *réussit* pas ?

À dire vrai, il l'ignorait, car il n'en avait jamais bu. Pas après avoir vu les effets de l'alcool sur son père.

Elle fit tourner son verre et en inhala le contenu, les yeux clos.

— C'est fort dommage pour vous, monsieur Anderson.

Elle but une gorgée en l'observant d'un air espiègle. Si ce regard était destiné à éveiller son intérêt, il fut efficace.

À défaut d'être nécessaire.

Mlle Arden était éblouissante. Adam avait toutes les peines du monde à cacher que la vision de sa gorge le fascinait autant que la vue de la baie qui s'étendait derrière elle.

— Je vais devoir y aller, dit-il en se levant à demi.

— Oh, restez ! dit-elle de telle façon qu'il se rassit instantanément. Permettez-moi de vous offrir une collation, pour vous remercier de vos sages conseils.

Elle lui sourit, puis se tourna vers la servante.

— Apportez du thé à M. Anderson. Et peut-être quelques-uns de ces biscuits au miel. Si nous ne parvenons pas à l'amadouer avec du vin, nous y parviendrons peut-être avec des douceurs.

Elle adressa un clin d'œil à la servante. Peut-être avait-il eu tort de penser que ses manières mi-rieuses mi-séductrices lui étaient destinées. Peut-être se comportait-elle ainsi avec tout le monde. Elle se tourna vers lui.

— Je dois avouer, monsieur Anderson, que je n'étais pas certaine que vous seriez disposé à venir ici après notre rencontre... *inattendue*. J'espère que je ne vous ai pas choqué. Et je vous prie de me pardonner d'avoir interrompu votre travail.

— Inutile de vous excuser, mademoiselle Arden. J'ai déjà tout oublié.

Il n'avait rien oublié du tout. Il en avait même rêvé deux nuits de suite.

Il fallait vraiment qu'il s'en aille.

Elle sourit, comme si elle avait deviné qu'il mentait.

— Dites-moi, que dessiniez-vous quand je vous ai interrompu ?

— Un rempart pour protéger le belvédère de l'érosion.

Elle se tapota la lèvre de l'index.

— Ce que vous avez vu vous a plu ?

Son ton suave le troubla et son cœur se mit à battre plus vite. Il se racla les méninges pour trouver une raison de couper court à cette conversation.

— L'opération sera délicate, mais changer les poutrelles des anciennes fondations devrait suffire à consolider l'ensemble.

Ses lèvres frémirent sous son doigt. Gourmandes.

— Je ne vous demandais pas votre opinion au sujet du *belvédère*, monsieur Anderson.

Un instant, son cœur cessa complètement de battre.

Avant qu'il ait pu répondre, la servante revint avec son thé. Il attendit sans mot dire qu'elle dépose une assiette de biscuits devant lui durant ce qui lui parut une éternité.

— Je n'achète jamais de sucre, avoua Mlle Arden.

Il s'en doutait. Il la savait proche de l'éditeur Jack Willow, fervent défenseur de la cause abolitionniste, également partisan de l'égalité du droit de vote et de la fin de la monarchie.

— Moi non plus, dit-il.

Elle tendit le bras et chipa un biscuit sur son assiette. Son geste fit saillir sa poitrine de façon si provocante qu'il dut faire un violent effort pour se comporter en gentleman et garder les yeux rivés au-delà de son épaule.

Quand il se risqua à baisser les yeux, il découvrit qu'elle le défiait du regard tandis qu'un sourire jouait sur sa bouche généreuse.

— Vous pouvez regarder. Je vous ai invité à profiter de la vue.

Il faillit s'étrangler avec son biscuit.

— Je vous ai choqué. Une fois de plus, dit-elle avec un sourire compatissant.

Personne ne lui avait jamais parlé d'une façon aussi audacieuse. Son instinct lui commandait de se lever et de s'enfuir à toutes jambes.

Toutefois, quelque chose dans la façon qu'elle avait de le regarder, de guetter sa réponse, l'incita à rester. Elle se comportait comme il avait toujours souhaité pouvoir le faire – comme si rien de ce qu'elle disait, faisait ou pensait n'avait de conséquences.

Elle le mettait au défi de se montrer aussi audacieux qu'elle.

Il avait deux enfants, une sœur qui dépendait de lui et une fortune à gagner pour assurer un avenir que lui seul était en mesure de leur offrir. Il ne pouvait se permettre de prendre des risques.

Mais quand elle le regardait de cette façon-là, il mourait d'envie de céder à l'audace.

Rien qu'un instant.

Pour se souvenir qu'il n'avait pas toujours été celui qu'il était devenu.

Qu'il avait un jour été un homme que les sous-entendus n'intimidaient pas, qui ne repoussait pas les avances, qui ne se recroquevillait pas à la vue d'une mèche de cheveux échappée d'un chignon étincelant au soleil, comme la sienne à cet instant.

Il se pencha légèrement vers elle et croisa son regard.

— On ne me choque pas aisément, mademoiselle Arden.

— Vraiment ?

— Vraiment, assura-t-il en s'attardant volontairement sur son décolleté cette fois. Si vous voulez me choquer, il faudra faire mieux que cela.

Elle s'esclaffa.

— Dois-je en déduire que vous connaissez ma réputation ?

— Je doute qu'il existe en Angleterre une seule personne qui ne la connaisse pas.

Elle sourit, ravie.

— Puissiez-vous dire vrai. Je me donne tellement de mal pour faire scandale.

— Dans ce cas, laissez-moi vous féliciter pour votre succès.

— Le succès est une notion très relative, monsieur Anderson, répondit-elle en s'inclinant vers lui avant d'ajouter à mi-voix, l'air de lui confier un secret : Je suis assez mal vue dans la plupart des milieux.

L'euphémisme était tel qu'il aurait presque pu la faire passer pour quelqu'un de réservé. Il rit.

— J'ai eu vent de certaines controverses concernant vos idées, en effet.

— Le problème, monsieur Anderson, ce ne sont pas seulement mes *idées* ! C'est le fait que je vive en accord avec elles qui fait scandale.

— Que vous viviez en accord avec elles ? Entendez-vous par là que vous corrompez bel et bien des jeunes filles vulnérables et que vous les incitez à mener une vie de débauche, comme on le prétend dans les journaux ?

— Non. Mais on pourrait m'accuser d'inviter de beaux architectes pour qu'ils me conseillent sur des coûts de construction, alors que j'espère d'eux autre chose que des conseils.

À ce moment-là, s'il avait été l'homme raisonnable qu'il s'efforçait d'être, Adam aurait pris congé et se serait dépêché de regagner son foyer.

Or il se contenta de la dévisager d'un air candide, singeant son expression de parfaite innocence.

— Je vois. Et qu'espérez-vous d'autre, précisément ?

Elle se rapprocha, l'air du chat qui va croquer le canari.

— Ce que j'espérais quand vous m'avez vue à peine vêtue au belvédère.

Il se rapprocha d'elle à son tour et demanda sans un murmure :

— Et qu'espériez-vous, alors, mademoiselle Arden ?

— J'attendais un amant. Et je vous ai confondu avec lui.

Adam s'était toujours félicité de ne pas avoir le teint des Anglais, qui ont tendance à rougir dès qu'ils sont embarrassés. Il découvrit qu'en fait, il n'avait jamais été suffisamment embarrassé pour mettre son teint à l'épreuve. Il se sentit devenir positivement rose vif.

Rose vif et... Il bénit la table qui dissimulait son entrejambe.

Elle se leva et contourna ladite table en déclarant d'une voix de gorge :

— Voyez-vous, l'homme que j'attendais s'est révélé incapable de me distraire. Il était trop... attaché. Décevant, dans la mesure où j'espérais jouir d'une compagnie agréable le temps de mon séjour en Cornouailles.

Veut-elle dire...

Elle s'interrompit et l'observa avec un fin sourire, comme si tous deux étaient au-delà de l'embarras.

— Oui. Je veux dire dans mon lit.

La bouche d'Adam se dessécha d'un coup.

— Je me demandais s'il vous plairait de vous joindre à moi ici, ajouta-t-elle.

L'espace d'un instant, son franc-parler lui avait fait défaut, sa voix avait s'était teintée d'une douceur qui avait laissé deviner que cette requête n'était pas aussi désinvolte qu'elle voulait le faire croire.

Elle baissa les yeux sur ses mains, comme par timidité, parce qu'elle espérait qu'il dirait oui. Et qu'elle serait *déçue* s'il ne le faisait pas.

Il éprouva pour elle un soudain élan de tendresse – d'avoir eu le courage d'avouer si franchement son désir. Il eut envie de l'attirer à lui et de la serrer dans ses bras.

Et il regretta de ne pas avoir une autre vie que la sienne.

Non.

Elle avait dû lire son hésitation sur son visage.

— Ah, je vois, soupira-t-elle. Vous voulez, mais vous ne pouvez pas.

Elle sourit, comme si elle le connaissait, lui ou ses semblables, et qu'elle les tenait pour conventionnels et décevants. Il grimaça de se savoir découvert. Lui aussi se trouvait décevant.

— N'allez pas craindre que j'aie des desseins vous concernant, monsieur Anderson, lâcha-t-elle d'un ton léger. Votre affection ne m'intéresse pas plus que votre bourse – et si c'est ma réputation qui vous effraie, sachez que je sais me montrer discrète. Je ne suis pas en quête d'une histoire d'amour. Je cherche juste à me distraire avec un inconnu alors que nous nous trouvons tous deux dans un endroit reculé. Pas d'engagement. Pas de sentiments. Pas d'avenir.

Elle le balaya du regard, examinant chaque partie de son anatomie avec une telle intensité qu'elle aurait aussi bien pu faire courir ses mains sur son corps.

Un flot de désir envahit Adam, si brutal qu'il eut envie de lui saisir les poignets pour l'obliger à poser ses mains là où ses yeux venaient de le faire, pour sentir la caresse de quelqu'un d'autre sur son corps que personne n'avait touché depuis...

Depuis Catriona.

Il affichait pourtant une expression consternée.

Elle ne put s'empêcher d'être un peu vexée et leva les yeux au ciel.

— Inutile de faire comme si j'avais proposé de vous torturer, monsieur Anderson. Un simple non suffit.

Son expression alarmée s'atténua légèrement. Il semblait cependant toujours sur le qui-vive, comme s'il envisageait de sauter par-dessus la balustrade si elle s'avisait de l'approcher.

Ce qui ne risquait pas de se produire. Elle avait de la dignité quand elle voulait.

Elle s'assit sur un canapé et drapa un châle sur ses épaules. Il ne servait à rien d'apparaître nue et séduisante s'il n'était pas intéressé, et la brise commençait à fraîchir. Elle frissonna, quelque peu déprimée soudain.

Elle n'aurait peut-être pas dû congédier Henri aussi promptement. L'été s'annonçait aussi fastidieux qu'ennuyeux.

M. Anderson laissa échapper un rire contrit.

— Je suis peut-être plus aisément choqué que je ne le pensais finalement.

Au moins avait-il conscience de l'absurdité de la situation.

— Il semblerait, concéda-t-elle.

— Je vous prie de m'excuser, mademoiselle Arden. Je vous assure que je n'avais pas l'intention de vous insulter.

Elle écarta cette déclaration d'un geste de la main, mais il persista à la dévisager, le front plissé.

— Sincèrement, insista-t-il un ton plus bas.

Et voilà qu'il s'imaginait l'avoir froissée à présent. C'était d'un ennui...

— J'aurai tout oublié demain matin, assura-t-elle. J'ai eu tort de vous faire cette proposition. Vous êtes un veuf, pétri de sérieux, et je suis une de ces femmes aux mœurs légères qui font peur aux hommes. Vous corrompre ne serait pas convenable.

Elle avait beau le savoir, elle ne pouvait pas s'empêcher d'être contrariée par la véhémence de son rejet. Et son air consterné n'arrangeait pas les choses. Sous ce regard, elle avait l'impression de ressembler aux caricatures que publiaient les journaux – une grande gigue au nez crochu dotée d'un appétit insatiable pour les hommes. Car si elle alimentait les rumeurs, elle n'appréciait guère de les voir reflétées dans le regard de ceux qui la connaissaient.

Il était temps qu'il parte. Elle soignerait sa vanité meurtrie grâce à un excellent vin de Bourgogne.

— Je vous souhaite une bonne soirée, monsieur Anderson. Je vous suis très reconnaissante de vos conseils architecturaux.

Au lieu de partir, il tira une chaise et s'assit à côté d'elle.

— Je crains que ma réponse n'ait manqué de galanterie. Si ma situation était différente, je me sentirais flatté, mademoiselle Arden. C'est juste que vous m'avez pris par surprise. Une fois de plus, ajouta-t-il après s'être mordu la lèvre.

Devait-elle y voir l'ébauche d'un sourire ? Il avait le sens de l'humour, en tout cas.

Elle prit une inspiration, veillant à adopter le masque hautain et impénétrable qu'elle avait si souvent travaillé devant son miroir. Depuis plus de dix ans, elle offrait aux yeux du monde l'image d'une femme dépourvue d'émotions. Qu'elle ait été agacée par son refus prouvait que l'air des Cornouailles lui portait sur les nerfs.

— Merci, monsieur Anderson. La flatterie n'est pas nécessaire. J'ai proposé, vous avez répondu, et cette question sordide est désormais derrière nous.

Il s'obstina cependant à la dévisager d'un air de pitié.

— Vous avez été franche avec moi, permettez-moi de l'être en retour, dit-il. Mes responsabilités sont telles que je ne peux risquer aucun engagement, aussi tentant soit-il.

— Qui parle d'engagement ? Je ne vous ai pas demandé en mariage, monsieur Anderson. Je n'ai proposé qu'une coucherie.

Son regard brun soutint le sien.

— Une coucherie est rarement sans conséquence.

Sa réponse la prit de court. Elle avait cru le choquer par sa franchise et voilà qu'il se mettait à parler sans embarras d'un sujet que la plupart des hommes refusent d'aborder.

— En effet. Si vous avez lu mon livre, il ne vous aura sans doute pas échappé que j'insiste sur un certain nombre de précautions à prendre pour éviter ce genre de conséquences. Et je puis vous assurer d'expérience que celles-ci seraient bien plus gênantes pour *moi*.

Non que cela regarde M. Anderson. Elle ignorait ce qui l'avait incitée à dire cela. Le vin, sans doute. Elle attrapa l'étui à cigarillos qu'Henri avait laissé et en alluma un. Elle inhala puis souffla la fumée et laissa le nuage se déployer autour d'elle, comme pour s'envelopper de sa mauvaise réputation. Elle s'efforçait de renoncer au tabac en soutien à la cause abolitionniste, mais elle ressentait soudain le besoin de fortifier son âme en embrasant ses poumons.

Et elle avait envie de souffler la fumée au visage de M. Anderson, tel un dragon.

Elle cédait parfois à l'envie de se comporter de façon théâtrale.

— Quel dommage que quelqu'un doive souffrir des plaisirs aussi tentants que ceux que vous offrez, dit M. Anderson.

Elle étrécit les yeux.

— Mais les hommes ne souffrent pas. La souffrance est le propre des femmes.

Il laissa échapper un rire amer.

— Croyez-vous ?

Elle l'observa, pensant qu'il en dirait davantage. Il resta silencieux. Elle tira sur son cigarillo en écoutant les vagues qui s'écrasaient au pied des falaises, en contrebas, et attendit qu'il prenne congé.

Il se pencha pour attraper la sacoche qu'il avait posé au pied de la table et en tira un mince volume relié. C'était un exemplaire de son premier livre : *Un essai en défense des femmes déshonorées*. L'usure de la reliure indiquait qu'il avait été lu plus d'une fois.

— Si vous avez l'intention de me citer sur les dangers de la fornication, épargnez-vous cette peine.

Il lui adressa un sourire timide qui lui donna l'air juvénile.

— C'est celui de ma sœur. Elle se demandait si je saurais vous charmer assez pour vous convaincre de le lui dédicacer. Le charme m'ayant à l'évidence fait défaut, peut-être puis-je faire appel à votre pitié ?

C'était injuste qu'il soit encore plus beau quand il plaisantait, se dit-elle.

Elle prit le livre.

— Que voulez-vous que j'écrive ?

Il laissa échapper un soupir qui la fit frissonner.

— Que diriez-vous de : « Pour Marianne Anderson, dont le frère souhaiterait être un autre genre d'homme. »

Ce trait d'esprit lui valut un sourire.

Enfin.

Il avait deviné, au ton sec de Mlle Arden, qu'il avait blessé sa fierté en rejetant son offre. Pourquoi estimait-il si important de faire comprendre à cette femme, qu'il connaissait à peine, qu'il avait envie d'elle, même s'il ne pouvait l'avoir ?

Peut-être parce que cela faisait très longtemps qu'il n'avait pas eu envie de quoi que ce soit qui ne soit pas une commande d'architecture. Il était content de se souvenir que cette partie de lui était toujours en vie, même s'il ne pouvait la satisfaire comme il l'aurait souhaité.

C'était son esprit qui avait refusé son offre, pas son corps. Son corps était bourrelé de regrets.

— Votre sœur a vraiment sollicité ma dédicace ? demanda Mlle Arden.

— Absolument, sourit-il. C'est une admiratrice de votre œuvre. Tout comme l'était ma femme.

— Vous l'autorisiez à me lire ? s'étonna-t-elle en arquant un sourcil.

Adam ricana à l'idée « d'autoriser » Catriona à faire quoi que ce soit.

— Elle lisait ce qu'elle voulait.

— Vous faites donc partie des hommes à l'esprit éclairé.

Il s'esclaffa, ravi d'avoir droit à un tel commentaire de la part d'une philosophe notoirement célèbre.

Ou peut-être simplement ravi d'avoir l'occasion de converser avec une autre femme que sa sœur. Leur échange lui rappelait les longues conversations qu'il avait autrefois avec Catriona – des conversations au cours desquelles ils abordaient avec franchise des sujets si étranges que les mots qu'ils prononçaient dans la pénombre les choquaient souvent, autant l'un que l'autre.

Cela lui manquait.

Il était si seul.

Et il n'en avait pas même eu conscience.

Mlle Arden griffonna quelques mots sur la page de titre.

Pour Mlle Anderson, par solidarité avec le genre féminin. Meilleures pensées, Séraphina Arden.

Elle lui rendit le livre et tira sur son cigarillo. Son châle drapé sur les épaules, lovée sur le cabriolet, les jambes ramenées sous elle, elle n'avait plus rien de la tentatrice du belvédère, ni même de la provocante qui venait de lui faire une proposition scandaleuse. Elle semblait lasse, perdue dans ses pensées.

Il aurait été si facile de se pencher et d'effacer cette lassitude d'un baiser sur ses lèvres.

Il fut tenté.

Mais il n'y avait pas grand-chose à gagner en cédant à de tels élans. C'était peut-être là la vérité cachée derrière la tristesse de Mlle Arden. Les plaisirs qu'elle suggérait ne conduisaient-ils pas toujours à une sorte de dévastation, quand bien même celle-ci demeurait intime et silencieuse ?

Autant s'abstenir.

Une leçon qu'il réapprenait chaque matin quand il se réveillait, seul dans son lit.

Adam prit le livre et se leva.

— Eh bien, mademoiselle Arden, je vais devoir prendre congé.

Il s'inclina et pivota pour redescendre les marches de la terrasse.

Elle tendit la main et lui toucha le bras. Ce ne fut qu'un frôlement, mais il en fut aussi atteint que si elle l'avait enlacé.

Il se tourna vers elle, veillant à masquer l'effet que cet infime contact avait eu sur lui.

— Je pensais vraiment ce que j'ai dit, monsieur Anderson. Demain, s'il advenait que nous nous croisions, nous aurons oublié que cette soirée a eu lieu. Je serai une femme qui vous a demandé un conseil d'architecture et vous serez celui qui aura eu la bonté de me le fournir. De simples voisins.

Il acquiesça.

— Il me tarde d'entretenir avec vous des relations de bon voisinage.

— Dans ce cas, si je ne suis pas trop scandaleuse pour faire partie de ses relations, vous envisagerez peut-être de me présenter votre sœur, dit-elle d'une voix douce. C'est assez difficile de trouver de la compagnie stimulante, par ici, à moins d'apprécier de se faire huer au pub du village.

Elle avait dit cela d'un ton détaché, comme si elle y avait pensé après coup.

Il lui adressa un dernier sourire.

— Je lui transmettrai l'invitation. Elle en sera ravie. Bonne soirée, mademoiselle Arden.

Tandis qu'il descendait le chemin côtier, il se demanda si Mlle Arden ne l'avait pas fait venir parce qu'elle se sentait aussi seule que lui.

S'il ne pouvait se permettre de coucher avec elle, il pouvait peut-être s'autoriser à s'en faire une amie...

Dieu savait qu'il avait grandement besoin d'amis.

5

Le seul antidote éprouvé à la conception, c'est la chasteté qui, comme toutes les vertus, est plus difficile à prôner qu'à observer. Si seulement l'énergie consacrée à condamner la chair pouvait être détournée au profit de la compréhension de ses conséquences, et à la façon de les éviter ! Car si la luxure est un péché, alors l'être humain sera toujours un pécheur. En revanche, s'il possédait davantage de connaissances, il pourrait demander pardon à Dieu en privé et ne pas avoir à subir le satané jugement de ses semblables.

Un essai en défense des femmes déshonorées
par Séraphina Arden, 1793

Séraphina éprouva au réveil une douleur dans le haut des cuisses. Une sensation familière, comme si sa chair cherchait à se détacher de l'os.

Oh, Dieu merci !

Elle chercha à tâtons son calepin relié de cuir parmi le tas de livres et de papiers qui s'entassaient sur sa table de chevet, et le feuilleta jusqu'aux pages du calendrier. Elle fit une marque à côté de la date du jour. Bientôt, ses seins allaient devenir douloureux.

Après quoi, si Dieu le voulait, elle se mettrait à saigner.

Elle passa en revue les marques ponctuant l'apparition de ses menstrues. Seize années avaient passé depuis l'incident, date à laquelle elle avait commencé à étudier la façon dont son corps annonçait la venue du sang. Vingt-sept jours s'étaient écoulés depuis ses dernières règles. Sur cette période, un X marquait la relation sexuelle qu'elle avait eue, le douze du mois précédent – ce devait être avec ce bel abolitionniste qu'elle avait invité chez elle, après leur rencontre au dîner mensuel de la Société égalitariste qui s'était tenu au-dessus de l'imprimerie de Jack Willow. Et puis, bien sûr, il y avait eu la soirée avec Henri.

Elle notait toujours scrupuleusement la date. Les tiroirs de sa coiffeuse n'étaient pas remplis de cosmétiques aux parfums envoûtants, mais de pots contenant des condoms en boyau de mouton enduits d'huile et d'herbes médicinales censées réduire les risques de fécondation. Elle en avait fait une sorte de science, interrogeant sages-femmes et médecins afin de connaître leurs théories en matière de conception et partager celles-ci dans ses livres et ses pamphlets. En vérité, dans ce domaine, la marge entre science et sorcellerie était ténue.

Elle avait eu de la chance. Il n'y avait pas eu d'autre incident. Pour autant, elle n'aurait su dire si c'était les capotes, le vinaigre, les thés amers ou la chance pure et simple qui la gardaient stérile.

À dire vrai, tant d'années et tant d'amants étaient passés sans aucune conception qu'il était logique de supposer qu'elle ne pouvait pas du tout concevoir. Après l'événement peu réjouissant qui avait eu lieu tant d'années auparavant et la maladie qui avait suivi, un ventre stérile n'aurait pas été une surprise.

Mais elle ne voulait pas penser à cela. Elle avait pour règle de ne *jamais* y penser afin d'éviter de sombrer dans une insondable tristesse.

Elle limitait donc ses amants aux hommes disposés à accepter ses précautions. Elle buvait des breuvages et cochait les dates sur son calepin. Pourtant, chaque mois, elle était gagnée par la crainte que le sang ne vienne pas. Sa vie était devenue une surveillance vigilante des symptômes de la menstruation.

Elle était sous l'emprise de cette angoisse et le simple fait de coucher avec un homme relevait de la torture mentale. Même si l'acte en soi lui plaisait beaucoup, prendre un amant revenait à faire glisser son doigt sur la lame d'un couteau suffisamment aiguisé pour la blesser.

Il lui arrivait d'observer des femmes avec un bébé dans leurs bras et de se demander si elle les regardait parce qu'elle avait envie d'être entaillée.

Elle referma son carnet, se leva et frissonna dans l'air matinal. Cette maison était glaciale. Elle était là depuis une semaine, et il lui tardait déjà de repartir.

Elle se lava le visage à l'eau froide et, négligeant la robe toute simple que Maria avait sortie la veille, en choisit une autre d'un jaune somptueux. C'était une de ses robes préférées. Sa teinte safran offrait un contraste saisissant avec sa peau très pâle et ses cheveux sombres, et elle avait été taillée pour souligner la finesse de sa taille et la belle ampleur de ses hanches. Elle étudia son reflet dans le miroir. Superbe.

Elle ajouta un collier d'améthystes et des pendants d'oreilles assortis. Elle semblait habillée pour une soirée à Mayfair et non pour écrire dans un bureau plein de courants d'air, mais elle avait obtenu l'effet escompté. Dans cette tenue, elle se sentait davantage Séraphina Arden que la petite Séra, qui avait détesté vivre dans cette maison avant d'en être chassée, et détestait plus encore d'y être revenue.

Si la compagnie de M. Anderson s'était révélée plus intéressante, peut-être n'aurait-elle pas eu besoin d'aller puiser du réconfort dans sa garde-robe. Son refus de la veille ne l'avait pas fâchée ; toutefois, en contemplant son reflet, elle ne put s'empêcher d'imaginer sa réaction s'il l'avait vue dans cette robe, et de se dire qu'il aurait amèrement regretté.

Elle se rendit dans la cuisine pour se préparer du thé, puis s'installa à son bureau et rassembla les premières pages du brouillon de son prochain livre. Après avoir lissé une page blanche, elle prit sa plume.

Aucun mot ne lui vint à l'esprit.

Absolument aucun.

Elle ne ressentit qu'une crampe à l'estomac, comme chaque fois qu'elle était anxieuse et s'efforçait de ne pas y faire attention.

Cette maison était trop calme. Elle avait cru que le silence serait plus bénéfique à son travail que la rumeur incessante de Londres, or il la rendait nerveuse.

Il ne lui restait plus beaucoup de temps.

Son manuscrit devait être publié en deux fascicules au début du mois d'août ; les feuillets étaient donc attendus chez l'imprimeur pour les corrections et la composition début juillet.

Il lui restait donc trois semaines pour rédiger le récit de sa déchéance.

D'ordinaire, elle écrivait vite et n'effectuait que de rares retouches au premier jet. Cette fois, cependant, les mots mettaient plus de temps à venir et se révélaient plus sombres une fois couchés sur le papier.

L'argument qui concluait l'ouvrage – la demande de fonds pour la construction de l'institut – était terminé. En revanche, l'histoire censée la préfacer afin d'attirer l'attention et la compassion nécessaires pour transformer les lecteurs en philanthropes s'obstinait à lui échapper.

Son amitié avec les méthodistes et les agitateurs abolitionnistes qui constituaient la Société égalitariste dont elle était membre lui avait enseigné une vérité utile : c'est par le cœur, et non pas la raison, que l'on séduit les gens. Les débats sur les injustices ne les incitent pas à agir. Seules les histoires émouvantes ont ce pouvoir.

Or, toutes les histoires qui la concernaient personnellement suscitaient un puissant intérêt. Depuis des années, les hypothèses allaient bon train sur ce qui avait bien pu faire de la fille déshonorée et sans éducation d'un mineur des Cornouailles une célèbre femme de plume et, au fil du temps, l'avocate si controversée des droits des femmes.

Jusqu'ici, elle avait évité la tendance au récit sordide propre aux femmes déshonorées, choisissant d'écrire d'un point de vue philosophique plutôt que de révéler les détails de son passé. Toutefois, si elle voulait réunir les fonds nécessaires, elle devait susciter la compassion.

Le mois précédent, elle avait donc annoncé la parution de son prochain livre : *Mémoires d'une débauchée*. Et fait savoir qu'elle n'épargnerait rien ni personne dans son récit.

La logique de son plan était simple : un récit scandaleux citant nommément des scélérats que chacun considérait jusqu'alors comme des notables susciterait forcément l'engouement. Les gens l'achèteraient pour les ragots. Ceux qui la détestaient déjà la détesteraient encore plus, tandis que les autres seraient sensibles à la morale de l'histoire, à savoir : n'était-il pas injuste qu'elle ait tout perdu et que ceux qui avaient participé autant qu'elle à son déshonneur en soient sortis grandis, sans même une égratignure ?

Elle exploiterait l'indignation que susciterait cette injustice en sollicitant des dons dans les dernières pages de son livre et convertirait la compassion du public en capital afin d'améliorer le sort des femmes.

Pour cela, il lui fallait juste des mots.

Mais les mots lui manquaient après tant d'années à taire volontairement son passé. Thaïs et Cornelia elles-mêmes ne connaissaient que vaguement la vérité.

Non qu'elle fût exceptionnellement discrète. Elle ne supportait pas d'y penser, voilà tout.

Au moment même où les faits se produisaient, elle avait repoussé la réalité, convaincue que son refus de ressentir de la douleur abolirait celle-ci.

Elle avait espéré que la vue de Kestrel Bay réveillerait les souvenirs. Or se retrouver dans la pièce où elle avait fait cette première et terrible confession par un froid matin d'octobre, face au visage impassible de sa belle-mère dont les doigts n'avaient pas lâché un instant leur ouvrage, la pétrifiait.

Tout était trop silencieux. Trop tranquille. Trop semblable aux interminables journées de son enfance passées à broder sans dire un mot.

Elle ouvrit la fenêtre dans l'espoir que le rugissement des vagues se fracassant contre les rochers atténuerait cette impression d'immobilité, mais il régnait ce matin-là un calme inhabituel. Il faisait plus doux dehors que dedans. Peut-être écrirait-elle mieux sur la terrasse.

Elle rassembla du papier, de l'encre et sa plume et sortit.

— Envoie la corde ! cria quelqu'un au loin.

Elle regarda dans la direction d'où venait la voix et aperçut M. Anderson au pied de la propriété de M. Tregereth, au milieu d'un groupe d'ouvriers. Un peu plus loin, une autre grappe d'hommes s'affairait à installer une sorte de poulie au sommet du chevalet où se trouvait rassemblé du matériel de construction.

Le bruit l'apaisa, même si la vue de l'architecte raviva le désir de ce qu'elle aurait aimé obtenir de lui – et qu'il lui avait refusé.

Elle aurait voulu lui en tenir grief, mais la franchise avec laquelle il lui avait expliqué les raisons de son refus faisait qu'il lui plaisait encore davantage.

Avoir envie de lui tournerait peut-être à son avantage, finalement. Le fait de désirer un homme dans cette maison éveillait tant de souvenirs.

Elle étala une page vierge. Trempa sa plume dans l'encre.

Les yeux clos, elle inhala l'air salé et tâcha de se souvenir de cette sensation comme elle l'avait connue enfant.

Cela a commencé de façon très banale. C'était un voisin.

Il s'est intéressé à moi et je me suis sentie flattée. Avant lui, je n'étais rien. Très vite, son regard m'est devenu aussi nécessaire que l'air que je respirais.

J'étais une fille casanière, toujours plongée dans ses livres, aussi prompte à m'enthousiasmer qu'à me mettre en colère. Il était beau et amusant.

Je n'aurais pas su dire alors pourquoi il m'aimait, mais j'étais convaincue qu'il était mon miracle, mon mystère.

Aujourd'hui, je suis certaine qu'il n'était rien de cela.

Ce qui l'a attiré vers moi, c'était autre chose. Une palpitation, dont j'ignorais qu'elle m'habitait.

Il l'a vu avant moi : mon désir.

Il a vu aussi ma vulnérabilité.

À ses yeux, j'étais une occasion à saisir.

À mes yeux, il était un dieu. Je l'ai aimé animée d'une sorte de sentiment religieux. Comment aurais-je pu ne pas le faire ?

Cet homme, qui pouvait obtenir les faveurs de qui bon lui semblait, m'avait choisie, moi.

J'étais prête à mourir pour lui.

Et c'est ce qui m'est arrivé, d'une certaine façon.

Un cri d'enfant vint rompre le fil de ses pensées.

Un enfant ?

Elle se leva et regarda par-delà la terrasse. Une petite fille rousse gisait à plat ventre au beau milieu du chemin et poussait des cris de douleur.

Elle ressemblait à la petite fille que Séraphina avait vue marcher avec Adam Anderson. Sa fille.

Elle s'empressa de traverser la terrasse pour lui porter secours.

Adam leva les yeux de ses plans en entendant un cri perçant.

Il savait reconnaître les signaux de détresse de ses enfants et ce son était clairement un cri de douleur émis par sa fille.

Il balaya l'horizon du regard et repéra Addie étalée sur le sol à quelques centaines de mètres, au bas des marches de la terrasse de Mlle Arden. Une femme vêtue d'une robe jaune vif était accroupie auprès d'elle.

Mlle Arden.

Il lâcha ses plans et les rejoignit en courant.

Mlle Arden aida Addie à se relever et dit quelque chose qui fit rire la fillette.

Dieu merci. Si Addie riait, c'est qu'elle ne s'était pas fait trop mal.

— Que s'est-il passé ? demanda-t-il en s'agenouillant pour inspecter sa fille, le souffle court.

Addie lui adressa un grand sourire, heureuse d'être au centre de l'attention.

— Il semble que Mlle Adeline Anderson ait trébuché sur cette vilaine pierre, déclara Mlle Arden en désignant la pierre en question.

Il ressentit un tel élan de gratitude envers elle pour avoir apaisé les larmes d'Addie qu'il dut se retenir de les serrer toutes deux dans ses bras.

Ce serait absurde. Concentre-toi sur ta fille.

Il étreignit sa fille, frémissant à la pensée de ce qui aurait pu arriver si elle avait glissé plus près du bord du sentier.

Addie toléra son étreinte un bref instant, puis leva la main pour lui montrer l'endroit où la pierre s'était plantée dans sa chair.

— Mlle Arden dit que j'ai le droit de lancer la pierre du haut de la falaise, l'informa-t-elle d'un ton guilleret, ayant déjà oublié ses larmes. Pour le punir de m'avoir fait tomber.

— Œil pour œil, déclara Mlle Arden d'un ton sérieux. C'est tout ce que mérite cette pierre.

Addie ramassa celle-ci de sa main meurtrie. Adam voulut l'arrêter, l'empêcher d'approcher du bord pour la lancer, mais Mlle Arden avait déjà posé la main sur son épaule pour la stabiliser.

— Attention, ma chérie, dit-elle. Ne t'approche pas trop près du bord.

Il plaça la main sur l'autre épaule d'Addie et se pencha pour croiser son regard.

— Addie, tu ne dois jamais t'approcher du bord, c'est compris ? Et tu ne dois pas courir sur le chemin.

Il avait dit cela d'un ton plus bourru qu'il n'en avait eu l'intention et la lèvre supérieure d'Addie se mit à trembler.

— Je l'ai pas fait exprès, dit-elle à Mlle Arden d'une voix plaintive. J'ai trébuché.

— Ton papa n'est pas fâché, il a juste eu très peur, lui souffla Mlle Arden d'un ton de conspiratrice. Promets-lui d'être très prudente quand tu emprunteras ce chemin.

Addie regarda son père.

— Je te le promets, papa.

— Merci, mon petit, dit-il avant de déposer un baiser sur son front.

Mlle Arden lui adressa un regard, qui lui disait qu'elle voyait à quel point il était ému et qu'il n'avait pas à s'inquiéter. C'était le genre de regard que Catriona lui adressait autrefois pour le rassurer quand il se faisait du souci pour les enfants. La soudaineté de ce souvenir lui coupa le souffle.

Mlle Arden reporta son attention sur Addie.

— Reste bien droite, lui conseilla-t-elle avant de lui montrer comment tendre le bras en arrière, tout en l'incitant à rester à quelques pas du bord. Voilà, comme cela. Lance-la !

La petite pierre plongea en bas de la falaise. Jasper et Marianne les rejoignirent à temps pour la voir retomber sur les rochers. Addie laissa échapper un gloussement ravi.

— Je peux en lancer une ? demanda Jasper.

Mlle Arden se pencha pour ramasser une pierre et la lui tendit.

— Une faveur en échange de votre nom, jeune homme.

Il s'inclina cérémonieusement.

— Je m'appelle Jasper Anderson, madame.

— Eh bien, mon cher monsieur Anderson, vous allez devoir tenir cette pierre au niveau de votre oreille, planter les pieds dans le sol et la lancer au-dessus de votre tête. Personnellement, j'ai toujours préféré lancer les pierres en me servant des deux mains parce que cela fait plus de bruit. Mais veillez à ne pas vous approcher trop près du bord.

— De cette façon ?

Jasper se concentra sur sa posture et laissa Mlle Arden ajuster l'angle de son bras.

Il lança la pierre, puis se retourna vers Adam et Marianne, qui murmurait des excuses à son frère pour avoir laissé Adeline lui échapper. Adam tapota sa sœur dans le dos. Ils allaient devoir prendre des mesures vis-à-vis d'Addie. Ces derniers temps, elle cherchait sans cesse à tester leurs limites, quitte à se mettre en danger.

— Tu as vu, papa ? demanda Jasper.

Adam reporta son attention sur son fils avec un temps de retard.

— Bravo, mon garçon, dit-il.

— Tu as le bras solide, ajouta Mlle Arden d'un ton qui emplit visiblement Jasper de fierté.

Adam lui coula un regard de biais. Il avait peine à croire que cette créature tendre et maternelle était la même femme que celle qui l'avait invité dans son lit la veille.

C'était pourtant bien la même – même ironie, même assurance, même façon de le regarder du coin de l'œil et de lui sourire, comme si chacun de ses propos recélait un double sens.

— Rentrons soigner ta main à la maison, Addie, proposa Marianne. Et remercie Mlle Arden de sa gentillesse.

— Allons donc, objecta celle-ci, montez plutôt chez moi. Nous allons nettoyer sa main et lui mettre un pansement pour éviter qu'elle ne tache sa jolie robe.

Adam hésitait à l'idée de laisser ses enfants entrer dans cette maison au plancher inégal – sans compter sa scandaleuse propriétaire –, mais sa sœur s'avança avant qu'il ait pu trouver une façon polie de refuser.

— Merci, mademoiselle Arden, c'est très aimable à vous.

— Vous devez être Mlle Anderson. Celle qui un goût excellent en matière de lectures.

Marianne sourit.

— Elle-même, confirma-t-elle. Je vous remercie de votre dédicace. Je la chérirai.

Mlle Arden les précéda dans l'escalier et jusqu'à la porte de la cuisine où se trouvait la servante.

— Avons-nous de la citronnade, Maria ?

Maria acquiesça et se mit en devoir de préparer un pichet et des verres pendant que sa maîtresse allait chercher un linge et de l'eau pour Marianne, qui soigna la main d'Addie.

Adam resta sur le seuil avec Jasper, tous deux regardant les femmes s'affairer avec efficacité. Addie se laissait soigner par sa tante tout en dévorant des yeux la robe de Mlle Arden.

Adam ne pouvait le lui reprocher. Il avait envie d'en faire autant.

— Voilà, dit Marianne quand elle eut fini de bander la main de sa nièce.

— Remercie Mlle Arden pour son aide, exigea Adam.

— Merci, mademoiselle Arden, déclara docilement la fillette.

— Tout le plaisir fut pour moi, mademoiselle Adeline. Et regarde bien où tu mets les pieds à l'avenir. Nos chemins des Cornouailles sont traîtres.

— Le paysage est magnifique, cependant, observa Marianne. Vous avez grandi ici ?

— Oui, c'était un endroit merveilleux pour un enfant. J'ai passé mes étés à jouer dans les bassins rocheux. Mais ce que je préférais, c'était Golowan.

— Golywog ? gloussa Addie, ravie d'entendre un adulte prononcer un mot aussi farfelu.

Mlle Arden sourit.

— *Golowan.* C'est la célébration du solstice d'été, en Cornouailles. Toute la ville s'y prépare chaque année. La veille de la Saint-Jean, on fait une retraite aux flambeaux et on danse autour d'un grand bûcher. Tout le monde porte un habit de fête et on mange plein de choses délicieuses.

— Un habit de fête, souffla Addie en écarquillant les yeux.

— On pourra y aller ? demanda Jasper à son père.

— Oh, oui, je veux y aller, moi aussi ! renchérit Addie. On pourra, papa ? On pourra ?

Adam grimaça en songeant à ses enfants noyés dans une foule de villageois portant des torches.

— Nous verrons.

— Si vous y allez, il vous faudra des déguisements, les prévint Mlle Arden. Un kilt celtique t'irait très bien, Jasper, et Adeline serait adorable en elfe.

— Mais on a *pas* de déguisements ! s'écria Adeline en regardant Adam d'un air inquiet.

— Mes anciens déguisements doivent être encore au grenier, intervint Mlle Arden. Je suis sûre que nous trouverons quelque chose, à Jasper et à toi.

Elle s'interrompit et tourna les yeux vers Adam, comme si elle se rappelait seulement maintenant qu'il était là.

— Si votre papa est d'accord, bien sûr, ajouta-t-elle en lui adressant un regard d'excuse.

— Papa va encore dire que c'est trop dangereux, grommela Jasper. Il trouve tout trop dangereux.

Adam regarda son fils en fronçant les sourcils.

— Pas tout. En revanche, des flambeaux et un bûcher, peut-être.

— Les pères doivent veiller à la sécurité de leurs enfants, dit Mlle Arden à Jasper avant de sourire à Adam. Et je crois que tu as la chance d'avoir un père qui prend son rôle très à cœur.

Ce compliment lui fit absurdement plaisir. Il n'était pas certain de le mériter, cependant, car il envisageait à cet instant d'autoriser ses enfants à emprunter des déguisements à cette femme pour participer à une cérémonie païenne à seule fin de se retrouver de nouveau en sa compagnie.

— Mademoiselle Arden, dit-il, je crois qu'il est temps que nous laissions votre cuisine retrouver son calme.

Il sentit son regard peser sur lui quand il prononça ces mots. Il avait une conscience aiguë de sa propre présence quand il se trouvait face à elle.

— En effet, approuva Marianne. Il est grand temps que ces jeunes gens rentrent à la maison et révisent leurs leçons.

Adeline fit la lippe.

— Encore des leçons ! On les a déjà apprises hier !

Mlle Arden s'accroupit et s'adressa à la fillette d'un ton grave :

— Pour bien apprendre, il faut repasser ses leçons tous les jours. C'est très important pour les demoiselles. Plus tu apprendras de leçons, plus cela te sera utile quand tu seras grande. Je crois que tu devrais insister pour qu'on t'en donne davantage.

Adam sourit de la voir adapter ses positions philosophiques à une petite fille. Mlle Arden savait s'y prendre avec les enfants. C'était sans doute injuste de sa part, mais il n'avait pas envisagé qu'elle puisse s'intéresser sincèrement aux enfants. Il en fut touché.

— Tu entends cela, Addie ? dit-il. Mlle Arden est une femme pleine de sagesse. Tu ferais bien de l'écouter. À présent dis-lui au revoir.

Les enfants s'exécutèrent et sa sœur les poussa vers la porte. Alors qu'il se retournait pour les suivre, Mlle Arden lui tapota l'épaule. Ce simple contact se répercuta dans tout son corps.

Cette satanée réaction se produisait chaque fois qu'elle le touchait ; il réagissait aussi vivement qu'un collégien.

Il se demanda si elle le savait – si elle le voyait.

— Monsieur Anderson, je suis désolée, dit-elle à voix basse. Je n'aurais pas dû mentionner Golowan sans vous avoir consulté. J'ai parlé sans réfléchir.

Elle semblait le regretter vraiment. Cela aussi le surprit. Sa gentillesse.

Il choisit d'être franc.

— Vous ne pensiez pas à mal. C'est juste que je préfère éviter qu'ils ne se rendent dans des lieux où les Écossais risquent de ne pas être les bienvenus. Depuis la mort de leur mère… je veille jalousement sur leur sécurité.

Marianne trouvait qu'il couvait trop les enfants. Durant les mois qui avaient suivi la mort de Catriona, il avait eu toutes les peines du monde à quitter la maison le matin pour aller travailler tant il répugnait à s'éloigner de ce qui restait de sa famille.

Mlle Arden le dévisagea avec compassion.

— Bien sûr. Je comprends. J'espère que personne ne se montrera inamical ici. Golowan est une fête joyeuse qui accueille volontiers les visiteurs. Je pense que cela plaira à vos enfants.

— Je vais y réfléchir. Comptez-vous y assister ?

Elle ouvrit la bouche, surprise, puis rit en secouant la tête.

— Non. Contrairement à vous, je ne suis pas une étrangère ici et j'ai dans l'idée que bien des gens préféreraient que je ne sois jamais revenue.

— Ah. Vous m'en voyez navré.

Sa propre mère avait affronté la désapprobation de la ville où ils avaient grandi pour avoir donné deux enfants à un lord anglais dont elle était la maîtresse, qu'il avait installée dans une maison voisine de son domaine de chasse. Adam savait combien les murmures et les regards l'avaient peinée, bien qu'elle ait toujours prétendu le contraire.

— Oh, ce n'est pas bien grave ! dit Mlle Arden en affichant la même expression que lorsqu'il avait décliné sa proposition. Je puise du réconfort dans l'idée que le dégoût est mutuel.

Il ne la crut pas vraiment. Il avait bien vu, la veille, qu'elle cherchait à paraître plus insensible qu'elle n'était. Et il ne pouvait l'en blâmer. Personne n'aime exhiber sa souffrance.

Avant qu'il ait pu dire quoi que ce soit, Mlle Tompkins entra dans la cuisine, un panier au bras.

— Vous voilà de retour, dit Mlle Arden. Quelles sont les nouvelles du village ?

Tompkins grimaça et lui tendit une feuille de papier.

— C'était accroché au portail de la maison, dit-elle d'un ton aigre. La barrière en est couverte.

Mlle Arden pâlit.

— Ils n'ont pas perdu de temps.

Adam se pencha pour jeter un coup d'œil au papier. Une caricature de Mlle Arden y figurait. La personne qui l'avait dessinée lui avait fait un bec d'aigle et une silhouette grotesque, avec des hanches très larges et une poitrine débordant d'un décolleté plongeant. *Kestrel ne veut pas d'une dévergondée*, pouvait-on lire, grossièrement imprimé, sous le dessin.

La pauvre. Quelle horreur de se voir portraiturée de la sorte.

— Grossiers et ignorants, marmonna Tompkins. Si je les surprends, je leur casserai un manche à balai sur le dos.

— Oh, ce n'est que de la provocation ! assura Mlle Arden. Autant les ignorer.

Elle avait dit cela avec conviction, mais elle paraissait ébranlée.

Adam avait tendance à être d'accord avec Mlle Tompkins. Après ce que sa propre mère avait enduré lorsqu'il était enfant, il se serait fait un plaisir d'étrangler toute personne capable de répandre de telles saletés.

— Puis-je le prendre ? demanda-t-il à Tompkins.

Mlle Arden et sa secrétaire le dévisagèrent d'un air surpris.

— En guise de souvenir ? s'enquit Mlle Arden.

Il ne fut pas certain qu'elle plaisantait.

— Non.

Il s'empara de la feuille, la roula et la glissa dans la poche de son gilet.

— Je vais demander à mes ouvriers de retirer cela de votre portail immédiatement. Nous chercherons le responsable de cette mauvaise plaisanterie.

Mlle Arden parut sur le point de protester, mais Mlle Tompkins lui décocha un regard entendu avant de sourire à Adam.

— Merci, monsieur Anderson. C'est fort aimable à vous.

Mlle Arden croisa son regard.

— Je suis sûre qu'il va dire qu'il se contente d'entretenir des rapports de bon voisinage, dit-elle à Tompkins sans le quitter des yeux.

Une lueur amusée dansait dans son regard. Elle avait eu le même regard quand sa chemise arachnéenne s'était enroulée autour de ses chevilles au belvédère.

Dieu qu'il aimait sentir ce regard-là sur lui.

— Pas simplement, dit-il.

Il perçut une pointe de regret dans sa propre voix. Et à sa façon de se figer, il sut qu'elle aussi l'avait entendue.

Il en fut heureux.

Heureux ? Juste ciel. Il était temps de se ressaisir.

Il baissa les yeux pour qu'elle ne puisse pas lire son désir et tapota la caricature dans la poche de son gilet.

— Je dois retourner chez Tregereth.

Il se retourna pour partir, s'arrêta. Il fallait que ce soit dit, même s'il savait que sa voix serait rauque d'émotion.

— Au fait, mademoiselle Arden ?

— Oui ?

— Je vous remercie de vous être occupée de ma fille. Je frémis à l'idée de ce qui aurait pu arriver si vous n'aviez pas été là.

Elle l'observa un instant, puis lui adressa un sourire dénué d'ironie.

Et avec ce sourire, dans cette robe jaune safran, tandis que le soleil accrochait dans sa chevelure des reflets assortis à ses pendants d'oreilles, elle n'avait vraiment rien de commun avec le méchant portrait qu'on avait fait d'elle. Elle évoquait une figure de vitrail ou un manuscrit enluminé, telle la femme qui s'obstinait à hanter ses rêves.

— Il n'y a pas de quoi, monsieur Anderson. Simples rapports de bon voisinage.

Il sourit et sortit retrouver la lumière du soleil en se demandant pourquoi son cœur battait la chamade chaque fois qu'il se retrouvait en présence de Mlle Arden.

6

Mlle Arden se pose en réformatrice alors qu'elle n'est qu'une tentatrice, une Jézabel déchue dont les beaux discours trahissent sa volonté de faire des femmes vertueuses du royaume d'Angleterre des prostituées impénitentes. La publication de ses mémoires ne devrait pas être attendue avec impatience, mais plutôt avec dégoût. Ses écrits ne méritent que le bûcher.

The Town Mercury, *1797*

Plus qu'un bruit, ce fut le frisson qui parcourut sa colonne vertébrale qui réveilla Séraphina aux premières lueurs de l'aube.

Elle se figea et tendit l'oreille.

Un caillou heurta le carreau de sa fenêtre.

Il y avait quelqu'un dehors. Sur la terrasse en dessous de sa chambre.

— Tompkins ? appela-t-elle à mi-voix. C'est vous, Maria ?

Seul le silence lui répondit.

Elle tendit l'oreille vers la fenêtre.

Des pas ?

Ce n'est rien. Rendors-toi.

Un autre caillou rebondit sur le carreau.

Elle bondit hors du lit et s'accroupit sur le plancher, cherchant sa chemise de nuit à tâtons et regrettant que la chaleur l'ait incitée à dormir nue.

Une fois enfilée, elle la serra étroitement contre son corps comme si cela pouvait la protéger de ce qui se trouvait dehors.

Des rôdeurs, sans doute. Comme quand elle avait dix-sept ans.

Elle s'était appliquée à oublier ces visites nocturnes. Jamais violentes, jamais assez bruyantes pour réveiller son père. Juste assez intrusives pour lui faire savoir qu'on la surveillait.

Mais elle n'avait plus dix-sept ans et elle n'avait pas l'intention de se laisser terrifier sans réagir.

Elle attrapa le broc d'eau sur la coiffeuse et rampa jusqu'à la fenêtre. Là, elle risqua un œil par-dessus le rebord au cas où ceux qui se tenaient en dessous auraient été armés de plus gros cailloux.

Elle allait les arroser d'eau froide, histoire qu'ils comprennent qu'elle n'avait pas l'intention de se laisser harceler.

Sauf qu'il n'y avait personne sur la terrasse.

Personne. Rien qu'un oiseau.

Un martin-pêcheur. Étendu sur le dos, ses ailes turquoise déployées comme un éventail ouvert. Et son poitrail d'un blond doré éventré.

Étouffant un cri, elle s'agrippa au rebord de la fenêtre en ravalant un haut-le-cœur.

L'oiseau remua une aile et elle réalisa alors que la pauvre créature n'était pas morte.

Oh, non ! Oh, par pitié, non !

Elle dévala l'escalier, déverrouilla la porte de la terrasse, les mains tremblantes. Elle sortit précipitamment et s'agenouilla à côté du minuscule oiseau ensanglanté. Il émit un son pitoyable – de douleur. Elle sentit un sanglot remonter dans sa gorge.

— Oh, pauvre chéri. Pauvre petit chéri.

Elle aurait voulu l'apaiser, le serrer contre sa poitrine. Mais cela n'aurait servi qu'à accroître ses souffrances.

Une sensation ancienne, frénétique, lui contracta les poumons, les rendit aussi brûlants que si elle avait tiré trop fort sur un cigarillo et la priva d'air. *Quelque chose de tout petit qu'elle ne pouvait pas sauver.*

Elle lança des regards désespérés autour d'elle, cherchant quelqu'un qui soit susceptible de lui venir en aide, en vain. Que pouvait-elle *faire* ? Cette petite créature ne survivrait pas. La seule grâce à lui accorder, c'était d'abréger ses souffrances.

Non. Non, par pitié !

Elle n'avait pas le choix. Elle ferma les yeux. Ses mains tremblaient quand elle le souleva. Son petit corps frissonnait, tiède et doux.

— Pauvre petit. Je suis désolée. Tellement désolée, murmura-t-elle. Tu ne méritais pas cela.

Ses doigts se souvinrent du geste qu'elle avait appris quand elle était enfant et qu'elle aidait la cuisinière à tuer les poulets. Une rapide torsion du poignet suffit à lui rompre le cou.

Elle libéra le sanglot qu'elle avait retenu et le bel oiseau s'immobilisa.

Elle resta là un moment, agenouillée, tremblante.

Elle avait eu des martins-pêcheurs quand elle était petite, dans une cage. Son père les avait capturés près de la rivière qui courait en bordure de la propriété et lui en avait offert un pour son huitième anniversaire. Comme elle s'était inquiétée de ce qu'il risquait de s'ennuyer, il lui avait capturé un compagnon. Elle adorait ces oiseaux. Elle pensait encore à eux quand elle portait des couleurs vives. C'était un de ses rares souvenirs d'enfance qui ne soit pas teinté par le deuil.

Jusqu'à aujourd'hui.

Qui pouvait faire une chose pareille ? Qui pouvait être assez dépravé ?

Elle se releva et observa de nouveau les alentours, par-delà la terrasse, vers le chemin côtier. Parmi les buissons qui bordaient celui-ci.

— Qui est là ? lança-t-elle d'une voix qu'elle détesta. Qu'est-ce que vous voulez ?

Personne ne répondit. Pourtant elle ne put s'empêcher d'ajouter :

— Est-ce que je représente une telle menace pour vous ? Moi ? Pourquoi ? Pourquoi avez-vous tellement peur de cette *femme-là* que vous en veniez à tuer un pauvre oiseau sans défense ?

Elle se laissa retomber à genoux, haletante.

Il n'y eut pas de réponse. Évidemment.

Pourquoi l'avaient-ils toujours menacée ? Persécutée ? De quoi les gens de Kestrel Bay pensaient-ils se protéger en faisant d'elle un objet de mépris ?

De tout et de rien, bien sûr. Il ne pouvait y avoir d'autre réponse à ses cris que le bruit des vagues au pied de la falaise.

Elle se redressa et prit une longue inspiration. Si quelqu'un l'observait, il serait ravi de voir qu'elle était perturbée.

Mieux valait oublier l'incident.

Elle trouverait une boîte et enterrerait l'oiseau sur la plage à marée basse. Elle se retourna et s'avança vers la porte.

Une feuille de papier voletait au-dessus de l'encadrement, retenue par un clou.

C'était une caricature. La même affreuse image que celle qui l'avait fait grimacer dans la cuisine. Une de ces vilaines affichettes que l'aimable apprenti de M. Anderson prenait la peine d'enlever du portail chaque matin, depuis une semaine.

La seule différence, c'était le message griffonné au bas de cette feuille-là.

Les oiseaux de paradis ne sont pas les bienvenus ici. À bon entendeur.

La femme se baignait au pied des falaises, les embruns salés plaquant sa robe blanche délicate sur son corps. Sa chevelure sombre tombait en boucles folles sur ses épaules et jusqu'à ses hanches comme celle d'une sirène. Sa robe mouillée moulait ses formes voluptueuses aussi étroitement que les écailles d'un poisson.

Elle le regarda en levant la jambe au-dessus des vagues, ses orteils dansant dans l'écume, et remonta sa robe. « Viens à moi », disait son regard.

Adam avait tellement envie de la rejoindre que sa poitrine se contracta.

Il s'avança dans l'eau tiède et sentit sous ses pieds le poli des pierres lissées par le ressac. Elle souleva davantage sa robe, révélant ses cuisses, puis le triangle sombre qui les couronnait. L'étoffe humide remonta encore sur le doux arrondi de son ventre et les pointes roses et durcies de ses seins. Elle la fit passer par-dessus sa tête et la laissa retomber parmi les vagues. Nue, elle éleva les bras vers le ciel et se cambra dans la lumière du soleil, la brise de l'océan soulevant sensuellement sa chevelure.

Il la rejoignit enfin. Elle lui prit les mains et les attira vers ses seins. Les pointes lui effleurèrent les paumes. Flottant sur l'eau, sa robe s'enroula autour de la cheville d'Adam.

Il se pressa contre elle, sa peau était chaude et moite. Il fit glisser ses mains sur ses hanches pour lui empoigner les fesses et la plaquer davantage contre lui.

— Adam, murmura-t-elle.

« Oui, oui, oui », répondit son corps. Le soleil se mit à briller plus fort et le point de jonction de leurs corps devint ardent. Un flot de plaisir remonta le long de ses jambes, fluide et salé, aussi intense et tourbillonnant que l'eau turquoise de l'océan.

— Adam.

Il ouvrit brusquement les yeux.

La vive lumière du matin, magnifiée par les blanches falaises de Kestrel, inondait la chambre, mais il ne batifolait pas dans l'eau avec une sirène ressemblant à s'y méprendre à Séraphina Arden.

Il était dans son lit, au cottage, et sa sœur frappait à la porte.

Peste !

Il tendit la main vers la serviette accrochée à sa table de toilette.

— Oui, Marianne ? répondit-il, priant pour qu'elle ne perçoive pas la preuve de son état honteux dans sa voix.

— Il est bientôt 7 heures.

— Merci.

Il ne se levait jamais aussi tard. Il ne se prélassait jamais au lit après le lever du soleil, au risque d'arriver plus tard que son contremaître.

Il se coupa en se rasant, irrité par son reflet dans la glace – ses yeux dégoulinaient de culpabilité comme du jus de cerise débordant du treillis d'une tarte.

Il avait toujours eu tendance à se laisser déborder par ses appétits – il tenait cela de son père.

Il avait cru autrefois pouvoir les satisfaire raisonnablement, dans le cadre des liens du mariage, mais après la disparition de Catriona, il s'était juré de ne plus jamais céder à la tentation.

Il était veuf. Père de famille. Architecte.

L'autre part de lui-même, la part faible, taraudée par le désir, n'avait plus de place dans sa vie. Il devait construire sa carrière. Il devait assurer l'avenir de ses enfants, restés sans mère par sa faute. Il devait se montrer meilleur père que le sien.

Son père avait préféré ses faiblesses aux responsabilités – il était mort jeune, laissant derrière lui une ribambelle de bâtards, dont Adam et Marianne, et un domaine criblé de dettes qui était échu à un lointain cousin malchanceux. Adam avait hérité de son père sa propension aux plaisirs de la chair et ses cheveux châtains.

Mais les vices ne prospèrent que lorsqu'on s'y adonne et meurent si on leur résiste. Après tout, le sang de sa mère coulait également dans ses veines. Celui du grand-père qui lui avait appris à garder la tête haute et à toujours agir pour le bien de sa famille. Celui de la mère qui s'était démenée pour lui donner une éducation et qui avait refusé de se laisser écraser par la honte.

Il serait assez fort pour juguler la soif de plaisirs de son père. Après avoir perdu Catriona, il s'était senti si coupable et abattu que le besoin d'assouvir ses désirs l'avait presque déserté.

Pas tout à fait, apparemment.

Mlle Arden, avec sa robe transparente, ses cheveux emmêlés et son regard complice, avait réveillé cette soif persistante.

« Je crains que nous ne nous soyons mutuellement mépris », lui avait-il dit quand elle l'avait invité dans son lit.

Pure hypocrisie de sa part. Elle ne s'était nullement méprise.

Le désir avait surgi en lui une semaine plus tôt, et il rêvait encore d'elle. Un désir qui alimentait chacune de ses pensées, tel un second pouls permanent.

Il était aussi affolé qu'un collégien. Il devait se ressaisir. Lire la Bible. Dessiner des portiques et des colonnades afin que la pensée des courbes d'une certaine femme cesse de lui polluer l'esprit.

Il s'aspergea le visage d'eau fraîche jusqu'à ce que l'expression coupable déserte son regard.

Une fois habillé, il gagna la pièce principale. Marianne, qui avait disposé une pile de pain grillé et de la confiture sur la table, faisait frire des œufs dans une lourde poêle.

— Merci de m'avoir réveillé, dit-il d'un ton bourru.

— Cela ne te ressemble pas de traîner au lit, s'étonna-t-elle.

— J'ai lu tard hier soir.

Relu, en fait, car il avait emprunté à sa sœur son exemplaire du livre de Séraphina Arden. Sa sombre évaluation des inégalités entre les sexes n'avait pas atténué son désir pour cette femme. Elle lui avait juste rappelé la vivacité de son intelligence.

Ce qui l'avait incité à la désirer davantage.

Marianne lui remit une lettre.

— C'est arrivé pour toi pendant que tu dormais. Remis par le valet du marquis de Pendrake.

Adam se figea.

— Pendrake ? Tu dois te tromper.

Elle rit.

— Pas le moins du monde. J'aurais voulu que tu voies sa livrée. Plus élégant qu'une princesse. Adeline était verte de jalousie.

Adam ouvrit le pli.

Monsieur Anderson,

Je me suis enquis de votre nom auprès de M. Tregereth après avoir remarqué avec quelle promptitude vous aviez effectué ses travaux de rénovation. Lord Pendrake cherche un architecte pour construire un petit temple dans le jardin qu'il a ici, à Alsonair. Je me demandais si vous auriez la bonté de vous entretenir avec moi à ce sujet, demain à 14 heures.

Cordialement,

Jeremiah Lotham,

Secrétaire du marquis de Pendrake à Alsonair

Il tendit la lettre à Marianne sans mot dire.

Elle la parcourut, puis regarda son frère, les yeux brillant d'excitation.

— Adam, c'est incroyable ! Il faut que tu écrives à Mayhew pour le lui annoncer. Il ne va pas en revenir !

Il secoua la tête, n'en revenant pas lui-même.

— Je vais le faire ce matin même.

C'était exactement ce dont il avait besoin. Un objectif qui chasserait de sa tête les distractions mélancoliques et lui rappellerait que la raison pour laquelle il était venu ici n'avait rien à voir avec Séraphina Arden.

— Vous avez reçu de bonnes nouvelles, papa ? demanda Jasper.

Le cœur d'Adam se serra. Jasper était toujours à l'écoute de son humeur, aussi prompt qu'une éponge à absorber les soucis de son père.

— De très bonnes nouvelles, oui. Et j'ai l'intention de fêter cela. Que diriez-vous de déjeuner tous ensemble dans une auberge ce midi ? Ce serait l'occasion de découvrir les spécialités de la région.

Ses enfants le dévisagèrent, l'air à la fois surpris et ravis.

— Oui, papa, dit Jasper.

— Oui, oui ! s'écria Addie.

Marianne lui adressa un grand sourire. Adam n'avait jamais de temps à consacrer à ses enfants dans la journée, pas même le dimanche, du fait des exigences de son travail. Une sortie en famille serait un événement et leur serait profitable à tous.

— Je passerai vous chercher à la mi-journée, annonça-t-il.

Et il penserait à cela quand son esprit vagabonderait. Une sortie avec ses enfants et sa sœur. Un entretien qui promettait de combler ses ambitions professionnelles et de le tirer de sa dette.

Il ne penserait plus à la femme nue au milieu des flots.

7

L'accusation d'adultère avec l'infâme imprimeur Jack Willow prononcée à l'encontre de la vicomtesse Bell est la dernière preuve en date que les poussées séditieuses sont un fléau qui noircit non seulement la politique, mais la morale même du royaume. Si une épouse et mère issue de l'aristocratie peut déchoir à ce point, nul n'est à l'abri de l'influence corruptrice de débauchés tels que Willow et de leur désir de chaos. Il faut arrêter ce fléau avant que les plus faibles d'entre nous – nos femmes, nos enfants et nos miséreux – perdent toute moralité et que les bases mêmes de la société ne cèdent à l'agitation. Lady Bell et Willow devraient subir un châtiment exemplaire. Ils ont mérité ce que l'enfer leur réserve.

The London Caller, *1797*

Il est très difficile d'écrire lorsqu'on a l'esprit occupé par le souvenir d'un oiseau mort.

Séraphina ne croyait pas aux superstitions qui avaient régenté la vie de sa belle-mère, persuadée qu'un miaulement de chat ou un croissant de lune annonçaient un malheur. Il n'empêche, la mort du martin-pêcheur avait projeté une ombre sur cette journée, et quand le courrier était arrivé, il n'y avait pas de lettres d'Elinor ou de Cornelia. Le silence de ses amies avait renforcé cette impression que les ténèbres cherchaient à se refermer sur elle, et pour la première fois, elle s'était demandé si revenir ici n'était pas une erreur.

Elle avait espéré que ce séjour à Kestrel Bay raviverait les souvenirs enfouis. C'était crucial si elle voulait écrire avec la rage nécessaire pour que son livre atteigne son objectif.

Avec ses amies, elles avaient choisi de s'appeler la Société des Sirènes car, telles les sirènes du mythe, elles voulaient se venger des forces et des gens qui leur avaient fait du tort durant leur jeunesse. Le problème étant que, depuis seize ans, Séraphina avait tout fait pour tenir ce genre de colère à distance.

Elle était donc venue là pour retrouver précisément le genre de réveil auquel elle avait eu droit ce matin. Mais elle avait oublié qu'avec la colère vient le désespoir. Les mots avaient toujours été son bouclier, or les mots ne pourraient pas la protéger de ceux qui déposaient des créatures mortes devant sa porte.

Elle entendit des voix d'enfants au-dehors. Elle avait oublié qu'elle avait proposé à Marianne Anderson de passer avec ses neveux pour inspecter le contenu de sa vieille malle de déguisements.

Parfait. Elle avait besoin de quelque chose de léger et d'innocent pour calmer son esprit.

Elle entendit Tompkins les accueillir et rejoignit ses hôtes dans le petit salon. Les enfants, assis près de leur tante, portaient des vêtements immaculés qui devaient être leurs « beaux habits du dimanche ».

Adeline, qui souffrait visiblement de la tension provoquée par cet étalage de bonnes manières, se tortillait dans sa jolie robe. Séraphina réprima une envie de rire. La bonne humeur de cette petite fille était contagieuse.

« Ne change pas, merveilleuse créature, eut-elle envie de lui dire. Ne laisse pas le monde te rabaisser. »

— Bonjour, les enfants. Mademoiselle Anderson, les salua-t-elle. Que d'élégance !

— Papa nous emmène au village aujourd'hui, annonça Jasper.

La franchise du garçon fit sourire Séraphina.

— Vraiment ? Mais c'est très bien.

L'idée que M. Anderson abandonne son chantier pour aller déjeuner en ville avec les siens la réjouit.

— Nous allons manger une tourte avec les mains, précisa Adeline, qui ne semblait pas avoir décidé si cette perspective lui plaisait ou la révoltait.

— Des chaussons à la viande, clarifia Marianne. Les enfants sont tout excités à l'idée de découvrir cette spécialité des Cornouailles.

— J'espère que vous avez très faim. Les *pasties*, comme nous les appelons ici, sont très copieux et on les apprécie d'autant plus qu'on a une faim de loup.

— C'est quoi « une faim de loup » ? demanda Adeline.

— C'est quand on a tellement faim qu'on pourrait manger un cochon entier, répondit Séraphina.

Adeline frémit.

— Je ne veux pas manger un cochon.

Jasper se pencha pour murmurer à l'oreille de sa sœur :

— C'est pareil que le porc. Tu aimes cela. Tu as mangé du bacon au petit déjeuner.

Séra fut touchée par la gentillesse du garçon qui veillait à corriger sa sœur sans l'embarrasser. Il tenait de son père.

La présence de ces enfants lui faisait du bien. C'était réconfortant d'être entourée de personnes qui n'avaient pas d'opinion sur sa moralité. Qui la voyaient seulement comme une femme disposée à leur prêter des déguisements.

— C'est du cochon, le bacon ? glapit Adeline. Personne m'a dit que c'était du cochon !

— Une enfant de la ville, lâcha Séraphina à l'intention de Marianne qui s'efforçait de ne pas rire.

— Je le crains, en effet, approuva celle-ci.

Séraphina se pencha vers la fillette.

— Ne t'en fais pas pour les pauvres petits cochons, Addie. La nature est ainsi faite que chaque créature constitue le repas d'une autre.

— Je suis pas le repas d'une créature ! s'exclama Adeline, indignée.

— Tu l'es si le loup te mange, répliqua Jasper.

Le visage d'Adeline se plissa d'effroi à cette idée. Séraphina la souleva dans ses bras avant qu'elle se mette à pleurer.

— Heureusement pour nous, il n'y a pas de loups en Cornouailles. Allons chercher vos déguisements de Golowan à présent. Je crois bien que cette chère Mlle Tompkins en a retrouvé plein.

Elle les conduisit près de la malle que Tompkins avait descendue du grenier.

— Jasper, les hommes sont vêtus de tuniques et portent une torche, et les garçons qui les accompagnent tiennent un bâton de bois enveloppé de toile de jute et décoré, expliqua-t-elle en sortant la vieille tenue que sa belle-mère avait cousue pour son père. Ce sera trop grand pour toi, mais ta tante pourra peut-être le retailler.

— Bien sûr, dit Marianne.

— Et pour Mlle Adeline, les petites filles portent une robe blanche et une couronne de fleurs dans leurs cheveux, dit-elle en tirant de la malle la robe qui lui avait appartenu autrefois. Celle-ci t'ira à ravir.

Adeline gloussa en découvrant le vêtement démodé.

— Vous savez tresser des couronnes de fleurs ? demanda Séraphina à Marianne.

— Je n'en suis pas sûre. Il vaudrait peut-être mieux que vous nous montriez comment faire. Si vous avez le temps. Nous ne voulons surtout pas vous déranger.

Prête à tout plutôt que se retrouver confrontée à ses souvenirs, Séraphina fouilla dans la malle et en sortit une paire de ciseaux, des aiguilles et une bobine de fil de fer.

— Et maintenant, allons cueillir des fleurs.

Elle passa l'heure qui suivit avec Marianne et les enfants, dans le jardin qui jouxtait la maison. Ils cueillirent bien plus de fleurs qu'ils n'avaient besoin et trouvèrent un bâton pour Jasper.

Une fois leur panier rempli, ils regagnèrent la terrasse. Séraphina étala leur butin, puis entreprit de montrer aux enfants comment percer le centre de la fleur avec une aiguille pour l'attacher et la tresser en couronne. Maria leur apporta de la citronnade adoucie de miel et quand le soleil fut au zénith, tous quatre riaient comme de vieux amis.

Séraphina oubliait souvent à quel point elle aimait les enfants. Leurs manières amusantes et leurs étranges observations offraient une distraction si apaisante en regard du terrifiant travail qui l'attendait qu'elle perdit la notion du temps. Elle fut surprise d'entendre une voix d'homme les saluer depuis le chemin côtier.

C'était Adam Anderson. Dieu qu'il était beau. La loi aurait dû interdire qu'on fût aussi beau.

La brise lui ébouriffait les cheveux et son hâle s'était accentué depuis leur dernière rencontre. Il était si différent des Londoniens blafards qu'elle fréquentait habituellement, voûtés et étroits d'épaules à force de trimer sur des mots toute la journée. Adam semblait dans son élément, sa silhouette se détachait sur les falaises derrière lui, pleine de force et de vigueur. Elle eut envie de s'approcher de lui pour humer son odeur. Il devait sentir le romarin et la terre fraîchement remuée.

— Papa ! s'exclama Adeline qui le rejoignit en courant avec une grosse brassée de fleurs. Regarde, on est des druides !

Il croisa brièvement le regard de Séraphina par-dessus la tête de sa fille. Le sien était aigu. La joie de la voir, ou l'inquiétude à l'idée que ses enfants apprennent des rites païens sous la tutelle d'une femme aux mœurs légères ?

Elle aurait aimé que son regard s'attarde sur elle, un regard plein d'excitation ou de désir, qu'il lui fasse savoir d'une façon ou d'une autre qu'il avait autant pensé à elle qu'elle avait pensé à lui durant la semaine qui venait de s'écouler.

— J'étais en route pour aller vous chercher au cottage, dit-il à ses enfants. Vous êtes prêts à partir ?

— Oui ! s'exclama Jasper.

— Non ! répliqua Adeline. Je veux rester avec Mlle Arden.

Séraphina retint un sourire. Elle avait au moins su charmer l'adorable petite Adeline.

— Mlle Arden pourrait peut-être se joindre à nous ? suggéra Marianne en adressant à Séra un sourire sincère. C'est l'heure du déjeuner, après tout, et nous avons tous l'appétit assez ouvert pour manger un *pasty*.

Séraphina secoua spontanément la tête. Elle n'avait pas sa place dans un repas de famille. Sans compter qu'elle n'avait pas envie d'aller en ville, où elle risquait de croiser des gens qu'elle avait connus autrefois.

— Je vous remercie, mais je dois retourner travailler.

Adeline la regarda avec de grands yeux suppliants.

— Oh, s'il vous plaît, mademoiselle Arden, venez me regarder manger le *pasty* !

— Je suis sûre que le spectacle vaudra son pesant d'or ! s'esclaffa Séraphina. Nos *pasties* sont plus gros que ta petite tête !

— Ma tête est pas petite, se défendit Adeline.

— Si, elle l'est, décréta son frère après en avoir évalué la taille.

— Vous êtes sûre, mademoiselle Arden ? intervint Adam en soutenant son regard. Votre compagnie serait vivement appréciée.

Il avait dit cela d'un ton si chaleureux qu'un frisson la parcourut.

Il avait pensé à elle. Elle en eut la certitude. Elle sentit le courant qui passait entre eux. Elle scruta cependant son regard, se demandant ce qui pouvait l'inciter à souhaiter sa venue. Sa posture reflétait une sorte de défi ; pour autant, elle n'aurait pas su dire si c'était elle ou lui-même qu'il défiait ainsi.

— Oui, venez avec nous ! l'implora Adeline en sautillant.

Peut-être devrait-elle accepter.

Après tout, se terrer dans sa maison délabrée ne serait pas le meilleur moyen de défier ceux qui souhaitaient l'en chasser. Partager un repas avec cette famille prouverait à ceux qui l'épiaient qu'elle n'avait ni peur ni honte.

Et cela faisait une éternité qu'elle n'avait pas mangé de *pasties*.

— Entendu, déclara-t-elle à Adeline. Je vous accompagne.

Du coin de l'œil, elle vit Adam sourire avant de baisser les yeux.

— Merci, souffla-t-elle en passant devant lui, entraînée par Adeline.

Pendant le trajet jusqu'à l'auberge, Adam se concentra sur les propos de ses enfants. D'une part parce qu'il prenait plaisir à passer du temps avec eux, et d'autre part afin d'éviter que la proximité physique de Séraphina Arden ne lui fasse perdre la tête.

Quelle impulsion perverse avait bien pu le pousser à l'encourager à se joindre à eux ? Cette sortie n'était-elle pas censée distraire ses pensées de cette femme ?

D'autant que – même s'il avait conscience de ce qu'une telle pensée avait de désobligeant – le fait d'être vu en sa compagnie n'était pas sans risque. Les villageois risquaient de voir leur rapprochement d'un mauvais œil et cela pouvait revenir aux oreilles de Pendrake. Le marquis étant à la tête d'une faction de conservateurs, il ne devait guère approuver les idées de Mlle Arden.

Pourtant, quand sa sœur l'avait invitée, il lui avait paru grossier de ne pas renchérir alors qu'elle avait consacré sa matinée à s'occuper de ses enfants.

Cela dit, il avait tout simplement eu envie qu'elle vienne.

Et maintenant qu'elle marchait à quelques pas de lui, il était dans tous ses états. Ce qu'il ressentait était complexe – il ne voulait pas laisser voir à quel point la présence de cette femme le rendait nerveux alors qu'il ne pouvait s'empêcher de penser à elle. Elle était à l'aise avec ses enfants et l'écouter bavarder avec eux lui permettait de se concentrer sur autre chose.

Il ne s'était pas senti dans un tel état depuis qu'il était tout jeune homme. Il se demanda ce qu'elle aurait pensé si elle avait su quel émoi elle provoquait en lui.

Elle l'aurait sans doute jugé tristement inexpérimenté.

Sauf que ce n'était pas cela. Il ne réagissait pas ainsi avec les autres femmes. Elle *seule* avait ce pouvoir-là sur lui.

The Old Well, à Curno, était l'auberge la plus proche des terres de Mlle Arden, mais il fallait traverser la rivière en ferry pour s'y rendre, puis longer la Senn jusqu'au village, situé en surplomb d'un petit port de pêche.

Adeline avait insisté pour mettre sa couronne de fleurs, ce qui incita Jasper à lui raconter l'histoire d'une princesse nommée lady Adelina qui pouvait voguer sur les mers grâce à un radeau de fleurs sauvages.

À la grande joie d'Adeline, Mlle Arden aida Jasper à développer ce conte, s'interrompant régulièrement pour embellir le récit d'anecdotes sur la flore des Cornouailles. Elle avait un tel talent qu'Adam en oubliait à demi qu'elle était la célèbre Débauchée.

Ce qui n'était guère charitable. Catriona avait montré beaucoup d'enthousiasme au lit, alors qu'elle était une mère aimante. Ces deux qualités n'étaient pas incompatibles.

— Si nous passions par la plage plutôt que par la route ? suggéra Mlle Arden quand le ferry les déposa de l'autre côté de la rivière. Je connais un bassin où l'on peut trouver d'incroyables créatures épineuses à marée basse.

— Des créatures épineuses ? glapirent les enfants – Jasper avec ravissement et Adeline avec horreur.

— Ne vous inquiétez pas, les rassura Mlle Arden, elles courent moins vite que nous.

Adam réprima un gloussement.

Il chercha à croiser son regard pour lui faire savoir qu'il appréciait sa gentillesse, mais elle évitait si scrupuleusement de tourner les yeux vers lui qu'il en conclut que c'était délibéré.

Il se demanda s'il était le seul à ressentir une troublante palpitation au creux du ventre. Si elle avait, elle aussi, l'impression d'avancer dans la brume, à demi concentrée sur le monde qui l'entourait et à demi sur la façon dont il la voyait.

Il souhaita que ce fût le cas.

Il n'aurait pas dû, pourtant il le souhaita quand même.

Elle les guida le long d'un étroit sentier qui serpentait jusqu'à la plage de Curno. Ils atteignirent bientôt la jetée sous laquelle se trouvait un bassin de marée basse peu profond. Mlle Arden montra aux enfants les algues jaune vif qui tachetaient les rochers, les éponges et les crabes minuscules.

Tandis que les enfants s'amusaient, elle ramassa une épaisse algue brune et la tendit à Marianne.

— On fait un gâteau avec cela, dans la région. Vous avez essayé ?

— Non, répondit sa sœur, qui se pencha pour sentir la feuille.

Elle inclina la tête de côté d'un air intrigué, puis en croqua un morceau.

— C'est assez savoureux. J'en ramasserai au retour pour tenter une recette.

Mlle Arden leur indiqua d'autres plantes comestibles : la criste-marine, délicieuse une fois bouillie et servie avec du beurre et du poisson ; et la bette maritime dont elle confia à Marianne que la cuisinière de son enfance la préparait en hiver, lorsqu'il n'y avait plus de légumes dans le potager.

Elle mettait un point d'honneur à l'ignorer, aussi s'efforça-t-il de l'imaginer enfant, quand elle venait patauger ici l'été. Elle avait perdu l'accent des Cornouailles et ses manières étaient celles des salons de Londres, où elle faisait pratiquement partie des meubles. Il ne put s'empêcher d'admirer sa transformation.

Elle avait dit qu'elle écrivait ses mémoires. Il aurait été curieux de les lire. Il avait envie de mieux la connaître.

Quand ils atteignirent les bateaux de pêche, ils firent demi-tour et remontèrent vers le village. L'odeur de poisson frit qui flottait autour de l'auberge lui rappela les bords de la Tamise.

L'établissement était presque vide. Marianne installa les enfants à une table pendant qu'il allait passer commande au comptoir. Mlle Arden l'accompagna. Son parfum, féminin et fleuri, restait perceptible malgré l'odeur de friture.

— Et vous ajouterez cinq pintes de fleur de sureau, dit-elle une fois qu'il eut commandé de quoi faire un petit festin. C'est la spécialité de la maison, lui confia-t-elle.

Ah ! Elle se décidait enfin à lui parler. Il en fut si heureux qu'il eut envie de danser la gigue, mais il se contenta de lui sourire.

— Je savais que c'était une bonne idée de venir avec quelqu'un du coin.

Elle lui retourna son sourire.

— C'était fort aimable à vous de m'inviter.

— Merci d'avoir consacré du temps aux enfants. Addie est sous votre charme.

Tout comme son père.

— Il n'y a vraiment pas de quoi, assura-t-elle. Votre famille est d'une compagnie très agréable. Bien plus que celle d'une plume et d'une feuille de papier.

— Il me tarde de lire votre prochain livre.

Elle sourit de nouveau, quoique différemment. Ce sourire-là avait quelque chose de profondément féminin qui lui noua la gorge.

— Oh, je n'en suis pas sûre, monsieur Anderson. Il risque d'être bien trop scandaleux pour quelqu'un comme vous.

Il inclina légèrement la tête et déclara à mi-voix :

— Je ne suis pas si prude.

Le regard de Mlle Arden se posa sur son torse, puis s'attarda sur ses bras.

— Non. Peut-être pas.

Il ne trouva rien à lui répondre.

Elle pinça les lèvres d'une façon qui l'incita à penser qu'elle était consciente de l'effet qu'elle avait sur lui et que ce n'était pas pour lui déplaire.

Heureusement pour lui, l'aubergiste apporta leur plateau de boissons et le tendit à Séraphina qui s'en empara avec dextérité et le porta jusqu'à la table.

Adam prit le temps de se ressaisir.

— N'ayez pas peur, goûtez, disait Mlle Arden à Marianne et aux enfants lorsqu'il atteignit la table.

Sa fille prit une petite gorgée du breuvage et sourit.

— Ça a un goût de fleurs !

— La boisson rêvée pour lady Adelina, s'esclaffa Mlle Arden. L'élixir de la reine des fées !

Elle paraissait plus jeune quand elle riait.

— C'est quoi un éliskir ? demanda Addie.

— Un breuvage magique qui donne de la force. C'est important pour une jeune fille d'être puissante.

Marianne lança un coup d'œil à Adam qui signifiait clairement : « Décidément, cette femme me plaît. »

Il lui adressa un sourire mesuré, soucieux de ne pas paraître trop enthousiaste ; il craignait qu'elle ne devine la fascination puérile que lui inspirait Mlle Arden et ne s'inquiète à l'idée qu'il puisse commettre un acte inconsidéré.

Il ne ferait rien de tel.

Il n'en avait pas le droit.

— Nous allons manger des *pasties* ? s'enquit Jasper.

— Et comment, répondit Adam. J'ai aussi commandé du poisson et du crabe des Cornouailles.

— Du crabe ? répéta Adeline, horrifiée. Manger un crabe ? Comme celui de la plage ? Je l'aimais bien, ce petit crabe. Je pourrais pas le manger.

— Oh, mais Adeline, c'est tellement bon mijoté dans du beurre ! dit Marianne.

Un débat animé s'ensuivit sur les plaisirs potentiels qu'il y a à avaler des créatures marines, aussi terrifiant pour Adeline que jubilatoire pour Jasper.

Une serveuse apparut avec deux plats fumants et un panier de poissons garni de papier journal pour absorber la graisse.

Les enfants adorèrent le repas, et leur gaieté, le soleil qui brillait, sa famille autour de lui, la joyeuse présence de Mlle Arden éveillèrent en Adam un sentiment de gratitude doublé d'une pointe de mélancolie. Cela faisait si longtemps qu'ils n'avaient pas été aussi heureux.

Il regretta d'avoir laissé sa vie devenir aussi triste.

Il regretta que Catriona ne puisse partager tout cela. Ces instants de bonheur, alors que leurs deux bébés devenaient de vraies personnes, découvraient de nouvelles boissons au goût de fleurs, rencontraient des gens fascinants et mangeaient des *pasties* avec les doigts.

Jasper prit un morceau de poisson, puis tendit le cou pour étudier le journal.

— Regardez ! s'écria-t-il. C'est Mlle Arden dans le journal ! C'est vous, n'est-ce pas ?

Séraphina prit le journal que l'enfant lui tendait. Si le dessin était grossier, il était clairement censé la représenter. L'auteur avait donné à sa haute silhouette l'aspect d'une plante montée en graine et à son nez patricien la forme d'un bec d'aigle, ponctuant la ressemblance recherchée par une vilaine tignasse de sorcière.

— Qu'est-ce qui est écrit ? demanda Jasper en tentant de déchiffrer les mots parmi les taches de graisse.

Adam plissa les yeux.

Le vice et le péché menacent Kestrel, disait le titre. *La scandaleuse débauchée apporte avec elle la maladie du corps et de l'esprit.*

8

Séraphina adressa un regard affolé à Adam. Celui-ci s'empara calmement du journal et le tint hors de la vue de Jasper.

— « Kestrel Bay est heureuse d'annoncer le retour de la célèbre essayiste, Séraphina Arden », fit-il semblant de lire.

Elle éprouva un tel élan de gratitude envers Adam qu'elle s'empressa de détacher une pince de crabe pour masquer son émotion.

— Vous êtes *célèbre* ? s'exclama Jasper. Pour quelle raison ?

Elle s'efforça de ne pas s'étrangler sur son crabe.

— Oh, non, je ne suis pas célèbre !

Adam rit et secoua la tête en regardant son fils.

— Mlle Arden est modeste, mais elle est très célèbre. Elle écrit des livres pour aider les gens à comprendre comment on peut améliorer le monde. Avec ses amies, elles collectent de l'argent pour concrétiser ses idées. Ta maman aimait ses livres.

Elle rougit car c'était la première fois qu'un homme la décrivait en termes aussi favorables, et tourna les yeux vers la fenêtre, honteuse d'être aussi émue.

Une femme se tenait de l'autre côté de la vitre.

Tamsin Rowe.

Sa sérénité fraîchement retrouvée la déserta d'un coup. Elle eut envie de faire comme si elle ne l'avait pas vue. De ramper sous la table ou de sortir en courant par la porte de derrière.

Pourtant elle s'obligea à garder la nuque raide, posa les mains à plat sur la table et s'interdit de baisser les yeux. Elle se força même à sourire.

Tamsin tourna la tête et s'éloigna rapidement.

Séraphina laissa échapper un long soupir. Pas étonnant que Tamsin se soit enfuie. Elle avait révélé sa vraie nature des années auparavant.

— Quelqu'un que vous connaissez ? murmura Adam.

Avant qu'elle ait le temps de répondre, Tamsin apparut sur le seuil de l'auberge et se dirigea vers leur table.

— Séraphina, dit-elle d'une voix tremblante, je ne peux pas le croire. Je pensais ne plus jamais te revoir.

— J'imagine, répondit Séraphina d'une voix douce.

Elle se tenait immobile, choquée que son amie d'autrefois - si *amie* était bien le terme qui convenait - ait l'audace de l'affronter. Il lui parut essentiel d'apparaître sereine et confiante devant elle. D'être Séraphina Arden, la Débauchée, membre fondateur de la Société des Sirènes, et non la fille de mineur dont la vie avait été détruite et qui avait été trahie par ceux qu'elle aimait le plus.

— J'ai entendu parler de ta... de ta vie, reprit Tamsin en choisissant ses mots avec soin, à cause des enfants de toute évidence. Il paraît que tu as créé un... une sorte de mouvement ?

— On peut dire cela, sourit Séraphina.

Elle était aussi ébranlée que Tamsin en avait l'air, mais plutôt mourir que de le lui laisser le deviner. Tamsin irait certainement raconter aux autres qu'elle l'avait vue et elle tenait à ce qu'ils sachent qu'elle était très sûre d'elle et *heureuse*.

Tamsin, qui avait toujours eu l'art et la manière de faire la conversation, semblait à court de mots.

Séraphina ne put résister à la tentation de lui lancer un défi.

— Tu devrais passer me voir. Je te raconterai tout cela.

Elle soutint le regard de Tamsin.

— Nous avons toujours besoin de nouveaux soutiens à la cause. Et ce serait bien de se retrouver, après toutes ces années.

Tamsin rougit.

— Tu sais bien que je ne pourrai pas.

Elle remarqua l'expression perplexe des Anderson, rougit davantage et recula.

— Excuse-moi, j'ai interrompu ton déjeuner. Je suis contente... de te voir en si bonne forme.

Elle avait dit cela d'une voix enrouée, comme si elle était au bord des larmes. Les enfants eux-mêmes étaient suspendus à ses lèvres, tant il était évident que ses paroles fourmillaient de sous-entendus. Séraphina se retint de lever les yeux au ciel. Les années n'avaient pas amoindri le talent de Tamsin pour feindre un attachement sentimental qu'elle était loin de ressentir.

— Merci, dit Séraphina avec une amabilité feinte. C'est bon de te revoir. Mes meilleurs vœux à ta famille.

Les yeux de Tamsin étincelèrent. Elle acquiesça et s'éloigna, tête basse.

Séraphina sentit refroidir le sang qui lui était monté à la tête. Elle s'était comportée exactement comme elle le devait, alors que Tamsin avait paru mal à l'aise. Si cette entrevue s'était apparentée à un rapport de force, elle en était sortie nettement victorieuse.

— C'était qui ? demanda Jasper.

— Une vieille amie, répondit-elle.

Adam se racla la gorge, dans le but évident de lui épargner les questions de ses enfants.

— Qui pense que nous devons commander un dessert ? lança-t-il.

Séraphina sourit.

— Si mes souvenirs sont bons, ils font une délicieuse brioche au safran.

Pendant que les enfants discutaient avec Marianne des mérites comparés des pâtisseries et des entremets, Adam toucha la main de Séraphina sous la table. Le contact de ses doigts, aussi insolite qu'inattendu, la fit sursauter.

— Tout va bien ? s'enquit-il à voix basse.

Elle allait effectivement mieux maintenant qu'il lui caressait la main. Elle posa sa main libre sur la sienne et la tapota.

— Oui. C'est seulement que cet endroit est rempli de fantômes.

Il acquiesça comme s'il comprenait, hésita juste un instant, puis lui pressa la main avant de la lâcher.

Adam eut beau s'ordonner de ne pas se concentrer sur Mlle Arden, sa main resta brûlante tout au long du dessert.

Elle fit un effort évident pour rester enjouée avec les enfants tandis qu'ils achevaient leur dessert. En revanche, elle garda le silence sur le chemin du retour. Si elle n'évoqua pas la femme dont l'apparition l'avait prise de court à l'auberge, Adam sentit que cette rencontre l'avait remuée.

Quand ils atteignirent le cottage, il demanda aux enfants de remercier Mlle Arden pour sa générosité.

— Il n'y a pas de quoi. J'espère que vous vous amuserez bien à Golowan.

— Est-ce que vous viendrez avec nous, mademoiselle Arden ? À G'wan ? demanda Adeline.

— Oh, oui, s'il vous plaît ! renchérit Jasper. Ainsi, nous serons sûrs de savoir quoi faire. Je déteste avoir l'air ridicule.

Mlle Arden afficha une expression surprise. Elle jeta un coup d'œil à Adam, s'excusant en silence de s'être trop immiscée dans leur vie.

Son côté prudent l'incita à chercher une dérobade – parce qu'il savait qu'être vu trop souvent en compagnie de Séraphina Arden pouvait faire naître des rumeurs susceptibles de remonter jusqu'à Londres, ou jusqu'au marquis de Pendrake. D'autant que Mlle Arden elle-même avait avoué sans détour que ses rapports avec ses anciens voisins étaient plus que froids.

Toutefois, la réaction qu'elle avait eue face à cette femme, à l'auberge – le mal qu'elle s'était donné pour être aimable malgré le malaise évident de l'autre – réveilla son instinct protecteur. Si Mlle Arden n'était pas la bienvenue dans la ville où elle avait grandi, au moins serait-elle la bienvenue dans sa famille.

Car si la réputation était importante, la décence l'était tout autant.

Il laisserait la décision entre ses mains.

— Nous serions honorés de vous avoir pour guide, mademoiselle Arden, dit-il. Bien entendu, nous comprendrions que votre travail vous en empêche.

Voilà. Cela semblait correct. Si elle avait envie de venir, elle se sentirait la bienvenue, en revanche, si elle envisageait cela comme une corvée, il lui offrait une échappatoire.

— Merci, dit-elle après réflexion. Je serais ravie de me joindre à vous. Nous ferons les choses en grand et nous prendrons ma voiture pour aller en ville.

— Ce sera merveilleux, mademoiselle Arden, déclara Marianne. Il me tarde d'y être !

— Moi aussi. Adieu, donc.

Elle leur adressa un sourire, qu'Adam ne trouva pas tout à fait heureux, puis s'engagea sur le chemin côtier pour regagner sa maison.

Il eut envie de la rattraper, de l'escorter jusqu'à la terrasse, mais il aurait semblé trop empressé. Et qu'aurait-il eu à gagner en favorisant l'attirance qu'elle exerçait sur lui ?

Il devait tempérer son intérêt et non le nourrir avec des promenades en bord de mer.

Il se rendit sur le domaine de Tregereth, où il devait retrouver son contremaître pour discuter de l'avancée des travaux. Graveson était déjà là avec son fils, Dabbie.

Le garçon, un échalas dégingandé de seize ans, lui adressa un sourire timide. C'était la première fois qu'il travaillait comme apprenti maçon et il semblait aussi apte à la tâche que Jasper.

Adam consulta le plan du chantier et approuva quand Graveson indiqua les points de répartition de ses équipes et les progrès des travaux.

— Nous pourrons démarrer la maçonnerie la semaine prochaine, déclara Adam. J'ai rendez-vous avec un carrier de la région pour organiser la livraison des ardoises.

— Les pêcheurs disent qu'une tempête se prépare, l'avertit Graveson. On risque de perdre l'après-midi, peut-être même deux jours, si elle est mauvaise.

Adam ricana. Il y avait un soleil radieux.

— Deux jours ? Je voudrais bien voir cela.

— Vous ne connaissez pas le climat de Kestrel, intervint un dénommé Tegan, natif de la région. Ce genre de tempête surgit de nulle part et peut vous mettre un homme à terre.

Un autre gars de l'équipe confirma :

— Pour sûr. Laissez pas vos loupiots s'approcher du bord de la falaise. C'est instable après les rafales. Des blocs entiers se détachent de la paroi.

Adam grimaça. Il faudrait qu'il prévienne Marianne.

— Comment avance la démolition ? s'enquit-il.

Graveson l'emmena faire le tour du chantier pendant le quart d'heure qui suivit.

Adam était content. Ils avaient pris de l'avance sur le programme. Il espérait que cela reviendrait aux oreilles du secrétaire de Pendrake.

— Continuez ainsi, dit-il. Je vais aller voir les menuisiers. Nous reparlerons dans l'après-midi.

— Encore une chose, dit Graveson. Vous nous aviez interrogés à propos de ces affichettes sur le portail de la voisine. Eh bien, Dabbie a vu un homme en accrocher une hier soir.

Adam regarda le fils de Graveson.

— Vraiment ?

— Oui, je rentrais de la taverne avec d'autres gars du chantier, avoua le garçon en rougissant un peu. On a aperçu un type près du portail. On a crié et il s'est sauvé en courant. Jarvis a dit qu'il s'appelait Nancarrow et que c'était le garde-chasse du baron Trewlnany, à Gwennol Bluff.

Adam sourit au garçon.

— Excellent, Dabbie. Mais ne passe pas toutes tes soirées à la taverne, d'accord ?

Adam s'en alla retrouver les menuisiers en veillant à garder en mémoire les noms de Nancarrow et Trewlnany. Il doutait que Séraphina fût réellement en danger dans son village natal – elle devait recevoir des menaces bien pires au vu des scandales qu'elle soulevait à Londres –, mais il préférait s'en assurer.

Il passerait chez elle sur le chemin du retour pour la mettre au courant.

Et si son estomac se nouait à l'idée de la revoir déjà, il l'ignorerait.

Si sa main palpitait encore, comme en écho à son contact, il l'ignorerait aussi.

Lui transmettre cette information, ce n'était pas céder à la faiblesse. C'était simplement entretenir des relations de bon voisinage.

9

Il était revenu, aussi clair et envoûtant que les yeux pâles de Tamsin Rowe fixés sur elle à travers la vitre d'une auberge du bord de mer : le passé.

La plume de Séra courait sur la page tandis qu'elle s'efforçait de traduire ses souvenirs en mots.

Au début, il s'est contenté de m'entraîner à l'écart quand personne ne nous prêtait attention. Un mot glissé à l'oreille dans la file d'attente des rafraîchissements. Une rencontre fortuite au marché. Une incursion furtive dans le jardin d'hiver pendant que les autres dansaient.

Je ne pouvais pas me trouver près de lui sans rougir. Je ne pouvais pas le regarder sans nourrir un espoir. Chaque fois qu'il me parlait, je cessais de respirer. Rentrée chez moi, je notais les paroles qu'il m'avait adressées dans mon journal intime pour les relire ensuite, encore et encore, me gavant de ce badinage comme s'il s'agissait de friandises.

« Rejoignez-moi près du pont », m'avait-il dit en me glissant un papier plié dans la main. Un message sur lequel ne figuraient qu'une date et une heure. Je l'ai caché dans mon médaillon. Et je l'ai conservé jusqu'à aujourd'hui. Le seul message que j'aie jamais reçu de sa main.

Personne ne remarquait mes longues promenades. Si je rentrais mouillée et décoiffée, c'était parce que nous étions en Cornouailles et que le vent soufflait de la mer.

Qui aurait pu penser qu'une fille comme moi – déjà aussi grande qu'un homme à quinze ans, aux traits trop affirmés et dépourvue d'élégance – s'attirerait des ennuis ?

Qui aurait pu penser que, sous ce pont, il éveillerait une partie de moi dont j'ignorais l'existence ?

Elle s'interrompit, les mains tremblantes. Pourquoi permettait-elle à ce souvenir de la déstabiliser ? C'était ridicule. Et pourquoi lui avait-il suffi de voir Tamsin pour redevenir la gamine d'autrefois ? C'était tout aussi ridicule. Une gamine qu'elle avait heureusement cessé d'être depuis longtemps.

Elle était juste Séra, à l'époque. Une fille assez quelconque et solitaire qui s'était sentie très flattée qu'une fille beaucoup plus jolie qu'elle la prenne en amitié. Tamsin était restée très jolie. Une chevelure étincelante, d'un noir intense, sans un seul cheveu blanc. D'immenses yeux bleus et une bouche sensuelle. Un petit grain de beauté, sur la pommette – minuscule imperfection qui rehaussait la délicatesse et la régularité de ses traits.

Elle avait de fines pattes-d'oie au coin des yeux, à présent, et sa silhouette s'était un peu empâtée. Ce qui était fort compréhensible. Tamsin avait eu des enfants. Quatre, lui avait-on dit.

Séra n'avait pas envie de penser à cela.

Elle fit craquer les jointures de ses doigts et reprit le fil de son récit.

Peut-être avait-il vraiment juste envie de traverser le pont avec moi pour regarder l'océan, cette première fois.

Peut-être avait-il l'intention de me laisser intacte.

Il n'était pas innocent, mais je l'ai peut-être surpris.

Car avant de me retrouver seule avec lui, j'ignorais tout l'enjeu d'une telle rencontre. Je n'avais pas même imaginé posséder cette sorte de désir.

Se peut-il qu'il l'ait su avant moi ? L'a-t-il pressenti en moi, prêt à éclore ?

Malgré toutes les conséquences endurées, je n'échangerais ces moments pour rien au monde. Nous nous sommes retrouvés sous ce pont pendant deux ans.

Je n'ai jamais eu de regrets concernant ce pont.

Elle se leva, s'étira, puis passa au salon. Les souvenirs lui reviendraient plus facilement avec un verre de vin. Elle avait tâché de se montrer raisonnable la veille au soir et il restait l'équivalent d'une demi-bouteille de vin dans la carafe. Elle l'attrapa et retourna dans son bureau. Elle remplit un verre, en but la moitié et apprécia l'onde de chaleur qui se répandit dans son estomac.

Elle se sentait soudain beaucoup mieux.

Il lui avait appris à apprécier cela aussi. Le plaisir de l'alcool. Il gardait une flasque dans sa poche et les jours de froidure, il lui faisait boire quelques gorgées d'eau-de-vie de pomme. Jamais assez pour la saouler. Juste ce qu'il fallait pour la faire glousser et la rendre plus docile.

Aujourd'hui, elle riait rarement quand elle buvait.

À cette époque, son avenir à lui – celui que décrètent les gentlemen qui décident ce genre de choses – se mettait en place. Un arrangement entre deux familles se transformait en cour officielle, une cour dont j'étais témoin, le dimanche à l'église et lors de bals que donnaient les voisins. Nous continuions pourtant à nous retrouver près du pont. Nous nous y sommes retrouvés jusqu'à ce que ses fiançailles soient annoncées dans une salle où je me tenais à dix pas des fiancés et où j'ai applaudi comme si cette annonce ne me transperçait pas le cœur.

Jusqu'à la lecture des bans, je l'ai cru quand il disait qu'il attendait le moment d'avouer la vérité à son père à notre sujet. Qu'il allait m'épouser, bien sûr, et que tout se passerait bien.

Qu'il m'aimait.

Que tout cela n'était qu'une terrible erreur.

Mais vous connaissez la suite, bien sûr.

Il ne l'a pas fait.

Elle acheva son verre et envisagea de s'en servir un autre.

Si elle buvait trop, elle risquait de se laisser aller à raconter trop de choses. Son récit était celui d'une perte. Sur le moment, elle avait cru que c'était le fait de le perdre, *lui*, qui était douloureux ; avec le recul, cependant, cela piquait à peine. À l'heure du bilan, c'était la perte des autres qui était la plus difficile à supporter. Tamsin. Sa belle-mère. Son père. Kestrel Bay et tous les gens qu'elle avait connus. La jeune fille qu'elle avait été. La femme qu'elle imaginait devenir un jour.

Elle n'avait jamais eu l'intention de devenir Séraphina Arden.

Ce rôle lui avait été imposé. Un choix par défaut.

Elle se leva et regarda par la fenêtre.

L'orage couvait.

On le sentait dans l'air avant même que les nuages ne se forment. Elle en avait gardé le souvenir. Cette lumière blafarde. L'air lourd et immobile.

La mer, qui était restée aussi plate qu'un miroir toute la journée, semblait à présent s'enrouler sur elle-même au creux de la baie. Bientôt, les vagues se déchaîneraient.

Une rafale de vent fit claquer le volet délabré contre la fenêtre. Ce fut si soudain qu'elle laissa échapper un glapissement de surprise.

— Tout va bien ? s'enquit Tompkins en entrant précipitamment.

— Je... Oui.

— On ne dirait pas, riposta Tompkins en regardant la main qu'elle avait plaquée sur son cœur.

— Je vais très bien. Ce n'est tout de même pas ma faute si les volets claquent !

Tompkins pinça les lèvres et Séraphina regretta d'avoir engagé comme secrétaire une femme aussi perspicace et compétente. De telles personnes voient parfois plus de choses qu'on ne le souhaiterait.

— M. Anderson est là, dit Tompkins. Il aimerait vous dire un mot, si vous avez le temps.

M. Anderson ? Que pouvait-il bien lui vouloir ? Cela ne faisait pas trois heures qu'ils s'étaient quittés. Peut-être avait-il été si ébloui par son habileté à décortiquer le crabe qu'il avait reconsidéré sa proposition d'abandon charnel... C'était peu probable. Mais cette distraction tombait à pic, quelle que soit la raison de sa venue.

— Où est-il ? demanda-t-elle à Tompkins.

— Il attend au salon.

— Je vais le rejoindre.

Une nouvelle rafale de vent fit trembler les portes de la terrasse quand elle pénétra dans la pièce.

M. Anderson regardait par la fenêtre. Elle n'aurait pas dû se torturer en s'attardant sur son physique, si parfait qu'elle y voyait une sorte de punition. Il lui tournait le dos, comme lorsqu'elle l'avait vu pour la première fois au belvédère, et son souffle s'accéléra à ce souvenir. Elle s'éclaircit la voix.

— Bonsoir, monsieur Anderson.

Il se retourna et lui sourit. Il avait un si beau sourire.

— J'espère que je ne vous dérange pas.

— Non. Je faisais ma comptabilité. Cela ne fait pas partie de mes activités favorites.

Elle ne savait pas pourquoi elle mentait au sujet de son occupation. Par souci de le protéger peut-être. Comme si elle craignait de lui communiquer sa tristesse en évoquant son travail.

— Ah, la comptabilité ! soupira-t-il avec une grimace compatissante. Je partage votre manque d'enthousiasme.

Son accent écossais était plus marqué, nota-t-elle. Il semblait varier au gré des circonstances – il disparaissait presque complètement quand il était concentré, mais il le retrouvait quand il était plus détendu.

Elle ne put s'empêcher de penser que dans les affres de la passion, il devait s'exprimer en véritable Highlander. Elle se retint de rire à cette idée et arrangea les plis de sa robe lorsqu'elle s'assit sur le divan, veillant à adopter une pose très convenable, telle une dame qui ne recevrait jamais d'oiseaux morts pour cause de comportement inconvenant.

« Arrête », s'ordonna-t-elle.

— J'espère que vos hommes savent que le temps va tourner, dit-elle en désignant l'extérieur. L'orage promet d'être impressionnant.

— Oui, les maçons l'ont prédit voilà plusieurs heures. Ils prétendaient qu'ils le sentaient dans l'air. J'ai d'abord cru qu'ils cherchaient un prétexte pour avoir l'après-midi libre et profiter du soleil.

— Quiconque a grandi en Cornouailles sait qu'il ne faut pas se fier au soleil. Je l'ai senti venir, moi aussi. L'air devient lourd, et puis il y a l'odeur. Vous ne sentez pas cette prémonition dans l'air ? Cela picote la peau.

Elle frissonna.

Il ne répondit pas et elle vit qu'il s'efforçait d'être réceptif au climat. Il hocha lentement la tête.

— Peut-être bien. C'est à vous donner la chair de poule.

Oh, l'imaginer avec la *chair de poule*…

Il fallait vraiment qu'elle arrête.

— Vous vouliez me parler de quelque chose ?

Son visage se fit grave. Il avait ce genre de visage que la gravité embellit – ses traits se marquaient davantage, lui conférant plus de caractère. Elle se demanda quel âge il avait. Plus jeune qu'elle, estima-t-elle, quoique pas de beaucoup.

— Oui. En rentrant de la taverne, hier soir, un de mes apprentis et quelques-uns de ses camarades ont surpris votre vandale en pleine action.

Il sortit une affichette de sa sacoche et la lui tendit.

Elle l'étudia. Le même dessin déplaisant que celui qu'elle avait trouvé au-dessus de sa porte.

L'idée que quelqu'un venait jusque chez elle dans l'intention de lui faire peur la mettait affreusement mal à l'aise. Elle ne voulut toutefois pas laisser voir son inquiétude à M. Anderson. On laisse voir son esprit et son décolleté à un homme, pas ses émotions.

— Comme c'est original, commenta-t-elle, pince-sans-rire. Les défenseurs de la décence ne sont décidément pas très créatifs.

— Apparemment, ce vandale serait le garde-chasse de Gwennol Bluff. Vous connaissez l'endroit ?

Son estomac se noua.

Elle connaissait très bien l'endroit.

Elle voulut parler, mais s'en découvrit incapable.

M. Anderson l'observait attentivement.

— Tout va bien, mademoiselle Arden ?

Elle prit une profonde inspiration.

— Très bien, oui.

— Je me suis dit que je devrais peut-être aller trouver le baron Trewlnany, le propriétaire du domaine, pour lui apprendre ce que fait son employé.

Seigneur, elle n'avait pas besoin de cela.

— Oh, non, je vous en prie ! Je m'en chargerai moi-même.

Autrement dit, elle ne ferait rien du tout. Si Trewlnany était derrière cette affaire, elle ne lui donnerait pas cette satisfaction.

M. Anderson plissa le front.

— Si vous avez des ennuis de voisinage, mieux vaut les régler au plus tôt. Quitte à faire intervenir les magistrats. Une propriété sans protection est vulnérable la nuit.

Comme si les magistrats risquaient de lever le petit doigt pour elle !

Comme si c'était sa *propriété* qui était menacée.

Ce n'étaient pas les poutres et les chevrons à moitié pourris qui représentaient une menace. C'était sa présence à Kestrel Bay. Elle espérait se tromper, mais entre l'oiseau et Gwennol Bluff…

Arrête. N'y pense pas.

Elle se ressaisit.

— Voilà des années que je m'occupe de ce genre de nuisances, monsieur Anderson. Ce que ces gens cherchent, c'est la satisfaction de me perturber. Accuser réception de leurs actes ne sert qu'à leur donner ce qu'ils veulent.

Il ne parut guère convaincu.

— Je vais demander à mes hommes de garder un œil sur votre portail. Appelez cela un excès de prudence.

Pour qui la prenait-il ? Pour la princesse du conte de fées de Jasper ? Elle fut tentée d'objecter. Elle le devrait, car ces affichettes ne le concernaient pas. Puis elle repensa au martin-pêcheur blessé et se contenta de hocher la tête.

— C'est très aimable à vous.

D'un seul coup, le ciel noircit et la pluie se mit à tomber, de grosses gouttes venant frapper les carreaux. Elle sursauta.

M. Anderson grimaça.

— Ah, j'ai mal estimé le temps dont je disposais ! Je devrais partir avant de ne plus du tout pouvoir rentrer.

— Ne dites pas de bêtises. Les falaises sont très dangereuses, quand il pleut ; il y a des risques de glissements de terrain. Restez dîner avec moi. Avec un peu de chance, le temps se sera calmé d'ici une heure ou deux.

Elle devina à sa posture qu'il allait refuser son invitation et elle en fut déçue car elle n'avait pas envie de rester seule. Dans ses bons jours, la pluie la déstabilisait, mais aujourd'hui son moral était si bas qu'elle était capable de boire trop et d'écrire à Cornelia et à Thaïs des lettres si larmoyantes que ses amies se sentiraient obligées de venir à son secours. Et son livre ne serait jamais fini à temps.

À moins qu'elle n'ait tout simplement envie qu'il reste.

Pourquoi avait-elle renvoyé Henri ? N'aurait-elle pas pu supporter ses sentiments excessifs pendant quelques semaines si ceux-ci avaient été assortis de l'anesthésiant éprouvé du sexe ? Les jeux érotiques étaient un excellent remède pour évacuer les soucis. Elle aurait tant aimé se glisser hors de ses pensées pour ne plus être qu'un corps aimant et aimé.

Un grondement de tonnerre fit trembler la maison.

Les épaules de M. Anderson s'affaissèrent, comme s'il acceptait sa défaite.

— Ma foi, j'imagine que je ne peux pas espérer rentrer. Très bien, je dînerai avec vous si cela ne vous dérange pas.

Elle sourit et, pour une fois, eut une pensée reconnaissante pour l'affreux climat des Cornouailles.

Mlle Arden semblait à cran. Adam voyait bien qu'elle s'efforçait de paraître insouciante, mais sous ce masque, elle semblait tendue et fatiguée. Des rides qu'il n'avait encore jamais remarquées plissaient le coin de ses lèvres.

Maria leur servit le dîner dans la salle à manger. Le repas fut modeste. Lotte, pommes de terre, épinards à la crème et pain.

— Si j'avais su que j'allais avoir de la compagnie, j'aurais demandé que l'on serve un plat plus roboratif, déclara Mlle Arden. Cela vous suffira-t-il ?

Elle but une généreuse gorgée de vin et posa cette question comme si elle s'adressait à ses épaules, qu'elle ne cessait de regarder d'une façon qui lui faisait plaisir et l'intimidait tout à la fois.

— C'est délicieux, je vous remercie, répondit-il. J'apprécie la bonne chère des Cornouailles. Le poisson y est bien plus frais qu'à Londres.

— Oui. Un des rares avantages de mon patrimoine. D'où êtes-vous originaire ?

— D'Écosse, répondit-il en forçant son accent.

Elle lui décocha un regard caustique.

— Cela ne fait aucun doute. Je voulais dire, de quelle partie de l'Écosse.

— De la région d'Édimbourg.

— Ah. Édimbourg est une très belle ville. Vous êtes allé à l'université là-bas ?

— Oui.

— Et comment en êtes-vous venu à l'architecture ? Une affaire de famille ?

— De la famille de mon épouse. Son père a construit la moitié de la ville d'Édimbourg. Il était ami avec mon grand-père et quand j'ai manifesté de l'intérêt pour le dessin étant enfant, il m'a pris sous son aile. C'est lui qui a financé mes études.

— C'était généreux de sa part.

Ça l'avait été en effet, même s'il ne s'agissait pas d'un acte purement désintéressé. Quand Adam avait manifesté de l'intérêt pour Catriona – et réciproquement –, le vieux Mayhew avait jugé préférable qu'Adam se destine à une carrière plus profitable que celle des beaux-arts. Abandonner la peinture avait été le prix à payer pour courtiser Catriona. Un prix dont il s'était volontiers acquitté.

— Oui. Il l'a fait pour Catriona. Ma femme.

Mlle Arden le dévisagea avec intérêt.

— Vous l'avez donc connue très jeune ?

— Oui, acquiesça-t-il.

— Un amour de jeunesse, sourit Mlle Arden. Que c'est charmant. Quelle sorte d'enfant était-elle ?

— Une vraie terreur, répondit-il spontanément.

Mlle Arden s'esclaffa.

— Oh, ce sont ceux que je préfère !

Il ne put s'empêcher de sourire.

— Enfant, je la trouvais casse-pieds. Il n'y avait pas d'école pour les filles, alors elle nous forçait à lui enseigner nos leçons.

Le regard de Mlle Arden étincela.

— Une femme bien, semble-t-il.

— Oui, elle l'était.

Il piqua un morceau de poisson et le mastiqua avec détermination, les yeux rivés sur son assiette. Il sentait le regard de Mlle Arden peser sur lui.

— Elle vous manque, dit-elle d'une voix douce.

Il soupira. Il était las de garder ses souvenirs pour lui.

— Chaque jour. J'ai pensé à elle ce midi à l'auberge. Elle aurait aimé voir les enfants découvrir de nouveaux plats et chasser les crabes.

— Que lui est-il arrivé ? demanda Mlle Arden d'une voix encore plus douce. Si je puis me permettre cette question.

— Elle est morte en couches.

Il préféra lui épargner les détails sinistres.

Cela n'empêcha pas Mlle Arden de se figer, comme si elle s'efforçait de contenir son émotion.

— J'en suis profondément désolée.

Ses paroles étaient sincères et cela accrut son malaise.

— Merci. J'ai eu la chance de connaître un mariage heureux, et je suis reconnaissant d'avoir les enfants pour me souvenir d'elle.

Elle hocha la tête tout en repoussant la nourriture sur le pourtour de son assiette. Il décida de passer à un sujet plus joyeux.

— Avez-vous déjà envisagé de vous marier ? demanda-t-il.

Son comportement changea du tout au tout, passant de la mélancolie à l'amusement.

— Moi ?

— Oui, vous, répondit-il avec un grand sourire.

— Mon Dieu, non ! répondit-elle avec une sorte de délectation. Je suis opposée à l'institution.

Adam resta interdit. Il n'avait encore jamais entendu une telle chose.

— Vous êtes opposée au *mariage* ?

Elle hocha vigoureusement la tête.

— Je dois encore publier mes arguments en sa défaveur, car il faut être prudent avec ces sujets-là. Cela dit, de vous à moi, oui, j'estime que le mariage prive les femmes du peu d'autonomie et des maigres droits que leur concède la loi. Je préférerais me couper les jambes plutôt que me marier.

— Cela ne peut pas être affreux à ce point-là, dit-il. De plus, vous avez de très jolies jambes. Ce serait dommage de les perdre.

Oh, Seigneur ! Il ne pouvait pas avoir dit cela à voix haute ! Il s'étrangla à demi sur une gorgée d'eau. Mais au lieu de flirter ouvertement avec lui en retour comme il s'y attendait, Mlle Arden le dévisagea longuement.

— L'époux d'une de mes amies les plus chères vient de la faire enfermer dans un asile d'aliénés parce qu'il désapprouve ses idées. Il a le parfaitement le droit, en tant qu'époux, de la faire emprisonner. Alors, *si*, je pense que c'est affreux à ce point-là.

— Je suis désolé, dit-il.

Elle chassa sa compassion d'un mouvement de la main.

— Je n'en fais mention que pour illustrer mon point de vue. Et le fait qu'une majorité de femmes se marient sans que cela se termine par leur emprisonnement ne change pas celui, plus pernicieux, que la loi rende de tels abus possibles. Les époux ne devraient pas disposer d'un tel pouvoir sur leurs femmes. Et tant qu'ils n'en seront pas privés, aucune femme raisonnable ne devrait se marier.

Adam pensa à son père, qui n'avait pas épousé sa mère, mais l'avait tout de même maltraitée.

— Il serait bon que ceux qui détiennent le pouvoir se comportent décemment.

Elle lui adressa un sourire narquois.

— Ah, monsieur Anderson, j'ignorais que vous étiez philosophe !

Il n'aurait su dire si elle flirtait avec lui ou si elle l'insultait. Les deux, peut-être. Il se pencha au-dessus de la table.

— Appelez-moi Adam, si nous devons parler d'amputation des jambes et d'asiles d'aliénés. J'ajouterais, en outre, que vous avez ignoré mon point de vue.

Les coins de la bouche de Séraphina se relevèrent comme s'il venait de répondre correctement à une question qu'elle n'avait pas posée.

— Eh bien, Adam, je ne vois aucune raison de vous contredire. Mais cela ne règle pas la question de l'injustice du mariage. Si un système repose sur le comportement décent d'une des deux parties, et si ce comportement est la seule sécurité pour la plus vulnérable des deux parties, alors ce système ne peut pas fonctionner équitablement.

S'il appréciait qu'elle ait accepté de débattre avec lui, il appréciait encore plus qu'elle l'ait appelé par son prénom. Il eut envie de dire le sien.

Séraphina.

Ce serait délicieux de faire courir sur sa langue toutes ces syllabes furtives...

— Ne pourrait-on garantir aux femmes davantage de protection plutôt que de condamner l'institution dans son entier ? avança-t-il. Je comprends votre point de vue, mais il se trouve que j'ai apprécié mon mariage.

— Qu'est-ce qui vous a plu ? demanda-t-elle en se resservant à boire.

Tout.

— La compagnie. Un foyer agréable. Notre famille.

— Et vous ne pensez pas que votre femme aurait encore plus apprécié tout cela si elle avait eu la même liberté de choix que vous ?

Il ne se souvenait pas que Catriona ait jamais fait quoi que ce soit contre son gré. Sans doute parce que personne ne lui avait jamais demandé de faire de choix. Ni lui ni son père n'étaient du genre à donner des ordres. S'il avait été plus exigeant, s'il lui avait ordonné la prudence, peut-être que...

Il piqua un autre morceau de poisson et se remit à mâcher, s'appliquant à le broyer sous ses molaires.

— Peut-être aurait-elle aimé être autre chose, en plus d'être une épouse et une mère ? insista Séraphina.

Il n'en savait rien. Il ne le lui avait jamais demandé.

Séraphina persistait à le dévisager, attendant une réponse de sa part. Il lui soumit la plus honnête qu'il put.

— Je n'ai pas envie de parler de Catriona.

Il avait dit cela d'un ton bourru et l'expression de Séraphina s'adoucit.

— Non, bien sûr. Je suis désolée. Je n'avais pas l'intention de discuter de votre mariage, déclara-t-elle en posant sur lui un regard affectueux. N'hésitez pas à m'interrompre quand je deviens pénible.

Il décida une fois de plus de changer de sujet.

— J'ai cru comprendre que vous n'étiez pas attachée à cet endroit. Puis-je vous demander pourquoi vous y êtes revenue ?

— Ne vous l'ai-je pas déjà dit ? Pour rédiger mes sordides mémoires.

— Qui les qualifie de sordides ?

Elle but une gorgée de vin, et le régala d'un sourire acide.

— Mes ennemis.

Ce trait d'esprit le fit rire.

— Vous en avez beaucoup ?

— Vous avez vu les caricatures.

Il acquiesça, retrouvant son sérieux.

— C'est vrai.

— Et les pires ne sont pas à Kestrel Bay. Si vous voyiez les journaux de Londres. Il semblerait que je sois l'incarnation de la Révolution française. Doublée d'une femme légère, immorale et dotée d'un appétit insatiable.

Ce sec récapitulatif de sa réputation le fit éclater de rire.

— Je crois l'avoir entendu dire. Sans doute pas autant que vous cependant. Ces derniers temps, je n'ai plus guère le temps de lire que des rapports concernant le prix des ardoises et des plans de construction.

— Avec deux amies, j'organise une levée de fonds pour construire l'institut dont je vous ai parlé. L'une d'elles est une aristocrate tombée en disgrâce qui peint des portraits de ceux que la société a abandonnés, et l'autre est une courtisane. Nous avons établi une sorte de pacte visant à devenir encore plus scandaleuses que nous ne l'étions déjà afin d'utiliser cette notoriété pour le bien commun. Nous ambitionnons de collecter cinquante mille livres.

Cette révélation laissa Adam sans voix.

Son désarroi fit rire Séraphina.

— Je vous ai choqué, constata-t-elle. Ne vous inquiétez pas, cela détend de donner raison aux gens qui vous estiment immorale.

Elle avala une autre gorgée de vin. Ce que cette femme buvait aurait fait rouler un marin sous la table. Elle ne semblait pourtant pas ivre, juste détachée. Comme si les sujets douloureux qu'elle abordait ne l'affectaient aucunement. Comme si elle était le personnage d'un conte satirique.

Sauf qu'il l'avait vue élaborer des projets précis pour son institut, il avait été témoin de sa gentillesse envers ses enfants et l'avait vue pâlir face à la caricature qui la tournait en ridicule. Il ne pensait pas qu'elle soit aussi indifférente à la critique que ses manières le laissaient croire. Il se demanda pourquoi elle se sentait obligée de jouer ce rôle avec lui, là, chez elle.

— À dire vrai, je ne vous trouve pas particulièrement immorale, dit-il d'une voix douce.

— Oh, mais je le suis, Adam !

10

Sa réponse incita Adam à détourner les yeux.

Tant mieux. Elle avait eu l'impression qu'il la regardait comme un oiseau blessé, or dans la hiérarchie des qualités qu'elle appréciait chez un compagnon de table masculin, la pitié se situait juste en dessous de la volonté de dominer.

À moins qu'elle ne choisisse d'utiliser sa compassion pour lui soutirer une faveur.

— D'ailleurs, au sujet de l'institut, vous allez peut-être pouvoir m'aider.

— Vraiment ? sourit-il.

— Je rassemble des engagements de la part d'entreprises qui seraient prêtes à former des apprentis à des métiers rarement pratiqués par des femmes. Nous pourrions faire appel à un architecte pour enseigner votre profession. Que faites-vous, au juste ? Vous dessinez des maisons et vous commandez... des clous ?

Il ricana.

— Flatté que vous teniez mon métier en si haute estime.

— Personne n'a dit que commander des clous était chose aisée, rétorqua-t-elle.

— J'imagine qu'une femme pourrait faire le travail d'un dessinateur si on le lui enseignait, concéda-t-il.

— Une femme peut exercer tous les métiers à condition d'être formée, je vous assure. Elle possède un cerveau, voyez-vous, et des mains, déclara-t-elle en écarquillant les yeux, comme si son affirmation était choquante.

Il rit.

— Fort bien. Vous pouvez compter sur mon cabinet.

Un éclair zébra le ciel au-dessus de la baie et les falaises prirent brièvement une étrange teinte verdâtre.

Adam contempla le spectacle, fasciné.

— C'est époustouflant, n'est-ce pas ? dit-elle. Enfant, j'adorais les orages. Je grimpais sur le balcon du grenier pour les regarder. C'est assez haut pour voir tout Kestrel Bay.

— La vue doit être superbe.

— Vous voulez l'admirer ? Je vais vous y emmener.

— Je ne voudrais pas interrompre votre repas, dit-il en désignant le poisson auquel elle avait à peine touché.

— Je n'ai aucun appétit. Venez.

Elle se leva et gagna le hall. La cage d'escalier était sombre et inquiétante dans cette demeure qui tremblait sous l'orage. Il la suivit à distance respectueuse. Elle ne put résister à l'envie d'onduler des hanches un peu plus que nécessaire en gravissant les marches. Elle s'était promis de ne plus chercher à le séduire, mais après avoir enduré l'affolante vision de ses épaules pendant tout le dîner, elle fut incapable de laisser passer cette occasion de lui faire regretter ce qu'il avait refusé.

Du reste, il avait peut-être changé d'avis...

La chambre du dernier étage avait été la sienne quand elle vivait ici et ses affaires s'y trouvaient toujours. Elle devina dans la pénombre le lit étroit dans lequel elle avait dormi et sa collection de coquillages sur l'étagère. Si la chambre était propre – Maria avait nettoyé la maison avant leur arrivée –, en revanche, tous les objets étaient restés dans l'état où elle les avait laissés seize ans plus tôt. À tel point qu'ils auraient pu être couverts d'une couche de poussière uniforme ou figés dans l'ambre, tels des fossiles.

— C'est votre chambre ? s'enquit Adam.

— Ça l'était, autrefois. J'ai choisi d'occuper le lit matrimonial. Ironie, quand tu nous tiens !

Elle avait beau avoir dit cela d'un ton léger, l'état de son ancienne chambre la troublait. Elle n'y était pas entrée depuis son retour. Son père et sa belle-mère n'avaient donc touché à rien ? Après lui avoir dit qu'elle était morte à leurs yeux, elle trouvait étrange qu'ils aient préservé ce sanctuaire.

Elle déverrouilla la porte qui menait au balcon et tendit instinctivement la main vers l'étagère placée derrière le battant. La pile de toiles huilées qu'elle y laissait pour les jours d'orage était toujours là. Elle en prit une pour s'en couvrir la tête à la façon d'une cape, puis sortit et fit signe à Adam de la suivre.

Aussitôt, la pluie lui fouetta le visage. Elle resserra la toile huilée autour de sa tête en frissonnant. Depuis cette hauteur, on voyait la pluie tomber du ciel en barres obliques et des vagues de quinze à vingt pieds de haut déferler en bas de la falaise.

C'était violent, mais beau.

Elle releva un coin de la toile huilée pour qu'Adam puisse la rejoindre. Il se coula en dessous et tint la toile au-dessus de sa tête. Il ne la touchait pas, cependant, elle sentit le vent défaire son chignon et ses cheveux fouetter le cou d'Adam.

Elle ne s'en soucia pas.

Peut-être était-ce à cause du vin, mais elle avait l'impression que le vent et la pluie la purifiaient. Elle tendit la main devant elle. La pluie la frappa avec une telle force qu'elle laissa échapper un cri de surprise et replia les doigts. Elle entendit un grondement sourd à côté d'elle. C'était Adam qui riait.

Elle lui coula un regard, curieuse de voir si la beauté de l'orage l'émouvait autant qu'elle. Un sourire dansait dans ses yeux et sur ses lèvres. Elle eut envie de se hisser sur la pointe des pieds et de l'embrasser.

Une rafale de vent projeta la pluie droit sur eux et elle fut complètement trempée. Adam se tourna vers elle pour faire rempart de son corps.

— Vous avez froid. Rentrons, cria-t-il pour se faire entendre malgré l'orage.

Un autre coup de vent les frappa de plein fouet. Elle frissonna.

— Non, restons encore un peu.

Quand elle regardait les éclairs illuminer le monde depuis ce point de vue, elle se détachait des problèmes qui pesaient sur elle. Les caricatures, l'oiseau, Elinor, ce satané livre qu'elle n'arrivait pas à écrire.

Elle renversa la tête pour sentir la pluie sur son visage. C'était agréable, froid et pur. Comme si cette pluie avait le pouvoir de la débarrasser de cette peur maladive enracinée en elle.

Lâchant le coin de la toile huilée, elle fit un pas en avant. Les gouttes froides et dures lui frappèrent le visage et les cheveux, l'aveuglèrent.

Elle leva les bras et se laissa gagner par les ténèbres et les rugissements de l'orage.

C'était vivifiant.

Elle se sentait pleinement vivante.

Adam regarda Séraphina Arden s'avancer dans la tempête et devenir telle qu'il l'avait vue en rêve.

Robe mouillée, chevelure retombant sur ses épaules, tête renversée et bras levés vers le ciel, elle ressemblait à une déesse qui reçoit l'onction céleste.

Un éclair fendit les cieux, déployant une multitude de vrilles violacées. Séraphina était si belle sur ce fond lumineux. Et il avait toujours eu un faible pour la beauté.

Pour autant, ce n'était pas une raison suffisante pour la laisser périr foudroyée.

— Rentrez ou la foudre va vous tomber dessus.

Elle se contenta de lever les bras plus haut encore.

Un nouveau coup de tonnerre retentit et il l'attira sous l'avant-toit. Elle pivota sur elle-même pour le regarder, le visage illuminé d'un sourire qui la transformait. Elle rit, et son rire était si pur et heureux qu'il ne put s'empêcher de rire, lui aussi. Il posa la main au creux de ses reins pour l'attirer à l'abri. Le pied de Séraphina glissa. Il voulut la rattraper… Et ils dérapèrent tous les deux vers la porte-fenêtre ouverte. La main d'Adam tenta d'agripper l'encadrement, le rata, et ils s'effondrèrent, mi-dedans, mi-dehors, Séraphina se retrouvant sur lui.

Elle rit si fort que son corps entier en fut secoué.

Il aurait dû être horrifié de se retrouver pressé aussi intimement contre elle, mais leur chute sous la pluie tels deux gamins était si absurde qu'il ne put s'empêcher de rire, lui aussi.

— Je suis désolée, souffla-t-elle.

Elle se tortilla pour se dégager et fut obligée, pour se redresser, de nicher le genou entre ses cuisses.

Et d'un seul coup, ce ne fut plus du tout amusant.

Tous deux le sentirent en même temps. L'instant où ce « patatras » enfantin ne fut plus ni absurde ni drôle, mais grave. Adulte.

Ils se pétrifièrent, n'osant plus respirer.

La seule chose que ressentait Adam, c'était sa puissante excitation.

Nom de nom.

Alors qu'il se hissait sur le bras pour se détacher d'elle, elle baissa la main pour arrêter son geste.

— Restez, si vous voulez, murmura-t-elle.

C'était de la folie de ne pas se relever immédiatement. Et pourtant, son sexe affirmait sa propre version de ce qui était rationnel, et les hanches généreuses de Mlle Arden ondulaient le long de sa virilité, comme pour l'aider à plaider sa cause.

Il ne bougea pas.

— La pluie me donne toujours l'impression de... rayonner, murmura Séraphina. Comme si ma peau ne suffisait pas à contenir mes sensations et mes désirs.

Un nouvel éclair illumina le ciel, projetant un voile lumineux sur le visage à l'expression rêveuse de Séraphina. Il imagina ce visage sous le sien, en proie à l'extase, et frissonna.

— Seriez-vous fâché si je vous séduisais ? chuchota-t-elle.

Il croisa son regard que le désir obscurcissait.

— Je serais fâché si vous ne le faisiez pas.

Aussitôt, la bouche de Séraphina fondit sur la sienne.

Ses lèvres étaient froides, mouillées par la pluie. Il lui attrapa le menton, immobilisa son visage, et chassa les gouttes d'eau d'un baiser. Ses lèvres avaient l'acidité du vin. Les doigts de Séraphina s'immiscèrent dans ses cheveux. Elle dénoua son catogan, lui lissa les cheveux et accentua la pression de ses lèvres.

Il plongea la langue dans sa bouche et la main de Séraphina se posa sur son sexe, plus dur qu'il ne l'avait jamais été, se pressant de façon obscène contre l'étoffe humide de son pantalon.

— Oh, vous êtes vraiment superbe ! dit-elle en le caressant lentement sur toute la longueur.

Il retint son souffle, trop submergé par le plaisir érotique pour avoir honte de l'impudeur de son désir.

Séraphina déboutonna sa braguette et sa main s'immisça dans son pantalon.

— Eh bien, monsieur Anderson ! souffla-t-elle.

Elle avait beau n'avoir rien d'une petite chose délicate, la taille de son sexe sous sa paume lui parut... bestiale. Elle eut un sourire félin.

— Quelle merveilleuse surprise, murmura-t-elle en le caressant de telle façon que la vision d'Adam s'obscurcit.

Il sentait le désir de Séraphina, son corps se fondre contre le sien. Il aurait dû réagir, se relever, mais sa main sur cette partie de son anatomie qui n'avait pas été touchée depuis des années le rendait inerte. Il gémit et enfouit la tête au creux de son cou.

— Oh, oui, mon chéri ! murmura-t-elle. Oh, oui, vous en avez envie ! Je le savais.

Sa main trouva un rythme régulier et efficace le long de son sexe – vigoureux, aussi. Elle ne se contentait pas de le taquiner. Elle le touchait comme il aurait pu le faire lui-même. Il sentit un tremblement remonter le long de ses cuisses – il n'allait pas tarder à jouir.

— Séra..., éructa-t-il, incapable de prononcer son nom en entier.

— Je sais, souffla-t-elle.

Sa main s'immobilisa, mais ne le lâcha pas. Son sexe palpita au creux de sa paume et le bas de son corps s'insurgea contre l'arrêt soudain de ce délicieux va-et-vient. Peut-être avait-elle recouvré la raison, alors que lui-même s'en était révélé incapable.

Mais non. Elle s'agenouilla devant lui, ses seins frôlant son ventre jusqu'à ce que sa bouche se retrouve au-dessus de ses cuisses, que ses lèvres s'entrouvrent et qu'elle – *oui !*

Sa langue s'enroula, lécha sa queue de la base au sommet. Le tonnerre gronda et la main de Séra trouva l'endroit qui le rendait fou. Ses caresses s'intensifièrent, éveillant un flot de sensations si intenses qu'il... Oh, non, il était *déjà* en train de jouir !

Il cria et se répandit dans la douceur veloutée de sa bouche.

— Désolé, gémit-il quand elle le libéra.

— Non, Adam, ne vous excusez pas, dit-elle en inclinant la tête pour s'essuyer les lèvres sur la manche de sa chemise. Je vous avais prévenu que j'étais immorale.

11

Seigneur, cela lui avait manqué.

Séraphina se sentait toujours davantage elle-même après une relation sexuelle.

Au tout début déjà, les rencontres près du pont lui avaient fait découvrir le sentiment de toute-puissance que procure ce genre de caresses. L'opium mis à part, elle ne connaissait pas de drogue plus envoûtante que le spectacle d'un homme haletant, incapable de résister au plaisir.

Elle avait aimé voir Adam trembler.

Toutefois, quand il se redressa en position assise, le regard rivé sur son visage, son excitation reflua.

Le blanc de ses yeux étincelait sous la lune. Une trouble émotion agitait son regard, et elle crut deviner ce qui allait suivre.

Elle avait fréquenté suffisamment d'hommes sérieux et responsables – politiciens, notaires, pasteurs – pour savoir que plus un homme revendique sa conscience avant de forniquer, moins il parvient à vous regarder dans les yeux après avoir éjaculé.

— Venez là, dit-il en écartant les bras.

Il voulait qu'elle vienne s'asseoir entre ses cuisses.

Elle s'exécuta prudemment, alors qu'elle fuyait toujours ces instants de tendresse. Sentant qu'elle ne se détendait pas, il l'attira plus près en la prenant par la taille, et cala le menton près de son épaule. Ses mains trouvèrent les siennes et il joua avec elles, lui caressant doucement les doigts.

— Merci, murmura-t-il.

Séraphina ne dit rien, attendant l'inévitable petit mot qui suivrait : merci, *mais*...

— J'aurais du mal à vous appeler Mlle Arden à présent. Puis-je vous appeler Séraphina ?

— Séra.

— Séra, répéta-t-il, et elle sentit son souffle sur sa nuque. Merveilleuse Séra.

Elle se figea. *Quoi ?*

— Je me suis réveillé au milieu d'un rêve de vous ce matin. Vous étiez en train de vous baigner dans la mer. Vous portiez une robe blanche et je voyais à travers. Vos cheveux flottaient autour de vous, sauvages.

Ses doigts se glissèrent dans ses cheveux pour les peigner, taquinant les nœuds que la pluie et le vent avaient formés. C'était divin, et pourtant, comme elle ne savait pas trop où tout cela était censé mener, elle résista à l'envie de fermer les yeux et de profiter de l'instant.

— Que faisiez-vous dans ce rêve ? demanda-t-elle.

Un rire souleva son torse. Il posa les mains sur ses seins.

— Ceci.

Il avait de grandes mains et elle avait une poitrine menue. L'effet de cette disproportion faisait qu'il pouvait... *oui*. Elle ferma les paupières quand ses pouces effleurèrent ses mamelons, jouant avec jusqu'à ce qu'ils deviennent durs et douloureux d'une façon indissociable du plaisir.

Sa bouche se posa sur son cou et il déposa un baiser chaud au creux de son épaule.

Ses lèvres remontèrent derrière son oreille, éveillant un doux picotement dans leur sillage. Elle soupira.

— Oh, Séra ! murmura-t-il. Puis-je vous toucher ?

Elle acquiesça. Elle aimait qu'il la touche. Cela ne deviendrait un problème que lorsqu'il cesserait.

Ses mains glissèrent jusqu'à sa taille, ses longs doigts se déployant sur ses hanches pour mieux en épouser les contours.

— J'aime la façon dont vous êtes faite. Un jour, si vous m'y autorisez, j'aimerais vous dessiner.

Elle n'apprécia pas ce désir mièvre, mais ses mains étaient si agréables qu'elle garda le silence. Son sexe avait recommencé à s'allonger. Elle le sentait palpiter contre ses fesses et cette sensation venait s'ajouter au plaisir de ses caresses sur son ventre, de ses baisers le long de son cou.

Il trouva l'ourlet de sa robe et la fit lentement remonter sur ses cuisses. Il l'arrangea autour de sa taille et, gardant une main plaquée sur son ventre, inséra l'autre entre ses cuisses.

Ses doigts effleurèrent sa fente et découvrirent l'humidité qui s'était formée quand elle lui avait donné du plaisir. Il savait très bien ce qu'il faisait et l'effet de surprise fut un plaisir en soi. Elle laissa échapper un soupir et, comme en réponse, sentit son sexe tressaillir. Elle écarta plus largement les cuisses, l'invitant à prendre toutes les libertés qu'il voudrait.

Ses doigts trouvèrent la perle de chair qui couronnait sa fente. Elle adressa une silencieuse prière de remerciements aux hommes qui n'avaient pas besoin d'indications.

Il lui avait confié que son mariage avait été agréable. Elle ne doutait désormais plus que ce sentiment ait été mutuel.

— *Oui.*

Il la tenait. Elle se laissa aller contre son torse et se laissa gagner par le plaisir, son esprit se vidant comme l'eau s'écoule dans un siphon.

Elle laissa échapper un léger cri, tremblante.

Puis tous deux s'immobilisèrent.

La pluie avait ralenti et le vent avait cessé de hurler.

Elle ferma les yeux, consciente de l'autoriser à la garder dans ses bras plus longtemps qu'elle n'avait autorisé quiconque depuis bien longtemps. Lors du pic de plaisir, la situation lui avait semblé merveilleusement érotique. En revanche, maintenant qu'elle était comblée – et de plus en plus consciente d'être trempée, endolorie et d'avoir froid –, elle trouvait cela assez inconfortable.

Elle se tortilla pour s'écarter de lui et se mit debout.

— Nous ferions mieux de nous sécher si nous ne voulons pas tomber malades. Venez, je vais vous conduire à ma chambre, que vous vous rajustiez.

Il se leva à son tour, mais alors qu'elle ouvrait la porte, il l'appela.

— Séra ?

— Oui ?

— Merci. Je n'avais pas été avec une femme depuis… depuis très longtemps. J'espère que…

Elle s'était trompée sur son compte. Ce n'était pas le genre d'homme qui se sent honteux après l'amour. Il était de ceux que cela rend *émotifs*.

Ce qui était bien pire.

Elle secoua la tête et plaça l'index en travers de ses lèvres.

— Inutile de faire un discours, Adam.

Il écarquilla les yeux.

— Un discours ?

Elle soupira parce que c'était un homme bon et que c'était son voisin. Et parce qu'elle aurait sans doute envie de recommencer et que ce n'était pas judicieux de le vexer, si elle pouvait l'éviter.

— Adam, cela m'a plu. Mais je ne demande rien de personnel à mes amants. Il n'est donc pas nécessaire d'apaiser mes sentiments par une déclaration.

Ses yeux lancèrent des éclairs.

— Mon intention n'était pas d'apaiser vos sentiments. Juste d'exprimer ma satisfaction sur ce que nous venons de partager. Et que je trouve très personnel.

— Bien sûr, concéda-t-elle. D'un point de vue littéral, c'était personnel. Ce que je veux dire, c'est que nous sommes voisins. Rien de plus. Vous n'avez ni à vous inquiéter ni à nourrir d'espoirs.

Il se raidit. Il n'aimait pas ce qu'elle disait.

C'était aussi bien. Mieux valait subir un léger désagrément au début plutôt que d'amers reproches plus tard.

— Je comprends. Je m'abstiendrai de vous submerger de déclarations d'affection, mademoiselle Arden.

Le ton était léger, presque amusé, mais son regard laissait voir qu'elle l'avait offensé.

Elle détourna les yeux.

— Tant mieux. Suivez-moi au rez-de-chaussée à présent. Vous êtes trempé.

Séra, Mlle Arden ? Il ne savait plus comment l'appeler maintenant qu'elle l'avait gratifié d'un sermon sur la nature impersonnelle de leurs ébats – le conduisit jusqu'à sa chambre où quelqu'un avait allumé le feu et des lampes.

La pièce était remplie de livres, de papiers, de bocaux d'herbes et de robes somptueuses. Il se dit qu'Addie aimerait sûrement avoir une chambre semblable à celle-ci. À l'exception de la bouteille de vin rebouchée, posée sur le rebord de la fenêtre. Séra l'attrapa et se versa un verre.

— Vous pouvez faire sécher vos vêtements devant le feu si vous voulez.

Sa froideur aurait dû le soulager – ce qu'il venait de faire avec elle était une erreur –, or elle accrut étrangement la tendresse qu'elle lui inspirait.

Elle cherchait à le repousser, mais quelque chose dans le climat de cette chambre la faisait paraître plus humaine, moins cassante.

Séraphina Arden lui *plaisait*. Cela faisait bien longtemps qu'il n'avait pas rencontré quelqu'un qui lui plût autant.

Sa franchise lui rappelait sa mère, et son appétit sexuel ressemblait au sien. Et le contraste entre ses manières avenantes et son maintien distant lui donnait envie de la connaître mieux.

De la comprendre.

Cependant, si elle préférait garder ses distances, il ne s'attarderait pas.

— La pluie tombe moins dru, dit-il. Je vous remercie de votre proposition, mais je vais en profiter pour rentrer chez moi.

Il eut l'impression que son départ la soulageait.

— Entendu. Prenez le sentier qui longe la route carrossable. Vous risqueriez de glisser le long du chemin côtier.

Elle lui tourna le dos et s'occupa les mains en déplaçant des bocaux sur son bureau. Elle voulait paraître occupée pour éviter des adieux. Toutefois, la quitter sans revenir sur ce qui venait de se passer lui aurait semblé honteux et il ne voulait pas colorer cet instant de sentiments négatifs.

Si cela ne signifiait rien pour elle, ce n'était pas son cas à lui.

— Séra ?

Elle lui jeta un coup d'œil par-dessus son épaule ; son visage ne reflétait aucune émotion.

Il s'approcha, replaça une mèche de ses cheveux derrière son oreille, puis fit courir son pouce le long de son cou avant de déposer un baiser au sommet de son crâne.

— Portez-vous bien, d'accord ?

Elle ne dit rien.

Il s'éloigna, mais quelque chose le retint quand il atteignit la porte et il lui lança un dernier regard.

— Cela représente beaucoup à mes yeux, dit-il doucement. Merci.

Elle se retourna, les sourcils froncés, se tordant les mains d'une façon presque désespérée.

— Adam, ne vous faites pas d'idées romantiques à mon sujet. Vraiment. Je ne sais pas comment le dire autrement. Ce ne serait pas bon pour vous.

Il toucha l'encadrement de la porte.

— Le vent ne devrait pas faire trembler ce cadre. J'enverrai un menuisier réparer cela demain matin. En gage de bon voisinage.

Elle acquiesça, le visage toujours aussi dénué d'expression.

— Au fait, Séra ?

— Oui ?

— C'est à moi de décider ce qui est bon pour moi.

12

Le cottage était plongé dans l'obscurité quand Adam l'atteignit, trempé comme une soupe. Un rai de lumière filtrait sous la porte de Marianne et les enfants dormaient. Il avait raté le coucher. Il n'avait pas eu l'intention de rester aussi longtemps chez Séraphina.

Il y avait bien des choses qu'il n'avait pas eu l'intention de faire chez Séraphina.

S'il avait été heureux sur le moment, à mesure qu'il s'éloignait de sa maison le long du chemin boueux, l'impression d'avoir manqué à ses engagements s'était imposée de plus en plus nettement.

Il avait cet entretien à Alsonair le lendemain matin. Et une famille qui avait attendu son retour.

Mais s'agissait-il vraiment de cela ? De culpabilité pour avoir fait passer le plaisir avant ses responsabilités ?

Ou était-ce parce qu'il n'avait pas aimé la façon dont la soirée s'était terminée ?

Il ne cessait de penser à la froideur qui s'était emparée de Séraphina après coup. Il avait eu l'impression qu'il aurait pu être n'importe qui, se tenant gauchement dans cette pièce – qu'il n'était qu'un corps qui avait rempli son office et n'était plus qu'à peine toléré.

Marianne sortit de sa chambre en chemise de nuit.

— Oh, Dieu merci ! J'étais si inquiète. Cela fait des heures que je t'attends.

— Désolé. J'ai été surpris par l'orage sur le chemin du retour et je me suis abrité chez Mlle Arden.

Sa sœur le gratifia d'un long regard évaluateur qui lui fit prendre conscience de l'état désastreux de sa mise.

— Adam, les enfants étaient morts d'inquiétude à l'idée qu'il ait pu t'arriver quelque chose. Jasper a eu beaucoup de mal à s'endormir. Tu dois être plus prudent. Tu sais que tu es l'horloge sur laquelle ils règlent leurs vies.

Il se laissa choir sur une chaise pour retirer ses bottes en ayant l'impression d'être un mauvais père.

— Je sais. Je suis désolé. Je me méfierai davantage du temps désormais.

— S'agissait-il seulement de cela ? demanda-t-elle doucement. Du temps ?

Il n'avait jamais rien pu cacher à sa sœur. Ils n'avaient qu'un an d'écart, pas d'autre famille qu'eux-mêmes et avaient toujours vécu sous le même toit. Ils ne communiquaient pas tant par les mots que par une sorte de langage du corps qui rendait le langage articulé superflu.

Il ne prit donc pas la peine de nier.

— Ce n'était pas seulement le temps. Non.

Ils échangèrent un regard. Celui d'Adam, quelque peu embarrassé. Celui de Marianne, inquiet.

— Adam, j'ai beaucoup d'admiration pour Mlle Arden. Mais si tu as l'intention de la courtiser, tu dois réfléchir aux conséquences. À ce que nous devrons expliquer aux enfants.

La courtiser. Il imagina sans peine le visage de Séraphina se plissant d'horreur à cette idée.

— Ce n'est pas du tout cela, Marianne, s'empressa-t-il de déclarer. Elle m'a dit sans détour qu'il ne saurait être question de la moindre liaison entre nous. Nous sommes juste...

Il s'interrompit, affreusement gêné de reconnaître qu'il avait entamé une relation amoureuse. Même à ses propres yeux, cela semblait imprudent et égoïste. Alors aux yeux de sa sœur... Et il n'était pas même certain que ce fût vrai.

Séraphina aurait-elle envie de recommencer ? En admettant qu'elle veuille, le souhaiterait-il, lui ?

Il ne voulait certes pas ressentir de nouveau cet odieux malaise.

— C'est absurde, déclara-t-il, prenant soudainement une décision. Je vais y mettre fin.

Marianne s'assit près de lui et lui tapota la main.

— Adam, ce n'est pas ce que je voulais dire. C'est naturel de chercher de la compagnie. Je comprends que tu te sentes seul.

— Nous nous sentons seuls tous les deux, dit-il en lui prenant la main.

— Oui, soupira-t-elle en tournant un regard triste vers la cheminée.

Ils étaient encore en deuil à leur arrivée à Londres, si peu de temps après la mort de Catriona. Lui, Marianne, Mayhew, les enfants - Catriona avait été au centre de leurs vies. Quand le choc de sa mort avait commencé à s'atténuer, Marianne avait pris le pli de s'occuper seule des enfants tandis qu'Adam se souciait uniquement de son cabinet. Mayhew vivait de son côté, fréquentant surtout des amis de sa famille, alors qu'Adam et Marianne ne fréquentaient personne.

— As-tu des nouvelles de Mme Cason ? demanda-t-il.

— Quelles nouvelles pourrait-elle bien donner ? répliqua-t-elle, faussement désinvolte.

Il claqua de la langue, car sa sœur ne pouvait rien lui cacher non plus. Ils n'avaient pas parlé ouvertement de la perte que Marianne avait subie peu de temps avant de quitter Londres, mais Adam avait perçu sa tristesse.

— Elle a écrit, dit-elle, veillant à garder un ton léger. Ils doivent se marier à Bath à la fin du mois.

Il pressa la main de sa sœur. Ces deux dernières années, elle avait entretenu une amitié avec une jeune veuve qui logeait dans le même immeuble qu'eux. Le genre d'amitié qui pouvait amener les visites que Marianne lui rendait en soirée à se prolonger jusqu'au petit matin… Adam l'avait croisée à plusieurs reprises alors qu'il se levait pour aller travailler. Elle semblait sereine et heureuse – et plus épanouie que jamais. Mais ces derniers mois, Mme Cason avait accepté les avances d'un capitaine de marine et les visites de Marianne dans l'appartement de la veuve s'étaient progressivement écourtées, jusqu'à cesser complètement.

— Je suis navré, Marianne, murmura-t-il.

— Cela devait finir par arriver, répondit-elle avec un haussement d'épaules. Elle voulait des enfants.

— Et toi ?

Elle sourit.

— J'ai les tiens.

Tous deux contemplèrent le feu en silence.

— Nous formons une belle paire de joyeux drilles, soupira Adam.

— Adam, je tiens à ce qu'il n'y ait aucun malentendu. Il n'y a rien de mal à rechercher de la compagnie. Tu le *devrais* – entre ton travail, Mayhew et les enfants, tu vas devenir fou si tu continues comme cela. Je te demande juste d'éviter de disparaître sans prévenir pour ne pas inquiéter les enfants.

Elle était gentille, mais il se demanda si elle n'était pas un peu trop charitable. Jasper avait été profondément affecté par le décès de sa mère. Il n'en était encore qu'au stade du babillage à l'époque, or il n'avait plus du tout parlé pendant toute l'année qui avait suivi. Adam ne se souvenait que trop bien de quelle façon les soucis des adultes pèsent sur le cœur d'un petit garçon, et il ne voulait pas que son fils soit aussi malheureux que lui.

Il se leva.

— Je vais aller vérifier qu'ils dorment.

— D'accord, acquiesça Marianne. Bonne nuit, Adam.

Il ouvrit la porte de la chambre des enfants avec précaution et s'avança dans la pièce à pas de loup. Jasper dormait comme à son habitude, allongé sur le ventre, les couvertures remontées sur le dos. Adam déposa un baiser sur le front de son fils.

À l'autre bout de la chambre, Addie s'étira.

— Papa ? murmura-t-elle.

C'était tout le contraire de son frère ; elle arrangeait les draps et les oreillers de façon à former un nid au creux duquel elle s'enfouissait, telle une marmotte.

— Coucou, ma chérie, souffla-t-il en s'asseyant sur le rebord du lit.

— J'ai fait un cauchemar. Tu me prends dans tes bras ?

Adam s'exécuta.

— Tout va bien, ma chérie. Ferme les yeux.

Il lui caressa les cheveux et elle se blottit contre son épaule. Son cœur se serra à l'idée de ces deux enfants, si jeunes, incapables de s'endormir par sa faute. Alors que son plus grand désir, c'était justement de les protéger des soucis.

Les protéger était plus important que son sentiment de solitude.

Il ferait bien de s'en souvenir la prochaine fois qu'une femme envoûtante lui dirait qu'elle n'était pas bonne pour lui.

Il ferait bien de ne pas répéter l'erreur qu'il avait commise ce soir.

Séraphina s'éveilla sous la tiède caresse d'un rayon de soleil avec le souvenir d'Adam Anderson sur sa peau, et sourit.

Elle avait été injuste envers Kestrel Bay. Ses mauvais souvenirs l'avaient incitée à penser pis que pendre du lieu où elle avait grandi. Mais la promesse d'un homme tel qu'Adam pour la divertir et la brise qui soufflait sur sa peau nue la rendaient davantage encline à la mansuétude. L'air salé, suave et moite après l'orage, évoquait le sexe. Les bois flottés qui séchaient sur les plages délavées lui faisaient penser à des corps nus étendus sur un lit après l'amour.

Elle n'avait pas encore couché avec Adam dans un lit.

Il lui tardait de rectifier cela.

Elle s'habilla en vitesse, griffonna un message à son intention et prit le chemin de son cottage pour le déposer. Il était encore tôt, peut-être serait-il encore là.

Elle n'avait pas fait cinquante mètres qu'elle l'aperçut, remontant le sentier qui menait chez Tregereth.

Il semblait frais et dispos, rasé de près et les cheveux encore humides. Elle agita la main, et pria pour qu'il se montre audacieux et la serre dans ses bras afin qu'elle puisse respirer l'odeur de son huile de rasage.

Il lui sourit, mais ne pressa pas le pas pour la rejoindre, et ne la toucha pas.

Elle s'efforça de ne pas voir cela comme un mauvais signe.

— Bonjour, dit-il en s'inclinant à demi.

Il s'inclinait devant elle à présent ? Ils avaient pourtant dépassé le stade des salutations formelles. S'attendait-il qu'elle lui fasse la révérence ?

Elle le gratifia d'un petit sourire contrit.

— Bonjour. J'allais justement vous voir, dit-elle en sortant le message de sa poche pour le lui tendre.

Il baissa les yeux sur son nom inscrit sur la feuille pliée.

— Suis-je censé le lire tout de suite ?

Était-ce de la réticence ? Avait-elle été trop ferme avec lui la veille ?

— Cela vous évitera d'avoir à répondre, répondit-elle, s'appliquant à rester charmante.

Il ne sourit pas. Son visage resta impassible tandis qu'il lisait son message.

J'ai aimé la soirée d'hier. Elle m'a donné envie de recommencer. Venez me voir après 21 heures.

Il garda les yeux rivés dessus bien plus longtemps qu'il ne fallait pour lire trois lignes. Séraphina sentit ses paumes devenir moite quand elle comprit ce que signifiait cette pause : non.

Non ?

— Ce n'est qu'une invitation, s'empressa-t-elle de déclarer d'une voix trop aiguë. Inutile d'accepter si vous n'avez pas aimé notre soirée, ajouta-t-elle d'un ton plus mesuré.

Il détacha les yeux du message et croisa son regard.

— Je l'ai aimée, dit-il d'une voix douce en se passant la main dans les cheveux. Trop, peut-être.

Ses yeux bruns semblaient plus foncés. Presque noirs.

— Pardonnez-moi si je ne comprends pas ce que vous voulez dire.

Il eut un sourire triste.

— Cette soirée a été un pur plaisir, Séra. Je suis toutefois parti en me demandant si nous n'avions pas des regrets l'un et l'autre.

— Des regrets ? bafouilla-t-elle. Moi ? Qu'est-ce qui vous fait croire cela ?

— Vous sembliez pressée de me voir partir, répondit-il.

Ce n'était pas faux. S'était-il attendu qu'elle l'invite à plonger son regard dans le sien en lui susurrant des mots tendres ?

Elle avait du mal à croire qu'il veuille renoncer complètement à elle sous prétexte qu'elle lui avait conseillé de ne pas perdre la tête. C'était un homme, après tout. Et si elle n'avait rien d'une sentimentale, les jeux d'alcôve n'avaient plus de secrets pour elle.

— Je voulais simplement m'assurer que vous n'alliez pas vous faire de fausses idées, dit-elle.

— Quelles fausses idées, Séra ?

Elle n'aimait pas qu'on la regarde aussi franchement dans la lumière crue du matin.

— Que vous vous sentiez obligé à... des démonstrations d'affection ou à d'inutiles serments d'attachement.

Il eut un sourire en coin.

— Vous me jugez donc bien obtus.

Elle ne put retenir un gloussement.

— Suis-je donc si transparente ?

— Vous dites sans détour ce que vous voulez. Et si je devais me montrer aussi honnête, je dirais que je ne peux vous donner ce que vous désirez. Je pense à vous trop souvent pour prétendre que je peux venir vous voir le cœur léger.

Oh !

Cela ne s'apparentait-il pas à un merveilleux compliment ?

Un compliment dont elle se serait bien passée cependant, puisqu'il signifiait qu'elle devrait se passer de lui. Mais un compliment qu'elle trouvait étrangement flatteur. Stupéfiant même.

Il dut percevoir son trouble, car il lui adressa un sourire bienveillant.

— À dire vrai, il serait malavisé de ma part de me laisser aller au plaisir alors que je croule sous les responsabilités. Vous m'avez donc épargné bien des reproches dont j'aurais pu m'accabler par la suite.

Il s'interrompit et lui adressa un sourire penaud.

— À mon plus grand regret, conclut-il.

Il haussa les épaules, comme pour dire qu'il était obligé de choisir l'option raisonnable.

Séraphina regretta que cet instinct lui ait parfois fait défaut.

Il fronça les sourcils.

— Vous n'êtes pas... fâchée contre moi ?

Elle l'était, en fait. Mais qu'il s'en soucie atténua la portée du camouflet. Elle lui sourit.

— Ce n'est pas grave, Adam.

Et c'était peut-être vrai. La veille, elle avait craint de le blesser. Désormais, elle n'aurait plus à s'en soucier.

— Je suis déçue, certes. Je pense toutefois que vous faites preuve de sagesse.

Il soupira.

— Je préférerais qu'il en soit autrement. J'espère que vous le savez.

C'était vraiment quelqu'un de bien. Cependant, elle ne put résister à l'envie de le meurtrir un peu.

— C'est dommage, murmura-t-elle. Vous me plaisiez vraiment.

Son regard étincela.

— Ah oui ?

Elle approcha la main de son visage pour chasser un cil sur sa joue.

— Oui.

Ses mots produisirent l'effet escompté.

Il lui saisit la main, la porta à ses lèvres et pressa ses doigts contre son nez comme s'il humait sa peau.

Finalement, il la relâcha.

— Portez-vous bien, Séra.

Sur un dernier regard désolé, il s'inclina et la contourna pour poursuivre sa route.

Elle le suivit du regard un long moment.

Elle aurait aimé qu'il réponde autrement. Ne pas se sentir aussi abattue. Retrouver, ne serait-ce qu'un instant, ce sentiment de paix et d'espoir qu'elle avait éprouvé ce matin au réveil, l'esprit encore tout occupé de lui.

Elle aurait aimé, à tout le moins, ne pas avoir à attendre si longtemps pour qu'il soit l'heure de boire.

13

Ce fut un miracle qu'Adam ne s'écarte pas du chemin qui menait chez Tregereth pour plonger directement dans la mer, car il cheminait sans regarder où il mettait les pieds, dans une sorte de brouillard, tandis que quatre mots résonnaient dans sa tête.

Vous me plaisiez vraiment.

Au passé.

S'il avait pris la bonne décision, le regret ne l'aurait pas à ce point taraudé.

Il lui avait *plu* !

S'il n'y avait franchement pas de quoi s'affoler, il ne pouvait s'empêcher de penser que, venant d'elle, ces mots reflétaient plus de tendresse que s'ils avaient été prononcés par n'importe qui d'autre.

Peut-être n'avait-elle dit cela que parce qu'il avait prouvé qu'il était assez détaché pour rompre leur relation. Quoi qu'il en soit, il était touché. Leur échange l'avait tellement troublé qu'il en avait la tête qui tournait.

Ce qui tombait fort mal, car il était attendu à Alsonair dans moins d'une heure. Il n'avait pas le temps de s'apitoyer sur lui-même. Mettre fin à cette histoire était la meilleure solution.

Il pressa le pas et s'efforça de chasser Séraphina de son esprit.

Il s'arrêta pour emprunter une monture sur le chantier de Tregereth et parcourut les quelques miles qui le séparaient du domaine de Pendrake en repassant dans sa tête les points forts de l'argumentaire qu'il avait préparé.

Il franchit l'imposant portail de fer forgé et remonta une large allée dont les gravillons chatoyaient sous le soleil. L'allée en question était bordée de jardins soigneusement entretenus, qui ressemblaient davantage à ceux que l'on pouvait admirer à Paris que dans la campagne anglaise. Pendrake avait donc un faible pour la grandeur continentale – c'était bon à savoir.

Adam suivit un domestique depuis les écuries jusqu'à la maison, majestueux édifice de trois étages perché au sommet de la falaise.

— Attendez ici, dit le valet en désignant un sofa du somptueux salon d'attente. Je vais prévenir M. Lotham de votre arrivée.

Adam s'approcha de la fenêtre. Elle faisait face à la mer. Au loin, on apercevait la maison de Séraphina, sur le promontoire dominant la baie.

Ne pense pas à elle.

— Monsieur Anderson ? s'enquit une voix derrière lui.

Il pivota sur ses talons.

— Je suis M. Lotham, se présenta un homme à lunettes. Et voici lord Pendrake.

— Certainement, murmura Adam en s'inclinant profondément car il venait de reconnaître la silhouette anguleuse de Pendrake, son menton pointu et ses cheveux d'un noir de jais, d'après les illustrations des journaux. C'est un honneur.

Pendrake s'avança jusqu'à un fauteuil sur lequel il prit place, puis étendit posément ses longues jambes devant lui.

— Lotham a mentionné qu'il devait vous rencontrer et je me suis souvenu de votre nom. Lord Howard ne tarit pas d'éloges au sujet de la rénovation que vous avez effectuée pour lui dans le Kent.

— Ah, oui ! Une belle demeure. Lord Howard a un goût exquis.

Adam trouva son propos odieusement obséquieux, mais le marquis se contenta de sourire.

— En effet, commenta-t-il.

— Asseyez-vous, monsieur Anderson, dit Lotham en désignant un divan.

Adam s'exécuta.

— J'ai apporté un livre de croquis ornementaux que j'ai réalisés pour des jardins, commença-t-il. Je pense que l'élégance française conviendrait à votre domaine, que je n'ai pu m'empêcher d'admirer en arrivant.

Pendrake agita mollement la main.

— Laissez cela ici. Lotham le montrera à ma femme. Car c'est son idée, voyez-vous. Elle voudrait un temple ou une de ces folies à la mode. Vous savez comment sont les femmes. Épuisantes, soupira-t-il en levant les yeux au ciel.

Adam acquiesça, comme s'il partageait ce genre d'opinion sur les femmes, et eut l'impression de sentir peser sur lui les regards noirs de Marianne, de Catriona et de Séraphina.

— Je pensais éventuellement provoquer votre intérêt à propos d'un projet plus important pour le Conseil royal des architectes, enchaîna Pendrake. Je vous en parle à titre confidentiel, mais nous avons l'intention de passer prochainement commande d'un arsenal naval. Un projet colossal et très complexe.

Le cœur d'Adam se mit à battre plus vite.

— J'ai entendu parler de l'éventualité de ce projet, dit-il, veillant à ne pas paraître trop intéressé.

— Oui, mon cher collègue, lord Falconer, aimerait que la commande revienne à son neveu, Richard Folke, et il a cru qu'il suffirait d'en parler à ce dernier pour que l'affaire soit conclue. Folke n'a évidemment pas pu s'empêcher de claironner à travers toute la ville qu'il allait gagner une fortune, et maintenant, tous les architectes de Londres assiègent ma demeure. Vous le connaissez ? Folke ?

Richard Folke était l'architecte le plus en vue de Londres. Sa présence sur les rangs n'était pas une bonne nouvelle pour Adam.

— Le travail de M. Folke est…

— Effroyablement cher, coupa Pendrake, pince-sans-rire. Il a dépassé le budget initialement prévu pour la banque de Manchester de quatre-vingt mille guinées, et le projet a été livré avec quatre ans de retard. C'est scandaleux. Il pense qu'il est le meilleur et qu'il peut donc agir à sa guise. Mais mon trésorier surveille mes dépenses de très près et il me faut un homme qui soit capable de penser en termes de budget, au lieu de s'ingénier à ajouter des chérubins et des cupidons partout à seule fin de se remplir les poches.

Adam sourit, d'accord avec Pendrake sur ce point.

— Milord, j'ai pour principe que l'efficacité d'un plan est le meilleur moyen d'évaluer l'habileté d'un architecte. Une armurerie se doit d'être un bâtiment à la fois beau et imposant, comme il sied à la Marine royale. Si l'on est attentif au flux de main-d'œuvre, c'est un projet qui peut se concevoir à peu de frais.

— Exactement. Howard m'a dit que vous étiez le meilleur en matière de gestion des coûts et que vous aviez livré l'ouvrage avant la date prévue. J'aimerais vous inviter, officieusement, à soumettre une proposition pour ce projet. Lotham vous communiquera les détails. Officiellement, nous étudions d'autres propositions. Folke est donné gagnant du fait de ses relations, j'aimerais cependant lui opposer un homme à moi dans cette course.

Un homme à moi. Seigneur ! Devenir un homme de Pendrake. Les débouchés…

— Je vous remercie, milord. Proposer un plan pour un tel projet serait un honneur. Je suis immensément flatté d'être considéré.

— Fort bien. Lotham, veillez à envoyer promptement ce dont il aura besoin à M. Anderson, car il me faut cette proposition dans six semaines.

Adam s'efforça de ne pas ciller. Six semaines auraient à peine suffi pour réaliser les plans s'il y avait consacré toutes ses heures de travail dans son cabinet de Londres. Or on avait encore besoin de lui ici pour au moins trois semaines. Ce qui signifiait qu'il n'aurait pas même le temps de dormir.

Littéralement pas le temps de dormir.

— Bien sûr, milord.

Le marquis hocha la tête et, son objectif atteint, se cala contre le dossier de son fauteuil.

— Lotham m'a confié que vous faisiez du beau travail chez Tregereth. Comment cela se passe-t-il ?

— Très bien. Son domaine offre un point de vue magnifique sur le paysage.

— Tregereth est obnubilé par des broutilles. Depuis toujours – il tient cela de son père. Ne le laissez pas vous embêter avec des futilités. Une tâche autrement plus importante vous appelle.

Pendrake gratifia Adam d'un regard sévère visant à s'assurer qu'il avait bien compris. *Je suis votre priorité.*

— Certainement, milord, répondit-il.

Pendrake lui rappelait son père – le genre d'homme qui assène ses opinions sur tout et n'importe quoi sans le moindre tact, persuadé de faire l'unanimité. Cette arrogance le mettait mal à l'aise.

— Et méfiez-vous de sa voisine, la fille Arden, dit Pendrake. Une femme abominable. Une radicale. Je me demande ce qui a pu l'inciter à revenir ici.

Adam fut surpris que le marquis soit au courant de la présence de Séraphina.

Vous me plaisiez vraiment.

Sa bouche devint sèche. Que répondre ? Il ne pouvait pas défier ouvertement un homme tel que Pendrake, qui lui offrait tout ce pour quoi il avait œuvré jusqu'ici. Heureusement, Pendrake se levait déjà, n'attendant visiblement aucune réponse de sa part.

Adam se leva à son tour et s'inclina en ayant l'impression de devenir un peu plus lâche à mesure que son buste se rapprochait du sol.

Après un bref entretien avec Lotham concernant la folie du jardin, il quitta les lieux. Il aurait dû exulter d'avoir été ainsi distingué, or ce n'était pas le cas. Il avait la nausée.

Était-il vraiment devenu cet homme-là ?

Un sycophante prêt à tout pour plaire, qui ignorait les insultes faites à ses amis pour s'attirer les bonnes grâces des puissants et laissait la lâcheté dicter ses choix ?

Il contempla l'océan. Encore sauvage et bouillonnant après la tempête de la veille, méprisant les rochers contre lesquels il s'écrasait. Il aurait aimé être une de ces vagues qui se précipitaient vers les falaises sans penser au risque de l'impact.

Il voulait construire cet arsenal. Payer sa dette à Mayhew. Assurer l'avenir de ses enfants.

Mais pas au prix de son amour-propre.

Il repensa aux mots de Pendrake – *une femme abominable* – et se souvint de l'expression de Séraphina quand il avait décliné son invitation. L'espace d'un instant, son visage s'était altéré, comme s'il l'avait insultée.

Elle n'avait rien d'abominable. C'était un être humain qui pouvait être blessé comme tout un chacun.

Et il était architecte. Il avait suffisamment de connaissances en géologie pour savoir que lorsque les vagues s'écrasent contre les rochers, ce sont les rochers qui souffrent, pas les vagues. Les falaises se forment suite à la lente et persistante érosion des marées.

Peut-être était-ce là la signification de son rêve : le signe qu'il devait lier son sort au bouillonnement de l'océan, au lieu de se fier à la trompeuse solidité de la pierre.

Séraphina était d'une humeur de dogue.

Après sa déprimante entrevue avec Adam Anderson, la journée lui avait semblé interminable, triste et morne, sans aucune perspective réjouissante, rien pour briser l'angoisse des pages blanches qui l'attendaient, et aucune nouvelle de ses amies.

Elle avait écrit huit fois à Thaïs et à Cornelia depuis la lettre de Cornelia à propos d'Elinor, et n'avait pas eu de réponse. Même en tenant compte de la distance qui séparait Londres des Cornouailles, elle aurait dû finir par recevoir *quelque chose*.

Elles ne se doutaient donc pas qu'elle se rongeait les sangs ?

L'absence de réponse n'était pas inhabituelle de la part de Thaïs, qui, lorsque Elinor s'était chargée de faire son éducation – à vingt-deux ans –, savait juste écrire son nom. Cornelia, en revanche, était une correspondante fiable et prolifique.

Elle se versa un verre de vin – le troisième – et se mit à arpenter le salon, imaginant des choses épouvantables.

Quand on frappa à la porte de la terrasse, elle se figea. Qui pouvait lui rendre visite à cette heure de la nuit ? Et pourquoi s'annoncer à la porte de derrière ?

Elle demeura immobile, consciente d'être seule. Tompkins était déjà montée se coucher, et Maria et la cuisinière étaient à la cuisine. La personne qui se trouvait dehors pouvait la voir dans la pièce éclairée, alors qu'elle-même ne distinguait rien à l'extérieur.

Elle repensa au martin-pêcheur. Et s'il n'avait été qu'un avertissement avant une attaque plus violente ?

— Séra...

L'appel à voix basse était teinté d'un accent écossais. Adam ! Elle porta la main à son cœur et s'empressa d'aller ouvrir la porte.

— Que faites-vous là ? Je vous ai pris pour un rôdeur ! s'exclama-t-elle d'une voix trop aiguë.

Adam entra en hâte, la pluie ruisselant de son chapeau, et resta interdit en la voyant presser la main sur son cœur.

— Je suis vraiment désolé. Je n'avais pas pensé que je risquais de vous effrayer. C'est juste que la porte de la terrasse est plus près du sentier et qu'il s'est remis à pleuvoir.

Elle s'efforça de reprendre le contrôle de sa respiration parce qu'elle détestait l'idée qu'il la voie comme une écervelée, facilement impressionnable.

— Que faites-vous là ? répéta-t-elle sèchement.

Elle n'avait pas besoin qu'un homme, qui avait déjà rompu avec elle, la fasse mourir de peur à 10 heures du soir.

Il fouilla dans sa poche et en sortit le message qu'elle lui avait remis ce matin.

— J'espérais qu'il n'était pas trop tard pour accepter votre invitation.

Elle soupira et lui jeta un regard mauvais. Elle avait passé la journée à se lamenter sur son rejet. Et voilà qu'il avait *changé d'avis* ?

Elle n'était pas opposée à l'idée de coucher avec lui. Toutefois, si elle l'autorisait à rester, comment être sûre qu'il ne serait pas de nouveau submergé par une bouffée de culpabilité au matin sous prétexte qu'elle représentait un risque qu'il n'était pas prêt à assumer ?

Elle détestait qu'on joue avec elle.

— Je croyais que vous jugiez ma fréquentation trop risquée, répliqua-t-elle sans chercher à masquer son irritation. Qu'est-ce qui vous a fait changer d'avis ?

— J'ai pris conscience de ma lâcheté, répondit-il en la regardant droit dans les yeux.

— Dans quel sens ?

— En refusant de reconnaître que j'ai envie de vous. Alors que c'est le cas.

Une pensée réconfortante. Qui arrivait un peu tard malheureusement.

— Seriez-vous de ces hommes qui ont envie de moi quand le soleil se couche et qui se souviennent qu'ils ont des responsabilités, quand il se lève ? Parce que j'en ai déjà croisé pas mal, Adam, et je les trouve pénibles.

Un muscle tressauta sur sa joue. Elle avait touché un point sensible.

— Ce n'est pas mon genre, dit-il finalement. J'ai manqué de courage, mais il semble que je l'ai retrouvé. Si vous voulez encore de moi.

Elle se laissa tomber sur le divan, soudain très lasse.

— Soit, grommela-t-elle. Restez, si vous voulez.

Il la dévisagea, les yeux plissés d'inquiétude.

Oh, mon Dieu, elle ne s'était même pas demandé à quoi elle ressemblait ! Ses lèvres gercées étaient sûrement tachées de vin et elle avait tellement pleuré en pensant à Elinor qu'elle devait être toute bouffie.

Pourvu qu'il n'imagine pas qu'elle avait pleuré à cause de *lui*.

— J'ai l'impression que vous auriez besoin d'un ami, dit-il doucement.

La tendresse dans sa voix fit retentir une alarme dans son esprit. La tendresse ne faisait pas partie des devises qu'elle acceptait, surtout pas de la part de quelqu'un qui avait fait état de ses regrets le matin même.

Elle n'aurait pas dû lui dire qu'il lui plaisait. Elle ne l'avait fait que parce qu'il venait de rompre. Il l'avait incitée à se montrer plus honnête qu'elle n'aurait dû.

On reproche souvent aux femmes d'avoir le cœur vulnérable, or l'expérience lui avait appris que les hommes sont également susceptibles de confondre le désir avec un autre genre d'ardeur : *l'amour*.

Alors qu'il s'agit de deux choses différentes. Satisfaire le corps libère. Satisfaire ses émotions produit exactement l'inverse. Il produit l'attachement. Un état que l'on ne peut pas éviter grâce à un préservatif.

L'homme qui tombe amoureux de vous porte un nom : c'est un fléau.

Elle posa son verre sur le sol et se releva pour être au même niveau que lui.

— Mon amie est enfermée dans un asile d'aliénés et mes autres amies ignorent mes lettres, aussi aimerais-je trouver quelque chose de fiable pour m'apaiser. Comme baiser, par exemple, si c'est la raison de votre venue.

Il pinça les lèvres, s'adossa au mur et l'étudia tel un naturaliste s'efforçant d'identifier une espèce d'araignée très rare.

— Je pense que c'est le cas, pour dire les choses crûment, répondit-il. Toutefois, si vous avez envie de parler de ce qui vous préoccupe...

Elle leva la main pour l'interrompre.

— Adam, je n'ai que très peu d'amis et je les adore. Mais je ne couche *jamais* avec eux. Alors, je vous en prie, choisissez ce que vous voulez être pour moi. Un ami ? Ou un amant ?

Il soutint son regard sans que son expression varie.

— Je ne vois pas ce qu'il y aurait de mal à être les deux. J'aimerais être les deux.

— Moi pas, répliqua-t-elle avec un petit sourire crispé. Alors décidez-vous.

Il s'avança vers elle jusqu'à ce qu'ils se touchent presque. Elle recula vers la cheminée et il la suivit, maintenant la même distance entre eux, jusqu'à ce que le dos de Séraphina heurte le manteau de la cheminée.

Il était grand, plus fort qu'elle, et son sexe était dur.

La colère de Séraphina céda la place au désir. Elle retrouvait enfin l'homme qui l'avait dévorée d'un regard affamé au belvédère. Celui dont elle avait eu envie d'emblée.

— Séraphina, dit-il sobrement.

Elle contempla son visage grave.

— Oui ?

— Je n'insisterai pas pour que nous soyons amis si vous ne le souhaitez pas. Mais si nous devons être amants, ne me parlez pas comme cela.

Elle écarquilla les yeux.

— Comme quoi ?

— Comme si j'avais l'intention de prendre plus que ce que vous offrez.

— Bravo, monsieur Anderson, répondit-elle avec un petit sourire. Vous apprenez vite.

— En fait, dit-il en se pressant contre elle, j'ai dans l'idée que je connais déjà à peu près tout ce que nous allons faire.

Cette vantardise lui plut.

— Mmm, vous êtes bien sévère ce soir, souffla-t-elle. Je me demande ce que je vais pouvoir faire d'un homme aussi exigeant...

Il posa les mains sur le manteau de la cheminée, derrière elle, ses avant-bras venant encadrer son visage.

— Je suggère que vous commenciez par me conduire jusqu'à votre lit.

Son érection appuyait durement contre son ventre. Séraphina sentit son souffle se bloquer dans sa gorge.

— Menez-moi à votre lit, répéta-t-il d'une voix qui se répercuta directement au creux de ses cuisses.

Elle lui prit la main et l'entraîna vers l'escalier.

Dès qu'ils se retrouvèrent dans la pénombre de la cage d'escalier, loin des fenêtres et des domestiques, il lui empoigna les hanches par-derrière et se plaqua contre elle. Il lui souleva les cheveux pour embrasser brutalement sa nuque et la mordilla jusqu'à lui tirer un soupir de plaisir. Elle se cambra pour l'inciter à poursuivre. Elle voulait qu'il se repaisse d'elle, qu'il la marque de son empreinte.

— Montez, lui chuchota-t-il à l'oreille. Dépêchez-vous. Je ne vais pas vous prendre dans l'escalier.

Sa voix rauque et son accent plus écossais que jamais lui plurent énormément. Il s'exprimait comme un homme qui est en train de perdre le contrôle.

Dès qu'ils eurent franchi le seuil de sa chambre, il la poussa vers le lit sans prendre le temps d'allumer les lampes ni de retirer son manteau. Il la renversa sur la courtepointe, s'agenouilla et souleva ses jupes.

— Je rêve de faire cela depuis que je suis parti d'ici.

Ses doigts se refermèrent sur ses cuisses pour les écarter. Elle sentit son souffle sur sa fente et ferma les yeux quand ses joues rugueuses frôlèrent la peau sensible de ses cuisses.

C'était animal.

Délicieux.

Il la taquina, écarta les replis de son sexe, les doigts agrippés à ses cuisses. Il ne lui faisait pas mal, il exerçait juste assez de pression pour lui rappeler qu'elle était sous son contrôle. Elle gémit et écarta largement les cuisses, l'implorant de lui en donner davantage.

Il l'attira plus près et lapa son clitoris de petits coups de langue rapides.

Elle retint un cri.

La plupart du temps, selon sa riche expérience, il fallait donner des instructions pour qu'un homme découvre ce point précis de son anatomie.

— Vous connaissez votre affaire, laissa-t-elle échapper d'une voix étranglée.

Il y avait quelque chose de différent chez lui, ce soir. Comme s'il avait jusqu'alors réprimé une part de sa personnalité qu'il se décidait enfin à libérer. Délicieusement. Le long de sa fente.

Il leva les yeux vers elle, l'air amusé, et visiblement très fier de lui.

— Je ne suis pas venu pour que vous fassiez mon éducation.

L'éclat malicieux dans son regard lui donna envie de rire, mais elle tendit la main et pressa sa tête contre son entrejambe.

— Allons, allons, gardez les vantardises pour plus…

Elle retint brusquement son souffle quand il recommença à faire usage de sa bouche et de sa langue. Le discret chatouillis de sa barbe naissante la fit fondre de plaisir. Elle plaqua les mains sur l'arrière de sa tête pour l'inciter à continuer, laissant échapper des gémissements et des cris inarticulés jusqu'à ce qu'un violent frisson la secoue et qu'elle crie son nom.

Tandis qu'elle demeurait allongée, haletante et incapable de bouger, il se redressa, se débarrassa de son manteau et s'assit près d'elle.

— Suis-je autorisé à proférer des vantardises, à présent ?

— J'ai sans doute sous-estimé vos talents, concéda-t-elle, le souffle court.

Il sourit et fit courir son doigt le long de son nez.

— En effet.

— En avez-vous d'autres dont vous aimeriez me faire profiter ?

Il rit tout bas et fit tranquillement jaillir ses seins de son corsage avant d'en taquiner les pointes. Elle ferma les yeux et savoura les savantes explorations de ses doigts, puis de sa bouche.

Elle s'étira langoureusement.

— Êtes-vous ouvert aux suggestions ? demanda-t-elle en rouvrant un œil.

— Tout ce que la dame désire, murmura-t-il.

— Frottez votre queue sur mes seins.

Elle se demanda si elle l'avait choqué, mais il se contenta de hausser un sourcil avant de s'écarter d'elle pour se déshabiller entièrement avant de l'enfourcher.

Torse nu, il était vraiment superbe. Elle n'avait encore jamais été avec un homme aussi généreusement doté par la nature. Une perle translucide trahissait son désir à l'extrémité de son sexe.

— Oh, vous êtes à croquer ! Venez ici.

Elle plaqua les mains sur ses fesses pour attirer sa queue vers sa poitrine. Il prit une brève inspiration quand elle empoigna son sexe pour jouer avec et en frotter l'extrémité luisante entre ses seins.

— Serez-vous scandalisé si je vous demande de jouir sur ma poitrine ? demanda-t-elle.

Ses yeux brillèrent de reconnaissance. De cette reconnaissance qui n'arrive que rarement entre deux nouveaux amants, qui se découvrent un goût commun pour certaines pratiques. Il la gratifia d'un sourire coquin, repoussa ses épaules contre les oreillers, baissa son corsage afin de dénuder entièrement ses seins, puis s'agenouilla au-dessus d'elle.

— Du moment que vous me laissez regarder.

Elle enroula les doigts à la base de son sexe et la comprima tout en le caressant de sa main libre. Il ne tarda guère à jouir à longs traits brûlants sur sa peau nue. Il renversa la tête en arrière et lâcha un juron avant de se laisser retomber à côté d'elle.

Il fit glisser son doigt sur la semence qu'il avait répandue sur son buste.

— Je vous ai souillée, ma belle.

— Je sais. J'aime beaucoup cela.

Alors qu'elle attrapait un coin du drap pour s'essuyer, il le lui prit des mains et s'en chargea à sa place. Il l'attira ensuite sur lui et l'embrassa sur les lèvres.

— Vous êtes un vrai plaisir, murmura-t-il.

— Vous aviez promis de ne pas sombrer dans le sentimentalisme, monsieur Anderson.

— Comment voulez-vous que je réagisse, mademoiselle Arden ?

Elle glissa la main jusqu'à son sexe qui ne présentait plus qu'une demi-érection.

— En recommençant à bander.

Il eut un sourire espiègle.

— Retirons votre robe.

Il l'aida à déboutonner ladite robe, à délacer son corset et ses jupons, mais quand elle fut en chemise, il l'interrompit, et replaça les bretelles sur ses épaules.

— Non, gardez-la. Je n'arrête pas de penser à vous dans cette tenue depuis que je vous ai vue au belvédère.

— Vraiment ? dit-elle, charmée. Et à quoi pensiez-vous donc ?

Il la saisit aux hanches, la souleva presque sans effort pour la déposer sur le matelas, avant de grimper sur elle, son sexe déjà très affermi plaqué contre son ventre.

— À ce que je ressentirais si je me frottais contre vous.

— Plus bas, je vous prie, dit-elle, en incitant son sexe à se presser contre sa fente.

Il reprit sa bouche et l'embrassa voracement tout en se frottant là où elle le souhaitait. Elle gémit, creusa les reins en s'efforçant de retrouver le chemin du plaisir. Sa chemise entre eux ne tarda guère à la gêner. Elle voulait le sentir contre sa peau nue.

Elle attrapa le bas de sa chemise pour s'en débarrasser. Il s'immobilisa, puis souleva les hanches afin qu'elle puisse la retirer. Toutefois, quand elle l'attira de nouveau contre elle et lui demanda de continuer, il la dévisagea.

— Frottez-vous contre moi, insista-t-elle.

Elle referma la main sur son sexe, le fit aller et venir contre son clitoris.

— Comme cela, pour me faire bien mouiller.

Il gémit, s'enfonça juste un peu dans l'ouverture moite, puis se retira et revint taquiner son clitoris. C'était divin, mais ce n'était pas exactement ce qu'elle voulait.

— Adam, dit-elle en s'immobilisant.

— Oui ?

— Baisez-moi.

14

Cet ordre cru le laissa bouche bée.

— Baisez-moi, répéta-t-elle.

Il en avait envie. Il en *mourait* d'envie.

Sa gorge se noua à l'idée de la pénétrer. Cela faisait si longtemps. Il se rappelait à peine ce que cela faisait, se souvenait juste qu'il n'y avait rien de comparable.

Et il aimait la façon dont les yeux de Séra brillaient quand il oubliait toute convenance et laissait parler sa part animale. Elle voulait qu'il se montre charnel et sa réaction, quand il la satisfaisait, lui plaisait énormément.

Mais la baiser – la baiser vraiment – représentait un trop grand danger.

Certains risques peuvent s'envisager. D'autres sont mortels.

Il déposa un baiser sur son front tout en continuant de frotter son érection le long de sa fente.

— Non, ma belle. Je vais vous combler avec mes doigts.

Il la souleva, la fit asseoir sur ses genoux, dos à lui, de sorte que son sexe se dressait entre ses cuisses, et inséra deux doigts en elle. Sa vulve était si étroite, moite et brûlante que la toucher avec ses doigts plutôt qu'avec son sexe était une insulte envers lui-même.

Il regretta amèrement de ne pas pouvoir se montrer plus déraisonnable.

— Que dites-vous de cela ? demanda-t-il en introduisant un autre doigt.

Un gémissement de plaisir franchit les lèvres de Séraphina.

— J'en dis que j'aimerais que vous me laissiez vous chevaucher. Si vous ne voulez pas, cela fera quand même très agréablement l'affaire.

— Oh, j'adore votre petite fente humide ! J'adore lui faire du bien.

Elle agrippa sa verge et la caressa. Ils se livrèrent ainsi à une sorte de danse, se caressant l'un l'autre, les mains animées d'un même désir de faire jouir l'autre. Quand sa semence se répandit sur ses cuisses, elle se contracta longuement autour de ses doigts.

Adam les essuya tous deux avec le drap, puis ils s'allongèrent et il l'attira dans ses bras. Elle s'y blottit sans réticence.

Ils restèrent serrés l'un contre l'autre, essoufflés. Sentir le corps d'une femme comblée et alanguie contre lui lui avait tellement manqué.

— Merci, Séra.

Elle soupira, et le frôlement nonchalant de ses doigts sur son ventre tira un frisson à Adam.

— J'aimerais recommencer, dit-elle.

— Si vous continuez ces caresses, je pourrai satisfaire votre requête dans quelques minutes.

Elle gloussa.

— Je vous trouve bien lubrique pour un Écossais respectable.

— Vous n'avez pas idée.

— Je crois que je commence, au contraire. Je craignais de m'ennuyer durant les semaines à venir, mais il y a peut-être de l'espoir, après tout. C'est appréciable d'avoir des voisins serviables.

Il pressa les doigts sur ses lèvres. Des lèvres pulpeuses au dessin ferme qui émerveillait son œil d'artiste. Un visage vraiment remarquable.

— Puis-je vous poser une question ? demanda-t-elle.

— Je vous en prie.

— Pourquoi refusez-vous de me baiser ?

Il hésita. Ses raisons étaient d'ordre intime. Il n'avait pas envie de parler de Catriona. Ni de l'avertissement du médecin qui les avait prévenus qu'une nouvelle grossesse risquait de lui être fatale. Ils avaient été prudents. Pas assez, malheureusement.

Il se rabattit sur une réponse facile.

— Ce n'est pas que je refuse. Il se trouve juste que je suis un bâtard. Si je m'en suis plutôt bien sorti, c'est un destin que je ne souhaite pas à mes enfants. Or, vous m'avez clairement fait savoir que vous n'aviez aucunement l'intention de vous marier.

— Pas le moins du monde, en effet, confirma-t-elle. Cela dit, j'ai mes propres méthodes pour éviter de tels accidents. Je les soumets à rude épreuve depuis des années et elles se révèlent parfaitement efficaces.

— De quelles méthodes s'agit-il ? demanda-t-il avec une curiosité presque morbide.

Elle se libéra de son étreinte et se leva pour aller fouiller dans un des tiroirs de sa coiffeuse. Il en profita pour admirer son corps nu. Elle avait des hanches rondes et une taille très fine qui s'épanouissait en remontant vers ses épaules, larges et fières. Une silhouette très harmonieuse.

Elle revint près de lui, un bocal entre les mains.

— C'est comme une armure, expliqua-t-elle. Vous la nouez autour du pénis pour retenir la semence. Les prostituées les utilisent pour éviter les maladies contagieuses, mais mon médecin pense que cela permet aussi d'éviter la conception. Le retrait reste toutefois préférable pour limiter les risques de propagation.

Il se pencha pour examiner l'enveloppe translucide et fripée suspendue dans un liquide huileux, puis regarda Séraphina.

— Ne vous méprenez pas, Séra. J'aimerais vraiment vous faire l'amour. C'est juste que cela m'est impossible.

Elle parut chagrinée, puis haussa les épaules.

— Nous nous contenterons d'effroyables perversités.

Il sourit.

— Quel genre de perversités préférez-vous ?

— J'ai un penchant pour la rudesse. Les hommes me trouvent assez effrayante, voyez-vous. C'est rafraîchissant d'être rudoyée.

Il se leva, la souleva et la cala en travers de son épaule.

— Comme cela, vilaine ?

— Mmm !

Il la déposa sur le bureau face au mur et lui plaqua les épaules contre la paroi avant de l'embrasser d'une façon qu'elle aurait trouvée intolérable si elle n'avait pas justement réclamé cette brutalité. Son enthousiasme se manifesta aussitôt de façon évidente – elle enroula les jambes autour de ses hanches, planta ses ongles dans ses bras et lui rendit son baiser avec fougue.

Adam lui agrippa les cheveux et tira jusqu'à ce qu'elle gémisse ; il tira davantage et elle gémit plus fort, et ils furent à nouveau transportés dans un monde qui n'appartenait qu'à eux. Des coups retentirent soudain au rez-de-chaussée, couvrant leurs cris de plaisir.

— Qu'est-ce que c'est que ce bruit ? marmonna Adam.

Elle se figea et tendit l'oreille.

— Oh, non ! murmura-t-elle.

Il se souvint de son expression terrifiée quand il était arrivé par la terrasse. Elle avait tenté de le cacher, mais ses mains tremblaient quand elle lui avait ouvert.

— S'il s'agit encore de ces voyous avec leurs fichues caricatures..., gronda-t-il en l'abandonnant pour se rhabiller.

Elle sauta sur le sol pour en faire autant, et quand il se retourna, il découvrit qu'elle était blanche de frayeur. Son cœur se serra. Elle ne méritait vraiment pas cela.

— Séra ? appela Tompkins.

— Bon sang, qui est-ce ? s'enquit Séraphina d'une voix tendue.

— Thaïs, Cornelia et Jack.

— Qui ? demanda Adam.

Séra était trop occupée à enfiler sa robe pour prendre le temps de lui expliquer que si ses amis étaient là, c'était qu'ils étaient devenus fous ou qu'il était arrivé quelque chose de grave.

— Au nom du ciel, qu'est-ce qui leur a pris de voyager en pleine tempête ? lança-t-elle à Tompkins à travers la porte.

— Dites à Séra que nous ne contrôlons pas les éléments ! répondit Cornelia depuis le rez-de-chaussée.

— Séra, dépêche-toi de descendre accueillir tes amis à demi noyés ! renchérit Thaïs.

Ils l'attendaient au pied de l'escalier, tout sourire, aussi trempés que les rescapés d'un naufrage.

— Mes chéris ! s'esclaffa-t-elle en les rejoignant. Je vous aurais pris pour des apparitions, si j'avais cru possible que vos fantômes puissent avoir aussi mauvaise mine.

Elle écarta les bras, et les deux jeunes femmes se précipitèrent vers elle. Elles étaient trempées. Thaïs s'écarta et leva le nez, une lueur diabolique dans ses immenses yeux bleus.

— Elle sent le sexe, déclara-t-elle.

— Parole de spécialiste, commenta Cornelia.

— Avec un *homme*, ajouta Thaïs en la reniflant.

C'était pour cette belle complicité que Séra adorait ses amis.

Jack, qui se tenait sur le seuil, observait ces retrouvailles avec un sourire narquois.

Séra l'embrassa et invita tout ce petit monde à passer au salon.

— Que diable faites-vous là ? Asseyez-vous près du feu et tâchez de vous réchauffer. Vous ressemblez à des créatures marines !

— Que t'est-il arrivé ? On dirait que tu as perdu dix kilos ! déclara Cornelia en l'examinant de la tête aux pieds.

— C'est le prix à payer quand on déterre des souvenirs tragiques ! répondit-elle d'un ton léger. Je vis de vin, de tabac et de mal-être.

En parlant de vin, l'arrivée de ses amis méritait d'être fêtée.

— Tompkins ? appela-t-elle. Trouvez-nous du vin, voulez-vous ? Et quelque chose à manger.

— Plein de choses à manger, s'il vous plaît, Tompkins, rectifia Cornelia. Tout le monde ne peut pas se contenter de mal-être pour subsister. Oh, bonsoir, monsieur ! ajouta-t-elle, sa voix se muant en ronronnement.

Adam se tenait sur le seuil, l'air mal à l'aise, comme s'il souhaitait se dissoudre dans l'atmosphère.

— Je le savais ! caqueta Thaïs.

— Nous qui pensions que tu dépérissais de solitude, lança Cornelia à Séra d'un ton teinté d'admiration.

Thaïs s'approcha d'Adam d'une démarche chaloupée, ses cheveux mouillés et ses vêtements trempés ne diminuant en rien sa beauté et sa sensualité.

— Thaïs Magdalene, dit-elle d'une voix de gorge en lui présentant sa main à baiser.

Adam – qu'il ait reconnu son nom, qu'il les ait entendus bavarder ou qu'il ait remarqué le regard d'invite de Thaïs – rougit comme un gamin. Visiblement, son numéro de séducteur chevronné se limitait à la chambre à coucher.

— Adam Anderson, répondit-il d'un ton bourru. Enchanté.

Cornelia s'avança à son tour, son teint cuivré étincelant à la lumière des chandelles. Son maintien aristocratique était aussi élégant que celui de Thaïs était équivoque, et elle affichait le sourire splendidement amusé qui lui était coutumier.

— Cornelia Ludgate, se présenta-t-elle. Quant à ce monsieur, il s'appelle Jack Willow.

Accroupi devant le feu, Jack salua Adam d'un hochement de tête amical.

— Séraphina ne nous avait pas dit qu'elle s'était fait des amis, reprit Cornelia.

— Nous ne sommes pas amis à proprement parler, intervint Séraphina. M. Anderson était du reste sur le point de partir.

— Ravi d'avoir fait votre connaissance, dit-il en adressant à Séra un regard reconnaissant pour cette excuse qui lui permettait de prendre congé.

— Vous ne craignez pas la pluie ? demanda-t-elle.

— Je ne risque pas de fondre, répondit-il en s'inclinant.

— *Certes,* commenta Thaïs, jaugeant ses mensurations d'un air approbateur tandis qu'il s'éloignait.

Dès qu'il fut sorti, Thaïs et Cornelia se rapprochèrent de Séra avec des mines de conspiratrices.

— Où as-tu déniché un soupirant aussi délicieux ? s'enquit Cornelia.

Séra prit place sur le sofa.

— C'est un architecte qui fait des rénovations non loin d'ici. Je l'ai attiré dans mes filets, histoire de passer le temps.

Ses amies l'encadrèrent, comme pour lui soutirer des confidences en l'étouffant sous des flots de mousseline ruisselante. Séra se contorsionna dans l'espoir de leur échapper, mais Cornelia lui enfonça l'index dans les côtes.

— Est-il doué ?

— Comme architecte ? répliqua Séra d'un ton détaché.

— Je crois qu'il est temps que je m'absente, annonça Jack en leur adressant un sourire entendu avant de quitter la pièce.

Restées seules, les trois femmes éclatèrent de rire. Séra était tellement heureuse d'avoir retrouvé ses amies !

— Dis-nous au moins s'il est aussi beau nu qu'il en a l'air, exigea Thaïs.

— Il l'est encore plus. Et il est effroyablement... *doué*, ajouta-t-elle avec un clin d'œil, ravie de voir ses amies écarquiller les yeux.

Thaïs se frotta les mains, jubilant visiblement.

— Elle est mordue ! confia-t-elle à Cornelia.

— Pas le moins du monde ! protesta Séra. Il est un peu trop gentil à mon goût. Mais je profite bien de lui pour le moment.

Étrangement, cette déclaration éveilla en elle un soupçon de mélancolie. Car si elle savait qu'il faudrait bientôt mettre un terme à cette histoire, elle n'avait plus envie de renoncer à lui maintenant qu'elle avait goûté à ses talents dans un lit.

— Je comprends, déclara Cornelia en hochant la tête d'un air grave. Beau, doué et gentil ? Quel cauchemar ! Tu *dois* t'en débarrasser.

— Pourrai-je l'avoir une fois que tu ne voudras plus de lui ? demanda Thaïs en battant des cils.

Séra préféra changer de sujet avant que la perspective de ne plus avoir Adam dans son lit la rende triste.

— Oh, mes amours, comme vous m'avez manqué ! dit-elle en entourant ses amies de ses bras. Qu'est-ce qui vous a pris de faire le voyage jusqu'ici sans même me prévenir ?

Jack revint subrepticement dans la pièce, comme s'il avait attendu dans le couloir que les trois femmes abordent un sujet moins sensible. Si d'ordinaire, il ressemblait au croisement d'un bouledogue et d'un boxeur professionnel, sa silhouette râblée avait perdu de sa vigueur et son visage s'était creusé. Il n'était plus que l'ombre de lui-même.

— Nous ne pouvions pas écrire, car Jack pense que Bell pourrait chercher à intercepter nos lettres, expliqua Thaïs.

La sensation de bien-être qui avait enveloppé Séra en présence de ses amies reflua à la mention du nom de Bell.

— Nous avons découvert où il retient Elinor, annonça Jack. Un endroit appelé Willowgate, à quelques heures d'ici.

— Mon Dieu, souffla Séra. Cornelia m'a écrit que tu le soupçonnais, mais... Je crois que je n'arrivais pas à croire qu'il en soit réellement capable.

Cornelia croisa les bras.

— Par chance, ce salaud ignore de quoi *nous* sommes capables.

— Absolument, approuva Thaïs en se levant pour passer le bras autour des épaules de Jack. Bell a toujours dit qu'Elinor avait de mauvaises fréquentations, et il ne se trompait pas, pas vrai, Jackie ?

Ce dernier ouvrit une sacoche d'où il tira un plan.

— En effet. Et les voyous que nous sommes se font fort de la tirer de ce mauvais pas.

15

— Je m'attendais qu'un asile d'aliénés soit plus sinistre, avoua Cornelia le lendemain matin, en découvrant par la fenêtre de la voiture la pelouse impeccablement entretenue qui s'étendait devant le manoir.

Séraphina jeta un coup d'œil à l'imposant portail de fer forgé.

— Ce qui est sinistre, c'est qu'Elinor soit enfermée là-dedans, marmonna-t-elle.

— Je voulais juste dire que ce n'est pas aussi lugubre que Bedlam, précisa Cornelia avec hauteur.

Son accent aristocratique jurait avec la robe terne, le tablier blanc et la coiffe dont elle s'était affublée pour ressembler à une infirmière.

— Ne commencez pas à rivaliser d'esprit, les mégères, j'ai déjà assez mal à la tête, gronda Thaïs.

Ils avaient veillé tard et s'étaient réconfortés en buvant du cognac, Jack leur expliquant comment crocheter une serrure ou mettre un homme à terre d'un simple coup de coude dans les reins. Pour l'heure, il se tenait à l'affût, caché dans la forêt, tel un voleur de grand chemin, tandis que Séra et ses amies, déguisées en femmes respectables, avaient caché des lames et des ciseaux dans la doublure de leurs robes.

Tout cela était un peu trop gothique au goût de Séraphina.

— Souvenez-vous, dit Thaïs. Une fois que nous serons entrées, je déclenche un scandale et vous allez chercher Elinor toutes les deux. Si nous parvenons à la faire sortir et à l'amener jusqu'à Jack, nous aurons réussi.

C'était là leur plan. Assorti d'une vague histoire de vieille tante malade.

— Je ne peux m'empêcher d'avoir un mauvais pressentiment, marmonna Séra. Si nous prenions le temps de mieux préparer notre attaque, nous aurions plus de chances.

— Nous n'avons pas le temps, lui rappela Cornelia. Quand Bell apprendra que nous avons quitté Londres, il devinera que nous savons où elle est et s'empressera de la déplacer.

Thaïs leva les yeux au ciel.

— Vous vous inquiétez beaucoup trop toutes les deux. L'homme de Jack nous a fourni toutes les informations nécessaires. Pas de barreaux aux fenêtres, juste deux surveillants. Ce soir, nous sablerons le champagne avec Elinor !

— Tout le monde n'a pas ton expérience en matière de délits, observa Séra.

Cornelia leur fit signe de se taire.

— Quelqu'un arrive, chuchota-t-elle en désignant un homme vêtu d'un long manteau foncé qui approchait du portail.

— Ce doit être le médecin, dit Thaïs avec un grand sourire. À nous de jouer, les filles !

Elle leur décocha un clin d'œil, ouvrit la portière et descendit de voiture.

— Bonjour, monsieur, dit-elle poliment en faisant la révérence.

Elle s'était vêtue d'une petite robe jaune ornée de roses et avait coiffé ses boucles rousses d'un bonnet de jeune fille. Si la grande quantité de vin qu'elle avait bue la veille et le très court laps de temps qu'elle avait consacré à dormir affectaient sa santé, cela n'avait en revanche aucune incidence sur son physique. Elle était si éblouissante que le médecin déglutit bruyamment à sa vue.

Elle lui sourit sous son bonnet de dentelle.

— Monsieur, je cherche l'asile de Willowgate. Suis-je au bon endroit ?

— Tout à fait, mademoiselle. Je suis le Dr Hogue. Puis-je vous aider ?

— Je l'espère. Je suis Mlle Elspeth. Pardonnez-moi de ne pas avoir annoncé ma venue par écrit, mais je suis désespérée. Ma vieille tante a perdu la raison et je cherche un endroit susceptible de lui prodiguer un traitement.

Le médecin sembla ravi.

— Comme c'est triste pour vous et votre famille, dit-il d'un ton compatissant, alors que son regard restait froid. Je serais très heureux de la recevoir.

Séra adressa à Cornelia un regard choqué.

— Il se comporte comme si des lingots d'or venaient de tomber du ciel, murmura-t-elle. Cet homme est intéressé.

— Chut, murmura Cornelia.

— Permettez-moi de vous inviter à entrer afin de procéder aux différents arrangements, proposa le Dr Hogue en posant la main au creux des reins de Thaïs.

Séra en eut la chair de poule.

Thaïs jeta un coup d'œil vers la voiture.

— J'ai demandé à mes amies de m'accompagner, si vous n'y voyez pas d'inconvénient. L'état de ma tante me perturbe tellement que je risque de négliger certains détails.

— Bien sûr.

Le médecin retira sa main du dos de Thaïs, soudain conscient d'être observé.

Cornelia inspira comme si elle s'apprêtait à plonger du haut d'une falaise, prit la main de Séra et sortit de la voiture.

— Voici Mlle Best, l'infirmière de ma tante, dit Thaïs en désignant Cornelia. Et ma dame de compagnie, Mme Lowell.

Séra fit sa révérence et frissonna sous le regard concupiscent du médecin. Elle avait revêtu la vieille robe de deuil de sa belle-mère dont elle avait rembourré le buste pour ressembler aussi peu que possible à elle-même, car elles devaient à tout prix éviter d'être reconnues.

L'homme de science les salua à peine, pressé qu'il était de reporter les yeux sur l'admirable silhouette de Thaïs.

— Suivez-moi, mademoiselle Elspeth.

— Quel bel endroit ! s'extasia Thaïs comme ils approchaient de la maison.

Le lieu était en effet beaucoup plus avenant que ce à quoi Séra s'était attendue après que Jack leur eut appris la nature toute médiévale des traitements délivrés par l'établissement.

— Un joli jardin apaise nos patients, déclara Hogue. Même s'ils n'ont, évidemment, pas le droit de sortir.

— Je l'espère bien, approuva Thaïs. Le grand air est dangereux pour les constitutions fragiles.

— Surtout pour les dames, approuva le docteur. Or, nous ne traitons que des dames, ici.

Il les fit entrer dans le hall, puis les conduisit dans un salon luxueusement meublé. Assise derrière un bureau, une jeune femme occupée à écrire leva les yeux à leur entrée.

— Mademoiselle Smith, ces dames sont ici pour s'informer des traitements destinés aux personnes déséquilibrées, expliqua le docteur. Vous voudrez bien nous servir du thé ?

Mlle Smith sourit aimablement et se leva, mais son attitude changea quand son regard se posa sur Séraphina. Elle ajusta ses lunettes, comme si elle cherchait à resituer son visage.

Séra baissa la tête, sous l'affreux chapeau de sa belle-mère, et tourna la tête vers la fenêtre en retenant son souffle.

— Mademoiselle Smith ? s'impatienta le médecin.

— Tout de suite, répondit la jeune femme, les yeux toujours fixés sur Séra.

« Pitié, pria silencieusement Séra. Faites qu'elle ne me reconnaisse pas. »

La fille quitta la pièce d'un pas vif et Séra laissa échapper un soupir de soulagement.

Le Dr Hogue les invita à prendre place sur un divan.

— Bien. Quelle est la nature de la maladie de votre tante, mademoiselle Elspeth ?

Thaïs débita toute une liste de symptômes étranges – sa vieille tante conversait avec des poules pondeuses, mangeait des insectes et se prenait pour le roi d'Angleterre. Séra se demanda si elle n'en faisait pas un peu trop, mais le docteur l'écoutait, captivé, hochant régulièrement la tête.

Quand Thaïs eut épuisé la liste de toutes les affections qu'elle était capable d'imaginer, il sourit.

— Votre tante trouvera parfaitement sa place ici. À présent, dites-moi à qui je devrai adresser les factures ?

— Avant d'aborder l'aspect financier, docteur Hogue, vous pourriez peut-être nous faire visiter l'établissement, suggéra Thaïs. J'ai beaucoup d'affection pour ma tante – quand elle ne se met pas en tête de danser toute nue dans le jardin. Je tiens à m'assurer qu'elle se sentira bien ici.

Le médecin hésita.

— Nous ne pouvons accepter des visiteurs à l'intérieur de l'asile, je le crains. La vision de nouveaux visages risquerait de troubler nos patients.

— Nous serons discrètes et silencieuses, lui assura Thaïs.

— Je n'en doute pas, mademoiselle Elspeth, malheureusement je ne peux autoriser ce genre de visite.

Séra sentit son pouls s'accélérer. S'il ne les laissait pas aller au-delà de ce salon, comment pourraient-elles échapper à sa surveillance ?

— Je ne cesse de vous répéter que votre tante sera bien mieux traitée par moi, à la maison, dit Cornelia à Thaïs d'un air pincé. Vous savez combien elle est attachée à son foyer. Son mal ne fera qu'empirer dans un endroit comme celui-ci.

— Je partage cet avis, renchérit Séra. Au moins, à la maison, sommes-nous assurées qu'elle est bien traitée.

Thaïs hocha la tête, et commença à se lever.

— Peut-être avez-vous raison, mesdames. Docteur, je vous remercie du temps que vous avez bien voulu nous consacrer. Je crois toutefois...

Le Dr Hogue se redressa de toute sa taille.

— Si je puis me permettre, traiter à son domicile une patiente qui se trouve dans l'état de votre tante ne peut qu'aggraver sa maladie. Cela dit, votre inquiétude concernant son bien-être est touchante, mademoiselle Elspeth. Je suppose qu'une petite visite de l'établissement ne peut pas faire de mal.

— Comme c'est aimable à vous, docteur, pépia Thaïs.

Hogue gratifia Cornelia d'un petit sourire satisfait, comme s'il venait de réussir à lui voler son déjeuner.

— Venez avec moi, mademoiselle Elspeth. Mesdames, ajouta-t-il à l'intention des deux autres, Mlle Smith ne devrait pas tarder à apporter le thé.

Dès qu'ils eurent quitté la pièce, Séra saisit la main de Cornelia.

— Bien joué !

— Je ne suis pas rassurée, avoua Cornelia. Il l'a crue, selon toi ?

— Oui, affirma Séra. Le pouvoir de persuasion de la beauté est immense.

— Je fais confiance à Thaïs pour s'en servir. Allons chercher Elinor !

Mais avant qu'elles aient pu seulement se lever, Mlle Smith reparut avec le plateau de thé.

Elles devaient absolument se débarrasser d'elle.

Séra jeta un coup d'œil à Cornelia, ne sachant trop que faire. Le regard de Cornelia se posa sur la tasse de Mlle Smith. Un signal silencieux. *Laudanum.*

Cornelia posa la main sur son ventre.

— Pardonnez-moi, mademoiselle Smith, mais je crois que le voyage ne m'a pas réussi. Auriez-vous la bonté de m'indiquer où se trouvent les commodités ?

Mlle Smith hésita, coula un regard à Séra.

— Bien sûr. Suivez-moi.

— Je vais servir le thé, déclara Séra. Mademoiselle Smith, prenez-vous du sucre et du lait ?

— Oui, s'il vous plaît.

Dès qu'elles furent sorties, Séra versa du thé dans trois tasses. Dans celle de Mlle Smith, elle ajouta ce qu'il fallait de laudanum pour plonger la jeune femme dans une merveilleuse béatitude.

Mlle Smith reparut, seule. Séra lui tendit sa tasse en se sentant très mal à l'aise. On l'avait accusée de bien des crimes tout au long de sa vie, alors qu'en réalité, elle n'en avait jamais commis aucun. Elle préférait se battre avec des mots plutôt qu'avec des cadeaux empoisonnés.

Du nerf, ma fille. C'est pour Elinor que tu fais cela.

Mlle Smith prit la tasse et la posa sur la table sans y toucher. Séra trempa les lèvres dans la sienne, histoire de l'encourager.

Bois ce thé. Bois-le donc !

— Je vous ai tout de suite reconnue, chuchota Mlle Smith. Vous êtes Séraphina Arden.

Un spasme contracta la main de Séraphina et le thé déborda dans la soucoupe.

— Oh, non, vous devez me confondre avec quelqu'un d'autre ! répliqua-t-elle d'un ton léger.

Mlle Smith sourit et offrit à Séra une serviette pour s'essuyer la main.

— Vous pensez sans doute que le docteur n'accepterait jamais la tante de votre amie s'il savait qui vous êtes, mais ne vous inquiétez pas, je ne lui dirai rien. Je suis une de vos admiratrices.

Une admiratrice ! Cela pouvait se révéler utile.

La jeune femme tendit la main vers sa tasse. Séra heurta le pied de la table, assez violemment pour que la tasse se renverse.

— Oh, je suis affreusement désolée ! s'exclama-t-elle. Je suis si maladroite.

Elle s'agenouilla pour éponger le thé avec sa serviette. Mlle Smith l'imita et Séra en profita pour lui chuchoter à l'oreille :

— Merci de votre discrétion. La vérité, c'est que j'ai découvert l'existence de cet établissement parce que mon amie lady Bell se fait soigner ici.

— C'est votre amie ? s'exclama Mlle Smith. Elle est adorable.

Séra regarda la jeune fille droit dans les yeux.

— C'est une amie très chère. J'aimerais profiter de ma présence ici pour lui rendre visite. Vous pourriez peut-être me conduire jusqu'à elle ?

Mlle Smith secoua la tête d'un air triste.

— Le docteur interdit les visites. Mais vous n'avez pas de souci à vous faire, lady Bell ne présente aucun signe de folie. Je suppose qu'elle est ici uniquement pour se reposer.

— Dans ce cas, une petite visite ne peut pas lui faire de mal. Juste quelques minutes. S'il vous plaît.

— Que se passe-t-il ? s'écria Cornelia en les découvrant accroupies sur le sol.

— Mlle Smith est un soutien à notre cause, lui expliqua Séra à voix basse. Et elle vient de me donner des nouvelles rassurantes. Il semblerait que lady Bell ne soit pas folle.

Le visage de Mlle Smith se crispa, comme si elle regrettait d'avoir partagé cette information.

— Certes, il n'empêche que...

Séra lui saisit la main.

— Cela fait d'elle une *prisonnière*, ma chère. Purement et simplement.

Cette fois, le visage de Mlle Smith se plissa ; visiblement, elle n'avait pas envisagé les choses sous cet angle.

— Je vous en prie, conduisez-nous auprès d'elle, insista Séra. Nous sommes si inquiètes.

La jeune femme prit une profonde inspiration, puis hocha la tête.

— Très bien, mais nous devons faire vite. Le Dr Hogue sera furieux s'il apprend que je vous ai autorisées à la voir.

Bénie soit-elle !

— Merci. Vous n'avez pas idée de ce que cela représente pour nous.

Mlle Smith se redressa et leur fit signe de la suivre. Elle les précéda dans le couloir qui séparait l'aile publique de l'aile privée de la maison, s'immobilisa, vérifia que personne ne se trouvait dans les parages, puis ouvrit une porte donnant sur un autre couloir nettement moins élégant, où flottait une odeur d'urine. Il était jalonné d'une rangée de portes, séparées les unes des autres par un peu plus d'un mètre.

Des cellules. *Pauvre Elinor.*

Mlle Smith s'arrêta devant l'une d'elles et prit une clé à l'anneau accroché à sa taille.

— Elle est ici, chuchota-t-elle. C'est une de nos meilleures chambres.

Un cri lointain brisa le silence du couloir.

— Oh, docteur, aidez-moi !

C'était la voix de Thaïs.

— Oh, mon Dieu ! souffla Mlle Smith. Je dois aller aider le docteur. Je reviendrai frapper à la porte quand il sera temps de faire vos adieux. Dépêchez-vous.

Elle ouvrit la porte, leur fit signe d'entrer et referma à clé une fois qu'elles furent à l'intérieur.

Elinor était assise sur une chaise, face au mur. Elle tourna la tête au bruit de la porte et un sourire stupéfait éclaira son visage.

— C'est vraiment vous ? souffla-t-elle, éberluée, comme si elle n'était pas certaine de ne pas rêver.

Séra s'accroupit devant elle.

— Nous sommes venues te sortir d'ici, murmura-t-elle.

Restait à voir comment. Elles n'avaient pas prévu de se retrouver enfermées avec elle.

La cellule était minuscule, et sombre car pourvue d'une seule fenêtre placée près du plafond, qui ne laissait pénétrer qu'une lumière chiche – davantage un hublot qu'une fenêtre, du reste. Séra regarda autour d'elle. Le mobilier se réduisait à une chaise et à un lit étroit.

Et scellés à chaque angle : des fers.

Il n'était pas question qu'elles repartent sans Elinor.

— Bell te fera arrêter s'il découvre que tu m'as fait sortir ! s'écria Elinor, alarmée.

— Il ne le pourra que si nous nous faisons prendre, répliqua Séra.

— Il est si furieux que je le crois prêt à tout, assura Elinor.

Cornelia, qui s'était approchée de la fenêtre pour l'examiner, tourna vers sa tante un regard furibond.

— Il t'a déjà fait enfermer et t'a séparée de tes enfants. Que pourrait-il te prendre d'autre ?

— Vous, répondit Elinor. Je ne le laisserai pas vous faire du mal.

— Nous préférons en assumer les conséquences plutôt que vivre un jour de plus en te sachant enfermée, répliqua Cornelia.

Elinor soupira et baissa les yeux sur ses poignets.

— Alors, j'espère que vous avez apporté un couteau.

Séra réalisa alors que les bras d'Elinor étaient attachés à sa chaise par d'épaisses sangles de cuir fermées par un cadenas.

— Seul le docteur a la clé. Hogue est convaincu que je représente un risque pour moi-même.

— L'ordure, siffla Cornelia.

— Il est vrai que j'ai menacé de cesser de m'alimenter s'il me plongeait encore une fois dans un bain de glace, précisa Elinor, ébauchant un sourire.

Séraphina fut un peu soulagée de constater qu'au moins leur amie n'avait pas perdu son humour mordant. Elle souleva sa robe et récupéra la paire de cisailles qu'elle avait cousue à la doublure. Elle s'agenouilla ensuite auprès d'Elinor et glissa prudemment la lame sous un des bracelets de cuir.

Elinor retint son souffle. Les sangles étaient si serrées qu'il y avait à peine la place d'insérer la lame.

— Ne bouge pas, murmura Séra. Je ne voudrais pas te blesser.

Tandis qu'elle cisaillait lentement l'épais bracelet de cuir, Cornelia, juchée sur l'autre chaise, s'efforçait d'ouvrir la fenêtre.

— Tu aperçois Jack ? s'enquit Séra.

Elinor releva vivement les yeux.

— Jack est là ?

— Oui, je le vois, répondit Cornelia. Il s'est déguisé en jardinier. Il s'est même procuré une brouette.

Elle frappa au carreau pour lui faire savoir où elles se trouvaient, agita la main, puis recommença à se battre avec le vantail.

— Le montant est scellé par la peinture, finit-elle par comprendre.

Elle extirpa un couteau de l'ourlet de sa propre robe et entreprit de gratter la peinture pendant que Séra finissait de découper le bracelet de cuir.

Cela prenait trop de temps. Mlle Smith pouvait revenir d'une minute à l'autre et si elle découvrait que les entraves avaient été rompues, Elinor en subirait les conséquences.

Une perspective glaçante.

— Et d'une ! annonça Séra en libérant le bras d'Elinor.

Elle se leva pour aller presser l'oreille à la porte. Aucun bruit ne lui parvint.

— Dépêche-toi, Cornelia, je n'entends plus aucune agitation, dit Séra en s'attaquant au second bracelet. Thaïs doit être à court de distractions.

— J'en doute, pouffa Cornelia. Telle que je la connais, elle a feint de s'évanouir et tout le monde est rassemblé autour d'elle pour tenter de la ranimer. Ah ! Je crois que j'y suis ! Viens m'aider à remonter le panneau.

Séra tendit les cisailles à Elinor qui se servit de sa main libre pour finir de couper le cuir.

Séra et Cornelia agrippèrent le vantail de la fenêtre à guillotine, comptèrent jusqu'à trois et poussèrent. Le panneau refusa de bouger.

— Seigneur ! S'être donné tout ce mal et se retrouver bloquées par une simple fenêtre, murmura Séra.

Elles voyaient Jack en contrebas, qui feignait d'arracher des mauvaises herbes. Cornelia frappa pour attirer son attention. Il leva la tête et elle agita les mains pour lui faire comprendre que la fenêtre refusait de s'ouvrir.

Il regarda autour de lui, approcha sa brouette, la retourna et grimpa dessus. Il détacha de sa ceinture de cuir une pioche et un marteau, et entreprit d'ouvrir la fenêtre.

Le moral de Séra remonta en flèche quand la vitre commença à remonter, non sans protester.

Un bruit de pas résonna soudain dans le couloir.

— Quelqu'un vient, souffla-t-elle. Il faut la faire sortir. Tout de suite.

Cornelia attrapa la main d'Elinor.

— Grimpe sur la chaise, nous allons te soulever.

Séra saisit une cheville d'Elinor, Cornelia s'empara de l'autre et Elinor se hissa au niveau de la fenêtre.

— Encore un effort, Cornelia, haleta Séra.

— Je l'ai ! annonça Jack. Soulevez-la encore un peu.

Elinor franchit le bord de la fenêtre et bascula de l'autre côté. Jack et elle tombèrent à la renverse dans les buissons. L'espace d'un instant angoissant, ni l'un ni l'autre ne bougea.

Relevez-vous. Par pitié, relevez-vous !

Jack se redressa le premier et se retourna pour aider Elinor. Le regard qu'ils échangèrent coupa le souffle à Séra. Elle savait que les rumeurs d'adultère étaient infondées, mais l'affection qu'ils avaient l'un pour l'autre était si évidente qu'elle comprit que Bell se soit senti menacé.

Elle se remémora fugitivement la façon dont le regard d'Adam s'était assombri quand il avait dit : « J'ai l'impression que vous auriez besoin d'un ami. »

C'était absurde de penser à Adam dans un moment pareil.

— Nous allons devoir courir aussi vite que nous pourrons, dit Jack en attrapant la main d'Elinor. Vous êtes prête ?

Elinor leva les yeux vers Séra et Cornelia.

— Oui. Au revoir, mes très chères. Et soyez prudentes.

Mlle Smith frappa à la porte.

— Mesdames, il est temps de vous séparer.

Elles entendirent la clé tourner dans la serrure. Cela s'était joué à une minute.

Séra se tint dans l'entrebâillement de la porte avant que Mlle Smith l'ait entièrement ouverte et posa l'index sur ses lèvres.

— Elle s'est endormie, la pauvre, chuchota-t-elle. Pleurer l'a épuisée.

Elle sortit, Cornelia la suivit et referma doucement la porte derrière elles en veillant à bloquer la vue à Mlle Smith.

— Je crois que notre visite lui a fait du bien, dit Séraphina à la secrétaire.

— Elle a de la chance de vous avoir, déclara celle-ci. Je vais vous raccompagner. Votre amie a eu un malaise, elle vous attend au salon.

— Merci, dit Séra en pressant la main de la jeune femme. Si le Dr Hogue découvre que nous avons vu Elinor, ne lui révélez pas mon nom, s'il vous plaît. Et si vous deviez rencontrer des difficultés, écrivez-moi aux bons soins de mon éditeur. Je trouverai toujours à employer une jeune femme aussi courageuse que vous.

— Vous pouvez compter sur ma discrétion, promit Mlle Smith.

Au salon, elles découvrirent Thaïs étendue sur le canapé. Le Dr Hogue lui tapotait la main.

— Oh, mademoiselle Best, murmura-t-elle, j'ai encore eu une crise !

Cornelia s'agenouilla auprès de Thaïs, posa la main sur son front et fit claquer sa langue.

— Il faut rentrer vous mettre au lit, ma chère.

— Auriez-vous une chaise roulante pour conduire Mlle Elspeth jusqu'à la voiture, docteur ? demanda Séra. Elle tient à peine sur ses jambes après une attaque de migraine.

— Je vais en chercher une, proposa Mlle Smith avant de disparaître.

— Je vous remercie de votre aimable accueil, docteur, articula Thaïs. Je sais que ma tante sera entre de bonnes mains chez vous.

L'homme donnait l'impression de ne pas savoir ce qu'il désirait le plus, du sourire adorateur de cette somptueuse créature ou de son argent.

Quand elles rejoignirent leur voiture, il n'y avait plus trace de Jack et d'Elinor.

Une fois le portail de l'asile franchi, elles attendirent d'avoir parcouru un bon kilomètre avant d'oser respirer de nouveau.

— J'ai vu les baignoires, murmura Thaïs. Aucune des femmes qu'il m'a présentées ne m'a semblé folle. Aucune.

Cornelia baissa la tête. Déprimée, Séra se contenta de fermer les yeux.

Parfois, la triste réalité de la condition féminine était si pesante que cela coupait court à toute discussion. Nul besoin de commenter ce que l'on ressentait. On se contentait d'en supporter le poids.

Le trajet de retour fut morose.

Elles restèrent silencieuses, guettant d'éventuels poursuivants. Elles pouvaient juste espérer que Jack serait déjà loin quand l'absence d'Elinor serait découverte.

Quand elles pénétrèrent dans la maison de Séraphina, en fin d'après-midi, Cornelia adressa un regard stupéfait à ses compagnes.

— Je commence à croire que nous avons réussi.

Séraphina sentit l'espoir renaître.

— Avec un peu de chance, Jack et Elinor nous rejoindront bientôt. Je vous propose de boire un verre sur la terrasse pour fêter cela.

Cornelia ouvrit la porte et sortit sur la terrasse.

— Qu'est-ce que c'est que cela ? demanda-t-elle en se penchant.

Elle poussa un cri.

Séra se rua à ses côtés.

Il y avait un panier sur le sol.

Et à l'intérieur…

Adam allait et venait sur le chemin côtier, tâchant de s'éclaircir les idées.

Il avait un gros problème.

Les ardoises qu'il avait commandées à Newquay n'avaient pas été livrées à temps, et en réponse à son message, le carrier lui avait écrit qu'il n'en aurait pas avant un mois. Un tel retard allait ralentir tout le chantier et risquait de lui coûter cher s'il devait payer ses ouvriers à ne rien faire.

Il ne pouvait pas se le permettre.

Si Pendrake entendait parler d'un tel retard et d'un dépassement de coûts...

Un cri étouffé au loin attira son attention. Il tendit l'oreille, priant pour qu'il ne s'agisse pas d'un de ses enfants.

Un autre cri, plus fort que le précédent, résonna. Un hurlement.

Il provenait de chez Séraphina.

Sans réfléchir, il se mit à courir, l'esprit envahi par des visions d'horreur.

Si quelqu'un lui faisait du mal...

Il découvrit Séraphina et deux de ses amies sur la terrasse, les yeux rivés sur un panier tressé. Il tenta d'y jeter un coup d'œil, mais leurs jupes l'empêchèrent de voir quoi que ce soit.

— Tout va bien ? s'écria-t-il.

Elles étaient bizarrement vêtues. La femme rousse, qui s'était présentée à lui la veille sous le nom de Mlle Magdalene, portait une robe de mousseline à fleurs étonnamment sage. L'élégante Mlle Ludgate, jeune métisse au teint cuivré, qui arborait la veille une toilette royale, était vêtue d'une robe de grosse toile, assortie d'une coiffe et d'un tablier. Quant à la robe de Séra, elle avait visiblement été taillée pour une femme aux formes plus opulentes et elle avait dû rembourrer le buste pour l'adapter à sa silhouette.

Elle fit volte-face, surprise. Son visage était blême, et son regard vide.

Il pressa le pas pour la rejoindre.

— Que se passe-t-il ? demanda-t-il en posant la main sur son épaule.

Il aurait voulu la prendre dans ses bras pour chasser cette expression terrifiée, mais il sentit qu'elle ne le souhaitait pas.

Tompkins ramassa le panier. Il contenait quatre minuscules oiseaux bleus au poitrail éventré, reposant sur une caricature ensanglantée du visage de Séraphina Arden.

— Nom de Dieu, grinça-t-il.

Mlle Magdalene resserra les bras autour d'elle, maugréant à propos de « maudits tueurs de perruches ».

— Ce sont des martins-pêcheurs, rectifia Séra d'une voix tremblante.

— Quand bien même il s'agirait de perroquets d'Amazonie, je m'en moque ! Quelqu'un les a déposés, morts, sur ta terrasse. Tu rentres à Londres avec nous.

— Non, répondit Séra d'un ton las. Pas question que je me laisse chasser de chez moi.

— Chez toi, c'est à St. Martin's Lane, rétorqua Mlle Magdalene. Dis-lui, Cornelia.

Séra leva la main pour les faire taire.

— C'est juste du harcèlement, Thaïs. De la provocation. Ceux qui cherchent à m'effrayer seraient ravis de constater qu'ils ont réussi leur coup. Je ne leur ferai pas ce cadeau.

Adam secoua la tête. Les choses étaient allées trop loin.

— Je vais chercher mon cheval et je vais aller parler des agissements de son employé à Trewlnany. Il faut que cela cesse.

— Vous n'en ferez rien, ordonna Séraphina, ses yeux lançant des éclairs. Vous m'avez entendue, Adam ? Vous ne lui direz pas un mot.

Il s'immobilisa, le cœur battant.

— Pourquoi, Séra ?

— Parce que je connais les gens d'ici. Depuis toujours. S'ils veulent se battre, je vous assure que je sais comment gagner. En finissant tranquillement d'écrire mon livre.

— À votre guise, répondit-il. J'aimerais toutefois envoyer un homme ici, pour surveiller la maison. Vous n'avez pas de domestiques masculins et la présence d'un robuste gaillard enverra un message puissant à ceux qui aiment s'en prendre aux créatures sans défense. C'est d'accord ?

Le visage de Séra se plissa de dégoût.

— Oui, monsieur Anderson, intervint Tompkins. Ce serait plus prudent, déclara-t-elle en jetant un coup d'œil à Séraphina. Si vous n'en voulez pas pour vous, pensez à votre personnel sans défense.

— Oh, très bien, maugréa Séra.

Elle se retourna vers la maison et donna un coup de pied contre le mur avec tant de vigueur que des éclats de plâtre se répandirent sous le talon de sa bottine.

— J'enrage ! Pourquoi ne peuvent-ils pas me laisser tranquille ?

Elle gratifia le mur d'un nouveau coup de pied.

— Séra, ma chérie, arrête ! s'écria Mlle Magdalene. Tu vas te faire mal.

Elle ne cessa pas pour autant, et donna un coup de pied si violent qu'elle tomba dans l'herbe. Elle jura et laissa échapper un gémissement de pure frustration.

Adam se rappela le comportement qu'avait eu Adeline après la mort de sa mère, quand le monde avait échappé à son contrôle.

Il fit alors ce qu'il avait fait avec sa fille à l'époque. Il s'accroupit près d'elle et lui toucha doucement l'épaule.

— Vous êtes fâchée, ma belle ? lui demanda-t-il de sa voix la plus douce.

— Oui, je suis fâchée, cria-t-elle. J'ai tous les droits d'être fâchée. Mon amie a été emprisonnée par son propre mari. Mes voisins tuent des oiseaux pour me menacer. Et pourtant, c'est *moi* qui suis considérée comme un danger pour l'ordre social. Qu'est-ce que je leur ai fait ? Qu'est-ce que je leur ai donc fait ? scanda-t-elle en frappant l'herbe du plat de la main.

Il l'entoura de ses bras et la serra fort.

Il s'attendait qu'elle le repousse, à tort.

— Respirez, murmura-t-il.

Elle inspira profondément. Ses mains trouvèrent sa taille et elle s'accrocha à lui. Il lui caressa les cheveux. Derrière son épaule, il vit ses amies qui les observaient, perplexes.

— Je suis dans une telle colère, souffla-t-elle.

Ce n'était pas un noble sentiment, mais une partie de lui ne put s'empêcher d'être heureux qu'elle reste dans ses bras. La partie qui s'indignait quand elle prétendait qu'ils n'étaient pas amis savait bien qu'elle avait besoin de tendresse. Il voulait lui montrer qu'elle pouvait en trouver auprès de lui sans craindre qu'il ne perde la tête et ne la demande en mariage sur-le-champ.

Il la sentit se détendre petit à petit. Elle s'écarta et épousseta ses jupes.

— Désolée, dit-elle en se relevant. De temps en temps, une femme doit s'autoriser une crise de nerfs, sinon tout ce que l'on raconte sur la précarité de notre santé mentale se révélerait infondé.

Ses amies se contentaient de la dévisager d'un air méfiant.

— Rentre à Londres avec nous, dit Mlle Ludgate dans un murmure.

Il n'avait pas envie que Séraphina s'en aille. Cependant, si quelqu'un était capable de commettre un acte aussi abject, qui pouvait dire jusqu'où cela irait ? Il préférait qu'elle parte, plutôt qu'elle risque d'être blessée.

— Ce serait peut-être plus sage, Séra, dit-il.

Elle secoua la tête avec véhémence.

— Non. Non, je vais très bien. Je suis venue ici pour une bonne raison : rafraîchir mes souvenirs et écrire mon livre. Et c'est très efficace, figurez-vous. Tout ne me revient que trop bien.

Adam tira sa montre de sa poche. Il était presque 18 heures. Cela l'ennuyait de quitter Séra, mais il ne voulait pas que ses enfants s'inquiètent une fois de plus.

— Je dois rentrer. Je reviendrai ce soir pour m'assurer que vous allez bien et je posterai un de mes ouvriers dehors.

Les amies de Séraphina hochèrent la tête.

— Merci, dit Mlle Ludgate. Je n'aurais jamais imaginé que Séra puisse trouver un ami ici. Je suis heureuse de m'être trompée.

Alors qu'il attendait que Séraphina objecte qu'ils n'étaient pas amis, elle se contenta de regarder l'océan comme si elle n'avait rien entendu.

16

La plupart du temps, avoir un ami qui vous connaît par cœur est un plaisir. Séra et Cornelia étaient si semblables que cela incitait parfois Thaïs – qui avait la langue moins acérée et venait d'un milieu fort différent du leur – à dire qu'elles n'avaient qu'une seule tête pour deux corps.

Il arrive cependant que l'on trouve cela irritant parfois.

Séra foudroya Cornelia du regard comme celle-ci observait Adam Anderson s'éloigner avec un petit sourire.

— Arrête, l'avertit-elle.

— Arrête quoi ? s'enquit Cornelia innocemment.

— Ceci, répondit Séraphina en désignant son sourire.

Cornelia la regarda comme si elle était idiote.

— Pardonne-moi de manifester mes sentiments, ma chère, mais *ceci*, dit-elle en désignant la silhouette d'Adam, c'est un homme qui se soucie de toi. Et c'est plaisant à voir.

Séraphina leva les yeux au ciel.

— Il répond de façon parfaitement banale à une femme éminemment aimable – moi, en l'occurrence.

Thaïs pouffa et Séra la gratifia d'un regard agacé.

— Cesse de rire, vilaine !

Thaïs croisa les bras et sourit.

— Séraphina Arden, tu as un cerveau de la taille d'une citrouille. Des hanches galbées comme la harpe d'un ange. Mais personne ne s'efforce davantage que toi de se montrer désagréable.

— *Tu* m'aimes bien, pourtant, riposta Séra.

— Les goûts pervers de Thaïs sont connus dans tout le royaume, intervint Cornelia.

Le regard de Thaïs s'adoucit.

— Bien sûr que tu es aimable, ma chérie. Je voulais juste dire qu'il est gentil, et tu es souvent grincheuse avec les gens qui ont le malheur d'être gentils avec toi.

Séraphina leva les yeux au ciel, gagnée par la déplaisante impression d'être trop exposée.

— C'est sans doute pour cela que je vous aime autant toutes les deux, grommela-t-elle.

— J'ai raison et elle le sait, lança Thaïs à Cornelia.

Certes, oui, évidemment, elles avaient raison. Séra se sentait toujours plus à l'aise avec les personnes distantes et réservées qu'avec celles qui exprimaient ouvertement leurs émotions.

Mais ce n'était pas un défaut, c'était un préjugé pour quelqu'un comme elle.

Elle préférait aborder les sentiments sous l'angle de la théorie, surtout avec les hommes. Elle avait une préférence pour ceux qui n'aimaient pas s'attarder. Ceux qui partageaient son goût pour les relations éphémères.

Cette règle était importante, les martins-pêcheurs en attestaient. Seuls deux hommes connaissaient son amour pour ces derniers. L'un d'eux – son père – était mort. Elle était donc de plus en plus certaine que c'était l'autre qui laissait leurs corps devant sa porte. Il voulait la terroriser en lui faisant savoir que si elle se souvenait, lui aussi se souvenait.

Il ne faut jamais partager les secrets de son cœur. Une fois que les sentiments se figent, la connaissance de ces points sensibles demeure, telle une carte indiquant dans quelle plaie retourner la lame pour mieux faire souffrir.

Et pourtant, le corps de Séra vibrait encore de la chaleur de l'étreinte d'Adam.

Elle avait apprécié cette étreinte.

Beaucoup trop.

Elle devait établir une distance plus marquée avec Adam. Sa gentillesse était admirable, mais elle finirait forcément par conduire vers quelque chose qu'elle ne souhaitait pas.

— Au crédit de M. Anderson, dit-elle avec un sourire malicieux, il n'est pas gentil *au lit*.

Elle avait fait cette révélation dans l'espoir de susciter un éclat de rire qui allégerait l'atmosphère, mais le regard de Thaïs se fit pensif.

— Tout le monde sait que je suis gentille au lit, dit-elle. En revanche, je n'étreins jamais mes amants tendrement en dehors du lit.

— Que cherches-tu à démontrer ? demanda Séra.

— Que ces deux choses ne sont pas liées.

Cornelia agita la main pour attirer leur attention.

— Cessez de vous quereller. Voilà Elinor !

Adam attendit que les enfants soient couchés pour aller chercher Tegan et retourner chez Séraphina. Un petit groupe de personnes était rassemblé sur la terrasse et leurs rires résonnaient dans l'air.

Il fut soulagé de trouver une assemblée de bonne humeur. Il se demanda toutefois à quel degré de harcèlement Séraphina et ses amies étaient habituées pour se remettre aussi rapidement d'un incident aussi affreux.

Lui-même en était encore secoué. Son visage était si terreux, à son retour, que Marianne lui avait demandé s'il était souffrant.

Allongée sur un divan, les yeux tournés vers les étoiles, Séraphina fumait un cigarillo. Une bouteille de vin vide était posée sur le sol, près d'elle. Mlle Magdalene était occupée à en déboucher une autre.

Mlle Ludgate discutait avec M. Willow et une femme plus âgée qu'Adam ne connaissait pas.

— Ton gentil monsieur est là, lança une de ces dames d'une voix un peu pâteuse.

Séra roula sur le côté et lui fit signe.

— Ah, monsieur Anderson ! Mon ange gardien est de retour.

Son ton le laissa interdit. Il était railleur, comme s'il n'était qu'une plaisanterie à ses yeux.

Il en fut blessé, après le tendre intermède qu'ils avaient partagé à peine trois heures plus tôt.

— Et qui donc est-ce là ? ajouta-t-elle en désignant Tegan.

— C'est M. Tegan. Il montera la garde jusqu'à minuit. Un autre homme prendra ensuite la relève. La garde sera assurée jusqu'à votre réveil.

— Je vais chercher une chaise et des rafraîchissements, proposa Tompkins avant d'inviter M. Tegan à la suivre.

La femme inconnue se leva et lui adressa un sourire franc. Ses cheveux blonds commençaient à s'argenter au niveau des temps et son visage était remarquablement doux.

— Vous devez être M. Anderson. Les filles m'ont parlé de votre gentillesse à l'égard de Séraphina. Je suis lady Bell. Et je suis ravie de vous rencontrer.

Lady Bell ? N'était-ce pas la femme dont Séraphina lui avait dit qu'elle était enfermée dans un asile ?

— Enchanté, dit-il en s'efforçant de dissimuler son trouble.

— Ne faites pas cette tête-là, lança joyeusement Séra. Nous l'avons extirpée de sa geôle.

Adam se demanda quelle quantité de vin elle avait bue.

Mlle Ludgate se pencha vers lui.

— Nous comptons sur votre discrétion à ce sujet, monsieur Anderson. Nous préférons éviter que les gens n'apprennent que lady Bell se trouvait ici.

— Bien sûr, dit Adam. Si tout va bien, je vais vous laisser profiter de votre soirée.

Il ne voulait pas les déranger et redoutait d'en savoir trop au sujet de la disparition d'une vicomtesse.

— Restez donc boire un verre avec nous, suggéra Mlle Ludgate en tapotant la chaise vide à côté d'elle.

Adam remarqua qu'elle s'exprimait avec un accent aussi raffiné qu'une comtesse. Marianne lui avait dit qu'il s'agissait d'une célèbre portraitiste. Elle avait créé un énorme scandale quand il s'était avéré qu'elle était l'auteure d'une série de portraits représentant des indigènes des colonies posant aussi dignement que des généraux ou des aristocrates. Les portraits en question lui avaient valu un certain succès et son talent, aussi controversé soit-il, était reconnu dans le monde des arts.

Il jeta un coup d'œil à Séraphina pour tâcher de déterminer si elle approuvait cette invitation. Elle le gratifia d'un sourire languissant.

— Oui, restez, Adam.

Il hésita. Son changement d'humeur le perturbait. D'un autre côté, quand elle le regardait ainsi, il n'avait pas envie de partir.

— Mais je vous préviens, enchaîna-t-elle, nous avons fait le serment de ne pas parler de nos problèmes car nous n'avons qu'une seule soirée à passer ensemble. Alors si vous restez, vous devez promettre d'être drôle.

— Je ferai de mon mieux, sourit-il.

M. Willow lui adressa un clin d'œil, peut-être destiné à lui offrir son soutien. Adam lui répondit d'un regard qui signifiait : « Souhaitez-moi bonne chance. J'en aurai sans doute besoin. »

— Séraphina nous a dit que vous étiez architecte, monsieur Anderson ? intervint lady Bell.

— Adam construit ces petits édifices à la façon antique dont raffolent les amis de ton mari, dit Séra.

Pour exacte que fût cette description de son travail, Adam eut envie d'expliquer à cette assemblée distinguée que cela ne résumait pas la somme de ses ambitions.

— Les gens me payent pour dessiner des ajouts néoclassiques à leurs demeures et je suis heureux qu'ils me confient ces ouvrages, dit-il. Pour autant, j'ai bien l'intention de construire autre chose que des maisons un jour.

— Quoi par exemple ? s'enquit Séra.

— Des ponts. Des aqueducs. Des ouvrages à plus grande échelle. Pour être franc, ces maudites folies dont raffolent les nantis me fatiguent.

Elle parut l'approuver sur ce point, ce qui lui fit plaisir.

— Vous devriez exposer les dessins de vos projets plus ambitieux afin de susciter l'intérêt, suggéra Mlle Ludgate.

— Je travaille sur une nouvelle série, confia-t-il.

Elle fouilla dans sa poche et en tira une carte.

— Écrivez-moi, dit-elle en la lui remettant. Je serai ravie de vous aider.

— Merci, répondit-il avec un sourire. Cela me touche beaucoup.

— Comment Tregereth vous traite-t-il ? voulut savoir Séra. Il était très... pointilleux, si je me souviens bien, ajouta-t-elle en plissant le nez.

— Il n'a pas changé, répondit Adam, flatté de son intérêt. Vous l'auriez vu cet après-midi, quand je lui ai annoncé que je ne pourrais pas obtenir les ardoises qu'il voulait. On aurait dit que j'avais tué son chien !

Séra tourna les yeux vers Mlle Ludgate en affichant une expression condescendante.

— Ah, les problèmes de livraison ! Les soucis qu'ont les hommes.

Adam était sans doute un peu à cran, car le ton sur lequel elle avait fait cette remarque le blessa.

— Je troquerais volontiers mes soucis de livraison avec vous pour passer mes journées à écrire des livres, répliqua-t-il. Cela semble moins fatigant.

— Je crains que vous n'en soyez pas capable, rétorqua-t-elle. Seules les femmes grandement abusées jouissent de ce privilège.

Elle avait été piquée par sa réplique, qu'il regretta aussitôt. Mais s'il était à fleur de peau, c'était parce qu'il mourait d'envie de s'attirer son estime, et sentait bien qu'il ne lui en inspirait aucune.

— Je suis désolé, c'est vous qui avez raison, dit-il. Je n'avais pas l'intention de dénigrer votre travail.

— Vous ne seriez pas le premier.

Raison de plus pour agir mieux.

— C'est de cela que traite votre livre ? Du fait d'avoir été abusée ?

Il aurait aimé qu'elle se confie à lui. Qu'elle lui parle de son passé.

— Oui, dit-elle d'un ton un peu trop enjoué. C'est une histoire très triste. Vous pleurerez en la lisant.

— J'espère bien que non.

— Si vous ne pleurez pas, intervint Mlle Ludgate, ce sera pour elle un signe d'échec.

Mlle Magdalene leva les yeux au ciel.

— Ignorez-les, monsieur Anderson. Personne ne taquine le monde aussi bien que ces deux-là, surtout quand elles ont bu ! Dites-nous plutôt en quoi cette affaire d'ardoises vous chagrine. Je n'ai jamais rien compris à l'architecture, avoua-t-elle avant de ménager une petite pause théâtrale. Je suis une prostituée, voyez-vous.

Adam manqua de s'étrangler.

Séraphina, elle, s'étrangla bel et bien – de rire.

— Oh, Thaïs, tu n'as pas le droit de faire cela ! Je te rappelle que tu as affaire à un gentil monsieur. Ce n'est guère charitable de le choquer de la sorte.

— Je ne suis pas choqué, mentit-il. C'est une histoire ennuyeuse. J'avais commandé des ardoises de la région il y a un mois, taillées aux dimensions souhaitées, et le carrier a perdu la trace de ma commande.

Il étudia ses ongles, gêné d'ennuyer ces Londoniens avec ses anecdotes de chantier. Mais Séraphina se redressa et le considéra avec intérêt.

— Avez-vous parlé à Paul Bolitho ? demanda-t-elle.

Ce nom n'évoquait rien à Adam.

— Je ne le connais pas.

— C'est un maçon, pas loin d'ici. Il aura peut-être ce qu'il vous faut. Je peux vous conduire chez lui demain si vous voulez.

Il se sentit absurdement touché par cette offre.

— J'apprécierais beaucoup. Merci.

— C'est le moins que je puisse faire après que vous nous avez fourni un centurion pour assurer la garde du fortin, dit-elle, chassant sa gratitude d'un mouvement de la main.

— Il est essentiel que vous vous sentiez en sécurité chez vous, dit-il.

Elle détourna les yeux. Il soupira. Ses perpétuels changements d'humeur commençaient à le fatiguer.

Mlle Magdalene bâilla.

— Nous devrions aller dormir, mes amis. Nous sommes censés repartir à l'aube.

Cornelia se leva.

— Séra, autant nous embrasser maintenant, ainsi, nous ne te réveillerons pas demain matin.

Adam les regarda se faire leurs adieux. Il était content que Séra ait de tels amis. Il se sentit même un peu envieux.

— Comment avez-vous fait la connaissance de Mlle Ludgate ? demanda-t-il lorsque les autres furent allés se coucher. Marianne m'a dit que c'est une artiste assez célèbre.

— C'est grâce à lady Bell. Cornelia est sa nièce.

— Vraiment ?

Elles ne présentaient aucune ressemblance. Lady Bell était si blonde et pâle qu'elle aurait pu être suédoise, alors que Mlle Ludgate était une mulâtresse.

— La mère de Cornelia s'appelait Déméter Folie, c'était une courtisane de la Barbade, très célèbre en son temps. Son père était le plus jeune fils du précédent duc de Rosemere – un jeune peintre dont les opinions politiques et les fréquentations faisaient enrager sa famille. Déméter était son modèle. Ils sont tombés amoureux et c'est ainsi que Cornelia a vu le jour. Tous deux sont morts dans un accident de la route quand elle n'était encore qu'un bébé. L'héritier du duc, qui n'avait jamais eu d'enfant, a recueilli Cornelia et l'a élevée. Mais ils se sont fâchés à sa majorité, à cause d'un scandale impliquant son professeur de peinture. Depuis, ils ne s'adressent plus la parole.

Adam réprima un sourire. Familier des secrets et des silences des familles aristocratiques, il devinait aisément ce que Séraphina taisait.

— Et Mlle Magdalene ?

— Ne me dites pas que vous n'avez jamais entendu parler d'elle, pouffa Séra.

Il secoua la tête.

— L'innocent M. Anderson ! gloussa-t-elle. Thaïs est la courtisane la plus chère de Londres. Elle ne voit jamais ses amants plus d'une fois et ne reçoit qu'une fois par mois. Elle a commencé sa carrière dans des conditions effroyables, et puis elle a réussi à se débarrasser de la maquerelle qui l'exploitait et à se faire un nom en ne misant que sur sa beauté et son intelligence. Elle s'est adressée à lady Bell quand elle mettait en place un fonds de secours pour venir en aide aux filles de joie. Et c'est donc lady Bell qui nous a permis de nous rencontrer toutes les trois.

Adam avait perçu le plaisir qu'elle éprouvait à dresser le portrait de ses amies. La fierté aussi.

— Et lady Bell, comment l'avez-vous connue ?

— Par Jack, répondit-elle avec un grand sourire. Quand j'ai quitté les Cornouailles, je suis allée vivre chez une tante à Londres, qui était un peu bas-bleu. Elle était amie avec Jack qui m'a trouvé un emploi dans son imprimerie. Jack était ami avec le père de Cornelia qui m'a présenté Elinor. Elle venait à l'imprimerie et c'est elle qui m'a incitée à écrire. Je ne sais pas ce que je serais devenue sans elle. Ma tante est morte quelques années après mon arrivée et Elinor m'a présentée à ses amis, m'a aidée quand j'étais à court d'argent. Elle a vraiment été comme une mère pour moi.

Elle bâilla et il réalisa qu'elle était épuisée. Il se leva.

— Ne partez pas.

Il lui adressa un sourire d'excuse.

— Je suis fatigué, ma belle. Et vous aussi.

— Mais j'ai des questions à vous poser ! s'exclama-t-elle, comme s'il s'agissait d'une nouvelle prodigieuse.

Il ne l'avait encore jamais vue manifester des signes d'ébriété aussi évidents. Or, l'ébriété le mettait mal à l'aise. Et Séraphina lui donnait l'impression de boire en permanence.

— Je vous autorise à en poser une, transigea-t-il.

— Pourquoi faites-vous ce métier s'il ne vous plaît pas ?

— Pour la même raison que la plupart des gens, répondit-il avec un haussement d'épaules. L'argent.

— Si vous avez envie de concevoir des ponts et des aqueducs, pourquoi ne le faites-vous pas ?

— Il faudrait que l'on me passe commande et la compétition est rude dans ce métier. Je travaille cependant sur un projet d'envergure en ce moment. J'espère qu'il nous permettra de nous faire connaître, Mayhew et moi.

Il se sentit un peu coupable de ne pas révéler qui était le commanditaire de ce projet, vu les remarques peu aimables que Pendrake avait faites au sujet de Séraphina. Il pria pour qu'elle ne le lui demande pas.

— Qui est Mayhew ?

Adam aurait juré qu'il le lui avait déjà dit. Avait-elle oublié ?

— Mon beau-frère. James. Il dirige le versant public du cabinet. Les relations, le charme, ce genre de choses. C'est un gentleman accompli. Contrairement à moi.

Séraphina le dévisagea.

— Vous me faites l'effet d'être un gentleman accompli.

— Je suis un imitateur convenable..., commença-t-il.

— Sauf au lit, l'interrompit-elle.

Adam en resta bouche bée.

Fichtre. Qu'avait-il donc fait ? Était-ce la raison de son étrange humeur ? S'était-il comporté de façon trop agressive la veille, se méprenant sur son appétit pour ce genre de jeux, et...

— C'était un compliment, Adam, murmura-t-elle.

Il poussa un soupir et Séraphina fit la moue.

— Oh, mon pauvre chéri, je voulais juste dire que vous êtes tout ce que je désire.

Elle se leva en étirant les bras d'une façon qui ne pouvait qu'être qualifiée d'*érotique* et s'approcha de lui.

Il la dévisagea, gagné par un sentiment de vulnérabilité. Il avait besoin de son affection après cette tension. Il en mourait d'envie.

Mais son humeur le rendait décidément nerveux.

— Ai-je fait quelque chose qui vous a déplu ? demanda-t-il. J'espérais vous avoir contentée.

— Oh, Adam ! soupira-t-elle avec un sourire triste. Montez avec moi, ajouta-t-elle en lui tendant la main, et je vous montrerai à quel point vous me contentez.

Il s'empara de sa main et y déposa un baiser.

— Une autre fois. Vous avez bu.

Elle eut un rire désabusé.

— Je crains que vous n'ayez du mal à trouver un soir où je n'aurai pas bu, monsieur Anderson.

Il se rembrunit, peinant à trouver cela amusant.

Séraphina s'en rendit compte.

— Ce n'est qu'une plaisanterie, Adam. Je ne suis pas ivre, juste un peu gaie. Et vous savez ce que j'aime faire quand je suis gaie ?

Elle battit des cils et sourit.

— Quoi ? demanda-t-il.

— Baiser, répondit-elle d'un ton de feinte gravité.

— Je vois, dit-il.

Elle inclina la tête vers lui, le regard luisant de désir.

— Vous n'en avez pas envie ?

Il en avait furieusement envie, nom de nom !

Il savait qu'il n'aurait pas dû, mais l'air du soir était si doux, sa robe la drapait si sensuellement qu'il était clair qu'elle ne portait rien dessous et, pour reprendre les mots de sa sœur, il se sentait si seul.

Toujours seul.

— Ce n'est pas cela. Je n'ai pas envie de me réveiller demain matin avec des remords.

Séra glissa les doigts dans ses cheveux et lui caressa doucement la tête, coiffant ses mèches en arrière.

— Je n'aurai pas de remords. L'attirance que vous m'inspirez n'est pas liée à une bouteille de vin. Je n'ai pensé qu'à cela toute la soirée.

Il ferma les yeux.

— Moi aussi, Séra.

Il l'attira à lui, et l'enlaça étroitement.

— J'ai envie de vous, souffla-t-elle. Si vous ne venez pas dans ma chambre, je serai obligée de vous renverser sur la balustrade pour vous posséder.

— C'est moi qui vais vous posséder, ce soir, ma belle.

— Dans ce cas, il me tarde de vous voir à l'œuvre.

Elle l'entraîna à l'intérieur, puis dans l'escalier, ses hanches ondulant merveilleusement. Cette femme avait vraiment des hanches magnifiques. Si magnifiques qu'il y posa les mains pour les immobiliser.

— Venez par là.

Il la plaqua contre le mur pour l'embrasser, longuement. Passionnément. Elle soupira, fougueuse, enroula sa jambe autour de la sienne, posa une main sur ses fesses et le plaqua contre elle.

— Vous bandez ferme.

— Vous regarder me fait bander. Vous êtes une atteinte à la pudeur.

— C'est vrai, admit-elle en retroussant sa robe, révélant ses cuisses nues.

Elle posa le pied sur la rampe, derrière lui. Il avait vu juste, elle ne portait rien sous sa robe.

Il n'eut pas besoin d'explications pour comprendre ce qu'elle voulait. Il fit glisser son doigt le long de sa fente. Elle était moite. Pour lui. Son doigt s'attarda sur la petite crête merveilleusement sensible. Il pressa son sexe contre sa cuisse et se demanda s'il n'allait pas jouir, là, tout de suite.

— Votre lit, râla-t-il. Vite.

Dès qu'ils furent dans sa chambre, elle ôta sa robe. Il retira ses bottes, déboutonna sa braguette. Elle se retourna et le regarda faire, sa main recouvrant son mont de Vénus.

— Seigneur, cette *queue* ! Je l'*adore* !

Elle s'avança et le prit dans sa main, en enserra la base.

— Grosse, gourmande et émue, commenta-t-elle en faisant courir son doigt sur la goutte translucide qui perlait à l'extrémité. Si émue, la pauvre ! Je connais justement le remède.

Elle tendit la main vers sa table de chevet, attrapa un bocal et en sortit un préservatif.

Il plissa les yeux pour tâcher de voir l'objet. Cela ressemblait à un boyau évidé, avec un ruban rouge au niveau de l'ouverture.

— Séra, nous avons déjà parlé de cela...

— Je sais, mais je veux vous sentir en moi. Pas vous ? demanda-t-elle d'une voix enrouée, les yeux rivés sur son sexe.

Il eut envie de la renverser sur le lit pour la posséder sans autre forme de procès.

— Ce n'est pas que je ne veuille pas. C'est à cause de ce qui risque de se passer.

— Il ne se passera rien, s'esclaffa-t-elle. Regardez, je vais vous montrer comment cela marche, ainsi vous pourrez décider par vous-même.

Elle se pencha et déroula l'étui sur son sexe. Il apprécia la sensation, quand ses doigts l'enserrèrent et qu'elle noua le ruban rouge.

— Voyez, dit-elle en admirant son ouvrage.

Dieu lui vienne en aide, il suffisait qu'elle pose les mains sur lui pour qu'il ait envie de la croire.

— Veillez à vous retirer avant de vous répandre, après quoi je boirai une tisane qui aide à laver le ventre. Cette combinaison ne m'a jamais trahie. Je ne le ferais pas si j'estimais qu'il y a un risque.

Il la crut. Ou peut-être avait-il tellement envie d'être en elle qu'il aurait cru n'importe quoi.

Une seule fois, se raisonna-t-il.

Pour se souvenir des sensations.

Pour partager cela, rien qu'une fois, avec elle.

— Allongez-vous, ordonna-t-il.

Elle sourit et lui obéit. Il s'étendit auprès d'elle et l'attira sur lui.

— Hier, vous avez dit que vous vouliez me chevaucher. J'ai souillé mes draps ce matin en y repensant.

Il gémit quand elle s'empala sur lui lentement, très lentement. Elle s'immobilisa, se cambra et laissa échapper un cri.

Il lui empoigna les hanches et elle coulissa de haut en bas, le long de son sexe, l'avalant chaque fois un peu plus.

Quand il fut incapable d'en supporter davantage, il l'incita à se retirer.

— Mettez-vous à quatre pattes, gronda-t-il.

Il était si excité qu'il avait du mal à articuler. Elle lui obéit et il lui agrippa les cuisses avant de la pénétrer par-derrière, lentement et fermement. Elle renversa la tête et creusa les reins. Il fit glisser sa main sur son ventre pour caresser la perle durcie entre les replis intimes tandis que son corps se souvenait pourquoi cet acte avait été autrefois son activité favorite.

Il la pilonna vigoureusement et elle s'abandonna à son rythme, sa vulve se contractant autour de son sexe si délicieusement que sa vision se troublait. Sentant qu'elle allait atteindre l'extase, il la laissa prendre les commandes. Il s'appliqua à la caresser sans cesser d'aller et venir, l'écoutant crier son nom. Elle frémit et il sut qu'il s'approchait, lui aussi, de la jouissance. Il se préparait à la gratifier de quelques coups de reins bien fermes avant de se retirer quand la chose survint, le prenant au dépourvu. Trop tôt. Alors qu'il se retirait, il se répandit avant de s'être entièrement dégagé. Une coulée de semence tiède serpenta le long de sa main.

— Bon Dieu, murmura-t-il.

— Quoi ? demanda-t-elle, encore frémissante.

— J'ai joui trop tôt.

Elle jura.

Avant qu'il ait eu le temps de rassembler ses esprits pour trouver un linge sur lequel essuyer ses mains, Séraphina descendait du lit et traversait la chambre dans le plus simple appareil.

— Maria, apportez des bassines d'eau ! lança-t-elle à travers la porte. J'ai besoin de prendre un bain.

Elle attrapa un peignoir accroché derrière la porte, l'enfila et s'approcha de sa coiffeuse. Elle sortit plusieurs flacons des tiroirs et déposa des herbes séchées dans un mortier, ses mains s'agitant aussi expertement que celles d'un apothicaire.

Maudit crétin lubrique, pourquoi as-tu pénétré cette femme alors que tu sais comment tu es ? Tu ne comprendras donc jamais ?

— Je suis désolé, Séraphina, dit-il.

Il l'était vraiment.

Plus qu'elle ne l'imaginait.

La culpabilité lui contracta les entrailles. Il avait succombé à son ancienne faiblesse alors qu'il savait qu'il était dépourvu de volonté, que le désir l'aveuglait.

— Ce n'est pas grave. Un bain de vinaigre tiède et une tisane de menthe pouillot réduiront les risques. Ce n'est pas dramatique.

Il se maudit d'avoir confié leurs sorts à un bout de boyau retenu par une ficelle. D'avoir permis au désir que lui inspirait cette femme de le convaincre de faire ce qu'il n'aurait jamais dû faire.

— Vous pouvez partir, Adam. Maria ne va pas tarder et je ne tiens pas à ce qu'elle vous voie nu.

Sa voix, vibrante de passion un instant plus tôt, était à présent neutre. Adam ne s'était certes pas précisément couvert de gloire. Cela dit, ils auraient au moins pu parler de ce qui venait de se produire. Sans aller jusqu'à en parler intimement, comme des amants.

Il se rhabilla tandis qu'elle s'occupait avec ses potions.

Il se demanda si, au-delà du silence qui présidait à ce rituel, elle était aussi bouleversée que lui. Il s'approcha d'elle et lui pressa doucement les épaules.

— Séra, si quelque chose devait arriver, je me comporterai honorablement.

Elle fit volte-face et éclata d'un rire qui ressemblait à un aboiement.

— Adam, *par pitié* ! Ne soyez pas absurde.

Elle secoua la tête et reporta son attention sur ses herbes.

Il n'en pouvait plus de ses sautes d'humeur. Ils venaient quand même de *faire l'amour* !

— En quoi vouloir se comporter honorablement est-il absurde ?

— Adam, comment vous faire comprendre plus clairement que ce qu'il y a entre nous n'est pas le genre de choses qui se termine par une marche jusqu'à l'autel ?

— Inutile d'être aussi sarcastique. Je dis juste que je souhaite me comporter convenablement. Rien ne nous oblige à être amis si cela vous déplaît tellement, mais je ne mérite pas d'être traité comme un ennemi.

— Oh, j'ai assez d'ennemis pour savoir faire la différence ! Vous n'avez pas vu les oiseaux morts qu'ils m'offrent ?

Ce souvenir lui donnait encore la nausée.

— Je les ai vus et vous ne méritez pas cela.

— Évidemment que je ne le mérite pas.

Il eut envie de pousser un cri de frustration.

— Je me demande parfois si vous ne pensez pas le contraire. Alors que vous méritez la tendresse, le plaisir, la *gentillesse*…

Elle leva la main, son visage reflétant sa colère.

— Comment osez-vous prétendre que vous savez ce que je pense ?

— Je voulais simplement dire…

— Assez. Ce n'est pas parce que vous baisez une femme que vous la comprenez. Partez. Je n'ai plus besoin de vous.

Elle le congédiait comme un vulgaire domestique.

Il tourna les talons et gagna la porte.

— Avec plaisir.

17

Séraphina Arden n'éprouvait jamais de regrets.

Les regrets étaient faits pour les gens qui manquaient de convictions. Des gens au cœur tendre. Son cœur à elle était aussi sec que la pierre des Cornouailles.

Alors pourquoi diable n'arrivait-elle pas à dormir ?

Elle quitta son lit, s'assit face au miroir de sa coiffeuse et observa son reflet.

« Tu n'aurais pas dû coucher avec ce genre d'homme », lui déclara son regard d'un air de reproche.

« Et pourquoi pas ? répliqua-t-elle en entortillant ses cheveux au sommet de sa tête. Aucun désastre n'en découlera. »

« Le désastre, c'est que tu l'as blessé », rétorqua son regard.

« Ce n'est pas à moi de protéger ses tendres sentiments, riposta-t-elle en plantant des épingles dans son chignon. Il était prévenu. »

La femme du miroir ne parut pas impressionnée.

Laisse-le tranquille.

— Évidemment que je vais le laisser tranquille, articula-t-elle à voix haute. Il ne voudra plus de moi de toute façon.

On frappa à la porte.

— Séra ? Tu es réveillée ?

C'était Elinor. Elle se leva et alla ouvrir la porte.

— Désolée. Je parlais à mon reflet, qui se révélait très combatif. Je t'ai réveillée ?

— Non, répondit Elinor d'une voix mal assurée. J'ai fait un cauchemar et j'ai vu que la lumière était allumée dans ta chambre.

Séra la prit dans ses bras.

— Ne t'inquiète pas. Tout ira mieux, désormais.

Son amie ne parut pas convaincue.

— Je me suis dit qu'une tasse de thé m'apaiserait. Tu te joins à moi ?

Séra attrapa sa lampe et suivit Elinor jusqu'à la cuisine.

— Le thé t'empêchera de dormir, dit-elle en fouillant dans un placard. Buvons plutôt du vin.

— Tu ne peux pas vivre seulement de vin, ma chérie.

— Je ne peux pas vivre sans non plus, rétorqua Séra en remplissant deux verres.

Elinor accepta le vin, mais fronça les sourcils.

— J'aimerais que tu prennes davantage soin de toi. Je te trouve effroyablement mince.

Ce ton d'inquiétude maternelle serra la gorge de Séra. Elle n'aurait jamais accepté que Thaïs ou Cornelia lui adressent ce genre de reproche. En revanche, Elinor faisait ressortir en elle quelque chose de plus doux.

Elle enlaça son amie et appuya la tête sur son épaule.

— Je sais. J'y veillerai. C'est juste que je me suis fait tellement de souci pour toi.

Elinor déposa un baiser sur sa joue.

— Tout va bien se passer, tu sais. Ne pleure pas.

Séra ne s'était pas rendu compte qu'elle pleurait. Dieu que c'était puéril ! Elle s'essuya les yeux.

— Nous n'avons pas eu beaucoup de temps pour parler, dit-elle en se ressaisissant. As-tu eu des nouvelles de Bell à l'asile ?

— Il est venu, une semaine après m'y avoir déposée. Il a offert de me laisser sortir si je promettais de revenir sur mon essai et d'avouer que ses accusations d'adultère étaient fondées. Mon refus l'a empli de fureur. Je n'ai plus aucune nouvelle depuis.

Séraphina réfléchit.

— J'imagine qu'il ambitionne de faire fermer l'imprimerie de Jack, persuadé que cela suffira à nous imposer le silence.

— Oui, mais il veut aussi me punir. Le soir où nous nous sommes querellés, il m'a dit que ma loyauté allait à Jack plutôt qu'à ma famille, que j'étais un danger moral pour nos enfants et que j'avais gâché leurs chances dans la société par mon radicalisme. D'habitude, quand il piquait ce genre de crises, je le caressais dans le sens du poil pour l'apaiser ; cette fois, j'étais si fâchée que je n'ai pas pu m'y résoudre. Du coup...

Elle frémit.

Séra sentit un frisson courir le long de sa colonne vertébrale.

— Il t'a *frappée* ?

— Non. Il n'oserait jamais lever la main sur moi. Ce serait indigne de lui, selon ses critères. Il est parti et j'ai cru qu'il était allé se calmer dans un de ses clubs, au lieu de quoi il est revenu avec son avocat et m'a annoncé qu'il avait l'intention d'intenter un procès à Jack pour adultère. Je leur ai rétorqué qu'il n'y avait rien d'autre entre nous qu'une complicité intellectuelle et de l'amitié. Bien entendu, ils ont trouvé mon intellect supposé aussi douteux que l'innocence de Jack. Ils m'ont attaché les mains. Je me suis débattue. Mon fils a entendu du bruit et il est monté. Après cela, j'ai fait mine de gagner la voiture de mon plein gré, parce que je ne supportais pas l'idée qu'il voie sa mère prise en otage.

Elinor laissa échapper un soupir tremblant.

— Je n'ose imaginer ce que vivent les enfants. Ce qu'ils doivent penser de moi. Ce qu'il leur a dit. Je peux supporter d'être enfermée chez les fous, mais quand je pense à eux...

— Ils t'aiment, assura Séra en lui pressant les mains.

Elinor secoua la tête.

— Je n'arrive pas à croire que les choses en soient arrivées là avec Bell. Nous n'avons pas fait un mariage d'amour, certes, mais j'éprouvais pour lui une affection sincère. Depuis la Révolution française, il est devenu irascible et suspicieux, il est convaincu que le royaume va s'effondrer sous ses pieds. Il n'y a plus moyen de le raisonner. Quant à ses amis, Pendrake, Carlton et consorts, ils ne font qu'exacerber ses plus mauvais penchants.

— Je suis tellement désolée, ma chérie, murmura Séra.

— Ne le sois pas. *Sers-toi* de cette histoire, afin qu'elle nous soit utile à toutes. Il faut que la loi change. Si Bell peut me traiter comme il l'a fait en toute légalité, il n'y a aucun espoir pour des femmes plus isolées ou plus pauvres que moi.

— Ne t'inquiète pas, sourit Séra. Nous allons lui faire regretter ce qu'il a fait.

Elinor but une gorgée de vin.

— Tu sais, malgré ma colère, je ne peux m'empêcher de penser que je suis responsable. Il a toujours trouvé suspecte mon amitié avec Jack et, à dire vrai, même s'il ne s'est jamais rien passé, je suis peut-être coupable d'éprouver pour lui plus d'affection qu'il n'est convenable de la part d'une femme mariée. Peut-être que dans mon cœur…

Elle s'interrompit.

— Si le fait de ressentir de l'affection pour un gentleman – quand on a pour époux un tyran – est un crime, c'est la loi qui est répréhensible et non la femme. Tu n'as rien fait de mal. Tu ne dois pas te reprocher ce qui s'est passé.

Elles restèrent un moment pensives, puis Elinor déclara :

— J'ai beaucoup apprécié ton M. Anderson. Il donne l'impression de se soucier sincèrement de toi.

Les épaules de Séra s'affaissèrent. Elle regrettait la façon dont leur soirée s'était terminée.

— Oui, il s'obstine, malgré mes tentatives pour lui faire entendre raison.

— Est-ce que ce ne serait pas une bonne chose, après tout ce temps, de tenter de construire quelque chose avec quelqu'un ? Plutôt que de le repousser.

Séraphina ne cessait de penser au visage d'Adam levant les yeux vers elle au clair de lune, et murmurant : « J'espérais vous avoir contentée. »

— Il a deux enfants. Un métier qui l'accapare. Il ne pourrait rien construire avec moi même s'il le voulait.

— Je ne dis pas que ce doit être cet homme-là. Ni tout de suite. Mais est-ce que ce ne serait pas la plus belle des revanches, Séra ? Tomber amoureuse d'un homme qui t'adore ?

Elle préféra s'abstenir d'énoncer l'évidence : « Personne ne m'adore longtemps. »

Elinor bâilla et Séra en profita pour écourter la conversation. Elle se leva et embrassa son amie sur la joue.

— Tâche de dormir un peu.

Bien décidé à ne pas penser à Séraphina, Adam travaillait sur les plans de l'arsenal. Si elle ne voulait occuper ses pensées que comme un corps, il accéderait à son souhait.

Il laissa fuser un soupir dégoûté.

Nom de nom, qu'avait-il fait ?

Le soleil commençait à décroître et il avait des crampes dans les mains.

Il griffonna un message à l'intention de Marianne, lui demandant de ne pas le réveiller, et monta se coucher.

Il rêva d'eau tourbillonnante et de falaises si escarpées qu'on était sûr de tomber. Il rêva de bourrasques et d'orages, de vaisseaux naufragés ballottés par les flots.

De typhons.

De noyade.

Toutefois, quand la mer se calma et que le soleil se leva au-dessus d'elle dans une éblouissante lumière rose, Séraphina était là, vêtue de sa robe transparente, marchant vers le rivage.

Son corps enflait tandis qu'elle marchait, sa poitrine étirant l'étoffe arachnéenne. Son cœur se serra quand il découvrit son ventre proéminent. Elle s'arrêta, sourit et laissa l'eau mouiller sa robe quand elle se remit à avancer vers lui, le tissu épousant ses rondeurs. Son sexe durcit parce qu'elle était belle et épanouie et que c'était lui qui l'avait mise enceinte.

— Adam, dit-elle d'une voix inhabituellement joyeuse.

La même joie palpitait en lui parce qu'ils avaient fait un enfant qui s'ébattrait un jour dans les flaques de cette crique.

Il s'avança vers elle, vers cette merveilleuse créature, sa Séraphina. Il l'attira à lui quand il la rejoignit. Elle était douce, le soleil avait tiédi sa peau mouillée d'embruns. Il l'embrassa, elle avait la saveur du sel et de l'océan. Quand son ventre le frôla, son baiser se fit plus charnel, plus possessif, plus animal.

Les vagues qui s'élevaient autour d'eux soulevèrent sa robe qui forma une corolle à la surface de l'eau. Il la saisit aux hanches pour fusionner avec elle, la combler de sa faim et de son amour.

— Adam, murmura-t-elle.

— Séra, chuchota-t-il en fermant les yeux, oubliant tout sauf les sensations.

Il trouva aisément son chemin en elle, mais une vague surgit soudain derrière lui et le bouscula si fort qu'ils tombèrent tous les deux dans l'eau. Il la sentit s'écarter de lui tandis qu'il luttait pour garder la tête hors de l'eau. Il vit son jupon flotter, hors d'atteinte. Le sel lui brûlait le nez, les poumons et les yeux, pourtant il plongea de nouveau. Il ne la trouvait plus, et quand il refit surface, le ciel avait pris une teinte d'un vert violacé. L'air était froid et Séraphina n'était nulle part visible parmi les flots agités.

— Séra ! cria-t-il. Sér...

Une nouvelle vague le renversa et il se retrouva submergé par cent pieds de fond. Il vit sa robe étinceler au-dessus de lui et nagea, luttant pour atteindre la surface, et quand il l'atteignit enfin, suffoquant, il ne la vit nulle p...

— Adam !

Dieu merci !

— Adam !

Il ouvrit les yeux. Il faisait clair de nouveau, la lumière du jour se déversait par la fenêtre de son cottage des Cornouailles.

Sa sœur se tenait au-dessus de lui et répétait son nom.

— Adam, tu n'arrêtais pas de crier ! s'exclama Marianne. Que se passe-t-il ?

Malédiction.

18

Séraphina s'était endormie à la table de la cuisine, à côté d'une bouteille de vin vide, telle l'allégorie d'une femme amère qui mourrait un jour, seule, et serait dévorée par ses chiens.

— Seigneur, Tompkins, pourquoi ne m'avez-vous pas réveillée ? glapit-elle.

Tompkins la considéra d'un regard qui n'avait rien d'amusé.

— J'ai essayé. Trois fois.

— Je me sens atrocement mal.

Plus précisément, elle se faisait l'effet d'être une pièce de lin empesé, craquelée par un fer à repasser chauffé à blanc, puis chiffonnée et fourrée dans un tiroir par la main vengeresse d'une femme de chambre.

Ignorant son gémissement, Tompkins ramassa la bouteille vide d'un air dégoûté.

— Oh, arrêtez ! grommela Séra. Je sais, je sais.

Tompkins se tourna vers elle.

— Vraiment ? Parce que, le mois dernier, je vous ai trouvée endormie par terre plus souvent que je n'aie envie de me le rappeler. Vous vous rendez malade.

— Heureusement que je ne vous paye pas pour veiller sur ma santé.

Sa secrétaire croisa les bras.

— Je m'inquiète pour vous.

Séra se radoucit. Elle traversa la cuisine et passa le bras autour des épaules de Tompkins.

— Je sais. Je vais aller mieux. Maintenant qu'Elinor est libre j'aurai moins de raisons de m'inquiéter.

Tompkins soupira.

— M. Anderson est là.

— Quoi ? s'écria Séra.

Tompkins la gratifia d'un sourire presque diabolique.

— Il attend au salon.

Dieu lui vienne en aide ! Séra avait espéré que leur désaccord serait de ceux qui s'estompent au fil du temps jusqu'à disparaître. Elle n'avait pas envie de voir son visage alors que le souvenir de ses paroles blessantes était encore assez frais pour être cité mot pour mot.

— Pouvez-vous lui donner du thé, le temps que je m'efforce de ressembler à quelqu'un qui n'a pas passé la nuit à dormir sur la table de sa cuisine ?

— Je devrais lui dire où vous avez dormi. Je suis sûre qu'il vous régalerait d'un sermon cinglant.

— Oui, Tompkins. Heureusement, j'en ai déjà eu un de votre part.

Elle gagna sa chambre pour tenter de se rendre présentable, mais elle avait l'air si hagard qu'une jolie robe ne suffirait pas à masquer son état. À quand remontait sa dernière vraie nuit de sommeil ? Elle n'aurait su le dire.

Oh, et puis pourquoi se fatiguer à cacher la vérité ? Il était sûrement venu lui annoncer qu'il ne voulait plus la voir. Elle n'avait donc pas besoin de ressembler à une laitière aussi fraîche que la rosée du matin.

Elle enfila une robe d'un brun terne qui n'était plus vraiment à sa taille et descendit l'affronter.

— Séra, dit Adam en se tournant vers elle au bruit de ses pas.

Il tenait un bouquet de fleurs à la main. Des centaurées, des scilles de printemps et des œillets marins – les fleurs qui poussaient le long du chemin côtier.

Il les lui tendit sans mot dire, d'un air presque solennel.

Pourquoi diable fallait-il qu'il l'émeuve autant ?

Une femme comme elle aurait dû ressentir de l'effroi face à un homme assez fou pour lui offrir un bouquet de fleurs sauvages.

Pourquoi son cœur s'obstinait-il à palpiter pour des choses qui ne pouvaient, elle le savait d'expérience, qu'être source de désespoir ?

— Adam, soupira-t-elle en regardant, sans le prendre, le bouquet d'un air méfiant, merci, mais je ne suis pas...

— Le genre de femme auxquelles les hommes offrent des fleurs ? suggéra-t-il avec un sourire en coin.

Elle fut à la fois flattée et exaspérée qu'il ait deviné ce qu'elle allait dire.

— Suis-je donc aussi prévisible ?

Il recula légèrement pour l'examiner de la tête aux pieds.

— Je ne sais pas ce que vous êtes, Séraphina Arden. Je sais juste que je suis désolé de ce qui s'est passé hier soir, et que je veux me faire pardonner d'être parti aussi précipitamment.

« Cesse de t'affoler ainsi, ordonna-t-elle à son cœur. Ralentis. »

Elle s'empara des fleurs, ne serait-ce que pour s'occuper les mains.

— Vous aviez parfaitement le droit de vous sauver, dit-elle en s'efforçant de garder un ton digne. Je me suis montrée extrêmement désagréable si mes souvenirs sont bons.

— Et j'aurais dû rester jusqu'à ce que nous ayons compris ce qui nous perturbait, répliqua-t-il d'un ton patient.

Elle *savait* ce qui l'avait perturbée : elle avait laissé les choses aller trop loin avec cet homme qui refusait d'observer le degré de détachement requis. Comprendre cela n'exigeait pas une conversation, mais une rupture. Nette et définitive.

Elle fit tourner le bouquet entre ses mains, tâchant de trouver les mots pour le lui dire.

Sauf que les fleurs l'attendrirent. Elles étaient si charmantes, encore tièdes de ses mains. Elle se mit en quête d'un vase, les doigts étrangement gourds. Elle ouvrit le mauvais placard, jura, trouva un pot convenable sur une étagère, faillit le lâcher. Durant tout ce temps, elle sentait son regard peser sur elle et cela la rendait nerveuse et l'empêchait de trouver ses mots.

Tout en plaçant les fleurs dans le pot, elle repensa aux paroles d'Elinor, la veille : « Est-ce que ce ne serait pas une bonne chose, après tout ce temps, de tenter de construire quelque chose avec quelqu'un ? »

Mais comment aurait-elle pu... Elle soupira, cessa de tripoter les fleurs et se força à regarder Adam droit dans les yeux.

— C'est peut-être moi qui devrais présenter des excuses.

Il croisa les bras et attendit la suite.

Elle baissa les yeux sur ses mains.

— Je me suis montrée injuste envers vous hier soir. Je n'ai pas l'habitude de fréquenter des hommes qui se soucient d'honneur. Je suis désolée de vous avoir incité à faire une chose que vous alliez forcément regretter.

Il s'approcha d'elle, s'empara de ses mains et les porta à ses lèvres.

— J'en avais envie, moi aussi. Vous n'êtes pas à blâmer.

Oh, mon Dieu, il était tellement *gentil* !

— Je suis désolée, murmura-t-elle. J'ai perdu la tête. C'est que vous me portez sur les sens, voyez-vous.

Il l'enveloppa de ses bras.

Non. Son pouls s'était emballé. *Non ! Non ! Non !*

Elle ne se faisait pas confiance avec lui. Un cœur de pierre comme le sien était dangereux pour un cœur aussi tendre que celui d'Adam. Elle se racla la gorge.

— Adam, je crois qu'il serait préférable que nous...

Il desserra son étreinte et attendit qu'elle aille au bout de sa pensée. Le cœur de Séra se mit à battre deux fois plus vite.

« Fuis », lui ordonnait son corps. « Essaie », insistait son esprit.

— Souhaitez-vous toujours rencontrer Paul Bolitho ? s'enquit-elle d'une voix aiguë qu'elle reconnut à peine. Je peux vous conduire chez lui si vous voulez.

Il ouvrit la bouche, se figea, puis rit doucement, comme s'il était soulagé.

— Oui. Si cela ne vous dérange pas.

— Voulez-vous que nous y allions ce matin ? s'empressa-t-elle de demander avant de perdre courage. Je ne me sens pas d'humeur à écrire.

Il la scruta un instant.

— Ma foi, oui, si vous avez le temps, répondit-il, passablement confus.

— Absolument ! assura-t-elle avec un sourire enthousiaste.

— Je suis soulagé, avoua-t-il. L'espace d'un instant, j'ai cru que vous alliez me renvoyer pour de bon.

« Essaie, ne cessait-elle de se répéter. Essaie. »

Elle lui prit le menton et planta un petit baiser tendre sur ses lèvres.

— Non, Adam. Je suis contente que vous soyez revenu.

— Moi aussi.

Il s'attarda un instant, puis :

— Je vais aller chercher ma carriole chez Tregereth. Je serai de retour d'ici une demi-heure.

Une fois qu'il fut parti, elle se laissa tomber dans un fauteuil, aussi épuisée que si elle avait gravi une falaise.

Tompkins entra, l'observa, et secoua la tête.

— Vous l'avez congédié ? Dommage. Il me plaisait plus que les autres.

— Ne vous laissez pas abattre, il sera de retour dans quelques minutes, soupira Séra.

Tompkins arqua un sourcil.

— Vraiment ?

Séra peinait tant à le croire elle-même qu'elle ne put reprocher son incrédulité à sa secrétaire.

— Nous allons acheter de l'ardoise, annonça-t-elle comme s'il s'agissait de la chose la plus naturelle du monde.

— Ah, de l'ardoise ! commenta Tompkins, narquoise. Bien sûr. Cela vous a toujours tellement intéressée.

— Vous êtes insupportable. Une femme ne peut-elle donc pas vivre une aventure le temps d'un été sans être harcelée par sa secrétaire ?

— Une aventure le temps d'un été, répéta Tompkins dans un soupir. Bientôt elle va me dire qu'elle est devenue conservatrice.

— Maria ! appela Séra après avoir levé les yeux au ciel. Venez rendre votre maîtresse présentable !

Séra s'efforça de ne penser à rien d'autre qu'à son reflet tandis que Maria la coiffait et l'aidait à lacer ses jupons. Elle appliqua quelques gouttes d'essence de bergamote au creux de son cou, un trait de rouge à lèvres et sourit sereinement quand Tompkins vint annoncer que son « prétendant » était revenu.

— Merci, Tompkins, dit-elle en passant devant elle.

— Profitez de votre promenade, ajouta sa secrétaire avec un sourire mièvre qui agaça Séraphina.

— J'essaierai, marmonna-t-elle.

À dire vrai, la perspective d'une promenade le long des routes de campagne en compagnie d'Adam l'émoustillait plutôt.

Elle sortit de la maison et sourit à Adam. Perché sur le banc de sa carriole, il ressemblait à un fermier venu chercher la jeune fille qu'il courtisait.

Cela lui paraissait tellement exotique.

Adam indiqua la route, au-delà du portail.

— Vous attendez quelqu'un ?

— Non.

Elle mit sa main en visière pour se protéger du soleil.

Une voiture imposante remontait la route à vive allure, laissant un épais nuage de poussière dans son sillage.

Un rire remonta dans sa poitrine, aussi profond qu'amer, quand elle reconnut les couleurs de la livrée du cocher.

Adam avait-il rêvé ou Séraphina lui avait-elle souri, rien qu'un instant, telle une jeune fille exaltée ? L'avait-elle déjà regardé ainsi auparavant – comme si elle était aussi ravie de le revoir ?

Elle laissa échapper un rire amer quand elle aperçut l'attelage qui ralentissait devant le portail.

— Qui est-ce ? demanda Adam.

— Lord Bell, marmonna-t-elle en s'avançant vers la voiture qui s'immobilisait.

Un homme à la silhouette d'œuf, le crâne chauve, en descendit sans attendre que le cocher lui ouvre la portière.

— Lord Bell. Il me semblait bien que c'était vous, lança Séra d'un ton enjoué.

— Où est-elle ? aboya le vicomte, l'air hargneux.

Adam bondit de la carriole, prêt à s'interposer entre Séraphina et lord Bell si besoin était. Mais Séra ne semblait guère alarmée.

— Je vous demande pardon, de qui parlez-vous ? demanda-t-elle à lord Bell en inclinant la tête de côté.

— De ma femme, grinça-t-il.

Séra feignit d'être stupéfaite.

— J'aimerais, moi aussi, connaître la réponse à cette question, milord.

Adam admira son attitude face à la fureur à peine contenue de lord Bell. Elle ne semblait pas le moins du monde effrayée.

Bell marcha droit sur elle, les poings si serrés que ses phalanges avaient blanchi.

— Ne me faites pas perdre mon temps, mademoiselle Arden. Hogue ! beugla-t-il en jetant un coup d'œil à la voiture d'où émergea le docteur, visiblement très agité.

Si le cri de Bell l'avait fait sursauter, il se ressaisit dès qu'il vit Séraphina.

— C'est l'une d'elles ! s'exclama-t-il. L'une des femmes qui l'ont enlevée.

Séra considéra le médecin d'un air impassible.

— Vous m'excuserez, mais je n'ai jamais vu cet homme de ma vie.

Bell s'avança jusqu'à ce que son torse proéminent frôle presque la poitrine de Séra. Elle avait beau être plus grande que lui, Adam se rapprocha, au cas où.

— Je peux peut-être vous aider, milord, dit-il d'un ton poli, tout en carrant les épaules, histoire de lui faire savoir que son aide consisterait à le frapper s'il s'avisait de se rapprocher encore de Séraphina.

Bell l'ignora et pointa l'index si près du visage de Séraphina que l'odeur de son petit déjeuner lui chatouilla les narines.

— Je sais que vous avez emmené Elinor. Rendez-la-moi, sinon j'entre chez vous et je la fais sortir moi-même.

Séra recula, dégoûtée.

— Rien ne vous empêche d'entrer – même si je ne comprends rien de ce que vous racontez.

Elle se retourna et ouvrit la porte.

— Tompkins, appela-t-elle. Nous avons un invité inattendu. Notre vieil ami lord Bell est là. Il a perdu sa femme, semble-t-il. Faites-lui visiter la maison.

Elle maintint la porte ouverte et se tourna vers Bell.

— Allez-y. Je reste ici. Faites comme chez vous.

Bell fit signe à Hogue de le suivre et passa devant elle en déversant un chapelet de jurons. Le docteur s'arrêta devant Séraphina et la dévisagea, les yeux étrécis.

— Vous êtes une menteuse, madame. Je maintiens que vous vous êtes présentée à mon hôpital, hier.

Elle lui sourit d'un air triste.

— Monsieur, je crois que vous souffrez d'hallucinations. Vous devriez faire évaluer votre santé mentale.

Les coins de la bouche du médecin s'abaissèrent sous l'affront et il s'empressa de rattraper le vicomte à l'intérieur de la maison.

Séra alla tranquillement s'asseoir sur un banc, comme si tout allait pour le mieux dans le meilleur des mondes. Ne sachant que faire d'autre, Adam s'assit à côté d'elle.

Des martèlements de pas et des invectives s'échappaient par bouffées successives des fenêtres ouvertes.

— Tout va bien ? s'enquit Adam à voix basse.

Elle s'adossa au banc, l'air satisfait et contempla les nuages.

— Bien sûr. C'est une si belle matinée. Très claire pour la saison.

— Oui, Séra, ricana-t-il. Nous avons vraiment beau temps.

À sa place, il aurait été affolé à l'idée que Bell trouve trace de la présence de sa femme et qu'il aille trouver les autorités. Mais Séra semblait parfaitement à l'aise. Presque contente.

Peut-être était-ce là une qualité qu'il fallait posséder pour devenir une créature telle que Séraphina Arden : la faculté de se repaître des menaces et de les retourner à son avantage.

Elle lui coula un regard oblique et ricana quand du vacarme leur parvint du premier étage.

— Je vous prie d'excuser mes hôtes. Les nobles se croient tout permis. Que pourrions-nous faire en attendant qu'il en ait terminé ?

Quand elle était d'humeur joueuse et qu'une étincelle malicieuse dansait dans ses yeux, il ne songeait qu'à l'embrasser. Ce qui était impossible avec Bell dans les parages.

Il se contenta donc de sortir son carnet de croquis et le morceau de fusain qu'il gardait toujours dans sa poche.

— Je n'ai pas encore eu l'occasion de vous dessiner.

Elle ploya le cou et s'étira de façon à faire joliment saillir sa poitrine.

— Voulez-vous que je pose pour vous ?

Il rit.

— Non, contentez-vous de rester assise et d'être vous-même.

Il alla s'asseoir en tailleur dans l'herbe, en face d'elle, et commença son croquis. D'abord les lignes fermes des sourcils et de la mâchoire. Puis son cou élégant. Son nez compliqué.

Dieu qu'il aimait ce visage.

Le regard qui revenait sans cesse sur elle finit par la rendre nerveuse et elle se mit à tripoter ses cheveux.

— Ne bougez pas, ordonna-t-il.

— Je supporte assez mal l'ennui, Adam, grimaça-t-elle.

— Où diable est-elle ? mugit Bell au premier étage.

— Vous trouvez cela ennuyeux ? s'étonna Adam.

Elle leva les yeux au ciel.

— Il n'y a pas plus ennuyeux que cet homme. Je ne comprends pas comment Elinor a pu l'épouser.

Adam fit mine de réfléchir à la question.

— Oh, je ne sais pas ! Je le trouve plutôt charmant.

— Vous avez des goûts très excentriques, pouffa-t-elle. Mais je crois que nous le savions déjà, ajouta-t-elle en se désignant elle-même.

— L'attirance que j'ai pour vous n'a rien d'une excentricité, mademoiselle Arden. Vous êtes très agréable à regarder.

Elle rosit visiblement. Adam dissimula son sourire en inclinant la tête. Il ne l'aurait pas crue sensible aux compliments. Cela lui donna envie de lui dire à quel point il aimait son nez, ses hanches, sa haute taille, sa chevelure sauvage, jusqu'à la faire se tortiller d'embarras. Il gloussa à cette idée et elle pinça les lèvres.

— Qu'est-ce qui vous fait rire ?

— Je me contentais d'imaginer ce que je vais vous faire, tout à l'heure, quand Bell aura fini de fouiner.

— Vous avez un certain talent, sourit-elle.

Il la gratifia de son œillade la plus coquine.

— Vous n'avez encore rien vu.

Elle arrondit les yeux, feignant d'être outrée.

— Je parlais de votre talent de dessinateur, monsieur Anderson.

— Dommage, dit-il en revenant à son croquis.

— Vous faites cela souvent ?

Il releva les yeux et s'attarda sur sa poitrine.

— Tous les jours, si je peux.

Elle tendit la jambe et lui toucha le genou de la pointe de sa bottine.

— Quelle casse-pieds vous faites. J'essaye de vous questionner au sujet de votre art. Vous peignez toujours ?

Il coupa court au badinage, plutôt flatté qu'elle s'intéresse à lui.

— Rarement. J'ai été contraint d'abandonner quand j'ai commencé mon apprentissage. J'aurais eu l'impression... d'entretenir une illusion. Mais j'aime bien dessiner.

Le regard de Séra s'assombrit.

— Il n'est pas trop tard, Adam.

Il fut à la fois touché et embarrassé par sa déclaration.

— Oh, que si ! Ne cherchez pas à me ménager. Je suis plutôt satisfait de mon sort.

Il baissa les yeux et retoucha les ombres autour des yeux.

— Voilà, dit-il. C'est fini.

Il se sentit un peu ridicule d'avoir voulu lui montrer son talent quand cette femme était si souvent entourée de *vrais* artistes.

Elle se pencha et tendit la main.

— Oh, j'ai peur ! J'espère que vous ne m'avez pas fait une tête de sorcière. Faites-moi voir cela.

Son visage s'affaissa quand il lui remit son carnet. Oh, Seigneur ! Cela ne lui plaisait pas et elle allait s'efforcer de rester gentille.

— Je ne suis qu'un amateur, s'empressa-t-il de dire en rougissant. J'espère que je n'ai pas exagéré mon talent.

— Non... C'est très habile, c'est juste..., commença-t-elle en fixant le dessin, visiblement perplexe. C'est juste que vous m'avez rendue belle.

Sa déclaration le prit de court. Il n'avait pas eu l'intention de la flatter en l'embellissant. Il haussa les épaules.

— Je vous ai dessinée telle que vous êtes.

L'ombre d'un sourire flotta brièvement sur ses lèvres.

— J'en suis à me demander si vous y voyez clair. Mais je suis très contente.

Sa voix, sur ce dernier mot, était si douce et chargée d'un bonheur tout simple qu'il en oublia toute retenue. Il s'inclina vers elle et elle croisa son regard, il tendit la main...

— Je vous ferai arrêter dès que je l'aurais retrouvée ! beugla Bell en émergeant sur le perron. Vous, Willow et toute votre petite assemblée de conspirateurs !

Séra se retourna, surprise, Adam laissa retomber sa main et tous deux se levèrent vivement.

Hogue détala derrière Bell, tel un terrier surpris alors qu'il déposait un étron dans les souliers de son maître.

— Bonne chance pour la retrouver ! claironna joyeusement Séra dans son dos.

Bell fit volte-face.

— Vous êtes une honte absolue, lui dit-il avant de poser son regard sur Adam. Quant à vous, monsieur, qui que vous soyez, vous feriez bien de vous montrer plus prudent dans le choix de vos fréquentations.

Sur ce, les deux hommes grimpèrent dans la voiture qui s'ébranla aussitôt.

Ce ne fut qu'à ce moment-là qu'Adam réalisa qu'il était fort possible, voire probable, que lord Bell connaisse lord Pendrake. Et qu'il risquait fort de regretter cette journée.

— Bien, dit Séra d'un ton joyeux. Si nous nous occupions de vos ardoises ?

19

Pour une femme qu'on venait d'accuser d'avoir enlevé une vicomtesse et de menacer de faire arrêter, Séraphina se révéla d'excellente humeur.

— Combien de temps pensez-vous rester en Cornouailles ? demanda-t-elle comme il engageait sa carriole sur un chemin étroit bordé de genêts.

— Tout dépendra de la rapidité à laquelle je parviendrai à me procurer les matériaux pour achever la structure. Une fois celle-ci terminée, je laisserai les menuisiers et les peintres finir l'ouvrage. Je dois regagner Londres dans six semaines au plus tard.

— Ah, vous risquez donc de repartir après moi ! Que ferez-vous sans ma compagnie ?

— Je me laisserai dépérir de chagrin, répondit-il avec un demi-sourire.

— J'espère bien !

— À dire vrai, j'ai du pain sur la planche. De nouveaux plans pour un projet qui vient de nous être soumis.

Ils passèrent à côté d'un tas de flambeaux, empilés au milieu de la place du village. Séra plaqua la main sur sa bouche.

— Golowan ! La procession a lieu ce soir. J'avais complètement oublié.

— Pas les enfants. Adeline a insisté pour porter son costume dès ce matin. J'hésitais à vous en parler, à cause des menaces dont vous avez fait l'objet, mais ils espèrent toujours que vous nous accompagnerez. Si vous n'en avez pas envie, je comprendrai, ajouta-t-il.

Elle sentit qu'il avait envie qu'elle vienne. Elle *devait* y aller. Petite, elle adorait cette procession quand elle était. Pourquoi aurait-elle dû laisser des menaces et des caricatures l'empêcher de s'amuser ?

— Bien sûr que je viendrai. Il n'est pas question de décevoir vos enfants. De toute façon, je ne peux pas les laisser faire le trajet jusqu'à la ville dans votre carriole.

— Ils l'aiment bien pourtant.

Il s'en tint là, mais son sourire lui fit palpiter le ventre de façon si troublante qu'elle préféra s'abstenir de parler.

Et pourtant, maintenant que la perspective de cette soirée en ville la guettait, elle sentit sa belle humeur s'assombrir. Enfiler une tenue de fête suffirait-il à masquer son identité ? Pourrait-elle participer aux festivités sans se faire remarquer ? Que penseraient les enfants d'Adam si elle se faisait huer ? Et que penserait-il, lui, s'il voyait qu'elle était un objet de dérision ? S'il connaissait sa réputation, il n'avait jamais été témoin du harcèlement qu'il lui arrivait de subir. À force, elle s'était endurcie, ce qui n'était pas le cas des Anderson.

— C'est à gauche, annonça-t-elle après s'être raclé la gorge.

Anderson négocia souplement le virage.

— Là-bas ? demanda-t-il.

— Oui, au niveau de l'enseigne.

— Tout va bien ? demanda-t-il. Vous êtes toute pâle.

Elle ne savait pas trop. À la vue de la petite maison du maçon, elle avait commencé à regretter d'être venue. Elle était souvent venue ici avec son père. Et tout était exactement comme dans son souvenir.

Tout, sauf elle. Elle était Séraphina Arden, à présent.

Et Paul Bolitho avait été l'ami de son père, pas le sien.

— Séra ?

Adam lui tendit la main pour l'aider à descendre, mais elle l'écarta prestement comme s'il l'avait brûlée.

— Vous ne venez pas ? demanda-t-il.

Elle secoua la tête. Elle se demandait soudain pourquoi elle avait pensé que ce serait une bonne idée de l'accompagner. Elle ne voulait pas voir Paul Bolitho. Ou plutôt, elle préférait ne pas affronter la réaction de Paul Bolitho quand il la verrait.

— Je vais attendre ici, si cela ne vous dérange pas.

— Il commence à faire chaud. Vous ne craignez pas d'être incommodée par le soleil ?

— Non, il y a une petite brise.

Il n'y avait aucune brise.

Adam l'étudia un moment, puis :

— Séra, si vous ne voulez pas voir cet homme, pourquoi m'avoir accompagné ?

La franchise de sa question la prit de court. Elle ne voulait pas avouer qu'une peur particulière commençait à la faire suffoquer. Une peur qu'elle avait ressentie seize ans plus tôt, quand la rumeur avait commencé à se répandre. Quand des choses qu'elle n'avait confiées qu'à son amant étaient devenues une espèce de légende du village et que les gens s'étaient mis à éviter son regard quand ils la croisaient.

— Paul était un ami de mon père, et je ne l'ai pas revu depuis que je suis partie d'ici. Je préfère ne pas entrer, si c'est pour qu'il me jette dehors. Ne lui parlez pas de moi, s'il vous plaît.

— Mon petit, souffla Adam en la regardant comme si elle était une orpheline qui vendrait des chiffons dans la rue.

— Allez !

Elle agita la main, le chassant de façon assez agressive, et ferma les yeux sous le soleil pour qu'il arrête de la regarder de cet air de pitié qui la mettait mal à l'aise. Elle fut soulagée qu'il se décide enfin à entrer à l'intérieur.

Elle trouvait irritant d'être vue en train de se comporter d'une façon qui ne pouvait être qualifiée que de pathétique. Adam ignorait ce que cela faisait d'avoir été banni. De ne jamais savoir qui vous ouvrira sa porte, qui vous maudira ou qui déposera de répugnantes menaces devant votre porte à la nuit tombée. Il était bien plus facile de se tenir à distance et de ne jamais découvrir la réponse à ces questions.

Elle n'aurait su dire ce qui la poussait à courir le risque de faire des rencontres de hasard, quand elle savait que la ville était aussi pleine de souvenirs qu'une forêt est remplie de pièges et de collets. Il fallait qu'elle arrête.

— Ça alors, Séraphina Arden !

Paul Bolitho sortait de son atelier avec Adam et lui souriait comme si elle était sa propre fille.

— J'avais entendu dire que tu étais revenue, mais je n'ai pas voulu y croire jusqu'à ce que M. Anderson me dise que c'était toi qui lui avais recommandé mon atelier.

— M. Bolitho m'a confié qu'il aimerait vous voir, ajouta Adam. Alors je lui ai dit que vous étiez à deux pas.

Séra lui décocha un regard noir, en retour de sa perfidie.

— Je… Oui, je suis là.

— Viens donc ici et laisse-moi te regarder, ma fille, dit Paul en lui tendant sa main calleuse pour l'aider à descendre.

Elle l'accepta et il l'attira vers lui pour la serrer dans ses bras.

— C'est bon de te voir, Séra. Tu as l'air en bonne santé, ajouta-t-il en s'écartant. Aussi grande que ton papa.

Elle ignora cette comparaison, préférant se concentrer sur la gentillesse de Paul.

— Comment va la famille ? demanda-t-elle.

— Oh, plutôt bien ! Harold s'est engagé dans la marine et Small reprendra l'atelier, un de ces jours. Je lui aurais bien dit de venir te saluer, mais il est en ville avec ses fils pour préparer la procession.

— Vous le saluerez de ma part, dit-elle en souriant.

Il acquiesça.

— Tu loges dans la grande maison là-haut ?

— Oui.

Paul sourit.

— Ton papa serait content. Briony voulait vendre pour se rapprocher de sa famille, à Penzance, mais il n'a rien voulu savoir. Il disait qu'il voulait que tu puisses le retrouver, le jour où tu déciderais de revenir.

Séra le dévisagea, incrédule.

— Papa disait *quoi* ?

Paul hocha la tête, les yeux embués.

— Tu lui manquais horriblement, mon petit. Il n'a plus jamais été le même après ton départ. Il se traînait comme une âme en peine.

Séra eut une impression de flottement. Comme si plus rien ne la retenait à la terre.

Elle se força à garder un semblant de sourire.

— C'était bon de vous revoir, Paul. Adam, si vous avez terminé, je dois rentrer à la maison.

Elle autorisa Paul à la serrer de nouveau dans ses bras, et rejoignit Adam sur le banc de la carriole. Elle garda les yeux fixés droit devant elle jusqu'à ce qu'ils soient hors de vue de l'atelier.

— Il ne pense que du bien de vous, Séra, dit Adam. Il était tellement heureux quand j'ai parlé de vous.

— Pourquoi avez-vous fait cela ? siffla-t-elle. Je vous avais demandé de vous en abstenir.

Adam accusa le coup.

— Je me suis dit que vous évoquer me permettrait de connaître ses sentiments à votre égard. Et comme il était plus que bienveillant, je lui ai dit que vous étiez là.

Séra contempla la rangée de haies qui encadraient la route et se sentit piégée.

— Vous êtes contrariée, dit Adam.

— Oui, je *suis* contrariée.

— Je ne vous aurais jamais mise délibérément dans une situation difficile, avança-t-il d'une voix douce. Je crois que j'ai trouvé étrange que vous ayez pris la peine de faire une heure de route pour venir jusqu'ici, chez un homme que vous tenez clairement en haute estime, avant de décider finalement d'attendre dehors. J'ai pensé que le courage vous avait peut-être soudain manqué.

— Que le courage m'avait manqué ! explosa-t-elle. J'ai fait évader une femme de l'asile hier et j'ai défié son mari ce matin sans ciller. Et vous croyez que je vais me défiler devant le maçon du village ?

— Non, Séra. Je sais que vous êtes courageuse. J'ai simplement pensé qu'il vous serait peut-être agréable de voir quelqu'un qui vous accueille à bras ouverts. Un vieil ami. Je suis désolé si j'ai commis une erreur de jugement.

Voilà. C'était pour ce genre de raisons qu'elle s'était toujours refusée à *essayer*.

— C'est *moi* qui décide, Adam. Je n'ai nul besoin qu'un homme prenne des décisions à ma place sous prétexte qu'il est meilleur juge que moi. N'agissez plus jamais contre ma volonté.

— C'est compris. Et je suis désolé.

Toujours fulminante, elle ne répondit pas. Le visage de son père déformé par la rage lui revenait sans cesse à l'esprit.

— Je n'arrive pas à croire qu'il ait dit cela, marmonna-t-elle.

Elle n'avait pas vraiment envie de parler à Adam après sa trahison ; cependant, les questions qui tournaient dans sa tête lui donnaient l'impression qu'elle allait exploser.

— Dit quoi ? demanda-t-il.

— Que mon père ait pu penser que j'allais revenir.

Comment avait-il pu imaginer qu'elle se croirait la bienvenue ? Et pourquoi ne lui avait-il jamais écrit ? Elle n'était pourtant pas difficile à trouver.

— Vous ne vous êtes jamais doutée que vous manquiez à votre papa ? s'étonna Adam.

— Certainement pas !

Heureusement qu'elle n'en avait rien su, d'ailleurs. Elle aurait pu être tentée de lui pardonner, par sentimentalisme. Une tendance qu'elle détestait autant que les regrets.

Adam regardait la route poudreuse.

— Je suis certain que vous lui manquiez, Séra. Si vous aviez un enfant, vous verriez les choses autrement. C'est tragique, de perdre son enfant.

Elle se pétrifia.

— Oui.

Il lui jeta un coup d'œil et elle se força à pincer les lèvres pour qu'il ne voie pas à quel point ses paroles lui avaient donné envie de le gifler.

— Je soupçonne M. Bolitho d'exagérer, dit-elle. Mon père n'aurait eu aucun mal à me retrouver s'il l'avait voulu. Il était encore en vie quand mon livre a été publié.

Adam réfléchit un instant.

— Affronter ceux qu'on a blessés est parfois difficile à envisager, même quand on souhaite leur demander pardon. Il avait peut-être peur. Ou honte.

Elle eut un sourire crispé.

— On peut toujours s'épargner ce genre de difficulté en évitant de blesser, pour commencer.

— Je suis navré qu'il vous ait blessée.

— Ne le soyez pas, répliqua-t-elle sèchement. Cette blessure m'a permis de devenir celle que je suis aujourd'hui. La tendresse amollit le caractère.

Elle se sentit mieux d'avoir dit cela. C'était vrai, et elle ferait bien de s'en souvenir la prochaine fois qu'elle perdrait la tête à la vue d'un bouquet de fleurs sauvages.

— La tendresse est un si grand crime ? demanda-t-il.

Elle choisit de tenir cette question pour rhétorique. Parce qu'elle ne répondait jamais aux questions qui la compromettaient.

Ils retombèrent dans un silence inconfortable.

Elle finit par s'en vouloir de lui avoir parlé aussi sèchement. Elle avait été vraiment contente de revoir Paul Bolitho. Adam avait juste voulu être gentil.

Mais il était trop tôt pour qu'elle accepte de le reconnaître.

— Cette chaleur est insupportable, commenta-t-elle, histoire de faire la paix.

Adam s'épongea le front d'un revers de main.

— C'est étouffant. Le climat n'est guère plaisant en Cornouailles.

— Comme ses habitants, grommela-t-elle.

Il rit plus fort que ne le méritait ce trait d'esprit, comme s'il était impatient de retrouver leur bonne humeur.

— Voulez-vous que nous fassions halte quelque part pour nous désaltérer ? suggéra-t-il.

— Autrefois, il y avait une femme qui vendait des glaces, le jour de Golowan, au marché. Je me demande si elle est encore là. Tournez là…

La ville était pleine de gens occupés à acheter des victuailles et à faire des préparatifs. Elle repéra plusieurs personnes dont elle se souvenait – le vicaire, le boucher et Abby Halliwell, qui s'était mariée avec Tom Maben. Elle tira son chapeau sur ses yeux pour éviter d'être reconnue, mais personne ne lui prêta attention.

La vendeuse de glaces se tenait devant le bureau de poste, au même emplacement qu'avant. Séra sauta de la carriole, et traversa la rue pour aller acheter deux cornets de crème glacée. Elle lécha le bord du sien pour qu'il ne coule pas et se dépêcha de rejoindre Adam. Dans sa précipitation, elle trébucha sur un pavé disjoint et son chapeau tomba.

Elle s'accroupit pour le ramasser, rassemblant les deux cornets dans une seule main.

Quand elle se redressa, le baron Trewlnany la regardait depuis l'autre côté de la place, affichant une expression de profond dégoût.

Séraphina parut soudain sur le point de défaillir.

Perplexe, Adam suivit la direction de son regard. Ses yeux étaient rivés sur un bel homme aux cheveux châtains, élégamment vêtu, qui la dévisageait d'un air sombre. Il était entouré d'une grappe d'enfants aux cheveux roux.

Le plus jeune d'entre eux tira sur son bras et ce geste parut le sortir d'une transe. Il pivota et les incita à monter dans la voiture qui attendait.

La femme qui était venue saluer Séra à l'auberge sortit de la mercerie avec un paquet et grimpa dans le véhicule après eux.

Pétrifiée, Séraphina regarda l'attelage s'éloigner tandis que la glace coulait sur ses doigts. Son visage était d'une pâleur mortelle.

— Séra ? l'appela-t-il en s'avançant vers elle.

Elle sursauta comme si elle avait oublié qu'il attendait.

Elle regagna la carriole à pas lents. Il lui prit les glaces des mains pour lui permettre de monter. Elle ne dit pas un mot.

— Qu'est-ce qui ne va pas ? demanda-t-il.

— Rien, répondit-elle d'un air absent.

— On dirait que vous avez vu un fantôme.

— Juste de vieux amis, souffla-t-elle. Des gens à qui je n'avais plus pensé depuis longtemps.

Elle ne mangea pas sa glace. Elle la tint à bout de bras par-dessus le bord de la carriole et la laissa glisser le long de ses doigts. Son désarroi était si évident qu'il aurait eu mauvaise conscience de manger des friandises et il laissa également tomber la sienne.

Il détestait voir à quel point cet endroit l'avait blessée. À quel point il avait le pouvoir de la diminuer.

Il regretta de l'avoir encouragée à l'accompagner.

— Séra, dit-il, prudent, il vaudrait peut-être mieux que vous ne veniez pas ce soir. Vous êtes la bienvenue, évidemment, mais si c'est trop douloureux, vous n'avez pas à vous forcer pour nous. Les enfants comprendront.

Elle secoua la tête.

— Mais non, je viendrai. Tout va très bien.

Il était clair qu'elle n'allait pas bien. Elle se tordait si nerveusement les mains qu'il avait envie de poser les siennes dessus pour les immobiliser. Toutefois, quand il voulut la toucher, elle se déroba.

Ils regagnèrent sa maison dans un silence pesant.

— Je passerai vous chercher avec ma voiture à 19 heures, dit-elle quand ils furent arrivés. Que les enfants portent des gants, car les torches peuvent être chaudes.

— Vous êtes sûre de vouloir venir ?

Elle soupira, comme s'il mettait ses nerfs à rude épreuve.

— Je ne manquerais cela pour rien au monde, Adam.

Cela ne le rassura pas. Il eut envie de la suivre à l'intérieur pour en discuter plus longuement, mais elle franchissait déjà le seuil et sa posture suggérait qu'il ne serait pas le bienvenu chez elle.

— À ce soir, lança-t-il.

Elle hocha la tête sans se retourner.

20

Elle décida de ne pas y penser.

Ce n'était rien. Le fait que Trewlnany ait une famille n'était pas une découverte. Et le fait que ses mains n'aient pas cessé de trembler depuis qu'elle l'avait vu était ridicule.

Un quart d'heure passa et elle se révéla incapable de penser à autre chose qu'à Trewlnany et à ses quatre enfants roux. Elle décida de se servir un petit verre de cognac pour se calmer les nerfs.

Un petit verre qui ne suffit pas à faire effet. Elle s'en versa un autre.

L'alcool avait la merveilleuse faculté d'émousser le tranchant du présent.

Ce qui la laissait avec le passé.

Elle était venue ici pour le contempler, mais n'avait pas trouvé le courage d'attirer les souvenirs au premier plan de son esprit. Elle avait crié après Adam parce qu'il avait mis son courage en doute, or il avait raison : elle était lâche.

Il avait fallu qu'elle tombe sur Trewlnany pour être obligée de regarder le passé en face.

Elle se souvenait à présent.

De tout.

C'était tellement lumineux et chaud que cela lui brûlait le ventre et qu'un flot acide remontait dans sa gorge.

Elle tailla une nouvelle plume et résolut d'écrire tout ce qui lui passait par la tête.

La faute en incombait sans doute à Paul Bolitho, et pourtant c'est à son père qu'elle pensa en premier.

Toutes les filles souhaitent recevoir l'approbation de leur père, écrivit-elle. *Même quand elles ne l'aiment pas, même quand il n'existe aucun amour entre eux, elles désirent son affection. Le mien ne m'appréciait guère. J'étais une fille à la mine grave, trop grande, et je m'étais rendue coupable de la mort de sa femme en venant au monde – un crime qu'il ne parvenait pas plus que moi à me pardonner tout à fait.*

Quand mes règles se sont interrompues, j'ai su que j'allais perdre le peu d'estime qu'il avait jamais eu pour moi.

J'ai su aussi qu'il viendrait à mon secours.

Elle s'interrompit, ferma les yeux. Avala une autre gorgée d'alcool.

Car il existe une autre vérité entre les pères et les filles. Une fille ne doute jamais du pouvoir de son père. Nous grandissons dans l'idée qu'il est omnipotent, qu'il arrive juste après Dieu.

J'ai donc confessé mes péchés. Je lui ai parlé de mon amant et des promesses qu'il m'avait faites. Je croyais que mon père avait le pouvoir de s'emparer de ces aveux et de les transformer en une solution étincelante : le mariage.

Tandis que je lui révélais mon secret, j'ai vu la haine lui déformer les traits.

Pas la déception. La haine.

La pointe de sa plume ripa sur le papier, projetant un pâté d'encre. Elle s'interrompit pour l'éponger avec sa manche. L'encre s'insinua dans les ridules de son poignet.

Il m'a haïe parce qu'il savait ce qui était et ce qui n'était pas possible. Il connaissait les limites de son pouvoir. Je lui ai fait prendre la mesure exacte de son influence.

Certains actes, une fois commis, ne peuvent pas être réparés par les pères.

J'ai compris alors ce qu'être la fille d'un riche marchand signifiait vraiment.

Je n'étais pas le genre de fille dont l'honneur peut être sauvé par un mariage qui dérange.

J'étais le genre de fille à qui on offre de l'argent, pas la rédemption.

Elle repensa aux martins-pêcheurs. À sa paralysie, devant l'atelier de Paul Bolitho. Assise sous le soleil brûlant, elle s'était souvenue des quolibets et des huées qui avaient accueilli chacune de ses sorties.

Des rumeurs me concernant se sont répandues. On commentait mon comportement impudique. Ma lubricité. Des gens qui m'avaient vue naître s'écartaient de moi quand ils me croisaient dans la rue, comme si j'étais atteinte d'une maladie contagieuse.

Je voulais croire que ce n'était pas mon amant qui avait répandu ces rumeurs, mais à part mon père et moi, il était le seul à être au courant de mon état.

Il avait fait de ma passion secrète une perversion publique.

Elle n'entra pas dans les détails des raisons qu'il avait eues d'agir ainsi. Il lui avait confié des choses qui auraient pu lui porter préjudice. Elle avait promis de ne jamais les répéter et si elle était revenue sur sa promesse, elle se serait rabaissée à son niveau.

Il a détruit mon nom pour épargner le sien.

Peut-être l'ai-je laissé faire.

Après tout, qui m'aurait crue si j'avais cité son nom ? Qui m'aurait crue si j'avais dit qu'il m'avait parlé d'amour et promis le mariage ?

Pourquoi un homme tel que lui aurait-il dit ce genre de choses à une fille comme moi ?

Je suis donc passée de fille déchue à femme perdue.

Elle relut ce qu'elle venait d'écrire et s'efforça de se ressaisir en se concentrant sur les mots.

Sa prose était trop alambiquée, sans doute à cause du cognac. Elle réviserait ces pages plus tard. Elle jeta un coup d'œil à la pendule. 17 heures. Elle avait encore un peu de temps. Autant battre le fer tant qu'il était chaud. Elle dessaoulerait avec du thé très fort avant d'aller chercher les Anderson.

La solution, c'était le mariage avec un homme de quarante ans de plus que moi, un des cousins de mon père. Il me faudrait le rejoindre sur sa plantation de la Barbade et devenir la maîtresse d'une maison où trois précédentes épouses étaient mortes en couches ou de maladie. Une tante me révéla de quelle façon il traitait ses esclaves. Me mit en garde contre sa brutalité, la chaleur, les infections, l'atmosphère enfiévrée.

Quand il vint me chercher, je découvris un homme grossier, d'une ignorance crasse, et le regard qu'il posa sur moi me donna la chair de poule.

Cela suffit à me tirer brutalement de mon chagrin d'amour.

Pour sauver ma peau, je révélai la vérité sur mon état pendant le repas de fiançailles.

Elle se souvenait du poids du regard de sa famille. Du choc. De son père, qui avait fait comme si elle plaisantait.

De sa propre insistance. *J'attends un enfant.*

Le planteur était reparti furieux, hurlant qu'on l'avait trompé.

Mon père me boucla dans ma chambre et fulmina à en faire trembler la maison.

Ma tante offrit de me loger chez elle, à Londres, et de payer mon voyage en malle-poste. J'acceptai.

Le jour de mon départ fut celui où je vis mon père en vie pour la dernière fois.

Elle tremblait, son écriture était à peine lisible, et cependant elle ne pouvait plus s'arrêter.

Il n'y avait plus qu'une chose à faire : achever ce récit.

Raconter la fin de cette maudite histoire. La partie dont elle osait à peine se souvenir.

Il lui fallait davantage de cognac.

Elle vida le restant de la bouteille dans son verre.

Le sang survint trois mois avant le terme de la naissance de l'enfant.

L'enfant. C'est sous ce nom-là que j'avais pensé à elle.

Je lui en voulais de grandir en moi, vivante incarnation de ma honte qui ruait contre mes côtes et gonflait mon ventre, croissant telle une tumeur à mesure que ma culpabilité devenait visible aux yeux de tous.

Oh, elle ne devrait pas écrire cela ! C'était honteux et écœurant.

Mais n'était-ce pas l'objet de ce livre ? Témoigner du prix qu'elle avait payé ? Leur faire comprendre ce qu'on éprouve ? Comment on en vient à douter de soi, à se détester et à se croire fautive. Comment ce sentiment s'insinue en vous, au point que le jugement que vous portez sur vous-même est encore plus cruel que ce qui se murmure dans la rue.

Sa main continuait d'écrire.

Quand j'ai découvert le sang sur mes cuisses, j'y ai vu la confirmation de ce que je ressentais depuis le début. « Ce n'était pas censé se produire. »

Dès qu'elle est apparue, j'ai su qu'elle ne vivrait pas. Elle était tellement minuscule, à peine plus grande qu'une sardine. J'ai su qu'elle ne vivrait pas et, de la même façon, j'ai su que je devais la sauver.

Ma tante et la sage-femme ont voulu me la prendre, mais je les ai chassées et j'ai barricadé ma porte avec une force que je n'étais pas censée posséder. Je l'ai serrée contre ma peau nue pour lui transmettre la vie. J'ai tenté de la lui insuffler par une sorte d'alchimie d'amour, faite de prière, de lait maternel et de désespoir.

J'ai peut-être réussi.

Elle a vécu deux heures.

Séra se leva pour marcher de long en large. Son bureau ressemblait aux ruines d'une imprimerie abandonnée, entièrement recouvert de feuilles dont l'encre séchait, maculées ici et là de taches d'encre, de traces de doigts et de coulures de cognac.

Elle eut envie de déchirer les pages et de les jeter dans la mer.

Elle se rassit et reprit sa plume.

On m'a dit que c'était une bénédiction qu'elle soit morte paisiblement.

Mais je savais que c'était un deuxième châtiment. Pas pour mon crime originel d'avoir désiré cet homme, mais pour mon autre crime, à tout jamais impardonnable, de ne pas avoir voulu d'elle jusqu'à ce qu'il soit trop tard. Jusqu'à ce que mon désir soit exaucé.

Le reste de l'histoire a déjà été raconté et je ne me répéterai pas ici.

J'ajouterai cependant un post-scriptum, en guise d'illustration.

Car ce sont deux êtres qui ont fait ma fille et parrainé l'histoire de mon déshonneur. Un être dont la vie a volé en éclats et qui a tout perdu. Et un autre qui s'est marié, a fondé une famille, siège à la Chambre des communes, héritera un jour d'une fortune et aura alors sa place à la Chambre des lords.

Elle griffonna son nom alors que la pendule sonnait 19 heures.

Quand il fut 19 heures et que Séraphina ne parut point, Adam fut soulagé car les enfants, qui s'étaient chamaillés au sujet de leurs costumes, n'étaient pas prêts.

Un quart d'heure plus tard, comme Séraphina n'avait toujours pas donné signe de vie, il commença à s'inquiéter.

Lorsque la pendule sonna la demie, alors que Jasper guettait à la fenêtre d'un air inquiet, redoutant de rater la procession, Adam sentit l'irritation le gagner.

Il était sur le point d'aller chez elle pour savoir à quoi s'en tenir quand Jasper s'écria :

— Je vois la voiture !

Dieu merci. Il avait cru devoir affronter des enfants déçus et une conversation délicate avec Séraphina.

Marianne et lui firent sortir les enfants comme l'attelage approchait. Ce ne fut toutefois pas le visage de Séraphina qui apparut à la fenêtre ouverte de la portière.

— Bonsoir, monsieur Anderson, le salua Tompkins. Je crains que Mlle Arden ne soit tombée malade. Elle vous adresse ses excuses et m'a demandé de vous accompagner pour Golowan à sa place. Je suis native de Penzance, je connais bien les coutumes locales.

— Tombée malade ? répéta Marianne. Comme c'est triste ! Je devrais peut-être aller lui tenir compagnie.

Le visage de Tompkins se crispa.

Séra n'était pas malade.

— Non, elle n'aimerait pas que vous manquiez la procession par sa faute, dit-elle. Elle vous adresse ses amitiés.

Bon sang, Séra s'était débarrassée d'eux sans même avoir eu la courtoisie d'écrire !

Si Adam comprenait qu'elle hésite à paraître en public, en revanche, il ne tolérait pas que l'on joue avec les sentiments de ses enfants. D'autant qu'il lui avait suggéré de renoncer à cette sortie et que c'était elle qui avait insisté pour venir.

Ses enfants levèrent les yeux vers lui.

— On va y aller *sans* Mlle Arden ? demanda Adeline.

Elle avait récemment développé l'habitude de répéter les faits déplaisants sous forme de question, comme si cela pouvait opérer un changement miraculeux.

— Oui, mais nous allons bien nous amuser avec Mlle Tompkins, lui assura-t-il.

Il lui prit la main et l'aida à monter dans le véhicule. Puis ce fut au tour de Jasper, suivi de Marianne.

— Je vais m'asseoir à côté du cocher, dit-il.

Il préférait voir comment les choses se présentaient avant d'arriver. Si les festivités étaient aussi débridées que l'avait laissé entendre Séraphina, il ne tenait pas à plonger ses enfants dans le gros de la cohue.

Les routes étaient encombrées et la voiture dut bientôt ralentir. Tandis qu'ils approchaient de la place du village, le son des tambours, des flûtes et des chants celtiques leur parvint.

Ses inquiétudes s'apaisèrent lorsqu'il découvrit la place. Les rues étaient pleines de familles, et de nombreux participants portaient des costumes identiques à ceux que Séra avait prêtés à Jasper et à Addie.

— Voulez-vous que je vous laisse ici, monsieur ? demanda le cocher.

— Oui, arrêtez-vous devant la boutique de la modiste.

S'il s'efforçait de prêter attention aux exclamations de ses enfants à propos de diverses curiosités – des femmes qui dansaient, des hommes portant des capuchons imitant des têtes de dragon –, il n'arrivait pas à se départir du malaise que la soudaine absence de Séraphina avait suscité. Les enfants continuaient à poser des questions à son sujet, preuve qu'ils étaient plus déçus qu'ils ne l'avaient laissé paraître. Jasper insista pour qu'ils lui achètent une petite amulette celtique vendue par un homme déguisé en sorcier, afin qu'elle ait un souvenir de cette soirée une fois guérie.

Comme ils s'éloignaient de la place pour suivre la procession qui se dirigeait vers la mer, il se sentit encore plus mal. L'air sentait la poudre des torches portées par la foule qui paradait et des pétards que des garçons faisaient exploser dans les rues.

— Qu'est-ce que c'est ? demanda Addie en désignant un gigantesque mannequin d'homme couronné, assis sur un trône, que la foule hissait à bout de bras.

— C'est une effigie, lui répondit Tompkins.

— Qu'est-ce que c'est une « effigie » ?

— C'est la représentation d'une personne dont on cherche à se moquer. Une vieille tradition, expliqua-t-elle.

— Et c'est censé représenter ? intervint Jasper.

Tompkins plissa les yeux.

— Je crois bien que c'est le Roi-Soleil, un roi de France.

L'attention des enfants fut distraite par un groupe de danseurs qui passa devant eux et Tompkins leur enseigna les pas de leur danse. Comme les porteurs d'effigies se rapprochaient, la foule se fit plus bruyante, acclamant et huant tour à tour, agitant des torches bien haut. Adam étrécit les yeux afin de distinguer les autres personnages. Il y avait une effigie du général George Washington, qui avait vaincu la Couronne d'Angleterre aux colonies. Il y avait aussi un bonhomme qui devait être un politicien local et qu'Adam ne reconnut pas.

Marianne pointa le doigt vers la fin du cortège.

— C'est Mlle Arden, chuchota-t-elle à l'oreille d'Adam. Dans la procession. Un des personnages.

Oh, Seigneur !

C'était vrai. Un mannequin géant à son effigie, en robe écarlate rembourrée de paille, ondoyait au loin au-dessus de la foule. Des bouquets de longues algues séchées lui tenaient lieu de chevelure et le mot *catin* s'étalait sur sa poitrine.

— Jézabel ! lança une voix.

Quelqu'un lança un fruit pourri qui atteignit le mannequin au visage.

À la grande horreur d'Adam, quelqu'un d'autre lança une torche. Les cheveux de l'effigie s'enflammèrent. Les marcheurs s'immobilisèrent et frappèrent le mannequin contre le sol pour éteindre le feu.

La violence de cette scène – la jubilation mauvaise – lui donna la nausée.

Heureusement que Séra n'était pas venue. Il aurait détesté qu'elle assiste à cela. Les vestiges de sa colère refluèrent, remplacés par le désir d'aller la rejoindre.

— Il se fait tard, dit-il aux enfants. Allons acheter des *pasties* avant de regagner la voiture. De cette façon, nous serons rentrés à temps pour voir les feux d'artifice depuis la maison.

— Non ! protesta Addie. Je veux voir la fin de la procession.

Mais il ne tenait pas à ce que ses enfants fassent le rapprochement entre le mannequin en flammes qui se faisait huer par la foule et la dame qui était devenue leur amie.

Il leur fallut un temps fou pour acheter les chaussons et regagner la voiture. Quand ils atteignirent celle-ci, les *pasties* étaient froids et les enfants boudaient. Une fois au cottage, il annonça à Marianne :

— Je vais avec Tompkins chez Mlle Arden pour m'assurer qu'elle va bien. Laisse les enfants regarder le feu d'artifice.

Tompkins ne parut pas ravie par cette nouvelle.

— Je ne suis pas certaine que Mlle Arden appréciera d'avoir de la compagnie ce soir, monsieur. Elle doit dormir à l'heure qu'il est.

— Si elle dort, je ne la dérangerai pas.

Ils parcoururent le court trajet en silence.

— Monsieur Anderson, Mlle Arden n'apprécierait sans doute pas que je vous le dise, mais elle n'est pas malade, avoua finalement Tompkins. Elle est parfois la proie de... de sentiments tumultueux. Elle a tendance à boire plus que dc raison. Je ne pense pas qu'elle ait envie que vous la voyiez dans cet état.

— Trop tard, répondit-il, les yeux rivés sur la silhouette féminine qui se tenait beaucoup trop près du bord de la falaise, le vent malmenant sa chevelure.

— Miséricorde ! maugréa Tompkins.

Adam frappa le plafond du carrosse pour que le cocher s'arrête.

— Continuez sans moi, dit-il à Tompkins. Je la ramène.

Il appela Séraphina tout en s'enfonçant dans la nuit.

Si elle tourna la tête, elle ne lui adressa pas le moindre geste, ni le moindre sourire. Elle se contenta de reporter les yeux sur l'horizon en portant mollement le goulot d'une bouteille de vin à ses lèvres, telle une catin d'une gravure de Hogarth.

Tandis qu'il approchait d'elle, il réalisa qu'elle n'était pas elle-même.

— Séra ! lança-t-il. Reculez de là.

— Ne soyez pas pénible, répliqua-t-elle d'une voix pâteuse.

Il tendit le bras et lui prit la bouteille. Elle tenta gauchement de la rattraper tout en grommelant des protestations incompréhensibles. La bouteille était presque vide. Avait-elle bu un litre de vin à elle seule ?

Il la tira en arrière. Elle se dégagea d'un mouvement d'épaules et s'assit sur le sol. Il s'assit à côté d'elle.

— Partez.

— Séra, pourquoi faites-vous cela ?

— Quoi ?

— Boire à vous rendre malade. Toute seule.

Elle laissa échapper un petit ricanement.

— Allez-vous-en.

— Ce n'est pas prudent de rester dehors dans cet état. Laissez-moi au moins vous raccompagner.

Furieuse, elle se releva, perdit l'équilibre et tituba près du bord. Au loin, le feu d'artifice démarra, aussi pétaradant qu'une salve d'artillerie. Le feu qui embrasa le ciel se refléta dans les yeux de Séra, lui conférant l'aspect d'une possédée. Adam referma la main sur son bras et l'attira vers lui.

— Arrêtez ! aboya-t-elle. Laissez-moi tranquille.

— Séraphina, vous allez vous faire du mal, dit-il en l'entraînant à l'écart un peu trop vigoureusement.

— Si vous avez l'intention d'être une brute, dit-elle, arrangez-vous au moins pour que ce soit agréable, dit-elle en faisant glisser sa main sur sa chemise d'un air concupiscent.

Adam prit une inspiration. Son père se comportait ainsi avec sa mère quand il daignait lui rendre visite. Provocant, lubrique, peloteur, l'haleine avinée.

Retrouver sur elle la puanteur aigre du vin suffit à lui donner la nausée. Le ciel crépitait de lueurs colorées. Il eut soudain l'impression de se trouver en enfer.

— Venez vous coucher, dit-il.

— Seulement si vous me rejoignez au lit, riposta-t-elle en tendant la main vers lui.

Il se déroba.

— Pas ce soir. Vous avez besoin de dormir.

Elle posa les mains sur ses épaules. Il voulut se dégager, mais elle l'attira plus près, jouant avec le nœud de sa lavallière.

Il lui saisit fermement les poignets.

— Non, Séra.

— Oh, oui ! Faites-moi mal.

Il la lâcha.

— N'arrêtez pas, râla-t-elle. Renversez-moi et baisez-moi par terre.

Elle fit saillir sa hanche et croisa les bras dans une posture de défi. Il comprit qu'elle cherchait davantage à le choquer qu'à le séduire, pour qu'il la laisse tranquille. Et ce n'était pas l'envie qui lui en manquait. Il était bien tenté de l'abandonner à son ivrognerie.

Cependant, la proximité de la falaise l'inquiétait. Il glissa le bras autour d'elle et l'entraîna vers la maison.

— Rentrez. Vous regretterez tout cela demain matin.

— Je vous défends de m'insulter, siffla-t-elle.

— Vous insulter ? Qu'ai-je donc dit qui ne soit pas vrai ? Vous manquez à la parole que vous avez donnée à mes enfants et je vous trouve ici, non pas malade, mais complètement ivre !

— Oh, sans doute que si j'avais un enfant, je comprendrais, c'est cela ? siffla-t-elle.

— Ce n'est pas ce que je veux dire. Je sais que vous n'avez pas eu la vie facile, Séra, mais j'ai vu ce qui arrive à ceux qui préfèrent noyer leurs malheurs dans l'alcool plutôt que de les affronter. Et je vous assure que leur sort n'est pas enviable.

— Que savez-vous de mes malheurs ? Vous ne savez rien. *Rien*.

Ce n'était pourtant pas faute d'avoir essayé. Combien de fois l'avait-il interrogée sur son passé, pour ne recevoir que des réponses dédaigneuses ? Elle ne voulait pas d'un confident. Elle voulait un témoin de son autodestruction.

Et il trouvait ce rôle fatigant.

— J'ai eu ma dose de malheurs pour ne pas avoir besoin d'emprunter les vôtres, répliqua-t-il.

Elle fit la moue, tel un enfant capricieux.

— Je vous croyais *gentil*. Soyez *gentil* avec moi.

Il avait essayé. Cela n'avait rien donné.

— La chose la plus gentille que je puisse faire pour vous, répondit-il en s'efforçant de garder une voix douce, c'est d'être honnête. Je vous admire, Séraphina, mais vous voir dans cet état est difficile à supporter.

— Dans ce cas partez.

Elle se libéra et retourna d'un pas chancelant vers le précipice. Elle ramassa la bouteille qu'il avait abandonnée sur un rocher, la porta à ses lèvres et but avec autant d'élégance qu'un marin ivre. Elle revint vers lui, trébucha sur une pierre et s'affala sur le sol, un pied au-dessus du vide.

— Bon sang, arrêtez ! cria-t-il.

Il la rejoignit, lui entoura la taille du bras et la traîna à quelques pas du précipice.

— Vous cherchez à vous tuer ? hurla-t-il.

Elle marmonna quelque chose qui ressemblait à : « Qu'est-ce que ça peut vous faire ? »

— Ça suffit. Suivez-moi ou je vous porte.

Elle se dégagea brusquement et se dirigea vers le sommet de la colline. Elle tenait à peine sur ses jambes, si bien qu'elle tomba de nouveau dans un glapissement offensé.

Elle se mit à sangloter de façon pitoyable.

Il ne pouvait pas regarder.

Il n'aurait pas dû regarder.

Il détestait tout cela. Tellement.

Cela lui rappelait chaque moment affreux de son enfance. Il redoutait les visites de l'homme que leur mère appelait leur « oncle ». Cela commençait par des cadeaux dispendieux pour finir, au fil des jours, en disputes avinées. Des remarques indignées accompagnées d'une haleine rance. Sa mère implorant l'ivrogne chancelant qui, le lendemain matin, ne se souvenait même plus de la frayeur qu'il leur avait infligée.

Adam eut envie de fuir à toutes jambes.

Mais Séraphina avait raison. Il était trop *gentil*. Trop gentil pour la laisser risquer sa vie au bord d'une falaise.

Il poussa un profond soupir et fit la seule chose à faire. Il la souleva, la hissa en travers de son épaule et gravit la colline.

Elle sanglota jusque chez elle. Ses larmes ne firent qu'accroître sa colère, pourtant il la laissa pleurer. Il ouvrit la porte de la terrasse et entra. Tompkins les attendait.

Elle regarda Séra, puis Adam avec une espèce de tranquille inquiétude.

— Je redoutais qu'on en arrive là. J'avais caché le vin avant de partir, hélas, elle finit toujours par le trouver.

Il hocha la tête sans mot dire, glacé par l'absence de surprise de Tompkins. Elle lui rappelait sa mère : « J'ai jeté toutes les bouteilles, mais il en a trouvé d'autres. »

— Je vais la mettre au lit, dit-il.

21

Séra pleura amèrement quand Adam ôta les gravillons incrustés dans ses paumes.

Après plusieurs heures passées en plein vent, la maison semblait surchauffée et de vilaines rougeurs apparurent sur ses joues.

— Aïe ! cria-t-elle quand il frotta une coupure un peu trop rudement.

Elle prit plaisir à afficher un air accusateur. Il s'occupait d'elle pour montrer combien il était bon, et prouver à quel point elle était mauvaise. Sa seule présence la mettait en colère.

Elle n'avait jamais prétendu être une bonne personne.

Elle l'avait prévenu.

Elle voulait juste qu'il s'en aille.

Elle se tortilla pour échapper à son étreinte, et ne réussit qu'à se cogner contre la table de toilette.

— Peste !

Les larmes affluèrent de nouveau. Elle se laissa choir sur le sol et enfouit le visage dans le couvre-lit.

— Séra, vous me faites peur, dit doucement Adam. Vous allez vous faire mal. Je veux que vous ôtiez cette robe pour que je puisse vous mettre au lit.

— Non, gémit-elle. Allez-vous-en.

Elle le détestait parce qu'il la voyait dans cet état, et cependant une part d'elle-même voulait qu'il la voie ainsi. Enfin il comprendrait, sans que le doute soit permis, qu'il ne pouvait se permettre de gâcher son affection pour quelqu'un comme elle.

Elle était comme un oursin mort échoué sur le rivage. Dur, piquant et brillant à l'extérieur, mais qui recélait en son sein une matière molle et pourrissante, et projetait un limon infect sur ceux qui avaient la témérité de la ramasser.

— Séra, dit-il d'un ton désolé, venez ici.

Il l'attira à lui et l'étreignit. Qu'il puisse se montrer aussi gentil malgré sa colère ne fit que redoubler ses pleurs.

Sa bonté aggravait son désespoir parce qu'elle lisait clairement dans son regard qu'il en avait fini avec elle. C'était pour cela qu'elle refusait d'*essayer*. Laissez les gens vous approcher, et c'est encore plus douloureux quand ils découvrent qui vous êtes réellement.

Elle savait comment cela allait se terminer. Il allait partir et elle se retrouverait avec ce sentiment qu'elle détestait. Ce besoin désespéré d'être réconfortée.

Adam relâcha son étreinte.

— Est-ce que vous pouvez vous relever ?

Serrez-moi. Je suis tellement triste.

— Allez-vous-en, renifla-t-elle.

— Séra, que s'est-il passé ?

Ce qu'il s'était passé ? Fichue question. Et si elle lui donnait la vraie réponse ?

Voyez-vous, Adam, mon bébé est mort. Tous ceux que j'aimais m'ont tourné le dos sans m'accorder un dernier regard. J'ai tout perdu, alors qu'à lui, cela n'a rien coûté. Je ne suis toujours pas en sécurité, et c'est injuste que je sois aussi meurtrie et en colère, et que vous me regardiez comme si vous compreniez enfin que je suis irrémédiablement perdue.

— Arrêtez de me regarder comme cela ! Pourquoi est-ce que vous ne partez pas ? cria-t-elle. Partez !

Il ne cilla même pas.

— Parce qu'il faut que vous dormiez et que je ne vais pas vous laisser vous endormir par terre.

Elle bondit rageusement sur ses pieds. Elle tanguait peut-être un peu, mais par Dieu, elle tenait debout ! Elle laissa tomber son corsage par terre et sa jupe suivit le même chemin. Elle arracha son jupon et sa chemise et les lança à travers la pièce.

Elle s'avança vers lui, nue à l'exception de ses bas.

— Si vous devez rester à me regarder bouche bée, au moins baisez-moi, comme je vous l'ai demandé. Et correctement, cette fois. Renversez-moi et serrez-moi le cou jusqu'à ce que je jouisse.

Si elle avait prononcé ces mots pour l'inciter à partir, c'était cependant bel et bien ce qu'elle désirait. Du sexe brutal. Elle voulait qu'il lui tire les cheveux et qu'il l'étrangle. Qu'il se serve de son corps avec une telle violence que son esprit ne l'habiterait plus. Elle pourrait se retirer d'elle-même et se percher au-dessus du lit d'où elle se contenterait d'observer la scène.

Adam secoua la tête.

— Mon Dieu, Séra, avez-vous idée du spectacle que vous offrez ?

Il la saisit aux épaules et la fit pivoter face au miroir de sa coiffeuse. Même dans la pénombre, son aspect était désastreux. Ses cheveux étaient emmêlés, ses bas troués, et ses genoux rouges et écorchés par sa chute. Mais le pire, c'était son visage, fripé, bouffi et sali de larmes.

Étrangement, cette vision la calma.

— Oui, je vois cela, Adam. J'ai toujours su à quoi je ressemblais. Et *vous* ? Me voyez-vous enfin ?

Il ferma les yeux, comme si la regarder le rendait malade.

— Ce n'est vous que si vous souhaitez être ainsi, dit-il. Vous êtes saoule.

— En effet, je suis saoule, siffla-t-elle. Mais vous êtes un saint et je suis fatiguée de vous.

Adam pinça les lèvres. Elle vit qu'il retenait une réplique cinglante. Qu'il se contrôlait. Toujours aussi raisonnable. Elle avait horreur de cela.

— Très bien, lâcha-t-il d'un ton las. Je refuse de poursuivre avec vous dans cet état. Et si vous souhaitez boire autant, si vous ne voyez pas que vous vous faites du mal...

— Ce n'est pas moi qui me fais du mal ! cria-t-elle. Si vous aviez la moindre idée des choses qui me sont arrivées...

— Oui, des choses arrivent dans la vie, déclara-t-il d'une voix affreusement calme. Nous avons le choix entre tenter de guérir ou nous vautrer dans le désespoir. Vous avez choisi de vous détruire et je refuse d'assister à cela.

— Le sage Adam Anderson a parlé, grinça-t-elle.

Il secoua la tête, attrapa son manteau sur le dossier d'une chaise et quitta la pièce sans un mot.

Elle se jeta sur son lit et sanglota bruyamment dans l'espoir qu'il l'entende, qu'il ait pitié d'elle, et qu'il revienne sur ses pas. Elle voulait qu'il la serre dans ses bras et la console, tout autant qu'elle désirait la cuisante morsure de son mépris.

Mais il ne revint pas.

Elle pleura jusqu'à ce que ses yeux soient si douloureux qu'elle dut les garder fermés.

Et quand elle les rouvrit, le jour s'était levé.

Elle était affalée sur son lit, uniquement vêtue de ses bas. Elle avait la bouche pâteuse et sa tête pulsait avec une percutante insistance, donnant l'impression que quelqu'un se trouvait à l'intérieur et lui martelait le crâne avec un poêlon. Sa poitrine était chaude, les coupures et les éraflures sur ses genoux et ses mains la brûlaient, sa hanche lui faisait mal.

Le pire cependant, c'était le souvenir de ce qu'elle avait fait. Elle cligna des yeux, les rayons du soleil irradiant de plus en plus à mesure que des bribes lui revenaient.

Tout ce vin qu'elle avait bu. Elle avait raté Golowan. Les enfants.

Oh, mon Dieu, et Adam ! Elle l'avait repoussé alors qu'il essayait de la réconforter.

Insulté.

Elle était tombée.

Elle avait arraché ses vêtements, exigé qu'il la baise.

Séra resserra les bras autour d'elle et sanglota. Sur lui – pour ce qu'il avait dû éprouver. Sur elle-même – pour son insupportable tristesse, sa propension à la cruauté, la force terrible de sa propre rage. Elle pleura sur Elinor et Jack, sur son père. Elle pleura sur le bébé qu'elle avait perdu.

Elle pleura jusqu'à ce qu'elle ne soit plus qu'une coquille vide aux yeux brûlants.

Et puis finalement, elle cessa de pleurer.

Parce qu'elle avait compris.

Si la boisson ne la tuait pas, le désespoir s'en chargerait.

Il fallait qu'elle arrête.

Adam remonta péniblement le chemin côtier. La veille encore, il cueillait un bouquet de fleurs sauvages pour Séraphina et anticipait la douceur de leur réconciliation après leur première dispute. S'était-il vraiment tenu là, souriant comme un bienheureux, à imaginer les délices qu'ils allaient partager dans son lit ?

Son cœur se serra à la pensée de la quantité d'espoir qui pouvait se retrouver engloutie en l'espace d'une seule soirée.

Il n'y aurait plus de délices à partager.

Il avait passé suffisamment de temps auprès de personnes dépendantes de la boisson pour savoir que leur soif inextinguible ne pouvait se raisonner. Celui qui aimait un ivrogne ne serait jamais aimé de retour ; il était impossible de rivaliser avec le démon au fond de son verre.

Il avait vu sa mère perdre cette bataille. Sa conviction qu'elle pourrait faire changer son père à force de querelles et d'ultimatums avait volé en éclats chaque fois que sa soif à lui s'était révélée plus puissante que ses supplications.

Il avait de la peine pour Séraphina. Mais il ne pouvait soumettre ses enfants – ou lui-même – à la dévastation que sa soif ne manquerait pas de laisser sur le cœur de ceux qui l'approcheraient de trop près.

Et il s'était déjà approché beaucoup trop près.

Qu'elle le considère comme un ami ou un amant, il n'en était pas moins épris. Elle hantait ses rêves, ses pensées. Il se sentait plus vivant – plus audacieux, plus réfléchi, plus authentique – en sa présence. Et il ne vivait plus que pour ces instants miraculeux où il parvenait, à force de cajoleries, à lui faire entrouvrir sa coquille pour laisser voir la femme douce, tendre et lumineuse qu'elle dissimulait si jalousement.

Il s'était plu à penser qu'il pourrait profiter de cette fissure pour s'insinuer jusque dans son cœur. Et le guérir.

Et n'était-ce justement pas ce que sa mère s'était imaginé au sujet de son père ? Alors qu'elle n'avait jamais été que sa maîtresse, une femme qui l'accueillait dans son lit chaque fois qu'il venait visiter son domaine d'Écosse, aussi épouvantable qu'ait pu être son comportement lors de sa précédente visite.

Il ne répéterait pas le passé. Le prix à payer était trop élevé et ceux qu'il était chargé de protéger étaient trop précieux.

Mais il voulait une fin digne de ce nom.

Il ne voulait pas se souvenir de Séraphina Arden ivre et titubante ou nue et sanglotant sur le sol. Il voulait se souvenir de ce qui l'avait attiré vers elle – son intrépidité, sa beauté, son esprit.

Il savait qu'elle serait malade au réveil, aussi attendit-il que l'après-midi soit bien avancé avant de se rendre chez elle.

La maison lui parut étrange tandis qu'il s'en rapprochait. Toutes les fenêtres, habituellement ouvertes à la brise de l'océan, étaient fermées, et les volets de la terrasse étaient tirés, à l'exception de celui qui était dégondé et qu'il avait omis de faire réparer. Il claquait tristement au vent.

Il contourna la maison pour gagner la façade et frappa.

Personne ne répondit.

Séra se reposait peut-être à l'étage, et s'était opposée à toute visite.

Il s'apprêtait à tourner les talons quand Maria, la servante, ouvrit la porte.

— Mlle Arden est-elle disposée à recevoir des visites ? demanda-t-il.

Maria secoua la tête.

— Elle est partie. Tôt, ce matin.

— Quand espérez-vous son retour ?

— Elle est retournée à Londres avec Mlle Tompkins. Je suis là pour fermer la maison avant de rentrer par la malle-poste.

Elle est partie ? Impossible.

Maria le regardait d'un air d'attente. Il réalisa qu'il était bouche bée.

Comment pouvait-elle être partie ? Et son livre ? Peu importait son maudit livre, et *lui* ? Représentait-il si peu à ses yeux qu'elle n'avait pas même pris la peine de lui faire ses adieux ?

— Elle... elle n'a rien laissé pour moi, par hasard ? risqua-t-il. Un message ?

Alors même qu'il prononçait ces mots, il sut qu'ils étaient grotesques. Le regard de pitié dont le gratifia Maria confirma du reste cette impression.

— Non, monsieur. Je peux vous donner son adresse à Londres si vous souhaitez lui écrire.

— Non. Non, c'est très bien ainsi.

Il plongea la main dans sa poche et en sortit la petite amulette celtique que ses enfants avaient achetée pour Séraphina au marché de Golowan. Il la tendit à Maria.

— Puis-je vous charger de lui remettre ceci ? Dites-lui que c'est de la part des enfants Anderson. Un cadeau d'adieu, en remerciement de quelques semaines mémorables.

Des semaines dont leur père se souviendrait sans doute toute sa vie.

DEUXIÈME PARTIE

Extrait tiré de
La Société des Sirènes – Souvenirs
par Séraphina Arden, 1827

Relater mon histoire par écrit l'a exhumée des brumes du passé et en a souligné les détails les plus horribles.

Je ne pouvais pas vivre avec cela si près de moi.

J'ai tenté de la noyer une bonne fois pour toutes dans l'alcool. Une pinte de cognac et un litre de vin. Assez pour être étonnée de me réveiller en vie.

Et quand je me suis réveillée, je me suis sentie empoisonnée. Du vin que j'avais bu, de la douleur qui me décomposait, des choses affreuses que j'avais dites à l'homme qui tentait de me réconforter.

Je me détruisais complètement. J'étais terrifiée à l'idée de ce qui allait se produire – le scandale que mes mémoires allaient provoquer, la menace des poursuites juridiques de lord Bell. Je savais que je risquais de perdre complètement le contrôle.

Pour honorer le serment que j'avais fait le soir où Elinor avait disparu, je devais m'en sortir.

Mais je ne savais pas comment.

Je savais juste que je ne pouvais le faire seule, en Cornouailles.

Je suis retournée à St. Martins's Lane, auprès de mes chères sirènes, et j'ai sollicité leur aide. Le fait que je sois encore en vie, trente ans plus tard, est à porter au crédit de Cornelia, de Thaïs et de ma fidèle secrétaire, Jane Tompkins.

Elles ont entièrement vidé ma cave à vin. Elles ont appelé un médecin quand j'ai juré que j'allais mourir. Elles m'ont fait boire des tisanes et du bouillon.

J'ai vite changé d'avis et je me suis opposée à elles. Bénies soient-elles, elles ne m'ont pas écoutée.

Elles m'ont emmenée me promener au parc pour venir à bout de mon énergie nerveuse et elles m'ont tenu compagnie des nuits entières, quand l'envie de noyer mes souvenirs devenait si forte que je les suppliais de céder, de me laisser boire rien qu'une gorgée d'alcool pour me calmer.

Elles ne m'ont pas permis d'ignorer ma douleur ou de l'endormir. Chasse-la, m'ont-elles ordonné soir après soir. Traite-la comme un exorcisme.

J'ai arpenté ma maison, vêtue d'une chemise chiffonnée, enchaînant tasse de thé sur tasse de thé, notant des souvenirs que je n'avais jamais racontés à personne sur des bouts de papier que je m'empressais ensuite de jeter au feu. Les mots que Jonathan Trewlnany m'avait dits, quatre années durant, ses caresses, ses rires, ses promesses, ses secrets – j'ai tout brûlé. Tamsin. Mon père. Le planteur pitoyable, auquel ils avaient tenté de me marier. Du souvenir à l'encre et de l'encre au feu.

Les seuls que j'ai conservés sont les souvenirs de ma toute petite fille. Je les garde au fond de mon coffret à bijoux.

Rien de tout cela n'a aidé. Jusqu'à ce que, finalement, la guérison survienne.

J'ai été aussi choquée que les autres quand je me suis réveillée un matin, plus calme que cela ne m'était arrivé depuis des semaines, disposée à lire tranquillement le journal. Le sentiment de paix intérieure n'a pas duré, mais il m'a apporté l'espoir d'aller vraiment mieux un jour. J'ai fait davantage de promenades. J'ai bu des décoctions d'herbes. J'ai dormi comme je n'avais plus dormi depuis des années.

Petit à petit, je suis redevenue moi-même.

J'ai ressenti le besoin pressant de profiter du soleil, je me suis lavée et habillée avec régularité, j'ai pu manger sans que mes amies aient à me forcer.

J'ai commencé à envisager l'avenir sans crainte.

Cette guérison s'est accompagnée de sa propre forme de désespoir, car dans cet état de lucidité renouvelée, mon effondrement m'apparaissait pour ce qu'il était. Je voyais que la vie que j'avais construite ne me suffisait plus. Si mes idéaux étaient réels, la quête de justice ne suffisait plus à me nourrir. Les amants, le vin, le tourbillon des soirées – j'avais utilisé tout cela pour oublier la part de moi-même qui désirait ardemment des plaisirs plus doux que j'avais toujours prétendu mépriser.

J'avais eu tort au sujet de ces plaisirs plus doux ; ce n'était pas que je ne les désirais pas. Mais imaginer que je puisse les désirer me faisait encore plus peur que des oiseaux morts ou de méchantes caricatures.

Désormais, j'étais affamée de douceur.

C'est seulement à partir de ce moment-là que j'ai pu pleurer ce – ceux – que j'avais laissé derrière moi en Cornouailles.

J'ai pleuré ce qui aurait pu se passer si je l'avais rencontré des années plus tard, au lieu de le rencontrer quand j'étais sur le point de m'effondrer. J'avais l'impression que la vie m'avait joué un mauvais tour.

Nous étions alors au mois d'août.

Elinor continuait de se cacher et Bell menait la guerre contre elle dans les journaux.

Mes mémoires devaient être publiés sous quinzaine.

Je n'avais plus le temps de me languir sur ce que j'avais rejeté.

Je devais rassembler mes forces et me réjouir de ce que j'avais : mes chères, si chères, amies. Des sœurs qui s'étaient battues pour moi alors que j'avais abandonné la bataille. Qui m'avaient rappelé ce que j'étais devenue, pas seulement ce que j'avais perdu.

22

Richmond, août 1797

— Oh, je ne supporte plus les aristocrates ! soupira Séraphina en s'adossant aux coussins confortables de la voiture de Cornelia, comme s'ils avaient le pouvoir de la protéger de l'ennui de l'après-midi à venir.

Les invités qui assistaient à l'exposition annuelle de lady Westcott étaient si suintants d'arrogance qu'elle n'avait pas envie de respirer le même air qu'eux, pas même après l'effet anesthésiant de quelques verres de champagne.

Elle n'était pas sûre de pouvoir endurer cela sans être légèrement abrutie.

L'abandon de ses vices la rendait plus clairvoyante, avait-elle remarqué. Elle prenait davantage conscience de ce qu'elle n'aimait pas. Visiblement, frayer avec les aristocrates – un passe-temps qu'elle avait autrefois pratiqué avec enthousiasme – ne faisait pas partie de ses plaisirs sobres.

— Allons, allons, dit Cornelia, ces gens-là payent très cher mes peintures. Et nous devons leur rappeler que ton livre est sur le point de paraître. Plus il sera attendu, meilleures seront les ventes.

Que Cornelia ait raison n'atténua en rien les craintes de Séraphina.

— J'ai déjà mal à la nuque, rien qu'à l'idée de feindre d'être majestueuse.

— Ma chère, il est temps que tu retrouves tes repères. Qui sait ? Peut-être que tu y prendras plaisir.

Séra en doutait.

La voiture s'arrêta devant les jardins extraordinaires de lady Westcott, ornés de sculptures qui figuraient dans l'exposition. Lady Westcott patronnait plusieurs membres de la Royal Academy et les expositions qui se tenaient dans sa maison de campagne étaient fréquentées par des artistes de renom et les gens fortunés qui finançaient leur travail.

— Il faut que je voie Roarkie, reprit Cornelia. Je lui ai promis une visite privée de ma série des *Sirènes*. Si cela te dit ?

— Non. Je vais jeter un coup d'œil aux œuvres et tâcher de trouver quelqu'un dont la conversation ne me donne pas la migraine.

— Excellente idée, sourit Cornelia.

Un instant plus tard, Séra franchissait l'entrée principale de la maison. Lady Westcott se tenait au pied du grand escalier de marbre, coiffée d'un chapeau à plumes si compliqué que Séra eut du mal à croiser son regard quand elle la salua.

— Ah, mademoiselle Arden ! s'exclama-t-elle. Cela fait une éternité que nous ne nous sommes pas vues ! Milton, offrez du champagne à cette dame.

Séra secoua la tête à l'intention du domestique qui se tenait près de lady Westcott avec un plateau.

— Non, merci.

— Eh bien, mademoiselle Arden, c'est bien la première fois que je vous voie refuser un verre ! s'esclaffa lady Westcott.

Séra eut un sourire pincé. Les gens étaient vraiment impossibles.

— Je surveille ma ligne.

— Ah, vous voulez paraître sous votre meilleur jour pour la publication de votre livre ? On ne parle que de cela. Quand puis-je espérer obtenir un exemplaire ?

— Il doit sortir la semaine prochaine.

— J'en salive d'avance.

— Vous êtes trop aimable.

— Je vous souhaite de passer un bon moment. Les œuvres de Mlle Ludgate sont dans la galerie ouest. Elle expose un portrait de vous. Je le trouve très réussi.

— Ah. Il faut que j'aille vérifier qu'elle ne m'a pas ajouté des poils au menton.

Séra traversa lentement le vestibule donnant sur la galerie, saluant les gens d'un geste de la main ou d'un hochement de tête, mais ne s'arrêta pas pour bavarder. Elle regrettait d'avoir laissé Cornelia la convaincre de venir. Après un mois d'isolement, elle ne se sentait pas de taille à mener une conversation brillante.

Mademoiselle Arden, où étiez-vous passée ?

J'écrivais mes mémoires et j'ai traversé une crise, après avoir permis à mon intempérance de devenir une manie et passé un mois à lutter pour réussir à sortir de mon lit.

Mieux valait s'abstenir de parler.

Elle repéra la nouvelle série de Cornelia. Elle s'intitulait *La Société des Sirènes*. Quatre portraits de Thaïs, Cornelia, Elinor et elle-même affichant une mine studieuse et fâchée. Les bénéfices permettraient à Elinor de continuer à se cacher.

Une petite foule se massait devant la série et Séra se rapprocha.

Elle découvrit Adam Anderson parmi eux, étudiant son portrait.

Elle cessa de respirer.

Que diable fait-il là ?

Ses mains devinrent soudain moites. Elle tâcha de les essuyer sur sa robe.

Oh, Seigneur ! Elle avait été odieuse avec lui. Et quand sa servante lui avait remis ce petit pendentif de la part de ses enfants, elle avait passé des semaines à tenter de trouver les mots pour le remercier – et s'était retrouvée complètement démunie.

Finalement, elle ne lui avait pas écrit.

Elle éprouvait un pincement de culpabilité chaque fois qu'elle voyait le pendentif sur sa coiffeuse. Il lui apparaissait comme un reproche à son sale caractère.

La plupart des observateurs s'éloignèrent, mais Adam s'attarda. Il était élégamment vêtu, ses yeux étaient cernés et il semblait plus mince qu'il ne l'était un mois plus tôt. Le plus frappant, c'était sa posture – voûtée, presque comme s'il souffrait.

Il se retourna et regarda autour de lui comme s'il cherchait à repérer des visages familiers.

Il n'est pas dans son élément.

Soudain, son regard croisa le sien. Il se figea, cligna des yeux, l'air si tendu que Séra ne put retenir une grimace de compassion.

Devait-elle aller vers lui ?

Non. Il ne devait pas avoir envie de lui parler.

Mais cela ne paraîtrait-il pas grossier de ne pas le faire ?

Elle se força à lever la main pour lui faire signe, releva les coins de sa bouche dans un simulacre de sourire, et s'avança.

Il se raidit à son approche. Ses épaules se soulevèrent légèrement, comme si elle était un ours qu'il redoutait d'irriter.

Ce qui, vu son comportement lors de leur dernière entrevue, n'était pas totalement immérité.

Mon Dieu. Le cœur de Séra palpitait dans sa gorge comme si elle avait bu quatre tasses de thé très fort d'affilée.

— Adam, dit-elle en veillant à ce que sa voix ne trahisse pas son désir de rejoindre à toutes jambes la voiture de Cornelia, où elle pourrait fondre en larmes sans être vue.

Elle battit exagérément des cils.

— Vous étiez en train de m'admirer ?

Elle avait cherché à se moquer d'elle-même – à être amusante –, mais il se contenta de la détailler longuement d'un regard dur et dépourvu d'humour.

— C'est un très beau portrait, répondit-il finalement. Toute la série est remarquable.

— Certes. Cornelia n'a toutefois pas réussi à me rendre aussi jolie que le croquis que vous aviez fait en Cornouailles. D'un autre côté, elle a eu davantage de temps pour constater combien je suis déplaisante.

Les yeux d'Adam étincelèrent de colère. Elle avait voulu se montrer charmante, faire allusion à leur histoire d'un ton vaguement désabusé, mais elle avait mal dosé son effet et avait semblé désinvolte – comme si elle tenait son croquis pour une plaisanterie. Ou, pire, comme si elle faisait peu de cas de l'odieux comportement qu'elle avait eu avec lui.

Or ce n'était absolument pas le cas. Elle était morte de honte.

Elle avait conservé son dessin. Elle l'avait rangé dans un tiroir et s'efforçait de ne pas céder à la tentation de le regarder plus d'une ou deux fois par semaine – tout en ayant l'impression d'être la femme la plus stupide du monde.

Il reporta les yeux sur son portrait.

— Vous n'êtes pas déplaisante, dit-il en l'étudiant. Vous semblez intelligente et féroce. C'est ressemblant.

Elle tressaillit violemment.

Elle n'avait pas volé ce commentaire, et pourtant elle ressentit le besoin urgent d'échapper à la honte qui crépitait en son sein. Elle gratifia Adam d'un sourire qu'elle espérait naturel.

— Qu'est-ce qui vous amène ici ? J'ignorais que vous connaissiez lady Westcott.

— Je ne la connaissais pas. Votre amie, Mlle Ludgate, m'a écrit pour me proposer d'inclure mon travail dans son exposition. C'était fort aimable de sa part.

Cornelia l'avait invité ? Et elle n'avait pas pensé à l'en informer ? La traîtresse !

— Ah, souffla Séra.

Il fourra les mains dans ses poches et elle devina que sa présence le mettait mal à l'aise. Elle ne put cependant se résoudre à trouver un prétexte pour prendre congé.

— Vous allez bien ? s'enquit-elle d'une voix trop haut perchée.

— Je vais bien, répondit-il d'un ton atrocement las. Et vous ?

— Moi aussi, très bien.

Non, je suis en vrac depuis que je vous ai rencontré. Vous me manquez sauvagement. Qu'avez-vous donc libéré en moi ?

Mais elle ne pouvait pas dire cela à un homme qu'elle avait fui sans un mot d'excuse ni un adieu. Elle avait l'impression que sa culpabilité formait un lac dans lequel elle faisait du surplace avec des briques attachées aux chevilles, en tentant désespérément de ne pas se noyer.

— Bien, je vais vous laisser poursuivre votre visite, dit-elle.

Il poussa un soupir.

— Qu'est-on censé faire au juste ? Je ne sais vraiment pas pourquoi je suis ici.

Elle eut un sursaut d'espoir. *Tu sais comment cela fonctionne. Aide-le à se sentir à l'aise. Présente-lui du monde.*

Elle balaya la salle du regard et aperçut Cornelia qui discutait avec M. Roarke, le collectionneur d'art. Elle leur adressa un signe de la main et ils approchèrent.

— Ah, monsieur Anderson, je suis si heureuse que vous soyez venu ! s'exclama Cornelia avec chaleur. Je disais justement à M. Roarke tout le bien que je pense de votre folio. L'esthétique s'y marie merveilleusement avec l'utilité du projet. Et quel sens du mouvement !

— Savourez ce compliment, car Mlle Ludgate ne se laisse pas facilement impressionner, assura M. Roarke. J'aimerais beaucoup voir votre travail, monsieur Anderson. Peut-être pourriez-vous me le montrer ?

Adam conduisit Roarke vers ses dessins et Séra agrippa le bras de Cornelia.

— Tu n'as pas jugé utile de mentionner que tu l'avais invité ? siffla-t-elle.

— Je craignais que tu ne viennes pas si tu le savais.

— Oui, *exactement*.

— J'ai pensé que cela te ferait du bien de lui parler.

— Pour lui dire quoi ?

— Que tu es *désolée*, répondit Cornelia en pinçant les lèvres. Avec ta permission, je dois aller saluer mes admirateurs.

Séra regarda son amie s'éloigner, bouillonnant de rage.

Bien sûr qu'elle était désolée. Cela n'allait-il pas de soi ?

Adam voudrait-il seulement écouter des excuses ?

Elle lui coula un regard. Roarke s'était éloigné et il étudiait ses ongles près d'une plante en pot. Le pauvre. Il n'était vraiment pas fait pour les mondanités.

Elle croisa le regard de lord Edward Graves, vicomte de Masden, qui avait récemment hérité de son titre. Quand il lui sourit, elle l'emmena vers Adam en suggérant qu'il pourrait avoir besoin d'un architecte pour embellir son domaine. Elle veilla à disparaître sitôt que la conversation fut engagée. Mais quand Masden le quitta, elle s'empressa de présenter Adam à Josiah Hewbridge, un fabricant de céramique qui envisageait de construire de nouvelles usines à Londres, ainsi qu'à lord Fallenway, un membre du Conseil royal d'architecture.

Elle fut presque déçue quand, moins désorienté, il commença à circuler parmi la foule. De toute évidence, elle n'avait plus de raison de rester près de lui.

Elle sortit s'asseoir au soleil pour attendre Cornelia.

Peu après, Adam sortit de la maison en compagnie d'un autre homme. Il la remarqua et s'arrêta.

Elle agita la main pour lui dire au revoir, soulagée qu'il s'en aille.

Il adressa quelques mots à l'homme, pivota et se dirigea vers elle.

Oh, non !

Avait-il cru qu'elle lui faisait signe d'approcher ? Ils avaient déjà épuisé toutes les politesses d'usage. Que pourrait-elle lui dire d'autre ? Qu'elle était inquiète de le voir si fatigué ? Et que même ainsi, il était si beau qu'elle ne pouvait le regarder sans rougir ?

Qu'il lui manquait toujours ?

— Mademoiselle Arden, dit-il, vous voilà. Je vous ai cherchée à l'intérieur pour vous dire au revoir.

Était-ce un reproche qu'elle percevait dans sa voix ? Ou simplement de la tristesse ?

— Toutes mes excuses. J'avais besoin d'air.

Il demeura silencieux. Elle se creusa les méninges pour trouver autre chose à dire.

— J'espère que cet après-midi vous aura été profitable.

Il eut un sourire mélancolique et elle espéra n'y être pour rien.

— Elle l'a été, répondit-il. Merci d'avoir fait ces présentations. Mais je pense avoir assez entendu mes propres pensées sur les portiques pour la journée. Je n'ai jamais été très doué pour parler de mon travail.

Elle rit, soulagée de le sentir plus amical que dans la galerie.

— Je connais cela. Chaque fois que je fais des tournées de conférences, je suis fatiguée par mes propres opinions à la fin de la journée.

— Je doute que vos opinions soient jamais fatigantes, mademoiselle Arden, commenta-t-il avec un sourire timide.

Mlle Arden. Il avait pris soin de ne pas utiliser son prénom. Cela l'attrista. Comme s'ils n'avaient jamais été intimes.

— Vous êtes trop gentil, dit-elle en soutenant son regard. Cela dit, je suppose que vous l'avez toujours été.

Il déglutit et détourna les yeux.

Dis-le. Maintenant, Séraphina. Avant qu'il s'en aille.

Elle se leva et débita les mots précipitamment avant de perdre courage.

— Adam, je tiens à vous présenter mes excuses pour la façon dont je me suis comportée en Cornouailles.

Une expression alarmée se peignit sur ses traits.

— Oh, non, ne parlons pas d…

Elle pressa les mains l'une contre l'autre devant sa poitrine, comme en un geste de prière.

— S'il vous plaît, Adam. Je suis tellement désolée. Je ne demande pas l'absolution, je ne la mérite pas. J'avais traversé des jours difficiles, ce qui n'excuse rien. Je regrette d'avoir déçu vos enfants. Je regrette les choses que je vous ai dites. Je regrette de vous avoir… palpé comme une femme lubrique quand vous ne le souhaitiez pas. Et je vous suis tellement reconnaissante d'avoir pris soin de moi avec tant de bienveillance ce dernier soir. Je déteste me souvenir du comportement que j'ai eu.

— Séra…

Elle secoua la tête.

— Et je n'ai jamais remercié vos enfants pour l'amulette. J'ai été profondément touchée par ce cadeau. J'avais l'intention de vous écrire, mais j'étais… malade à mon retour et je crois que je me sentais si humiliée que je n'ai pu m'y résoudre.

S'il garda le silence, sa gorge remua comme s'il gardait là une émotion qu'il ne pouvait, ou ne voulait pas, exprimer.

Il ne s'était jamais retenu devant elle auparavant. *Est-ce moi qui vous ai rendu ainsi ?*

— Adam, j'ai apprécié de passer du temps avec vous, même si je n'ai pas su vous le montrer.

Il déglutit et parvint à esquisser un sourire.

— Moi aussi.

Pourquoi ces mots la dévastaient-ils davantage que ne l'aurait fait sa colère ?

Il était sur le point de s'incliner pour prendre congé d'elle, elle le vit aux mouvements de son cou, et elle posa la main sur son épaule.

— Je ne sais pas si c'est trop tard et je sais que je ne le mérite pas, mais je me demande si vous souhaitez toujours être mon ami.

Il ferma les yeux. Quand il les rouvrit, le cœur de Séraphina se serra, car elle lut sa réponse dans son regard.

Non.

Elle laissa retomber sa main et la glissa dans sa poche, comme pour la mettre à l'abri d'une autre blessure.

— Je suis navré, dit-il avec douceur. Je suis extrêmement pris par mon travail. Je suis très heureux de voir que vous allez bien. Toutefois, je crains de devoir partir. Nous devons regagner Londres ce soir.

Elle hocha la tête et se força à sourire.

— Bien sûr. Bonne route.

Elle resta là, seule, étourdie.

Elle méritait d'être rejetée. Elle avait réussi ce qu'elle avait précisément cherché à faire le soir où elle l'avait chassé : elle avait détruit le respect qu'il avait pour elle en une heure, pour éviter d'avoir à le perdre, inévitablement, petit à petit.

Il n'empêche, cela faisait mal.

Parce qu'il y avait eu quelque chose de grave, de définitif et d'*utile* dans le fait qu'Adam ne lui ait pas trouvé d'excuse quand elle s'était effondrée. Il avait tiré un trait sur elle et lui avait clairement dit qu'il ne voulait pas continuer avec elle si elle se mettait dans cet état.

Elle avait eu besoin de l'entendre. D'une certaine façon, l'idée qu'il la croie capable de mieux l'avait fortifiée.

Il était donc logique qu'il s'en tienne à ce qu'il avait dit.

Logique qu'elle l'ait perdu.

Cependant, la prochaine fois qu'un homme *gentil* voudrait partager avec elle autre chose que son lit, elle veillerait à ne pas affûter son cœur tel un poignard.

Elle *essaierait*.

Elle s'était toujours vantée d'être une femme qui vivait sans regrets.

Mais elle regrettait Adam Anderson.

Adam s'assit à sa table à dessin. Le premier volume des mémoires de Séraphina Arden était posé sur les plans qu'il était censé corriger ce jour-là. Le livre, qui était paru la semaine précédente, avait plongé Londres dans un véritable délire qu'il s'était efforcé d'ignorer. Le second volume, qui promettait de révéler le nom de l'homme qui l'avait déshonorée, devait paraître la semaine suivante et Londres bouillonnait de spéculations sur l'identité de son odieux amant. Ce matin-là, alors qu'il se rendait à son cabinet, il avait entendu un groupe de femmes d'âge mûr discuter à mi-voix, se demandant s'il ne s'agissait pas de George III ou de William Pitt le Jeune, le chancelier de l'Échiquier.

Fatigué de n'en entendre parler que par ouï-dire, il était allé acheter le volume sur-le-champ. Alors qu'il avait eu l'intention de le commencer avant d'aller se coucher, il l'avait ouvert dès son arrivée au cabinet et l'avait lu d'une traite.

Si elle avait dit que son livre le ferait pleurer, elle n'avait pas dit que c'était parce qu'il s'agissait d'une histoire d'amour. Il relut le passage qui l'avait particulièrement touché.

Ce premier jour sous le pont, étendu sur la berge, il tissa pour nous un avenir merveilleux. Mariage. Enfants. Un titre. Une vie bien au-delà des attentes liées à ma naissance, à mon apparence, à mon charme discutable. Des promesses qu'une fille a appris à espérer, tout en redoutant qu'elles ne se concrétisent jamais – à l'époque, on m'avait fait comprendre que je pourrais m'estimer heureuse si je n'en recevais qu'une fraction. Comment aurais-je pu contester ce qu'il exigeait de moi quand il me promettait tout cela ?

Comment aurais-je pu, moi, la fille terne et trop grande d'un homme du peuple, repousser un homme qui m'appelait sa Magicienne, parce qu'il disait que je lui avais jeté un sort et que je le rendais prodigieux ?

Aujourd'hui, vous lisez ces mots et ils vous font sourire. Encore une histoire de fille sans jugeote qui gâche sa vie pour des flatteries et de fausses promesses. Plus d'ambition que de vertu. Plus de vanité que de bon sens.

Cependant, s'il vous avait regardé comme il me regardait, comme si j'étais un trésor d'une rare beauté, auriez-vous eu la force de deviner le mensonge ?

Car le désir dont il parlait – celui que reflétaient ses yeux – était bien réel.

Et je ressentais la même chose.

Il ne se trompait pas quand il disait voir luire en moi une étincelle qui pouvait donner naissance à un feu.

Il disait brûler d'amour pour moi, or c'est toute mon existence qu'il a incendiée. Mais il ne s'était pas trompé quand il a senti le feu couver sous la cendre à l'intérieur de moi.

Le mensonge consistait à taire que ce feu, une fois allumé, brûlerait tout ce qui m'entourait.

Il n'était qu'un imbécile. Durant tout ce temps, quand Séra avait insisté pour maintenir une frontière entre ses amants et son cœur, il s'était imaginé qu'il s'agissait d'un art de vivre sophistiqué qu'il n'était pas assez cultivé pour comprendre.

Il n'avait pas envisagé l'explication la plus simple : que son cœur ait été brisé.

— Anderson, regarde ce que nous venons de recevoir !

Adam leva les yeux de son livre et s'efforça de ne pas jeter un regard trop noir à Mayhew, qui dansait presque la gigue pour attirer son attention.

— Qu'est-ce que c'est ? soupira Adam.

Il était si fatigué. Perpétuellement fatigué, ces derniers temps.

D'un geste aussi solennel qu'un évêque couronnant un nouveau roi, son beau-frère lui tendit un carton d'invitation luxueux sur papier gaufré.

Le marquis de Pendrake convie les architectes Anderson et Mayhew à présenter au Cabinet parlementaire des ouvrages architecturaux leur projet pour la construction de l'arsenal de la Marine royale.

Adam sourit, avant de découvrir la longue liste d'amendements au projet qui devait être soumis pour révision avant l'entretien, fixé deux semaines plus tard.

— Tu es un vrai génie ! s'exclama Mayhew en lui appliquant une claque dans le dos. Tu as réussi ! Nous avons un pied dans la place !

Adam s'efforça de ne pas laisser paraître sa fatigue à la pensée du surcroît de travail que cela impliquait. L'élaboration de la version préliminaire l'avait déjà presque tué. Cela faisait un mois qu'il dormait à peine. Et il allait devoir travailler encore plus pour honorer cette nouvelle requête. En aurait-il seulement la force ?

— Folke présente un projet, lui aussi – et il doit y en avoir d'autres, dit Mayhew. La compétition promet d'être rude. Mais nous *pouvons* gagner, Anderson, ajouta-t-il en se mettant à arpenter la pièce. Nous tenons notre chance ! Celle dont nous rêvions. N'es-tu pas content ?

— Si, si. Très content.

Il l'était vraiment.

Il allait toutefois devoir recruter une poignée de dessinateurs supplémentaires pour réviser les plans dans les délais, ce qui impliquait de solliciter de nouveaux prêts pour les rétribuer alors qu'ils étaient déjà en retard pour payer des dessinateurs actuels – et il était de surcroît épuisé.

— Tu sembles tourmenté, observa Mayhew.

— Je ne le suis pas. Je fais des calculs. Il nous faudra trois dessinateurs de plus pour les deux semaines à venir. Il faudra compter dans les…

Adam s'interrompit, le temps de calculer mentalement la somme.

Mayhew s'assit.

— Épargne-moi ces détails, Adam. Tu trouveras l'argent – tu y parviens toujours. C'est pour arriver à cela que nous avons tellement travaillé. Je te trouve bien rabat-joie.

Il tendit la main pour se saisir du livre qu'Adam était en train de lire.

— *Mémoires d'une débauchée* ? soupira-t-il. Par pitié, ne me dis pas que toi aussi, tu as succombé à la « Séraphilie » ?

— Je tenais à me faire une idée par moi-même. J'ai fait sa connaissance en Cornouailles. Elle vit à côté de chez Tregereth.

Mayhew se rembrunit.

— Oui, j'ai vu que tu parlais avec elle chez lady Westcott. Tu devrais mieux choisir tes fréquentations, Adam. Pendrake n'a aucune patience avec le parti des Whigs et on dit que cette femme fréquente tout un tas de séditieux.

Les sentiments d'Adam concernant Séraphina Arden étaient si chaotiques qu'il supportait à peine d'y penser ; pour autant, il avait la certitude qu'elle n'était pas une séditieuse.

— On ne peut pas vraiment qualifier la volonté d'apprendre à lire aux jeunes filles d'atteinte à la sûreté de la Couronne.

Mayhew, qui se souciait fort peu de politique, leva les yeux au ciel.

— C'est une question de respectabilité. La fréquentation des gens de son espèce n'est pas à conseiller.

— *De son espèce ?* releva Adam.

Il avait très bien compris ce que voulait dire son beau-frère. Il n'empêche que le jugement que ce dernier se permettait de porter l'irritait.

— Tu sais bien. Les intellectuels jacobins, précisa Mayhew. Ils s'opposent au gouvernement et nous avons besoin du soutien de tous les pairs que nous pourrons trouver si nous voulons prospérer, ajouta-t-il avec un regard entendu.

La dette qu'Adam avait envers lui n'était jamais très loin dans leur esprit. En outre, depuis leur arrivée à Londres, Mayhew avait à cœur de paraître plus anglais qu'un Anglais. Adam comprenait ses motivations, mais l'idée de se faire passer pour ce que l'on n'est pas dans l'espoir d'être bien vu lui déplaisait.

Même si c'était ainsi que les choses fonctionnaient.

— Ne t'inquiète pas, James, je pense que je peux lire un livre en privé sans que cela m'incite à aller en conseiller publiquement la lecture à Pendrake.

Mayhew gloussa.

— Veille juste à ne pas corrompre les enfants de ma sœur avec tes lectures.

Il avait beau savoir que son beau-frère plaisantait, son commentaire l'agaça.

— C'est à moi qu'il revient de décider de ce qui convient ou non à mes enfants, James.

Son ton laissa Mayhew interloqué.

— Je crois que cela me concerne également. Je suis leur parrain et leur oncle.

— Et je suis leur père.

Mayhew croisa les bras et soupira. Cette conversation revenait sur le tapis presque chaque mois. Mayhew conseillait à Adam d'envoyer ses enfants chez sa propre mère, à Édimbourg, pour qu'ils grandissent avec leurs cousins. Ou bien il conseillait à Adam d'engager une gouvernante au prétexte que Marianne avait une mauvaise influence sur les enfants du fait de ses opinions peu conventionnelles. Cela irritait profondément Adam.

Le père de Mayhew ne s'était jamais soucié qu'Adam vienne d'un autre milieu dès lors qu'il était en mesure de subvenir aux besoins de sa famille. Mais le vieux Mayhew était mort, et après le décès de Catriona, sa famille s'était mise à considérer Adam d'un œil suspicieux. Comme s'il risquait de faire de ses enfants des gens qui ressembleraient davantage à ses propres parents qu'à leur mère. Comme s'il n'était pas capable de déterminer ce qui était le mieux pour eux.

Si Adam aimait les Mayhew, il aurait toutefois aimé leur être moins redevable, afin de pouvoir tracer une frontière plus nette entre eux sans passer pour un ingrat.

— Tu t'es montré particulièrement insupportable depuis ton retour de Cornouailles, observa Mayhew.

— J'étais débordé, James. Essaye d'abattre six mois de travail en six semaines, et nous verrons si cela te rend affable.

— Charmant. J'imagine que ce que je fais ne sert à rien.

Adam ferma les yeux et se massa les tempes.

— Je suis désolé. Je ne voulais pas me montrer critique. Je n'ai pas tellement le moral. Ne fais pas attention à moi.

À dire vrai, il n'avait plus le moral depuis que Séraphina l'avait fui, en Cornouailles. Chaque soir, il était allé jusqu'au portail de sa maison pour arracher rageusement les caricatures que l'on s'obstinait à y accrocher.

Pour tâcher de comprendre ce qui l'avait poussée à partir sans un au revoir.

Pour tâcher de ne pas laisser transparaître sa colère devant ses enfants.

Pour tâcher de l'oublier.

— Eh bien, repose-toi, lui conseilla Mayhew en lui tapotant le dos. Nous avons une compétition à gagner.

Adam se leva.

— Tu as raison, dit-il. Je vais rentrer à la maison.

Il récupéra le livre de Séraphina, le glissa dans sa sacoche, roula ses plans et souffla les lampes.

Tandis qu'il remontait la rue dans le jour tombant, il repensa à l'histoire de Séraphina. Elle s'était efforcée d'apparaître dépourvue d'émotions en Cornouailles. Il lui avait fallu du temps pour comprendre qu'elle n'était pas aussi insensible qu'elle voulait le faire croire.

Mais son terrible récit faisait mentir sa réserve.

C'était un testament nostalgique à la jeunesse et au désir, un questionnement sur les aspirations perverses et destructrices du cœur. Rouvrir de telles blessures afin d'améliorer les hommes aurait demandé du courage à n'importe quel auteur. De la part d'une femme comme Séraphina – qui n'aimait pas regarder en arrière, reconnaître qu'elle avait été meurtrie, et qui détestait paraître vulnérable –, ce n'était pas du courage, c'était de l'héroïsme.

Mayhew avait tort de penser que son livre avait le pouvoir de corrompre. Ce récit était un cri de défense en faveur de l'humanité, face aux attentes liées à sa condition. Adam ressentait cela puissamment, l'injustice qu'il y a à vouloir davantage que ce à quoi le monde estime que vous avez droit.

Il aurait aimé pouvoir le lui dire.

Il ne le pouvait pas, bien sûr. Pas après cet instant effroyablement embarrassant où il avait refusé son amitié.

Il avait eu le sentiment de ne pas avoir d'autre choix que de décliner. Elle s'était montrée aimable chez lady Westcott, mais son père aussi avait été capable de gentillesse dans ses bons jours. Lui faire confiance dans ces moments-là ne servait qu'à se faire écraser de nouveau quand la lumière en lui était de nouveau engloutie par les ténèbres.

Adam était trop méfiant pour prendre un tel risque.

En revanche, s'il lui écrivait pour lui dire qu'il admirait son travail, peut-être lui manquerait-elle un peu moins ?

Sa maison était plongée dans l'obscurité quand il y entra. Il gagna son bureau, alluma une chandelle et tailla une plume avant de se lancer dans l'écriture d'une lettre à Séraphina Arden.

23

Séraphina fut réveillée par un gémissement – c'était Thaïs et il ne s'agissait pas d'un gémissement de plaisir.

Depuis son retour, Thaïs avait élu résidence chez elle et s'était installée dans la chambre d'amis afin de veiller sur elle. Séra alla frapper à sa porte.

— Tu es souffrante ? s'enquit-elle.

Le bruit qui lui parvint en réponse lui évoqua celui qu'émettrait un hérisson s'il tentait d'accoucher d'un poulain.

Elle ouvrit aussitôt la porte.

— Thaïs, que se passe-t-il ?

Allongée sur son lit, son amie pressait une bouillotte sur son ventre, les pieds à plat contre le mur, et se tordait de douleur.

— Pour l'amour du ciel, que fais-tu ?

— J'ai mes règles, gronda Thaïs. C'est comme si le diable se tordait à l'intérieur de moi. J'ai l'impression qu'il me déchire les entrailles.

Séra s'assit près d'elle.

— Oh, ma pauvre ! Est-ce que je peux faire quelque chose pour toi ?

— Emmène-moi dans le jardin et tire-moi une balle entre les deux yeux.

— Te contenterais-tu d'une tasse de thé ? gloussa Séra.

— Non. Laisse-moi mourir en paix. Je veux être enterrée près de la mer.

— Je vais aller te chercher un remède chez l'apothicaire, déclara Séra en lui tapotant la main.

Thaïs ferma les yeux et gémit. Séra sortit, referma la porte et resta immobile dans le couloir. Sa peau était tendue, rêche et brûlante.

Ses règles. Bon sang, à quand remontaient les siennes ?

Elle avait saigné en Cornouailles. Elle compta les semaines sur ses doigts. Cela remontait à plus de deux mois. Elle se retint de s'affaler sur le sol, prit appui d'une main contre le mur, respira profondément et regagna sa chambre. Elle chercha dans ses affaires le calepin où elle notait ses menstrues chaque mois.

Aucune marque depuis le mois de juin.

Cela dit, juillet s'était perdu dans un brouillard d'émotions. Elle les avait peut-être eues et avait oublié de le noter. Sauf qu'elle n'oubliait *jamais*. Et quand bien même, n'aurait-elle pas dû déjà saigner, ce mois-ci ?

Oh, Seigneur, si elle était...

Respire.

Elle n'attendait pas d'enfant. Elle n'avait aucun des symptômes qu'elle avait ressentis la première fois. Pas de nausées matinales, pas de vertiges, pas de fatigue.

Et le seul homme avec qui elle avait couché, c'était Adam Anderson. Une seule fois. Et le menu incident qui était venu troubler leurs précautions n'avait pu suffire à...

Non. Ses règles seraient là dans les tout prochains jours. Pas question de perdre la tête et de s'inquiéter pour rien. Elle avait bien trop à faire.

Elle s'habilla et descendit au rez-de-chaussée. Elle espérait un message d'Elinor dans lequel elle lui dirait comment elle survivait dans le cottage du Surrey où ils avaient trouvé refuge. Elle trouva quatre lettres de lecteurs auxquelles elle répondrait plus tard, une pile de factures dont Tompkins s'occuperait. Au bas de la pile se trouvait une lettre dont elle reconnut l'écriture.

Elle n'était pas superstitieuse, mais sa première pensée fut que si sa belle-mère avait vu cette lettre, elle se serait signée en déclarant que c'était un signe. Ses doigts tremblaient quand elle la décacheta.

Chère Séraphina,

J'ai lu le premier volume de vos mémoires. Je l'ai trouvé profondément émouvant, et savoir que vous rédigiez cette histoire à l'époque où nous nous sommes connus m'a fait regretter de ne pas avoir été capable de partager ce fardeau avec vous.

J'aurais aimé vous connaître vraiment.

Un jour, quand ils seront assez grands, je donnerai ce livre à Adeline et à Jasper afin qu'ils sachent que la gentille dame aux belles robes de leurs souvenirs était une philosophe qui a fait valoir ce qui était juste, quitte à le payer très cher.

Je regrette d'avoir réagi froidement à vos excuses chez lady Westcott. La vérité, c'est que les jours que j'ai passés en votre compagnie comptent parmi les plus heureux de ma vie. Je ne peux m'empêcher d'y repenser sans souhaiter que les choses se soient terminées autrement entre nous.

Vous avoir perdue me diminue.

Vous pourrez toujours me considérer comme un ami.

Bien à vous,

Adam Anderson

Séraphina relut la lettre trois fois.

Son écriture, régulière, masculine et élégante, lui donnait l'impression de se trouver de nouveau en Cornouailles, assise au soleil, tandis qu'il dessinait son portrait.

Fermant les yeux, elle imagina ce qui aurait pu se passer si cette journée s'était terminée différemment. Si leur aventure s'était poursuivie tranquillement, ils se seraient vus durant ces quelques semaines au bord de la mer, Adam aurait été gentil, elle aurait *essayé*.

Elle l'imagina dans un lit, auprès d'elle, pendant les longs après-midi d'été, leur peau tiède rafraîchie par la brise entrant par la fenêtre ouverte. Elle imagina le parfum des embruns, les heures languides dans la chaleur, sans nulle autre pensée que le plaisir de le sentir près d'elle.

J'aurais aimé vous connaître vraiment.

Elle plongea sa plume dans l'encrier.

Cher Adam,

Je vous remercie pour vos mots si gentils. Ils me touchent énormément.

Mais ce sentiment, pour aussi vrai qu'il fût, semblait dérisoire. Devait-elle dire qu'elle ressentait la même chose ? Que lorsqu'elle se tordait sur son lit à Londres, exsudant le poison de ses veines, elle avait trouvé l'apaisement en pensant à sa voix ? Qu'elle n'arrivait pas à se défaire de l'idée d'avoir détruit quelque chose de tendre et de vivant qui se déployait entre eux ? Qu'elle regrettait – oh, comme elle le regrettait ! – d'avoir anesthésié ses sens face à tant de délicatesse ?

Non. C'était beaucoup trop.

Si elle interprétait le ton chaleureux de sa lettre un peu trop à sa guise, cela donnerait l'impression qu'elle demandait davantage qu'il n'était disposé à offrir. La lettre d'Adam n'était-elle pas rédigée au passé ?

Cela dit, s'il avait jugé bon d'écrire *vous avoir perdue me diminue*, il devait sûrement…

Non. Il n'avait pas écrit *je veux vous retrouver*.

Elle avait déjà plus qu'abusé de sa gentillesse. C'était très généreux de sa part de lui accorder son pardon. Elle devait veiller à s'en montrer digne. Elle ajouta :

Je me demande si vous seriez disposé à vous joindre à moi pour dîner, dimanche à 20 heures, afin que nous puissions parler ? Sachez cependant que je comprendrais que vous ne le souhaitiez pas.

Avant de perdre courage, elle griffonna :

Mais vous me manquez.

Elle posa la lettre sur le dessus de la pile que Tompkins devait remettre au coursier, puis se rendit chez l'apothicaire. De retour chez elle, elle remit le remède qu'elle venait d'acheter à Maria avec des instructions, puis ressortit pour aller chercher son nouveau chapeau chez la modiste. Elle consulta sa montre. Il n'était que 11 heures. Elle décida d'aller faire un tour au parc.

Elle négligeait son travail, mais si elle était restée à la maison, elle n'aurait fait qu'arpenter le couloir en attendant le courrier. Le temps fraîchit et une petite bruine se mit à tomber alors qu'elle n'avait pas même pris un châle. Elle héla un fiacre pour rentrer, partagée entre espoir et défaitisme.

Oh, elle était ridicule ! Il ne lui répondrait probablement pas. Ou s'il le faisait, ce serait pour lui adresser un refus poli. Elle sentait déjà la morsure que lui infligerait son rejet. Elle regrettait chaque mot qu'elle lui avait écrit.

Dieu qu'elle détestait ces émotions désordonnées ! Cela lui donnait envie de boire un verre d'alcool bien tassé. Bien entendu, elle ne le ferait pas, pas après tout ce temps, alors qu'elle se sentait tellement mieux. Quand le fiacre la déposa devant chez elle, elle s'empressa d'entrer. S'il n'avait pas écrit, elle chasserait tout cela de son esprit.

Elle chercha Tompkins ou Maria, en vain. Elle s'immobilisa au sommet des marches menant à l'entresol, haletante de s'être dépêchée.

— Tompkins ? appela-t-elle. Savez-vous s'il y a du courrier ?

— Il y a des lettres de votre éditeur, répondit Tompkins depuis la cuisine. Elles sont sur votre bureau.

Séra passa dans son bureau. Vingt lettres de lecteurs. Aucune de lui.

— Il n'y avait rien de... personnel ? lança-t-elle par-dessus son épaule, détestant la pointe de désespoir dans sa voix.

— Non, dit Tompkins en entrant dans la pièce.

Séra eut l'impression de recevoir une gifle. Ses yeux la picotèrent. Elle les ferma et se détourna pour que sa secrétaire ne voie pas ses larmes.

Elle entendit soudain les pas d'une autre personne.

Tompkins lui tapota l'épaule.

— Mais vous avez un visiteur.

Séra pivota vivement.

Adam Anderson se tenait derrière Tompkins, avec une expression peinée.

— Pardonnez-moi, dit-il d'une voix douce. Je n'ai pas pu attendre jusqu'à dimanche.

Adam venait de passer une heure dans la cuisine de Séraphina Arden à faire tourner sa tasse de thé sur sa soucoupe tout en se demandant s'il avait bien fait de venir.

Cependant, quand elle fondit en larmes à sa vue, il eut la certitude d'avoir pris la bonne décision.

Les mots *vous me manquez* auraient sans doute été moins dévastateurs venant d'une autre personne. Mais de la part de Séraphina – qui évoquait si rarement ce qu'elle ressentait et clamait si obstinément ne pas vouloir l'affection d'un homme et certainement pas la sienne –, ils semblaient retentissants, la confirmation de ce qu'il avait senti affleurer sous tout ce qu'elle n'avait jamais dit.

Il fallait qu'il la voie. À son arrivée, il avait appris qu'elle était sortie, et à chaque minute qui passait, il s'était senti de plus en plus idiot. Il avait été sur le point de repartir. Et il était maintenant heureux – tellement heureux – d'être resté.

Tompkins quitta la pièce, et referma la porte derrière elle. Il en éprouva de la gratitude car il sentait sa gorge se serrer d'émotion et préférait éviter qu'elle ne le voie pleurer.

— Je suis tellement désolée, hoqueta Séra en séchant ses larmes. Je suis ridicule. Je ne sais pas ce qui m'a pris, je ne pleure jamais. Je suis tellement gênée...

Il s'avança et la prit dans ses bras.

— Chut, souffla-t-il en pressant la tête contre sa chevelure.

Était-il possible que sa peau soit encore plus douce qu'avant ? Comment avait-il pu ne pas remarquer son subtil parfum d'agrumes ? Il s'écarta pour la regarder. Elle le dévisagea presque timidement, sa robe couleur d'azur rehaussant le vert de ses yeux.

— Vous portez cette robe, murmura-t-il.

— Quelle robe ? demanda-t-elle d'une voix chevrotante.

— Celle que vous portiez le jour où vous m'avez invité à coucher avec vous.

Il l'aimait dans cette robe. Il aimait la façon dont sa poitrine se soulevait sous son regard. Dont son pouls palpitait au creux de son cou, preuve de son émotion. Il tendit la main, effleura du bout des doigts la partie saillante de sa clavicule.

Elle ferma les paupières.

Il eut envie de l'embrasser là, sur la ligne de cet os, avant de faire remonter ses lèvres jusqu'à la petite veine qui battait rapidement. Il eut envie de lécher les larmes captives de ses cils sombres. Il eut envie de savourer le sel de sa peau.

Mais d'abord, il devait lui dire ce qu'il s'était promis de lui dire en venant ici.

— Séra, je connais votre position sur les amis et les amants. Cela étant, observer une telle séparation ne me correspond pas. Je le savais quand je vous ai rencontrée.

Il la regarda. Si elle objectait, il n'aurait pas besoin d'en dire plus. En fait, elle porta la main à son cœur, comme s'il lui faisait mal, et hocha la tête.

— Je sais, murmura-t-elle.

— Je ne peux pas ne *pas* avoir d'affection pour vous.

Elle ferma les yeux, acquiesçant toujours.

— Mais Séra, il faut que je vous dise…

Il s'interrompit, toussota. Un nœud d'émotions trop longtemps contenues lui serrait la gorge.

— Vous pouvez me dire tout ce que vous voulez, Adam. Tout. Le simple fait que vous soyez ici… cela en dit déjà long.

— Oh, ma belle !

Il avait besoin de parler – désespérément. Mais elle semblait tellement à vif. Il ne supportait pas l'idée de lui faire du mal. Il désigna le petit sofa sous la fenêtre.

— Voulez-vous vous asseoir avec moi ?

Elle acquiesça et se percha au bord du divan, le dos très droit, comme si elle s'attendait à recevoir un coup.

— Venez là, murmura-t-il.

Il s'assit près d'elle, glissa le bras autour de ses épaules et l'attira à lui.

— Je veux vous tenir contre moi pendant que je vous parle. Parce que je veux que vous sentiez que mes paroles ne cachent aucune malveillance. Je parle parce que je le dois, pour mon bien.

Elle poussa un soupir et approuva d'un hochement de tête. Il l'enlaça de son autre bras et l'étreignit. C'était bon de la tenir ainsi.

— Séra, mon père buvait.

Elle se raidit.

— Et quand il buvait, il devenait enragé. Il renversait et brisait tout dans le cottage de ma mère. Il hurlait des choses effroyables. Il nous flanquait une frousse de tous les diables, à Marianne et à moi. Ensuite, il buvait jusqu'à être ivre mort et quand il émergeait, il disparaissait sans un mot. Il revenait quelques mois plus tard comme si de rien n'était.

Il la sentit frémir et affermit son étreinte.

— Et puis un jour, il n'est plus revenu du tout. Et j'en ai été… heureux, lâcha-t-il. Et je ne veux pas ressentir cela à votre sujet.

— Adam, pardonnez-moi, murmura-t-elle.

— Je vous pardonne, Séra. Je le veux, en tout cas. Mais ce soir-là, en Cornouailles, vous voir ainsi… je n'avais pas ressenti cela depuis l'enfance et je ne veux pas – je ne supporterais pas – de le ressentir de nouveau. C'est trop douloureux.

Il prit une brève inspiration.

— Alors, si nous devons être amis, ou n'importe quoi d'autre – et je le veux, Séra, vraiment –, vous ne devrez pas boire en ma présence. Je sais que ce n'est pas à moi de vous dicter votre conduite. Je vous le demande pourtant parce que vous me manquez atrocement.

Elle s'empara de sa main et y pressa les lèvres.

— Adam, je renoncerais à bien davantage pour avoir une chance d'être avec vous.

Il hocha la tête, espérant qu'il pouvait lui faire confiance.

Elle lui entoura la taille de son bras.

— Je n'ai pas bu un seul verre depuis ce soir-là, en Cornouailles. Je me suis fait peur. Pour plusieurs raisons, mais principalement à cause de la façon dont je vous avais traité. Je ne veux pas ressembler à cela.

Il acquiesça. Se remémorer cette soirée était douloureux. Il fut content que cela ait suffi à la secouer. Cependant, que se passerait-il si sa détermination s'estompait en même temps que ses souvenirs ?

Elle dut lire ses doutes sur son visage, car elle lui toucha la joue.

— Je serai franche, Adam, j'ai dû me battre pour résister à la tentation. Mais je veux tellement être forte, et jusqu'ici, je l'ai été. Et vous m'avez donné une autre raison de continuer.

Il resserra son étreinte, trop ému pour parler.

— Vous êtes un homme adorable, souffla-t-elle. Je suis tellement désolée de vous avoir blessé.

— Séra, souffla-t-il avant de capturer ses lèvres.

Était-il possible qu'il ne l'ait jamais vraiment embrassée ?

Oui, ça l'était. Jamais ainsi en tout cas.

Pas comme on embrasse une femme quand on veut lui dire, d'un frôlement de lèvres, d'une lente caresse de la langue, à quel point elle compte à vos yeux.

Le lui faire comprendre dans son sang, dans ses os.

Parce que, peut-être, si elle le comprenait…

La main de Séra se posa sur son cœur tandis que son autre main se refermait sur sa nuque. Son regard avait quelque chose de dolent, de languide et – oserait-il le dire ? – de tendre.

Il lui caressa le lobe de l'oreille – une oreille exquise, pareille à un petit coquillage. Il se pencha pour la mordiller. Séra frissonna.

— Adam, vous me tuez.

— Ce n'est pas ce que je veux.

Il repoussa ses cheveux, découvrit l'autre oreille et la mordilla à son tour.

Séra planta les ongles dans sa cuisse.

— Et que voulez-vous ? articula-t-elle d'une voix tremblante.

Tout.

— Je veux découvrir l'endroit où vous cachez votre lit.

24

La mystérieuse disparition de lady Bell devient de plus en plus embarrassante. Dans les clubs de gentlemen, le bruit circule que la tentative du vicomte Bell pour aider sa femme à guérir de la folie qui l'a conduite à l'adultère a été contrecarrée par la femme de plume dont la réputation n'est plus à faire, Séraphina Arden. On prétend que cette sulfureuse créature a enlevé lady Bell dans la maison de santé où elle se reposait pour lui permettre de retrouver son amant jacobin, l'écrivaillon calomniateur Jack Willow. Si cette rumeur se confirme, Mlle Arden devrait être poursuivie en justice pour l'enlèvement de l'épouse d'un aristocrate.

The London Advocate, *1797*

Pour une femme passionnée d'érotisme, Séraphina Arden s'était toujours dit qu'elle n'aimait pas vraiment faire l'amour.

Elle était experte dans l'art des bacchanales nocturnes, des rendez-vous furtifs dans des lieux publics, des séances de coït ponctuées de cris.

Faire l'amour, selon ses critères, était ennuyeux. L'expression elle-même était mièvre, trop franche, et manquait de vigueur sur la langue. Quand un homme la prononçait devant elle, elle frissonnait ou prenait un autre verre.

Et pourtant...

Lorsque Adam Anderson la plaqua contre l'une des colonnes de son lit, son sexe dur contre son pubis, la main glissée sous sa robe, et qu'il lui chuchota à l'oreille qu'il allait lui faire l'amour, elle fondit littéralement.

Et ce, malgré la douceur de son regard tandis qu'il la déshabillait, et de la terrifiante délicatesse avec laquelle il ôta les épingles de sa chevelure, une à une.

Il se débarrassa de ses propres vêtements et elle fut heureuse qu'il fasse encore assez jour. Une fois nu, il l'étendit sur le lit. Alors qu'elle lui tendait les bras, il s'agenouilla et lui embrassa le ventre.

Et descendit plus bas.

Il l'incita à écarter largement les jambes, lui caressa les hanches, puis inclina la tête et fit courir sa langue le long de ses cuisses.

Elle sentit son corps se liquéfier. Elle n'avait pas besoin de jouer un rôle pour lui. Elle pouvait se laisser prendre.

Et il la prenait. Son corps si grand et si doux en même temps. Et son corps à elle vibrait de bonheur. *Vous. Encore plus.*

— Ah, Séra, murmura-t-il en prenant appui sur ses avant-bras.

Il pressa le nez contre sa fente et inhala son odeur.

D'un seul coup, elle eut peur. Cette délectation de son intimité la perturbait. C'était trop tôt, trop rapide. Quand s'était-elle retrouvée avec un homme sans avoir pris soin de s'enivrer avant ? Elle ne s'en souvenait plus. Elle eut soudain une conscience aiguë de sa nudité, du regard qu'il faisait peser sur elle, de tout le mal qu'elle risquait de lui faire et cela lui donna envie de se couvrir.

Ses mains agrippèrent la courtepointe et elle fut sur le point de lui dire d'arrêter, de se lever, de s'habiller. De partir avant qu'elle fasse quelque chose d'affreux que tous deux regretteraient.

Il avait dû percevoir son appréhension, car il leva les yeux et posa la paume sur son ventre.

— Vous allez bien, mon ange ? Tout va bien ?

— Je n'ai pas l'habitude de faire cela à la lumière du jour. Sans avoir bu.

Il lui embrassa le nombril.

— Voyons si cela vous plaît...

Ses doigts écartèrent les replis de son sexe et sa langue se pressa contre son clitoris. Le ruban de plaisir qui jaillit de sa bouche se déploya en elle si soudainement qu'elle cria.

Il la lécha lentement, en émettant des petits bruits satisfaits, comme si les sensations qu'il faisait naître en elle trouvaient un écho en lui. Il écoutait le corps de Séra avec tous ses sens, utilisait ses réactions comme une carte lui indiquant le chemin à suivre. Et puis elle perdit le fil parce que sa seule pensée lucide, c'était qu'elle voulait qu'il ne s'arrête jamais.

Vous. Encore plus.

Il lui souleva les jambes, les cala sur ses épaules. Ses caresses se firent plus profondes, sa langue s'insinuant délicieusement en elle. Et tandis qu'il lui faisait l'amour avec sa bouche, ses mains, son souffle, il se mit à remuer les hanches, pressant sa virilité contre le matelas.

La crudité de son désir était si bouleversante qu'elle se mit à frissonner, puis à trembler de la tête aux pieds. Elle était en proie à la passion, excitée, et il gémissait tout en la léchant, la guidant en haut d'une crête vertigineuse qui ondula pendant plusieurs minutes dans le staccato des spasmes déclenchés par sa langue.

Quand elle fut trop épuisée pour endurer cette délicieuse torture une seconde de plus, elle remua les jambes. Il releva la tête.

— Je pourrais faire cela toute la journée, murmura-t-il. Je pourrais faire cela sans jamais cesser, jusqu'à ma mort.

Elle laissa retomber ses jambes et roula sur le côté en riant. Il s'incurva contre son dos, et plaqua la main sur son ventre.

Son sexe glissa contre sa peau, chaud et soyeux.

Elle se retourna pour lui faire face et se perdit dans son regard tendre et lumineux.

Il déposa un baiser sur son nez.

Et ce baiser lui parut bien trop tendre. Elle devait impérativement le distraire avec des plaisirs purement charnels avant que sa tendresse la démolisse.

Elle referma la main sur son sexe, le caressa contre sa cuisse, étalant sur sa peau l'humidité qui perlait à l'extrémité. Il tressaillit, gémit, et quand il rouvrit les yeux, elle comprit instantanément le message de son regard. *Vous. Encore plus.*

Elle recommença et il renversa la tête. Elle aimait regarder ses muscles qui se contractaient sur son ventre en réponse à ses caresses. Elle voulait qu'il se laisse aller.

— Allongez-vous, gentil monsieur. Je vais m'occuper de vous.

Elle admira le spectacle qu'il offrait, étendu sur le dos. Si elle s'inquiétait de le découvrir si mince, elle aimait la façon dont cette minceur soulignait sa musculature. Elle prit le temps de promener les doigts sur ses biceps et ses avant-bras, les muscles saillants qui entouraient son nombril, les lignes suggestives qui partaient des hanches et aboutissaient à son sexe. Elle lui fit écarter les jambes et le prit en main.

— Mouillez-moi, murmura-t-il.

Elle se pencha pour le lécher, mais il l'en empêcha.

— Pas avec la bouche.

Il regarda sa fente d'un air entendu, l'œil brillant.

Elle écarta les cuisses et se positionna au-dessus de lui.

— Comme ceci ? s'enquit-elle en l'enfourchant.

Il se mordit la lèvre et sourit.

— Juste un peu.

Elle logea sa virilité entre les replis de son sexe. C'était tellement bon qu'un nouvel orgasme, minuscule réplique du précédent, la traversa. Elle se figea, choquée par la réponse de son corps.

— Continuez, la supplia-t-il dans un râle.

Elle se frotta contre lui jusqu'à ce que sa verge soit luisante d'humidité.

Elle avait furieusement envie de le sentir en elle. Mais non, elle ne devait pas céder.

Elle recula pour résister à la tentation et le prit en bouche. Imprégnée de la saveur salée de leurs désirs mêlés, l'extrémité de son sexe palpitait. Ses doigts s'insinuèrent expertement sur le pontet de chair sensible, entre ses bourses et ses fesses.

Il dit quelque chose qu'elle ne comprit pas et écarta les cuisses pour lui autoriser l'accès à la partie la plus intime de son anatomie. Séra adorait cette façon qu'il avait d'être parfaitement à l'aise avec sa sexualité. Cela lui donnait envie de le faire jouir à en hurler.

Ses doigts s'aventurèrent dans le sillon de ses fesses et elle souffla dessus pour voir s'il était disposé à accueillir ce genre de plaisir. Son gémissement l'incita à insérer délicatement un doigt.

— Mon Dieu ! souffla-t-il.

Elle fit une pause.

— Non ? demanda-t-elle.

Il avait la tête renversée contre l'oreiller et son torse se soulevait rapidement.

— *Si !*

Elle sourit.

— Un instant. J'ai quelque chose qui pourrait vous plaire.

Elle tendit le bras, ouvrit le tiroir de sa table de chevet et en sortit une sorte de petit champignon de jade ainsi qu'une fiole d'huile.

Il avait suivi ses gestes d'un regard luisant de désir.

— Qu'est-ce que c'est ?

— Je vais vous taquiner avec cela. Vous me direz si la sensation vous plaît.

Elle reprit place entre ses cuisses, versa un peu d'huile sur ses doigts et l'étala entre ses fesses. Lentement, elle en versa sur l'accessoire, puis le plaça devant son ouverture.

— Oh, oui ! siffla-t-il.

Elle accentua légèrement la pression, versant de l'huile sur son sexe et son ventre pour faire bonne mesure. Quand il se pressa spontanément contre l'orbe, l'invitant à l'ouvrir davantage, elle l'enfonça davantage. Adam se cramponna à la courtepointe et ses hanches se soulevèrent.

Son plaisir fut tel qu'un filet translucide serpenta le long de son sexe.

Elle le prit en bouche et fit coulisser ses lèvres pour l'avaler. Elle posa ses doigts au creux de son ventre pour sentir ses muscles se contracter pendant qu'elle le suçait. Il referma la main sur ses cheveux et se laissa aller au rythme de sa bouche. Elle sentit la tension augmenter, savoura son impatience. C'était si excitant que sa vulve en palpita en écho. Elle glissa sa main libre entre ses propres cuisses, et se frotta contre sa paume.

Un spasme le saisit et elle sut qu'il avait atteint le point de non-retour. Quand il se retira de sa bouche, le poids de son corps pressa sur le champignon de jade. Ses yeux semblèrent prêts à jaillir de leurs orbites et il poussa un cri comme sa semence giclait avec une telle force que le spectacle suffit à faire jouir Séra.

Ils se regardèrent, haletants.

— Mon Dieu, râla-t-il. Que m'avez-vous donc fait ?

Elle tendit la main et étala nonchalamment sa semence sur son ventre.

— Je vous ai fait l'amour ? suggéra-t-elle.

Il se redressa sur les genoux et glissa la main derrière lui pour ôter le champignon de jade.

— Venez là, dit-il.

— Vous êtes tout collant, répondit-elle en plissant le nez.

— Je sais, répondit-il avec un clin d'œil.

Elle rit.

— Les hommes collants ne font pas partie de mes plaisirs pervers.

Elle quitta le lit pour aller prendre un linge sur sa coiffeuse.

— Est-ce que c'est..., dit-il doucement.

Elle se retourna. Ses yeux étaient fixés sur l'amulette qui reposait à l'intérieur de son coffret à bijoux.

— Vous l'avez gardée, murmura-t-il quand elle revint lui essuyer le ventre.

— Bien sûr, répondit-elle avec brusquerie, aussi gênée par ce que cela révélait d'elle-même que par l'émotion que cela suscitait chez lui.

Son expression faillit lui briser le cœur. Elle s'adoucit.

— Je crois n'avoir jamais reçu un présent qui m'ait autant touchée, Adam. Et je vous interdis de me regarder ainsi, ajouta-t-elle dans un murmure.

Mais il ne lui obéit pas. Il l'attira à lui et la serra si fort dans ses bras qu'elle eut du mal à respirer.

— Que sommes-nous en train de faire, Séra ? lui chuchota-t-il à l'oreille.

Elle aurait bien aimé le savoir. Ce n'était plus comme en Cornouailles. C'était urgent. Dévorant.

Dangereux.

— Je n'en ai pas la moindre idée, avoua-t-elle honnêtement.

— Cela me fait peur, dit-il après un silence.

— Pourquoi ?

Il avait les yeux rivés au plafond.

— Parce que cela me plaît. Je vous veux. J'en veux… encore plus.

Vous. Encore plus. Il ressentait la même chose qu'elle. Elle sourit, presque à s'en faire mal, jusqu'à ce qu'elle le regarde et constate qu'il n'était pas heureux.

— Mais j'ai des… responsabilités, Séra, ajouta-t-il doucement. Et vous aussi. Des obligations qui ne sont pas les mêmes.

Il voulait parler de ses enfants, bien sûr. Et il avait raison. Leurs vies n'étaient pas compatibles. Pourtant, elle ne voulait pas renoncer à lui. Comment l'aurait-elle pu, après cela ?

— Pourquoi vouloir plus ? dit-elle. Nous pouvons nous contenter d'un arrangement discret, entre amis.

— Je pense que vous aviez raison dès le début, Séra. Nous ne sommes pas des amis.

Sa voix était devenue lointaine, comme s'il était déjà à mi-chemin de la porte d'entrée. Elle n'aimait pas cela.

— Alors que sommes-nous ? demanda-t-elle.

Il déposa un baiser sur son épaule et ne répondit pas. Ils demeurèrent allongés l'un près de l'autre, sans mot dire. Il glissa la main sur le ventre de Séra et couvrit son mont de Vénus d'un geste possessif.

— Promettez-moi une chose, Séra.

Elle resta immobile.

— Oui.

— J'ai eu envie de vous pénétrer, à l'instant. Je sais que vous le vouliez aussi. Mais ne me tentez pas, ma belle, d'accord ? Je ne veux pas vous mettre enceinte. Ce serait une catastrophe.

Instinctivement, elle posa la main sur son ventre et sa poitrine se serra quand elle se souvint qu'elle n'avait pas eu ses règles.

— Vous avez raison, s'empressa-t-elle de répondre. Je ne le ferai pas. Je vous le promets.

Mais elle était glacée.

Il se redressa en position assise.

— Il faut que je m'en aille. Un tel travail m'attend que cela me fait loucher rien que d'y penser.

Sa voix était affreuse – pleine d'effroi.

Elle se leva et le regarda s'habiller. Il était si mince.

— Vous semblez fatigué. Vous pouvez rester vous reposer si vous voulez.

Il eut un rire sans joie.

— Je donnerais tout pour cela. Hélas, des heures de dessin m'attendent.

Elle se demanda s'il partait parce qu'il était anxieux à cause de son travail ou si ce n'était pas plutôt à cause d'elle.

— Sur quoi travaillez-vous ?

— Sur ce projet d'arsenal dont je vous avais parlé en Cornouailles. Cela représente un travail colossal.

Il ne semblait pas désireux d'en parler, aussi s'abstint-elle de l'interroger. Elle se sentit affreusement tendue en le regardant finir de s'habiller. Était-ce la dernière fois qu'elle le regardait enfiler son pantalon ? Nouer ses lacets ?

Il finit de nouer sa lavallière, puis s'assit près d'elle sur le lit.

— Quand pourrai-je vous revoir ? demanda-t-il.

Cette question lui fit chaud au cœur. Elle s'était laissé emporter par son imagination. Il voulait revenir. Elle sourit.

— Je vous ai invité à dîner dimanche.

Il l'embrassa.

— Il me tarde d'y être.

À elle aussi. Bien plus qu'il n'était raisonnable.

Comment pouvait-on jouir aussi puissamment avec une femme dont le simple sourire vous rendait fou, et quitter sa maison en se sentant aussi abattu ?

Après avoir passé des semaines terré dans son cabinet depuis l'aube jusque tard dans la nuit, il aurait dû apprécier de se promener dans la rue en ce début de soirée, détendu après une saine explication et un puissant soulagement sexuel.

Il aurait dû être aux anges.

Il l'était, en fait.

Et pourtant, les ultimes vestiges du plaisir se mêlaient à une culpabilité naissante de plus en plus insistante.

Depuis un mois, il avait à peine vu ses enfants. Il avait pris du retard dans la révision des plans de l'arsenal. Ce matin encore, Tregereth avait écrit pour réclamer des modifications dans la rénovation, ce qui l'obligerait à retourner en Cornouailles dès que possible.

Chaque minute passée avec Séraphina avait été une minute volée. Et le voleur s'était montré d'autant plus téméraire que la ferveur qui entourait les mémoires de Séraphina l'avait rendue plus scandaleuse que jamais et que les rumeurs de son implication dans l'enlèvement de lady Bell ajoutaient à la fureur de ses détracteurs.

Il n'aurait jamais dû aller la voir. Et il n'aurait surtout pas dû coucher avec elle.

Il avait pourtant eu envie de s'attarder chez elle. De passer la soirée au lit avec elle à la faire rire. Il aurait voulu lui faire l'amour à en perdre la tête, puis s'endormir entre ses bras.

Il aurait voulu faire comme si son autre vie – la vraie – n'existait pas.

Il n'avait jamais été doué pour freiner ses ardeurs. Catriona appelait cette qualité *intensité*. Qu'aurait-elle pensé de lui, sa Catriona, si elle l'avait vu négliger son travail et ses enfants pour se consacrer à une histoire d'amour ? Ne lui aurait-elle pas rappelé ce qu'il savait déjà ? Qu'il devait se concentrer sur ses devoirs s'il ne voulait pas que ses enfants souffrent, une fois de plus, de ses péchés ?

Il regagna son cabinet, déterminé à travailler jusque tard dans la nuit pour rattraper le temps perdu. Son moral sombrait à mesure qu'il avançait.

Il méprisait son travail. Vraiment. Il n'en avait jamais pris conscience jusqu'ici.

Il avait si longtemps entretenu l'idée qu'il lui suffirait de décrocher un projet de grande envergure pour être heureux qu'il avait cessé de rêver à quoi que ce soit d'autre. Or participer à l'appel d'offres de Pendrake l'avait seulement fait se sentir plus mal, pas mieux. Impossible de séparer le travail de la politique. Adam avait l'impression que son âme rétrécissait jour après jour.

S'il n'avait pas rencontré Séraphina, s'il n'avait pas lu ses mémoires, peut-être ne l'aurait-il pas remarqué. Mais il ne pouvait ignorer ce que représentait Pendrake. Et il se sentait pourri par association.

D'autant plus pourri qu'il était déjà complice. Il avait besoin de ce travail. Il avait besoin d'argent. Il avait fait son choix.

Et quand Séraphina découvrirait le pot aux roses… leur histoire s'achèverait.

Il avait failli tout lui dire quand elle l'avait questionné sur son travail. Il savait toutefois qu'elle aurait réglé la question en lui montrant la porte.

Plus il se taisait, pire ce serait quand elle apprendrait la vérité. Et plus il passerait de temps avec elle, plus il lui serait difficile d'éluder certaines questions.

Et cependant, il ne pouvait s'empêcher de la désirer comme un fou. Les murailles qu'elle avait soigneusement érigées autour de son cœur étaient de plus en plus friables, de nombreux signes le lui indiquaient – l'émotion dans son regard, le pendentif dans sa boîte à bijoux – et cela lui donnait envie de les abattre.

Assez.

Il allait travailler toute la nuit, s'épuiser à la tâche pour échapper aux ruminations mélancoliques.

Il trouva la porte du cabinet déverrouillée malgré l'heure tardive. Mayhew était là, occupé à fouiller dans les dossiers d'Adam.

— Ah, te voilà enfin ! Où diable étais-tu passé ? Tu n'as pas été là de l'après-midi.

Son beau-frère portait un habit élégant, comme s'il s'apprêtait à rejoindre quelque réception mondaine.

— Je devais voir un maçon pour discuter d'éventuels changements dans le projet de l'arsenal, mentit Adam.

Mayhew s'intéressait heureusement si peu aux questions architecturales qu'il ne flaira pas le mensonge. Il semblait surtout impatient de trouver ce qu'il était venu chercher.

— Doucement avec cela, lui enjoignit Adam en le voyant feuilleter un livret de croquis.

— Où se trouvent les croquis de la villa que tu avais dessinés l'an passé ? J'ai levé une piste que je crois très prometteuse.

— Dans le tiroir du bas de mon bureau, je crois.

Adam s'en approcha et s'aperçut qu'il avait laissé la lettre de Séraphina à la vue de tous. Or la dernière chose dont il avait besoin, c'était bien que Mayhew apprenne qu'il était allé la voir.

Il la glissa dans le tiroir et tendit le carnet à son beau-frère.

— Je m'apprête à proposer nos services à lord Bell, annonça ce dernier.

Adam se raidit.

— Bell ?

— Oui, un ami de mon club d'investissement nous a présentés et il m'a dit qu'il souhaitait faire construire à Mayfair, répondit Mayhew. Il cherche un architecte. Je le retrouve à son club ce soir pour en discuter.

Adam s'efforça de se souvenir s'il s'était présenté à lord Bell lorsque celui-ci avait fait irruption chez

Séraphina. Non, il n'en avait pas eu l'occasion. Cela dit, le vicomte le reconnaîtrait forcément s'il le voyait.

— Ah, fort bien, dit-il en essayant de ne pas trahir ses inquiétudes.

Avec un peu de chance, l'entretien ne donnerait rien et il n'aurait pas besoin d'expliquer à son beau-frère pourquoi il lui était impossible de travailler pour Bell.

— Il ne me reste plus qu'à te souhaiter bonne chance, ajouta-t-il.

— Oui, ce serait très bon pour nous de figurer dans ses petits papiers. C'est un proche de Pendrake. Si nous lui plaisons, il pourra nous aider à décrocher l'arsenal. Tu sais comment sont les aristocrates.

Adam ne savait que trop comment ils étaient. Ils échangeaient leurs renseignements, leurs faveurs, leurs influences. Un seul commentaire favorable de l'un d'eux faisait naître une foule d'opportunités. À l'inverse, un seul commentaire défavorable pouvait causer votre perte.

— Certes, souffla Adam, incapable de surmonter suffisamment ses craintes pour feindre l'enthousiasme.

Mayhew fronça le sourcil.

— Tu es bien pâle, observa-t-il.

— C'est la fatigue. La journée a été longue. Rien qu'un peu de sommeil ne saurait réparer.

S'il parvenait à trouver le temps de dormir. Il s'assit à une table à dessin et prit un crayon.

— Ne veille pas trop tard, lui conseilla son beau-frère. J'ai besoin que tu sois en forme. Nous y sommes, Anderson. Enfin.

Adam acquiesça et regarda Mayhew franchir la porte.

Nom de nom ! S'agissait-il d'un châtiment ? La justice divine était-elle si rapide qu'une infraction commise l'après-midi pouvait être sanctionnée le soir même ?

Mais non, ce n'était pas un châtiment. Il récoltait simplement les fruits d'une situation qu'il avait lui-même créée. On ne peut pas être l'amant d'une radicale le lundi et répondre à un appel d'offres de la Marine royale le mardi sans que cela ait des conséquences.

Il n'avait jamais pensé qu'il serait possible d'échapper au conflit. Il avait juste espéré l'éviter le temps d'obtenir ce qu'il souhaitait.

Il devait arrêter de faire comme s'il pouvait diviser sa vie en deux royaumes distincts.

Dimanche, il lui faudrait faire ses adieux à Séraphina.

Il ne savait pas où il en trouverait la force.

25

Le mariage a été inventé par l'homme, mais la procréation a été inventée par Dieu. La tradition qui condamne les enfants nés hors mariage ainsi que les mères qui les ont portés est un mal de la société, et non de la nature.

Un essai en défense des femmes déshonorées
par Séraphina Arden, 1793

Séra se tenait entièrement nue devant sa coiffeuse dans la lumière vive du matin, cherchant des indices sur son corps qu'elle inspectait comme une carte au trésor.

Si elle avait pris un peu de poids depuis juillet, elle n'avait fait que reprendre ce qu'elle avait perdu. L'odeur du petit déjeuner en provenance du rez-de-chaussée la rendait nauséeuse, mais cela pouvait aussi être dû à ses soucis. Ses seins étaient sensibles, mais ils l'étaient toujours avant ses menstrues.

Qui n'étaient pas survenues depuis dix semaines.

Dix semaines.

Elle se précipita au fond de la pièce, attrapa un pot de chambre et vomit.

Une fois le malaise passé, elle ne se sentit pas mieux. Exactement comme quand elle avait dix-sept ans.

Elle s'assit sur son lit.

Dix semaines n'étaient pas le fruit d'une imagination débordante. Elle attendait un enfant.

Elle portait l'enfant d'Adam Anderson.

Elle s'étendit à plat ventre sur le lit.

Elle avait envie de pleurer.

Elle avait envie de sourire.

Elle avait envie de hurler – de joie ou de terreur, elle n'aurait su dire.

Un enfant. Un bébé. Son bébé *à elle* ?

L'idée de posséder une telle créature lui semblait étrange. Presque perverse.

Pourquoi n'était-elle pas plus bouleversée ? Elle roula sur le dos et pressa les mains sur son ventre. Elle se rappela l'époque où elle avait fait cette même découverte, quand elle était jeune fille. Elle avait eu tellement honte. Durant toute une semaine, elle avait eu l'impression d'être déjà morte.

Rien de tout cela, cette fois.

Elle avait l'impression d'observer son propre cheminement sur la route du destin et de découvrir un embranchement qu'elle n'avait encore jamais vu. Il permettait de s'engager dans une nouvelle direction, vers une destination qu'elle ne pouvait pas encore distinguer.

Elle risquait de vivre un immense chagrin.

Mais la pensée du petit être qui s'éveillait à l'intérieur de son corps déclenchait un troublant élan de tendresse. Rien de violent – c'était doux et insistant, comme le miaulement d'un chaton. Elle avait envie de le protéger. De le rendre fort, d'en prendre soin.

Elle prit une profonde inspiration.

Très bien. Elle allait avoir un enfant. C'était aussi simple que cela.

Porter et élever un enfant en dehors des liens du mariage, c'était dans ses cordes. Elle lui donnerait un nom et lui ferait savoir qu'il avait été désiré et qu'il était autant aimé que les autres enfants. Elle montrerait aux femmes que c'était leur droit et qu'elles ne devaient pas avoir honte des rythmes de la nature dont elles faisaient partie, quelle que soit leur situation.

Elle serait cette créature noble et puissante, cette figure aimante dont elle avait été privée et qu'elle aurait tant aimé connaître : une mère.

Elle caressa son ventre et, cette fois, elle sourit.

Bienvenue, petit être. Ta vie ne manquera pas d'intérêt.

Mais, j'y pense, qu'allons-nous faire de ton père ?

Qu'avait dit Adam quant au risque qu'elle tombe enceinte ? Que ce serait une catastrophe.

Il n'avait pas précisé ce qu'il entendait par là. Il n'en avait pas eu besoin. Il était évident que si les gens venaient à apprendre qu'il était le père de l'enfant bâtard de Séraphina Arden, sa réputation en pâtirait.

Lui-même était né bâtard. Lui ferait-il sa demande ? Insisterait-il pour l'épouser et que l'enfant porte son nom ?

Ou, au contraire, rejetterait-il toute idée de paternité en insistant pour qu'elle garde le secret ?

Après tout, il devait aussi penser à sa propre famille. Jasper et Adeline en seraient affectés s'il reconnaissait un autre enfant. Surtout un enfant de Séraphina Arden.

Elle tâcha d'imaginer ce que serait son choix, sa réaction – sans succès.

L'annoncer à Jonathan, tant d'années auparavant, avait été l'instant le plus glaçant de sa vie. Elle se souvenait encore du regard méprisant dont il l'avait gratifiée. Comme si elle l'avait fait exprès et qu'il devinait ses intentions.

Ce souvenir lui donna envie de ne rien dire à Adam. Après tout, n'avait-elle pas ri de lui quand il avait évoqué les risques de grossesse ? N'avait-elle pas vanté les mérites de ses méthodes de prévention ? Elle l'avait fait de bonne foi, bien sûr, mais cela ne changeait rien à la situation.

Cela ne changerait rien au fait qu'il avait eu raison.

Non. C'était puéril. Elle le lui dirait, évidemment. Ce soir, au dîner.

C'était ce qu'aurait fait la femme qu'elle s'efforçait de devenir. Une femme qui affronte ses peurs, au lieu de les noyer dans une bouteille de bordeaux.

Une femme qui *essaie*.

Adam frappa à la porte de Séraphina comme quelqu'un qui se rend à un enterrement plutôt qu'à un dîner.

— Monsieur Anderson, le salua Maria avec un grand sourire. Mlle Arden m'a demandé de vous faire entrer dans le petit salon.

Il la suivit dans une pièce décorée dans ces tons surprenants qu'affectionnait Séraphina : soie corail pour le sofa, turquoise pour les fauteuils.

Il eut l'impression d'être autorisé à passer une dernière nuit dans un jardin d'été avant son exil dans un hiver perpétuel. Il n'avait pas envie de quitter cette maison définitivement ; il avait envie de s'y installer.

Le rire de Séraphina la précéda.

— Eh bien, monsieur Anderson, pourquoi cet air morose ?

Il se leva et s'inclina tandis qu'elle entrait, semblant flotter sur le sol telle une créature issue d'un monde meilleur. Il tenta de sourire.

— Moins morose maintenant que je vous vois. Vous êtes très belle.

La couleur de sa robe lui rappela une peinture de la mer Adriatique – un bleu cristallin, lumineux, avec des touches de vert. Une longue chaîne d'or ornait son décolleté et des rubis étincelaient à ses oreilles.

Sa peau semblait si crémeuse qu'il eut envie de la goûter.

Elle lui sourit.

— Venez m'embrasser avant que nous passions à table.

Il dut lutter pour rester à distance respectueuse, le visage douloureux du sourire qu'il se forçait à afficher. Mais il avait décidé d'aller droit au but.

— Avant de dîner, il y a une chose dont je dois vous parler.

Elle franchit la distance qui les séparait et lui prit la main.

— Parler ? Cela semble bien sérieux, commenta-t-elle d'un ton espiègle. Cela peut sans doute attendre que je…

Elle plongea ses doigts dans ses cheveux et l'embrassa doucement. Il ne put s'empêcher de lui retourner son baiser.

Une dernière fois.

Il l'attira plus près, mêla sa langue à la sienne. Un petit rire échappa à Séraphina, ravie de cet enthousiasme.

Il gronda, la plaqua contre lui. Enlacés, ils titubèrent jusqu'au mur, et cela raviva le souvenir de cette soirée sous l'orage, quand elle avait levé les bras comme si elle invoquait le tonnerre et les éclairs.

Elle pressa les mains au creux de ses reins, les glissa sous la ceinture de son pantalon et lui empoigna les fesses.

— Mon Dieu, j'en avais tellement besoin, murmura-t-elle.

Il tâtonna vers ses jupes, les retroussa du mieux qu'il put sans interrompre leur baiser.

Au diable, la retenue. Il en avait tellement besoin, lui aussi. Une dernière fois.

Elle cala le pied derrière son mollet et il recouvrit son mont de Vénus de sa main. Il glissa le majeur le long de sa fente moite, entre la chair pulpeuse de ses replis intimes.

Elle se cambra contre le mur pour s'ouvrir à lui et il accompagna son mouvement, sa langue pénétrant sa bouche, ses doigts s'insinuant en elle comme son sexe aurait aimé le faire.

Il donnait des coups de reins comme s'il la prenait vraiment. Elle s'arracha à sa bouche, nicha la tête au creux de son épaule, en ondulant des hanches. Il sentait la chaleur et les spasmes de sa vulve. Son corps entier sentait le désir qu'elle avait de lui.

Elle laissa échapper un cri et se contracta autour de ses doigts. Il reprit possession de sa bouche et l'embrassa pendant qu'elle jouissait, encore et encore. Chaque vague de son plaisir se répercutait dans son propre sexe et il réalisa qu'il allait jouir, lui aussi, sans même qu'elle l'ait touché.

Il lâcha un juron quand, sous le choc, ses genoux le trahirent.

Elle l'embrassa voracement tandis qu'il donnait de furieux coups de reins. Il voulut s'appuyer de la main contre le mur pour garder l'équilibre, mais en fut incapable. Il chancela, foudroyé par un orgasme qui irradiait depuis sa moelle épinière jusque dans son sexe. Il se cramponna aux épaules de Séra pour ne pas s'écrouler.

Ils glissèrent ensemble le long du mur et s'affalèrent sur le sol, étroitement enlacés et haletants.

Adam n'aurait su dire combien de temps ils restèrent ainsi. Une minute. Une heure. Un an.

Il ne sentait plus que le bonheur de cette bulle de paix improbable dans la solitude de sa vie.

Séra repoussa doucement une mèche qui lui tombait devant les yeux.

— Un dîner nous attend vraiment, vous savez. Je ne vous ai pas seulement fait venir pour vous molester, déclara-t-elle, amusée.

La chaîne d'or nichée entre ses seins étincelait sous la lumière. Il l'effleura paresseusement, la souleva pour voir ce qui pendait au bout.

C'était l'amulette de ses enfants.

Des larmes lui embuèrent les yeux. Séra s'en aperçut et son visage se tendit, comme si elle était gênée. Elle secoua la tête.

— J'étais d'humeur sentimentale. Je ne m'attendais pas que cet objet devienne...

Un violent sanglot jaillit de lui avant qu'il ait pu le ravaler. Il agrippa l'épaule de Séra et pressa le visage contre sa peau tiède et parfumée.

Elle lui caressa doucement les cheveux.

— Pourquoi êtes-vous si triste, chéri ?

Chéri ? L'avait-elle jamais appelé d'un nom aussi doux ?

Pourquoi avait-il fallu qu'elle porte ce pendentif, comme si elle aussi ressentait cette chose qu'il y avait entre eux ?

Quand il releva la tête, il vit la peur dans les yeux de Séra, comme s'il avait déjà prononcé les mots. Et il savait que s'il ne le faisait pas maintenant, il ne le pourrait plus, alors il articula d'une voix sans timbre :

— Je ne peux plus continuer ainsi, Séraphina.

26

Mon histoire n'est pas la mise en accusation du désir, c'est la mise en accusation de l'inégalité.

Si vous estimez qu'avoir conçu un enfant est un péché, nous avons tous deux commis un péché. Si vous estimez, comme moi, que c'était naturel, nous avons tous deux pris du plaisir.

Mais j'ai été jugée, condamnée, et punie ; mon amant ne l'a pas été. Et je ne suis qu'une femme parmi des milliers d'autres, anonymes.

Est-ce une coïncidence si les hommes qui promulguent les lois du royaume sont aussi ceux qui sont épargnés par ces lois ? Aucun de nous n'est innocent. Et pourtant, la moitié d'entre nous en assument les conséquences tandis que les autres restent libres.

Mémoires d'une débauchée, Volume II

Face aux larmes d'un homme, même une femme au cœur de pierre se dit qu'elle aimerait mieux mourir plutôt que de le regarder pleurer.

Adam sanglotait comme s'il était en deuil.

— Allons, mon chéri, dit-elle. Qu'est-ce que vous ne pouvez plus continuer ? Dites-moi ce qui vous arrive.

Il s'écarta, se prit la tête entre les mains et inspira longuement. Il posa alors sur elle des yeux battus et rougis.

— Je dois mettre un terme à cela.

Elle se figea.

Ses bras la picotèrent. Elle baissa les yeux et découvrit que ses poils étaient hérissés.

Son corps avait compris avant son cerveau.

C'était d'*elle* qu'il était en deuil.

— Que s'est-il passé ? souffla-t-elle.

Il ferma les yeux et secoua la tête.

— À chaque heure du jour, je suis à deux doigts de venir ici. Je veux vivre avec vous, je veux vous faire l'amour, je veux...

Séparer le sens des mots qu'il disait de l'horrible façon dont il les prononçait était difficile. Son accent écossais était plus fort que jamais et il avait le souffle court, comme s'il avouait une maladie mortelle.

— Et c'est un fantasme, dit-il. Un fichu fantasme puéril et dangereux parce qu'il est impossible.

— Pourquoi est-il impossible ? demanda-t-elle aussi doucement que si elle s'était adressée à un enfant. Aidez-moi à comprendre.

— Parce que vous êtes qui vous êtes et que je ne suis pas capable d'être un autre.

Cela n'expliquait rien. Cependant, quand il ouvrit les yeux, ce ne fut pas une question qu'elle lut dans son regard, mais une certitude.

Non.

Elle resserra ses bras autour de son buste. Elle avait froid soudain. Il persistait à la regarder avec cette affreuse expression angoissée.

— J'ai deux enfants qui n'ont pas de mère et que j'ai à peine vus depuis des semaines, et chaque moment que j'arrive à voler, je le passe avec vous. Je dois six mille livres à mon associé, et il veut les récupérer. D'ici quelques jours, je vais peut-être obtenir une commande qui lancera définitivement ma carrière, et je suis incapable de me concentrer sur ce projet parce que ma tête est ici.

Il était clairement épuisé. Les gens disent des choses qu'ils ne pensent pas vraiment quand ils sont à bout de nerfs.

— Adam, mon chéri, vous êtes fatigué. Vous feriez mieux de rentrer chez vous, ou bien vous pouvez dormir ici si vous voulez. Nous tâcherons d'y voir plus clair d'ici une semaine ou deux, une fois que vous aurez fini votre travail.

Il secoua la tête.

— Même si j'obtiens cette commande, si les gens apprennent pour nous deux...

Non.

Il baissa les yeux et n'acheva pas sa phrase.

Ce n'était pas nécessaire.

— Je vois, dit-elle en se laissant aller contre le mur. Vous êtes inquiet pour votre réputation.

Il hocha pesamment la tête, comme si ce geste lui était douloureux.

— C'est le Conseil royal d'architecture qui est chargé de la sélection. Et la décision définitive revient à lord Pendrake.

Non.

Adam l'observait attentivement, comme s'il cherchait à déterminer si elle comprenait l'implication. Évidemment qu'elle comprenait.

— Votre sort repose entre les mains de *lord Pendrake* ? Et vous n'avez rien dit ?

Il acquiesça d'un air las, comme s'il ne parvenait pas plus qu'elle à le croire.

— Je sais de quoi cela a l'air. Je n'en ai pas parlé parce que je sais que vous méprisez ses opinions politiques. Si je ne les admire pas plus que vous, ajouta-t-il, je ne peux pas me permettre d'être regardant. Je croyais pouvoir séparer mon travail de... cela. De vous. Mais mon associé vient de m'apprendre que Pendrake est un proche de lord Bell. Et le risque d'un recoupement est devenu… c'est plus que nous ne pouvons nous le permettre.

Nous. Il avait choisi son camp. Celui dont elle était exclue.

— Je vois, répéta-t-elle.

Elle se demanda depuis combien de temps il avait l'intention de lui préférer les bonnes grâces de Pendrake. Avait-il pris sa décision cet après-midi, pendant qu'elle rêvassait sur le sourire qu'il aurait quand elle lui apprendrait la nouvelle ? Ou bien la semaine précédente, quand ils avaient fait l'amour ? Tout cela à cause de Pendrake – quelle cruelle ironie.

Dieu qu'elle avait été sotte.

Adam s'agenouilla devant elle et lui prit les mains.

— Séra, ne me regardez pas ainsi. Mon instinct me conseille de tout envoyer promener, et pourtant je ne peux pas me fier à mon instinct. Quand je l'écoute, quand je fais ce que je veux sans me soucier des conséquences, je détruis les choses. Je l'ai déjà fait par le passé. Je ne supporterai pas de recommencer.

Elle libéra ses mains et pressa les doigts contre ses tempes.

— Vous détruisez les choses ? répéta-t-elle sèchement. Qu'entendez-vous par là ?

Il contempla le plafond d'un air peiné.

— Catriona a frôlé la mort en donnant le jour à Adeline, répondit-il d'une voix faible. Le médecin nous a prévenus qu'une autre grossesse lui serait probablement fatale. Il m'a pris à part et m'a recommandé en termes très clairs de ne pas « importuner » ma femme.

Il avait pincé les lèvres pour prononcer le mot « importuner ».

— J'étais amoureux de Catriona depuis que j'avais douze ans. J'aurais dû respecter ses recommandations comme une parole d'évangile. J'aurais dû la protéger, la mettre à l'abri de mes… besoins. C'était la mère de mes enfants. Mais je l'aimais tellement et notre vie intime avait fait partie de notre amour. De *nous*. L'idée de ne plus jamais être ensemble était...

Il ferma les yeux.

Elle se souvint de toutes les fois où il avait reculé à l'idée de la pénétrer. Elle avait cru que son inquiétude était de nature abstraite.

L'angoisse sur son visage disait tout autre chose.

— Nous nous sommes efforcés d'être prudents. Hélas, nous ne l'avons pas été assez et elle est tombée enceinte. Sa troisième grossesse a été beaucoup plus facile que pour Addie et nous y avons tous deux vu le signe que le docteur s'était trompé. Sauf que le moment venu, l'accouchement a été...

Il secoua la tête.

Séraphina n'avait pas envie d'entendre la fin de l'histoire. Elle pouvait remplir les vides avec sa propre vie.

Cette peur animale. Le rythme mystérieux, la douleur primitive échappant à tout contrôle.

« Arrêtez, faillit-elle crier, je ne peux pas entendre cela. Pas maintenant. »

Mais il ne la regardait plus. Le regard fixant le vide, il revivait son deuil.

— Le travail a duré plusieurs jours et au bout du compte, le bébé est mort-né. Et il y a eu des complications – une infection. Elle n'était pas assez solide. Nous les avons perdus tous les deux.

Ses mains tremblaient. Elle comprit qu'il avait besoin d'être réconforté. S'il lui racontait cela, ce n'était pas par plaisir, c'était parce qu'il avait besoin qu'elle le comprenne et lui pardonne.

Il ne pouvait deviner que chaque mot qu'il prononçait la blessait deux fois plus. Comme s'il avait versé du sel sur les plaies de son passé.

« Surmonte cette épreuve », s'ordonna-t-elle.

Elle se força à lui prendre la main. Il serra la sienne avec reconnaissance.

— Après, reprit-il, le docteur m'a à peine regardé. Il s'est comporté comme si je l'avais tuée. Sa mère s'est comportée comme si je l'avais tuée. C'est pour cette raison que j'ai quitté l'Écosse. Je ne supportais plus qu'on me regarde comme si j'avais voulu qu'elle meure.

Il se redressa et la regarda droit dans les yeux. Il avait l'air aussi malheureux qu'elle.

— Je ne peux pas me faire confiance. Je désire ce que je n'ai pas le droit de prendre et mon cœur me souffle de le faire malgré tout. C'est pour cela que je ne peux pas continuer. Je suis tellement désolé.

Il libéra sa main et essuya ses larmes d'un geste bref.

Assise contre le mur, Séraphina tremblait. Elle avait atrocement froid. Elle fut heureuse qu'il se lève.

Partez. Je vous en supplie, partez.

— Séra, murmura-t-il en baissant les yeux sur elle, dites que vous me pardonnez.

— Oui.

Elle était incapable d'en dire de plus.

— Séra, je vous en supplie, comprenez que cela n'a rien à voir avec vous, dit-il d'une voix tendre et emplie d'une telle pitié qu'elle eut la certitude d'avoir l'air pathétique, recroquevillée et tremblante comme elle était.

Elle redressa vivement la tête.

— Rien à voir avec *moi* ?

— Vous perdre me diminue, Séra, articula-t-il d'une voix brisée.

En réponse, elle se contenta de fermer les yeux.

Elle l'entendit quitter la pièce et s'éloigner à pas lents dans le couloir. Ouvrir la porte d'entrée et la refermer.

Elle arracha la chaîne d'or de son cou et lança l'amulette à travers la pièce, si violemment qu'elle alla cogner contre le carreau de la fenêtre avant de retomber sur le parquet.

Alertée par le bruit, Maria entra dans la pièce et poussa un cri en découvrant Séra sur le sol, le visage pressé contre ses genoux.

— Mademoiselle Arden ? Le dîner est prêt.

— Débarrassez-vous-en.

Maria s'approcha, inquiète.

— Vous êtes souffrante ?

— Oui. Je crois que je le suis.

Séra se leva, marcha jusqu'au sofa et s'y laissa choir. Elle se sentait si fatiguée qu'elle aurait pu dormir une année entière.

— Apportez-moi une bouteille de vin, Maria.

La servante regarda la pointe de ses souliers.

— Nous n'avons pas de vin, mademoiselle.

Séra ferma les yeux.

— Eh bien, allez en acheter.

— Mlle Magdalene a dit que nous ne devions pas acheter de…

— Maria, Mlle Magdalene paye-t-elle vos gages ?

— Non, mais…

— Allez acheter du vin.

Maria hocha la tête, très pâle, et s'empressa de quitter la pièce.

Séra enfouit la tête dans un coussin. Elle ne pleurerait pas. Elle ferma les yeux pour s'en assurer.

Elle demeura immobile, épuisée jusqu'à la moelle.

À quoi tout cela rimait-il ? Pourquoi s'efforcer de s'améliorer, de lutter, quand tout se résumait à une seule vérité, insupportable : son existence était superflue.

Elle allait rester là, à attendre le vin, et quand il arriverait, elle boirait tellement qu'elle…

— Séra ?

Elle ouvrit les yeux. Elle avait dû s'endormir.

Perchée sur l'accoudoir du canapé, Elinor lui caressait les cheveux.

Sauf que ce n'était pas possible. Elinor était dans le Surrey. Elle devait rêver. Elle tâcha de s'extirper de son rêve, mais la vision demeura.

— Elinor ?

Son amie lui sourit tristement.

— Qu'est-ce qui ne va pas, ma chérie ?

— Que fais-tu ici ? Bell va te trouver...

— Ne t'inquiète pas de lui. Je suis venue pour toi. Pour ta conférence, demain. Je voulais te faire la surprise.

Sa conférence. Elle avait oublié. Elle devait prendre la parole dans la librairie de Jack Willow pour la publication du second volume de ses mémoires.

Il fallait qu'elle se ressaisisse. Il faudrait qu'elle ait les idées claires, le lendemain matin, pour finir de préparer son intervention. Elle devait conjurer cette affreuse crise et redevenir elle-même.

— Séra ! appela Cornelia depuis le couloir.

Thaïs et elle se précipitèrent dans la pièce, essoufflées comme si elles venaient de courir.

— Maria est venue nous chercher, siffla Thaïs. Elle a dit que tu l'avais envoyée acheter du vin.

Bénie soit Maria. Séra se promit d'augmenter ses gages.

— Que s'est-il passé, ma chérie ? demanda Elinor en lui lissant les cheveux.

Les trois femmes la regardaient comme si elle risquait de s'envoler.

— Je suis enceinte, murmura-t-elle.

Sans un mot, Elinor la prit dans ses bras et la serra contre elle. Thaïs et Elinor se rapprochèrent, jusqu'à ce qu'elle se retrouve enveloppée dans la forteresse des bras de ses amies.

Elle aurait voulu rester ainsi éternellement.

— Ma petite fille, souffla Elinor.

Pendant un moment, aucune d'elles ne parla. Ce n'était pas nécessaire.

— Ce ne sera pas comme la dernière fois, déclara finalement Elinor d'une voix ferme. Nous sommes là à présent. Et tu es forte.

— Tu peux tout nous demander, Séra, déclara Cornelia, tel un vassal prêtant serment de loyauté à son seigneur. Absolument tout.

— Pense donc, un bébé, ajouta Thaïs d'une voix douce, un sourire dans la voix.

Elles s'efforçaient de la consoler – elles pensaient qu'elle était inquiète à cause du bébé. Mais ce n'était pas cela.

— Le problème, ce n'est pas que j'attende un enfant, dit-elle. C'est que l'enfant soit d'Adam.

— Maria nous a dit qu'il était venu, dit Thaïs en s'assombrissant. Qu'a-t-il fait ?

— Rien, répondit Séra. Je n'ai pas pu le lui dire, ajouta-t-elle en se couvrant le visage des mains.

— Pourquoi ? demanda Elinor.

— Parce qu'il est venu pour mettre fin à notre histoire. Pour me dire qu'il y était obligé parce que son avenir, et celui de ses enfants, dépend du patronage de lord Pendrake.

Elle s'interrompit, attendant que ses amies affichent des expressions horrifiées. Ce qu'elles firent. Elle eut un hochement de tête plein d'amertume.

— Toute association avec moi représente un trop gros risque. Il doit penser à sa famille, à son travail. Et il a raison. S'il savait à quel point ce risque est élevé !

— Non, déclara Cornelia, Adam m'apparaît comme un homme à principes. S'il savait que tu es enceinte de lui, il s'efforcerait de trouver le moyen de faire avancer sa carrière sans devoir compter sur Pendrake.

— Je ne veux pas revivre cette humiliation. Demander à quelqu'un de me choisir quand je sais d'avance que c'est impossible.

Personne ne dit mot. Ses amies savaient que ce n'étaient pas des propos en l'air.

— Adam finira par apprendre l'existence de cet enfant, observa Elinor. Cacher une grossesse n'est guère aisé, et la nouvelle de la tienne fera forcément scandale. Il devra faire un choix lorsqu'il l'apprendra. Garder le secret maintenant ne servira qu'à faire durer tes craintes et n'épargnera aucun de vous deux.

— Et s'il décide de sacrifier son avenir pour moi ? répliqua-t-elle avec colère. Devrai-je le laisser faire ? Supporter le poids de sa décision ? Devenir sa plus regrettable erreur ?

Thaïs s'assit près d'elle et posa la tête sur ses genoux.

— Je vois, soupira-t-elle. Tu l'aimes.

— Quoi ? éructa Séra.

Certainement pas. Si elle s'était autorisée à s'attacher à lui, c'était uniquement parce qu'elle était en proie à un désir déplacé de rédemption par l'intermédiaire d'un homme. N'était-ce pas le catéchisme sur lequel on se fondait pour élever les filles, après tout ? Ne leur apprenait-on pas à estimer leur propre valeur à l'aune de la qualité de leurs prétendants ?

Séraphina avait décidé d'être plus ambitieuse. Elle l'avait expliqué dans ses livres. Pour autant, les leçons reçues dans l'enfance demeurent si profondément ancrées en nous qu'il faut être vigilant pour éviter de voir les vieux poncifs refaire surface.

— Je ne l'aime pas, dit-elle. C'est une question de respect.

Elinor, éternel arbitre de la sagesse du cœur, s'éclaircit la voix.

— Si tu ne te souciais pas de lui, ma chérie, tu ne te soucierais pas de son avenir. Tu exigerais qu'il assume ses responsabilités envers ton enfant et tu le bannirais de ta vie s'il choisissait sa réputation plutôt que toi. Ses sentiments n'entreraient pas en ligne de compte. Tu ne t'es jamais souciée des sentiments de tes amants.

— C'est faux ! cria Séra, qui n'avait jamais élevé la voix devant Elinor. Je m'en suis souciée, *une fois*. Et qu'est-ce que cela m'a rapporté, à part un cœur brisé ?

— Séra, Adam n'est pas Trewlnany, avança Cornelia d'un ton prudent. Ce n'est pas Pendrake, ni Bell, ni aucun de ces hommes-là. Il ne leur ressemble en rien.

Vraiment ? N'avait-il pas choisi leurs valeurs en attestant que leur pouvoir était plus important pour lui que sa vie à elle ?

— Tu es encore sous le choc, dit Elinor d'une voix douce. Rien ne t'oblige à prendre une décision ce soir. Réfléchis et repose-toi. Nous serons là pour te soutenir quoi que tu fasses.

— Merci, souffla Séra.

— Mais n'oublie pas, ajouta Elinor en la regardant droit dans les yeux, s'il te plaît vraiment… tu n'as pas pour habitude de céder sans avoir livré bataille.

Adam travaillait déjà depuis plusieurs heures quand Mayhew entra au pas de charge, l'air furieux et hirsute, le visage aussi rouge que sa chevelure.

— Un problème ? s'enquit Adam en levant à peine les yeux.

Mayhew avait un tempérament à fleur de peau et s'emportait facilement. Et pour l'heure, Adam n'était pas prêt à gérer le trop-plein d'émotions de qui que ce soit. Il avait suffisamment à faire avec les siennes.

James jeta une plaquette sur sa table de travail.

— Le voilà, le problème !

La plaquette s'intitulait *Mémoires d'une débauchée, Volume II*.

— Cette traînée de Séraphina Arden va causer notre ruine, glapit James.

Il abattit le poing sur l'ouvrage avec une telle violence que la table à dessin tressauta, envoyant les crayons d'Adam sur le sol.

Les dessinateurs alentour relevèrent la tête, alarmés. Conscient de leurs regards, Adam veilla à garder son calme alors qu'il avait envie de frapper Mayhew.

— James, gronda-t-il, je te prierai de ne plus jamais prononcer de telles paroles devant moi.

— Ah, non ? Lis donc cela ! répliqua Mayhew en feuilletant le livre. *Lis !* ajouta-t-il, le doigt pointé sur un passage.

Adam prit le livre.

Le monde est rempli d'histoires tristes de femmes qui me ressemblent. Des femmes qui ont éprouvé un soudain appétit, un éclair de vanité ou de tendresse – le désir fou de s'autoriser un moment de plaisir avec quelqu'un qui leur donnait l'impression d'être aimées. Nous ne sommes pas différentes des hommes qui agissent impulsivement, par passion. Pourtant nous seules sommes punies pour nos transgressions.

Le sang est apparu sur mon linge trois mois avant le terme prévu de la naissance de l'enfant.

L'enfant. C'est ainsi que je pensais à elle.

Je lui en voulais de croître à l'intérieur de moi, vivante incarnation de ma honte.

Adam fixa ces mots en s'efforçant d'en comprendre le sens.

Elle avait perdu un enfant ? Quand ?

Le récit se poursuivait, déchirant. Une trahison. Une naissance. Une mort.

Elle avait supporté tout cela sans rien dire ? Elle l'avait écouté raconter sa propre histoire, lui avait tapoté la main et avait tu le fait qu'ils avaient ce deuil en commun.

— Adam ! aboya Mayhew.

Il releva les yeux, abasourdi.

— C'est sur l'autre page, s'irrita son beau-frère en désignant le paragraphe qu'il voulait qu'il lise.

Je n'ai compris que trop tard la valeur de la vie de ma fille.

Quand j'ai dû la pleurer, je me suis demandé par quel moyen je pourrais m'amender auprès d'elle. Car elle n'était pas un enfant bâtard et sans nom, conçu par une écervelée. Elle avait un père et une mère. Un père qui faisait circuler en ville de méchantes rumeurs sur mon compte. Qui ne m'a jamais répondu quand je lui ai écrit pour lui annoncer la mort de son enfant. Qui a laissé son propre père offrir au mien une somme équivalente au prix de trois vaches pour compenser la perte de mon avenir.

Jusqu'à ce jour, je n'ai reçu aucun autre message de lui.

Mais vous trouverez sa signature sur des projets de loi du Parlement.

Jonathan Marcham, baron Trewlnany. Héritier du marquis de Pendrake.

Adam relâcha son souffle.

— Pendrake. Dieu du ciel.

Trewlnany était l'héritier de Pendrake. Tout devenait clair subitement.

Les caricatures affichées par le régisseur de Trewlnany.

L'expression de Séraphina la veille, quand il avait prononcé le nom de Pendrake.

Assis dans son salon, il lui avait tranquillement annoncé qu'il la quittait pour mieux servir celui qui l'avait trahie.

Et elle n'a pas dit un mot.

Il avait envie de vomir.

— Et il y a pire, reprit Mayhew.

— J'imagine mal comment, répliqua Adam.

Mayhew lui reprit le livre et le feuilleta.

— Elle souhaite que les filles reçoivent la même éducation et la même formation que les hommes afin d'exercer des professions réservées aux hommes, et elle dresse la liste de ceux qui ont d'ores et déjà accepté de prendre des apprenties. Tu ne croiras jamais quel nom se trouve dans cette liste.

Il reposa le livre sur la table, l'index appuyé si fort sous une ligne qu'il blanchissait sous l'ongle.

Anderson & Mayhew, architectes.

— Rassure-moi, Adam, dit Mayhew, sarcastique, il s'agit bien évidemment d'un affreux malentendu.

Adam ferma les yeux. Il avait complètement oublié cette histoire.

— Dis-moi qu'il s'agit d'une erreur, insista Mayhew.

— J'ai accepté d'engager une apprentie quand j'ai fait sa connaissance en Cornouailles. Je n'y ai vu aucun mal. J'avais oublié.

— Tu as *oublié* que tu avais recommandé notre cabinet à une radicale ? explosa son beau-frère. Tu as oublié qu'elle allait nous détruire avec son livre ?

— J'ignorais qu'elle avait l'intention de publier le nom de notre cabinet. Elle n'en a pas fait mention.

C'était la moindre de ses omissions.

Croyait-elle que cela ne l'intéresserait pas ? Que son passé n'avait aucune importance pour lui ?

— C'est de la calomnie ! fulmina Mayhew. De la calomnie pure et simple !

— Cela n'a rien de calomnieux, répliqua Adam. J'ai donné mon accord. J'ignorais simplement que ce serait publié.

— Et tu n'aurais pas accepté que cela le soit si tu l'avais su. Tu as été piégé.

— Non, pas piégé. Je suis sûr qu'elle n'avait pas...

— Je t'interdis de prendre sa défense ! cracha Mayhew. Nous devons réparer cela. Les amis de

Pendrake ont l'intention d'interrompre sa conférence, ce soir, pour montrer leur soutien à son fils qui a été diffamé. C'est Bell qui a tout organisé. Tu viendras avec moi et tu feras un discours pour annuler cette promesse et professer notre soutien à Pendrake et aux bonnes mœurs.

Adam secoua la tête.

— Non. C'est une amie, James, et il s'agit d'un malentendu. Tu expliqueras en privé à Pendrake que nous avons changé d'avis. Mais je ne la désavouerai pas publiquement.

— Tu as perdu l'esprit ? Nous pouvons faire une croix sur la commande de l'arsenal si nous sommes perçus comme des conspirateurs. Tu n'as pas le choix. Tu dois désavouer tout lien avec elle. Pense aux enfants de ma sœur. Comment trouverons-nous un époux pour Adeline si elle est la fille d'un sympathisant radical ? Comment trouverons-nous une place à l'école pour Jasper ?

Si déplaisant que ce soit de l'admettre, Mayhew avait raison.

Adam ne pensait pas que Séraphina ait cherché à lui nuire. Toutefois, en citant nommément Pendrake comme ennemi, elle devenait une cible.

S'il voulait un avenir, il n'avait d'autre choix que de faire ce que Mayhew lui demandait.

— Le rassemblement se tiendra à 19 heures dans la librairie de Jack Willow. Tu as intérêt à y être, Adam. Ce n'est pas le moment de rêvasser à tes idéaux utopistes. Si nous voulons sauver le cabinet, tu dois te joindre à ceux qui condamnent Mlle Arden.

Ceux qui condamnent Mlle Arden.

Il repensa aux quatre oiseaux morts alignés dans un panier devant sa porte.

Aux affichettes clouées à son portail et dans toute la ville où elle avait grandi, probablement sur les indications de l'homme qui l'avait séduite et abandonnée.

Aucun doute, Pendrake et Trewlnany *méritaient* qu'on ternisse leurs réputations.

Car si cela portait un peu atteinte à leur renommée, Séraphina, elle, avait tout perdu.

Il ne se joindrait pas à ceux qui la condamnaient.

Il ne permettrait pas qu'elle se rende chez Jack Willow sans savoir ce qui l'attendait là-bas.

Il devait la prévenir.

27

Séraphina n'était plus un être de chair et de sang. Elle n'était plus que nausée et vomissements.

Elle avait prévu de consacrer la journée à la préparation de sa conférence, mais elle l'avait presque entièrement passée allongée sur le divan, à se retenir de vomir.

— Jack est arrivé, annonça Tompkins en passant la tête dans l'entrebâillement de la porte de sa chambre. Il vous attend en bas en compagnie de ces dames. Je pense toutefois que vous devriez renoncer à sortir. Vous êtes verdâtre.

— Je n'ai pas le choix. Aidez-moi à descendre, voulez-vous ?

Tompkins lui offrit son épaule et Séra s'y accrocha pour gagner l'escalier d'un pas incertain. Mettre un pied devant l'autre semblait demander six fois plus d'efforts que d'habitude. Tout à coup, son estomac remonta dans sa gorge.

— Attendez ! cria-t-elle.

Tompkins s'immobilisa pour lui permettre de s'appuyer au mur du palier un instant.

— Je vous raccompagne dans votre chambre et j'envoie chercher le médecin, proposa sa secrétaire.

— Non, non, ça va aller !

Elle n'avait pas besoin de médecin. Les nausées avaient été tout aussi affreuses la première fois qu'elle avait été enceinte. Il n'existait aucun remède à cela. Il fallait l'endurer en espérant que les choses se passent au mieux.

Après sa conférence, elle garderait la chambre quelques jours – le repos apaiserait peut-être son estomac. Mais si elle annulait cette soirée sous prétexte qu'elle était malade, ses adversaires penseraient qu'elle avait peur et interpréteraient cela comme une victoire.

— Mon Dieu, Séra, tu as une mine effroyable ! s'exclama Jack quand elle pénétra dans le salon. Remonte tout de suite te coucher.

— Certainement pas. Si je ne me montre pas, on dira que je me cache. C'est maintenant que je dois prouver à quel point nous sommes solides.

— Solides ! On dirait que tu vas t'écrouler d'une seconde à l'autre. Et te retrouver au milieu d'une foule de gens n'aidera pas. La rue est déjà noire de protestataires – ce sont les soutiens de Bell qui ont organisé ce rassemblement, et je me demande s'ils n'ont pas payé ces gens pour qu'ils viennent.

— S'ils ont fait cela, ils sont stupides. Plus il y aura de monde, plus cela attirera la presse qui relaiera mes idées dans les journaux. Cela dit, si Bell est impliqué, il ne faut pas qu'Elinor nous accompagne, ajouta-t-elle en tournant un regard inquiet vers son amie. Être venue à Londres est déjà assez dangereux comme cela.

Elinor adressa un clin d'œil à ses compagnes.

— Dois-je lui révéler mon plan ?

— Ton plan ? répéta Séra.

Elinor avait changé depuis son retour. Elle semblait plus alerte.

— Je vais provoquer Bell en demandant le divorce. C'est la seule façon de retrouver ma liberté.

— Il n'acceptera jamais, déclara Jack d'un air lugubre.

— À moins que la rage ne l'aveugle et qu'il ne le fasse, répliqua Elinor en souriant.

Cela pouvait fort mal tourner, songea Séra.

— Et s'il t'enlève de nouveau ce soir ?

— Je résisterai. Et la presse le verra prendre sa femme en otage comme une criminelle. Il passera pour une brute. Tu sais combien l'idée de se comporter en gentleman lui tient à cœur.

— Si sa vanité est le seul bouclier pour protéger ta liberté, tu ferais peut-être mieux de remettre cela à plus tard, suggéra Cornelia.

— Une voiture m'attendra sous les arcades, je pourrai donc m'enfuir par-derrière s'il tente de m'appréhender. Cela ne marchera peut-être pas, mais quels sont mes choix ? Lui céder ? Me cacher jusqu'à la fin de mes jours ? Je veux *vivre* !

Thaïs applaudit.

— C'est l'idée. Se battre plutôt que céder. Nous avons juré de nous battre.

Cornelia opina lentement du chef.

— Nous pourrions en tirer avantage, je pense, si nous nous montrons malignes. Le scandale du divorce d'Elinor suscitera l'intérêt pour la deuxième phase de notre plan. Je pourrais peindre Elinor en prostituée pour ma série de Jézabel. Nue.

Elinor éclata de rire.

— Moi, posant nue ! Vous imaginez le scandale ?

Une expression troublée passa sur le visage de Jack, comme s'il ne l'imaginait que trop bien. Il se racla la gorge.

— Nous devons partir, Séra. Avant cela… je suppose que tu as vu les journaux de l'après-midi ? Tu dois te tenir prête à répondre aux dernières attaques.

Elle jeta un coup d'œil à la pile de quotidiens sur la table qui se trouvait devant eux.

— Pour être franche, j'ai passé la journée au lit à me retenir de vomir. Qu'ai-je raté ?

Jack chercha parmi les journaux et lui en tendit un. *Le baron Trewlnany dément les accusations.*

— Il a juré de vous traîner devant les tribunaux pour diffamation.

— C'était prévisible et nous sommes préparés.

Elle avait en sa possession les lettres que Pendrake avait adressées à son père prouvant la véracité de ses déclarations. S'ils allaient devant les tribunaux, ils perdraient et sa cause y gagnerait en célébrité.

Jack souleva un autre journal.

— Trois autres femmes accusent Trewlnany d'avoir attenté à leur vertu.

Séra grimaça. Elle se doutait bien qu'elle n'avait pas été la seule.

— Les pauvres. Donne-moi celui-ci, veux-tu ? Je le lirai en chemin.

— Et ceci a été publié dans l'*Advocate*, ajouta Jack en lui tendant un autre journal.

Les commerçants s'unissent contre l'apprentissage des femmes, titrait la publication.

Elle survola l'article. Plusieurs propriétaires d'entreprises s'étaient rassemblés pour décrier son appel en faveur de la formation professionnelle des femmes et avaient juré de ne jamais embaucher celles-ci. Séraphina soupira.

— Je ne vois pas en quoi c'est une nouveauté dans la mesure où ces gens-là refusent déjà d'employer des femmes.

Elle replia le journal et s'apprêtait à le rendre à Jack quand un nom, à la fin de l'article, retint son attention. Elle interrompit son geste.

Le cabinet d'architecture londonien Anderson & Mayhew a fait savoir qu'il désavouait tout soutien à Mlle Arden. « Nous sommes horrifiés par les déclarations diffamatoires et immorales qui figurent dans les mémoires de Mlle Arden, ont-ils déclaré. Nous avons l'intention de faire savoir à Mlle Arden que notre accord a été obtenu sous de faux prétextes et nous retirons publiquement notre soutien à son institut. »

La nausée remonta à nouveau de ses entrailles. Il n'avait même pas eu la courtoisie de le lui dire en face. Elle savait depuis longtemps que les hommes prenaient ce qu'ils voulaient tant que cela ne se révélait pas gênant. Et que la morale ne dictait leur conduite qu'à condition de ne pas nuire à leurs ambitions.

Elle n'aurait toutefois jamais imaginé qu'Adam puisse se comporter ainsi. Le message était clair : *Les hommes se protègent mutuellement et vous ne pourrez jamais nuire à leur pouvoir.*

— Séra, que se passe-t-il ? demanda Cornelia en tendant la main vers le journal.

Séra le lui remit, puis plaqua la main sur sa bouche et se rua vers une corbeille à papier afin de soulager son estomac.

Jack s'approcha d'elle pour lui tendre un mouchoir.

— Tu ferais mieux de rester ici, Séra. Je vais annuler l'événement.

— Cela vaut sans doute mieux, renchérit Elinor. Tu dois te reposer et boire de la tisane au gingembre.

— Pas question, répliqua Séra en s'essuyant la bouche. Si les femmes laissaient les menus tracas de la reproduction les détourner de leur tâche, la race humaine ne survivrait pas plus d'une génération. En outre, j'ai un message important à faire passer.

Adam s'arrêta sur le seuil de la maison de Séraphina Arden, haletant. Il avait couru depuis Cheapside, jouant des coudes parmi la foule du marché, la cohue des juristes qui se pressaient autour du Palais de justice et les encombrements le long de Paternoster Row. Il avait l'impression que son cœur allait exploser.

La porte s'ouvrit sur Tompkins, qui afficha une expression hostile à sa vue.

— Mlle Arden n'est pas là, dit-elle. Et je doute qu'elle accepterait de vous recevoir si elle était présente.

— Je.., Est-elle déjà partie chez Willow ? demanda-t-il, désarçonné par cet accueil.

Il n'y avait jamais eu d'animosité entre eux, or elle le regardait à présent comme s'il avait marché dans quelque chose de nauséabond. Elle croisa les bras.

— Elle est allée où bon lui semble. Bonne journée, monsieur. Non que vous le méritiez.

— Pardonnez-moi, mademoiselle Tompkins, aurais-je fait quelque chose qui vous a déplu ?

Elle eut une moue dégoûtée.

— Mlle Arden a assez de tracas avec ses ennemis, monsieur Anderson. Elle n'a pas besoin que ses prétendus amis lui en causent davantage.

Adam était complètement déboussolé.

— Je suis venu la prévenir qu'une foule de protestataires compte se rassembler devant la librairie de Willow. Un groupe de conservateurs va la fustiger et l'accuser de sédition.

Tompkins le considéra comme s'il était borné.

— Évidemment. Le contraire serait décevant. Leur réaction attisera les flammes et ses mémoires se vendront d'autant mieux. Elle ne fait pas ces choses-là par hasard. Pour autant, le fait de provoquer ces réactions ne l'immunise pas contre celles-ci. Je pensais que vous aviez au moins compris cela. Vous m'avez beaucoup déçue. Et Mlle Arden ne vous le dira sans doute jamais, mais elle aussi est déçue.

Lorsque Tompkins voulut fermer la porte, Adam l'en empêcha. Elle le regarda d'un air choqué.

— Ne soyez pas une brute, siffla-t-elle.

— Pardon, dit-il en secouant la tête, tâchant de comprendre ce qui était en train de se passer. Êtes-vous fâchée à cause de ce que j'ai dit hier soir ? Parce que je l'ai blessée ?

Tompkins le fixa d'un œil noir.

— Je suis fâchée à cause de ce que vous avez fait imprimer dans le journal d'aujourd'hui. Avez-vous commis d'autres méfaits, hier soir ?

Il n'avait rien fait imprimer.

— Mademoiselle Tompkins, dit-il sans chercher à masquer son désespoir, je suis perdu. S'il vous plaît, dites-moi ce que vous pensez que j'ai fait.

Tompkins tourna les talons et disparut à l'intérieur de la maison. Elle revint un instant plus tard, tenant un journal entre deux doigts comme s'il était souillé d'excréments. *Les commerçants s'unissent contre l'apprentissage des femmes*, titrait-il.

Il prit le journal et parcourut l'article.

— Salaud, murmura-t-il en lisant la citation de la fin.

— Absolument, ricana Tompkins.

Il allait étrangler Mayhew.

— Tompkins, je n'étais pas au courant. C'est sûrement le fait de mon associé. Je n'aurais jamais autorisé une telle publication.

— Le mal est fait, n'est-ce pas ? Vous auriez dû voir sa tête quand elle l'a lue. Elle en était malade.

Il ferma les yeux.

— Je lui expliquerai. Je me ferai pardonner.

— Je vois mal comment, marmonna Tompkins.

— Est-elle allée chez Willow ? demanda-t-il.

Tompkins acquiesça d'un air méfiant.

Il ne prit pas le temps de dire au revoir et s'éloigna au pas de course. Il y voyait à peine tandis qu'il se frayait un chemin dans les ruelles sinueuses de Covent Garden. Son esprit restait fixé sur une vision de Séraphina découvrant l'article, persuadée qu'il avait dit ces choses *après* qu'il eut appris la nature de son lien avec Pendrake.

Elle devait le prendre pour une ordure perfide et sans cœur. Il détestait l'idée qu'elle puisse le croire aussi insensible. Qu'elle puisse le mettre dans le même sac que celui qui l'avait abandonnée pour protéger son nom.

Cela dit, lui avait-il donné une seule raison de penser qu'il était différent ?

La décision qu'il lui avait annoncée la veille en attestait : il ne l'était pas. Et pourquoi ?

Mayhew, l'argent, son prestige d'architecte, quelle importance quand l'idée de l'avoir blessée lui donnait l'impression d'être poursuivi par une meute de chiens enragés ?

Il avait su d'emblée que leurs vies n'étaient pas compatibles. Il avait pensé qu'il lui fallait choisir le chemin le plus sûr. Or c'était stupide.

Il ne pouvait pas faire comme si son cœur était différent de ce qu'il était. Il avait trahi ses propres principes. Il avait fait le mauvais choix.

Il avait protégé ce qui était le moins précieux.

Il l'avait blessée, de la même façon qu'elle l'avait été auparavant.

Mon Dieu, ç'avait dû lui être tellement douloureux.

Ses poumons étaient en feu, mais il ne ralentit pas l'allure. Il devait à tout prix la rejoindre, lui expliquer, lui présenter ses excuses, réparer ce massacre. Il était en nage quand il atteignit la librairie de Willow.

Une foule compacte d'hommes se massait devant la boutique, en interdisant l'entrée. Mayhew se tenait au milieu d'un groupe d'individus qui brandissaient des pancartes couvertes de slogans grossiers et insultants. Il aperçut Adam et lui fit signe d'approcher.

— Je suis content de te voir ! s'écria-t-il. Je commençais à me poser des questions. Tiens, dit-il en lui tendant une affichette vulgaire.

Adam la lui arracha des mains et la chiffonna.

— Espèce de traître, gronda-t-il en jetant l'affichette dans le caniveau. J'ai lu ton article. Ne t'avise plus jamais de parler en mon nom !

Mayhew écarquilla les yeux. Adam ne l'avait pas insulté depuis qu'ils étaient enfants.

— Attends un peu..., commença James en bombant le torse.

— Écarte-toi de mon chemin, grinça Adam en le contournant.

Il joua des coudes pour se frayer un passage parmi la foule et réussit à entrer dans la boutique. Debout sur une estrade, Séraphina s'adressait déjà au public.

Celui-ci était presque entièrement composé de femmes. Il dut tendre l'oreille pour distinguer sa voix par-dessus les cris des hommes massés à l'extérieur.

— La morale de mon récit ne doit pas se limiter au fait que je cite nommément le baron Trewlnany. En l'identifiant publiquement, j'ai voulu illustrer la profonde différence quant à ce qu'il est advenu de nos vies. C'est aujourd'hui un homme titré et l'héritier d'un pair du royaume. Il est titulaire d'un siège d'électeur à la Chambre des communes et il est destiné à siéger un jour à la Chambre des lords. Sa famille – je crois qu'il est père de quatre enfants – vit confortablement sur un de ses domaines. Comparez cela à mon sort. Je suis une femme qui ne peut même pas fêter la sortie de son propre livre sans être huée par une meute d'hommes vociférants.

Des insultes fusèrent non loin d'Adam, où quelques hommes avaient réussi à forcer le passage.

Le regard de Séra se porta vers le fond de la salle et elle gloussa.

— Merci, messieurs, vous illustrez parfaitement mon propos.

Elle souriait à la foule lorsqu'elle repéra soudain Adam. Son sourire s'évanouit.

Il leva la main en guise de salut silencieux. « Je suis ici pour vous, pas pour eux, s'efforça-t-il de lui dire avec les yeux. Je suis désolé. »

L'espace d'une seconde, elle parut hésiter, puis elle reporta le regard sur les femmes du premier rang.

— Je n'ai pas fait ce récit pour susciter votre pitié. J'ai beaucoup de chance. Mon ignominie m'a offert une liberté qui fait que je suis sans doute plus heureuse que bien des hommes.

Elle regarda alors Adam droit dans les yeux.

— Y compris les lâches qui se trouvent au fond de cette salle, ajouta-t-elle.

Il eut l'impression de recevoir une gifle.

Les femmes l'acclamèrent tandis que les hommes se mettaient à gronder plus fort.

— Mes chères amies, dit Séra par-dessus le brouhaha, notre combat sera long et les hommes qui sont ici le prouvent. Malheureusement, ceux qui jouissent d'injustes avantages perçoivent l'égalité comme un danger. Ils croient que nous voulons prendre *leur* pouvoir. Ils n'arrivent pas à concevoir que nous voulons juste la parité. Le pouvoir qui nous revient de droit.

Il y eut une soudaine agitation près de la porte et une masse d'hommes que la salle pouvait difficilement contenir fit irruption en scandant des slogans.

— Faites taire la menteuse ! Faites taire la traînée ! Faites-la taire pour toujours !

Les dames tournèrent un regard alarmé vers les nouveaux arrivants. Willow, escorté d'autres hommes, s'éloigna de l'estrade pour aller affronter les intrus.

Séra s'adressa directement à eux.

— Puis-je vous aider, messieurs ? s'enquit-elle d'un ton plaisant.

Sa voix portait haut et clair. Pourtant, Adam remarqua qu'elle s'agrippait au pupitre d'une façon qui n'était pas naturelle et que son front était luisant de sueur. Il se souvint des paroles de Tompkins un instant plus tôt, *Provoquer ces réactions ne l'immunise pas contre celles-ci*.

— Diffamatrice ! lança un homme chauve en chargeant vers l'estrade. Catin calomniatrice !

Adam reconnut cette silhouette en forme d'œuf.

— Lord Bell, le salua Séra, tout sourire, comme c'est aimable à vous d'assister à ma conférence. Lesquelles de mes paroles vous ont paru malhonnêtes ? Dire que les femmes souffrent d'injustice ? Ou que la société a tout à gagner à l'égalité entre les personnes ?

— Cette femme est une menteuse invétérée et une criminelle ! tonna Bell en s'adressant au public. Son répugnant ouvrage n'est qu'un ramassis de calomnies, mais ses crimes ne se limitent pas à ses paroles. Cette femme a enlevé mon épouse et je vais la traîner devant les tribunaux !

Séraphina adressa un coup d'œil amusé à une femme du premier rang. Celle-ci se leva et vint la rejoindre sur l'estrade.

C'était lady Bell.

La salle explosa, le vacarme devint infernal.

— Bonjour, milord, lança lady Bell à son époux en s'efforçant de couvrir le bruit. Comme vous pouvez le constater, Mlle Arden ne m'a pas enlevée. Je n'appréciais tout simplement pas d'être enfermée dans un asile d'aliénés et j'ai fait ce qu'il fallait pour en sortir le plus tôt possible. Par une fenêtre, en l'occurrence !

Les hommes se déchaînèrent, frénétiques. Lady Bell adressa un sourire entendu aux dames. Debout sur cette estrade, elle apparaissait digne, respectable, saine d'esprit et maîtresse d'elle-même. Elle secoua la tête et considéra les hommes vitupérants d'un œil contrit, l'air de dire : « Et ce sont eux qui osent prétendre que nous sommes folles. »

Elle leva la main pour exiger le calme.

— Le fait que mon époux ait été, et soit aujourd'hui encore, dans son bon droit quand il me fait enfermer et qu'il me prive de mes enfants témoigne de la véracité de l'injustice dénoncée par Mlle Arden.

Bell se démenait pour se rapprocher de l'estrade, comme s'il avait l'intention d'en déloger sa femme, mais Jack Willow et ses amis formaient une barrière pour l'en empêcher. Lady Bell continua d'une voix claire et sereine :

— Tout ce que vous avez lu à propos de mon prétendu adultère est faux. La source de la colère de mon mari, c'est que je lui ai désobéi. Nous étions en désaccord politique et j'ai eu l'audace de rédiger et de faire publier mon point de vue. Milord, ajouta-t-elle en s'adressant directement à son époux, si le fait d'être mon mari vous déplaisait autant, vous n'aviez pas besoin de vous donner la peine de m'enfermer – être mariée avec vous est déjà une prison. Pourquoi ne pas divorcer de moi ?

— Divorce de cette catin ! lança un homme derrière Adam.

Les hommes levèrent le poing.

— Divorce ! Divorce ! se mirent-ils à scander.

Lady Bell sourit.

— Enfin un point sur lequel nous sommes d'accord.

Elle s'inclina pour saluer la foule, puis se glissa derrière un rideau, laissant un chaos d'hommes furieux. La salle vibrait de leurs beuglements.

Abjure ! Kidnappeur ! Pécheresse ! Catin !

Bell tenta de franchir le rempart des hommes de Willow.

— Lord Bell, le réprimanda Séraphina d'un ton las, la scène m'appartient, ce soir. Si vous souhaitez faire connaître votre point de vue, prenez exemple sur moi : publiez un livre.

— Si vous n'êtes pas coupable d'enlèvement, vous êtes à coup sûr coupable de calomnie ! éructa Bell en repoussant Willow. Je vais vous faire arrêter sur-le-champ. Soumettez-vous ou nous emploierons la force !

Adam se jeta sans hésiter dans la mêlée.

28

Séraphina avait l'habitude de se faire huer.

Quand on consacre sa vie à aborder publiquement des sujets incendiaires, on apprend à considérer les insultes et les fruits pourris qu'on vous jette parfois à la figure comme ajoutant à la gravité du message que l'on défend. Car si l'on est assez choquant pour être agressé, n'est-ce pas la preuve que l'on a réussi à se faire entendre ?

Elle n'avait pas l'habitude, en revanche, de voir un aristocrate la charger à la façon d'un taureau.

« Ne montre pas ta peur », s'ordonna-t-elle comme Bell fonçait vers l'estrade tandis que la librairie se transformait en champ de bataille. Pas question de prendre la fuite. Elle n'avait rien fait de mal. S'il voulait la traîner chez un magistrat, elle irait l'esprit en paix.

Cependant, à l'instant précis où il fondait sur elle, une petite femme se détacha du premier rang et se planta en travers de sa route. Son chapeau était tombé quand elle s'était levée.

C'était *Tamsin Rowe* ! Et elle se dressait devant lui comme si elle faisait deux fois sa taille.

— Milord, vous ne pouvez rien reprocher à Mlle Arden, déclara-t-elle d'une voix forte, quoique légèrement tremblante. Tout ce qu'elle dénonce dans son livre est vrai.

— Et qui êtes-vous donc pour vilipender de la sorte le baron Trewlnany ? ricana un homme de haute taille à côté de Bell.

Il se plaça devant elle comme si le robuste lord avait besoin de protection contre une femme minuscule.

— Je suis son épouse, la baronne Trewlnany, répliqua Tamsin. Et en tant que telle, je sais que le récit qu'a publié Mlle Arden n'a rien de calomnieux. Chaque mot de son histoire est vrai.

Éberluée, Séra fixait Tamsin, la fille qui avait été sa meilleure amie et sa confidente jusqu'à son mariage avec Jonathan. *Où étais-tu passée, pendant tout ce temps ? Et qu'est-ce qui te pousse à parler aujourd'hui ?*

— En voilà assez, lady Trewlnany, cracha Bell en lui saisissant le bras.

Avant que Séra ait eu le temps de réagir, Adam s'était jeté sur Bell et l'obligeait à lâcher Tamsin. La foule se transforma alors en une telle masse chaotique qu'elle n'aurait su dire quel membre appartenait à qui.

Son cœur tambourinait dans sa poitrine au point de lui faire mal. « Respire, s'ordonna-t-elle. Sois forte. » Toutefois, au milieu de cet océan de poings qui volaient, d'hommes qui criaient et de femmes affolées qui se ruaient vers la sortie, elle sentit ses genoux faiblir. Elle se cramponna au pupitre pour ne pas tomber.

Cornelia et Thaïs s'empressèrent de lui porter secours.

— Il faut que je sorte, murmura-t-elle. Tout de suite.

Cornelia lui prit le bras.

— Emmenons-la dans l'appartement de Jack.

Séra se laissa guider derrière le rideau en s'efforçant de rester droite alors que la salle s'obscurcissait et se mettait à tournoyer autour d'elle.

Thaïs lui entoura la taille du bras.

— Est-ce que tu peux monter l'escalier ?

— Je crois, souffla Séra. Mais ils vont penser que je me suis enfuie parce que j'avais peur.

— Ils sont bien trop occupés pour penser quoi que ce soit. Jack va les expulser avant de se faire arrêter pour trouble à l'ordre public.

Séra se concentra sur le fait de monter l'escalier, une marche après l'autre, en tâchant de ne pas penser à la boule d'angoisse qui s'était lovée dans son ventre. Il lui fallut une éternité pour gravir les deux volées de marches.

Elle pénétra d'un pas chancelant dans l'appartement de Jack.

— Où est Elinor ? demanda-t-elle en regardant autour d'elle.

— Elle est sortie par-derrière, répondit Cornelia. Elle est en sécurité, à présent. Elle restera dans le Surrey jusqu'à ce que le calme soit revenu.

C'était au moins cela. Elle s'assit, essayant de devancer la nausée qui menaçait de la forcer à s'agenouiller. Mais elle n'arrivait pas à retrouver son souffle. Un tremblement irrépressible parcourut soudain ses épaules. Elle se sentait dans le même état que lorsqu'elle avait...

Non. Non. Non.

— Allez chercher Hawksmoor, haleta-t-elle, la peur l'empêchant presque de parler. Quelque chose ne va pas.

Adam n'aurait su dire combien de mains se posèrent sur lui quand il s'interposa entre Bell et lady Trewlnany. Il jeta un coup d'œil derrière lui pour voir si Séra était prise dans la mêlée, mais elle avait disparu. Il pria pour qu'elle soit en sécurité.

— Venez avec moi, dit-il à la baronne. Je vais vous mettre à l'abri.

Un homme tendit le bras vers elle pour la tirer de nouveau vers Bell.

— Lâchez-la ! cria Adam, qui écarta le malotru d'une main tout en plaquant la baronne contre son torse de l'autre.

— Elle a défié l'autorité de son époux ! lança un homme d'un ton accusateur.

— Pour l'heure, je crois que son mari a des problèmes plus graves qu'une épouse indocile, répliqua Adam en repoussant l'intrus.

Sa haute stature et sa force lui facilitèrent la tâche quand il traversa la mêlée en direction de la rue, lady Trewlnany toujours blottie sous son bras.

— Merci, articula-t-elle quand ils furent enfin à l'air libre.

Son teint était cendreux. Adam la libéra en douceur, veillant à s'assurer qu'elle tenait sur ses jambes.

— Vous avez fait montre d'un sacré cran tout à l'heure, déclara-t-il. Voulez-vous que je hèle un fiacre ?

— Non, une voiture m'attend, répondit-elle en désignant un véhicule dont la portière était frappée des armoiries de Pendrake. C'est celle de ma belle-mère, ajouta-t-elle avec un rire nerveux. Elle me croit chez la modiste.

Il s'inclina, pressé de se mettre en quête de Séra, mais lady Trewlnany enchaîna :

— Vous êtes l'ami de Séra, n'est-ce pas ? Celui que j'ai vu avec elle à l'auberge, en Cornouailles ?

Adam acquiesça. Il espérait que Séra voudrait bien le compter comme un ami.

— J'ai eu le privilège d'être une de ses amies, autrefois, dit la baronne d'une voix chargée d'émotion. Si vous la voyez, dites-lui que j'ai lu son livre et que je suis affreusement désolée pour tout ce qui s'est passé.

Quels qu'aient pu être les torts de son époux, l'estime que cette femme avait pour Séraphina semblait sincère.

— Puis-je vous poser une question, milady ? demanda Adam. Votre mari a-t-il déposé des oiseaux devant la porte de Séraphina ? En Cornouailles ?

Lady Trewlnany le dévisagea sans comprendre.

— Des oiseaux ?

— Oui. Un panier contenant des oiseaux. Morts. Avec un message de menaces.

Elle prit une brève inspiration, puis :

— Des martins-pêcheurs ?

— Oui.

— Dieu du ciel, murmura-t-elle. Mes enfants en ont dans une volière. Plusieurs d'entre eux ont disparu pendant l'été et nous n'avons pas… Seigneur ! Dites-lui que je suis désolée.

Elle fondit en larmes et se précipita vers sa voiture avant qu'Adam ait pu répondre.

— Ah, monsieur Anderson, vous voilà ! s'exclama une voix féminine à l'accent populaire.

Il pivota sur ses talons. Mlle Magdalene sortait de la librairie et se dirigeait vers lui. Sa peau, déjà naturellement pâle, était si blanche que ses taches de rousseur ressortaient de façon saisissante.

— Que se passe-t-il ? demanda-t-il.

Elle lui tendit une feuille de papier.

— J'aurais besoin d'un service. C'est urgent. Pouvez-vous remettre ceci à Alison Hawksmoor, à Candlelighter Mews ? Si vous ne la trouvez pas chez elle, faites venir le médecin le plus proche.

L'effroi lui comprima soudain la poitrine.

— Quelqu'un est blessé ?

Faites que ce ne soit pas Séraphina.

Mlle Magdalene le regarda bien en face.

— Je ne sais pas trop, mais c'est sérieux. Hawksmoor comprendra. Ne perdez pas de temps.

Il acquiesça et fila à travers les rues encombrées. L'adresse n'était pas très éloignée. Il pressa un valet de lui indiquer la porte. Une femme d'âge moyen répondit quand il frappa.

— Madame Hawksmoor ?

— C'est moi, répondit-elle d'un ton aimable.

— Un message urgent pour vous, dit-il en lui tendant le feuillet.

Il observa attentivement son visage, tandis qu'elle en prenait connaissance. Elle plissa le front.

— Mlle Arden ? J'ignorais qu'elle était enceinte.

Enceinte ?

Cela signifiait-il… Se pouvait-il… Par tous les feux de l'enfer !

— De quoi se plaint-elle ? s'enquit Mme Hawksmoor.

Il s'efforça de retrouver l'usage de la parole.

— Monsieur ?

— Je suis désolé. Je ne sais pas. Elle donnait une conférence et une foule d'hommes a fait irruption pour l'interrompre.

— Ils l'auront sans doute effrayée. Un choc peut être mauvais pour un bébé. Mais Mlle Arden est solide. Vous, en revanche, ne me semblez pas bien solide, monsieur. L'enfant est-il de vous ?

Il fourragea dans ses cheveux.

— Je ne sais pas. Oui. Probablement. Dieu me vienne en aide !

La femme lui tapota le dos.

— Ne vous inquiétez pas, quoi qu'il arrive, elle sera forte. Et vous devrez l'être aussi, pour elle. Attendez là le temps que je rassemble mes affaires.

Elle ressortit un instant plus tard, une sacoche à la main. Adam la conduisit promptement à travers les rues étroites jusqu'à la boutique de Jack Willow. La foule avait diminué devant la librairie et ils purent y pénétrer sans encombre. Willow et un autre homme en bras de chemise remettaient de l'ordre.

— Vous êtes la sage-femme ? demanda Jack à Mme Hawksmoor.

— Oui.

— Dieu merci. Elle est à l'étage et semble en plein désarroi. Dépêchez-vous, dit-il avant de fusiller Adam du regard. Vous n'êtes pas le bienvenu ici.

— Je sais ce que vous devez penser, et vous faites bien de la protéger, mais je dois rester, répondit Adam sans s'arrêter.

Il n'attendit pas d'autorisation pour suivre la sage-femme dans l'escalier. Mlle Magdalene se rua vers eux.

— Merci d'être venue aussi vite, madame Hawksmoor. Entrez.

La sage-femme pénétra dans l'appartement.

— Elle est enceinte d'environ deux mois et demi, expliqua Mlle Magdalene de sa voix haut perchée. Elle a été affreusement malade toute la semaine, et tout à l'heure, elle a failli se trouver mal. Vous savez qu'elle a perdu...

Mme Hawksmoor acquiesça et elles disparurent dans une autre pièce. Adam tenta de les suivre.

— Il est préférable de lui laisser un peu d'intimité, déclara la sage-femme d'un ton sans appel avant de refermer la porte derrière elle.

Il s'adossa au mur, ne sachant que faire. Un cri retentit et il frappa aussitôt à la porte. Mlle Ludgate ouvrit et le foudroya du regard.

— Vous feriez mieux de partir. Si elle souhaite vous parler, elle vous écrira.

— Il faut que je lui parle. Je vous en prie. J'attendrai.

Elle sortit de la chambre et veilla à refermer la porte derrière elle, comme si un seul regard de lui risquait d'aggraver l'état de Séraphina.

— Je ne vous permettrai pas de l'indisposer davantage, monsieur Anderson.

— Cela ne vous concerne pas, dit-il en s'efforçant de ne pas hausser le ton. Si elle porte mon enfant – si elle l'a perdu –, je dois être là pour elle.

Mlle Ludgate laissa échapper un soupir.

— Écoutez. La situation est très délicate. Elle est bouleversée...

— Ma femme est morte en couches, l'interrompit-il. Je sais très bien à quel point la situation est délicate et je ne partirai pas.

Cornelia demeura silencieuse. Elle semblait partagée.

— Entendu. Attendez ici. Mais si vous faites quoi que ce soit qui lui cause de la peine…

— Je n'ai aucune intention de lui faire de la peine, s'écria-t-il. Jamais je ne lui ferai de mal !

Alors même qu'il protestait, il réalisa que c'était déjà fait.

Il se laissa tomber sur une chaise en se maudissant intérieurement.

Mlle Magdalene sortit alors de la chambre, les joues ruisselantes de larmes.

Le corps sans vie de Catriona s'imposa à lui. Il bondit sur ses pieds.

— Qu'y a-t-il ? demanda-t-il d'une voix rauque. Que lui est-il arrivé ?

— Elle va bien, répondit Thaïs en s'essuyant les yeux. Une simple frayeur. Elle a juste besoin de se reposer.

— Et le bébé ? parvint-il à articuler.

— Tout va bien pour l'instant. C'est encore trop tôt.

Il s'avança jusqu'à la porte, tremblant.

— Séra ? C'est Adam, mon ange. Puis-je entrer ?

La sage-femme lui ouvrit la porte. Derrière elle, Séra était assise sur un lit, seulement vêtue de sa chemise. Ses cheveux retombaient sur ses épaules. Elle était pâle, luisante de sueur.

Mme Hawksmoor drapa une couverture sur ses épaules.

— Veillez à ce qu'elle se repose. Beaucoup de sommeil. Pas de relations sexuelles.

Il frissonna. Comme s'il avait eu l'intention de recommencer. Plus jamais !

— Prévenez-moi au moindre saignement, poursuivit-elle. Je passerai la voir dans quelques jours.

— Je prendrai soin d'elle, promit-il. Merci.

Ils se retrouvèrent seuls.

Sauf qu'ils ne l'étaient pas vraiment puisque Séraphina était enceinte.

Enceinte.

Il répéta ce mot plusieurs fois dans sa tête, comme s'il s'attendait à être tiré d'un rêve.

Mais il n'y avait que lui et elle dans cette petite pièce sombre. Lui, elle et leur bébé.

Leur bébé.

Son bébé *à lui*.

À lui. Comme Adeline était à lui et Jasper était à lui et le tout-petit qu'il ne supportait pas de nommer avait été à lui, celui qu'il avait enterré dans le même cercueil que sa mère, sous une pierre tombale où étaient gravés ces mots : *Catriona Anderson et son enfant, tendrement aimés*.

Les larmes lui vinrent aux yeux et il les ignora car le sentiment qui le dominait, plus urgent que cette bouffée d'émotion, c'était la férocité.

Il avait envie de tuer ces hommes qui s'étaient rassemblés devant la librairie. De leur arracher les membres un à un et de les exhiber, mutilés et sanguinolents, dans les rues. Tous ces lâches qui avaient cherché à intimider cette femme bien plus courageuse qu'eux tous. Bien plus courageuse que lui.

Il tâcherait d'être plus courageux, pour elle.

Il le devait. Pour la famille qu'ils allaient former. La famille qu'il *voulait* former avec elle, parce qu'il savait qu'il le devait. Il ignorait comment il y arriverait vu qu'il venait d'envoyer promener tous ses projets de carrière soigneusement élaborés, mais il avait confiance en lui et il savait qu'il réussirait.

— Que faites-vous là ? demanda Séraphina d'une voix faible.

Il s'agenouilla auprès d'elle, lui prit les mains et les serra si fort qu'il craignit de lui faire mal, mais il ne put se résoudre à desserrer son étreinte, car il savait à présent que le rêve qu'il avait eu en Cornouailles était prémonitoire. Il était de ces Écossais qui croient aux prémonitions et il ne passerait pas à côté de ce que lui avait révélé son rêve. Il ne la laisserait pas s'enfuir.

— Pourquoi pleurez-vous ? Relevez-vous.

— Oh, Séra, je sais que c'est fou, dit-il en essuyant ses larmes des deux mains. Je le sais bien. Je suis juste un peu secoué.

Ce qu'il voulait dire, c'était qu'il se sentait étrangement, merveilleusement heureux.

Et terrifié. Et si plein d'amour, d'espoir et de joie que cela confinait sans doute à la folie.

Cela faisait une éternité qu'il ne s'était pas senti aussi sûr de lui et cela l'effrayait, et il en éprouvait de la reconnaissance.

— Épousez-moi, murmura-t-il. Devenez ma femme.

— Reprenez-vous, dit-elle. Vous délirez.

Son expression était aussi morne que sa voix, son regard presque absent.

Il lui encadra le visage de ses mains pour qu'elle voie qu'il était sincère.

— Séra, ma chérie, je ne savais rien de tout cela. Si j'avais su que Pendrake vous avait fait du mal, ou pour le bébé... Je n'étais même pas au courant de l'article. Je vais tout arranger, tout. Laissez-moi seulement vous tenir dans mes bras.

Sa poitrine se souleva avant qu'elle libère un soupir si long qu'il bannit toute joie, le laissant glacé.

— Non.

— Mais, Séra...

— Reprenez-vous, répéta-t-elle de cette voix désincarnée. Soyez raisonnable. Votre situation n'a pas changé. Et je suis presque certaine de perdre cet enfant – si ce n'est déjà fait.

— La sage-femme a dit...

— La sage-femme a dit qu'il n'y a de certitude que lorsque c'est trop tard.

— Mais s'il existe la moindre possibilité, nous devons...

— Non ! murmura-t-elle. Non. Je ne peux pas me permettre d'espérer.

La souffrance que reflétait sa voix le brisa.

— Séra, mon ange…

— Non, Adam. Arrêtez ou je vais devenir folle. Je veux que vous partiez et je ne veux plus vous voir. Au cas où il y aurait un enfant, je vous écrirai et vous pourrez faire les arrangements qui vous conviendront. Vous pouvez compter sur ma discrétion si vous ne souhaitez pas être associé à moi, car je ne chercherai jamais à nuire à l'avenir de vos enfants. À présent, vous devez partir, car je ne supporte pas de vous regarder.

Elle ne supportait pas de le *regarder* ?

— Séra, j'essaye de vous dire que je vous aime. Je ferai n'importe quoi pour tout arranger.

Elle laissa échapper un rire terrible.

— Dans ce cas, *partez*.

Il se leva, mais ne put se décider à se retourner. Il ne pouvait que la contempler, lire le mépris sur son visage. Et la peur.

— Thaïs ! appela-t-elle d'une voix étonnamment forte. Raccompagne M. Anderson, s'il te plaît.

29

Cornelia et Thaïs ramenèrent Séraphina chez elle.

Elle les laissa la laver, la coiffer et lui aménager un nid douillet de couvertures sur le canapé. Elle les laissa ordonner à la cuisinière de préparer du bouillon de bœuf et de la camomille.

La sage-femme n'avait pas été alarmée. « Simple frayeur. Évitez toute agitation inutile, ma fille, et gardez le lit jusqu'à ce que les nausées s'apaisent. »

Mais Séra avait décidé de ne pas chercher à se concentrer sur ce que cela signifiait ou pas, parce qu'une grossesse est toujours périlleuse et qu'en attendre de la joie, c'est s'exposer à avoir le cœur brisé. Espérer avait été une erreur.

Elle allait s'immuniser. Pour ne plus jamais éprouver cette terreur.

Elle était trop fatiguée. Fatiguée de désirer des choses qu'elle ne pouvait avoir et de ne pas en désirer d'autres alors qu'elle aurait dû. Fatiguée de se poser perpétuellement des questions et de ce que cela révélait de son âme. Fatiguée, si fatiguée, d'être une militante, une agitatrice, une figure emblématique et une caricature de presse.

Elle avait envie d'être Séraphina, une femme qui habitait un corps fatigué, et qui n'avait plus rien à dire.

Elle avait envie de rester chez elle, sous les couvertures, et de pleurer.

Thaïs et Cornelia s'abstinrent de dire que tout allait bien se passer et autres platitudes dispensables. Elles la laissèrent s'immerger dans sa tristesse et sa lassitude jusqu'à ce qu'elle s'endorme.

Dans une sorte de demi-sommeil, elle papillonna dans un rêve où elle était sa propre mère et prenait soin d'un enfant qui n'était autre qu'elle-même. Elle en émergea terrorisée, submergée une fois de plus par une sensation de perte disproportionnée en regard de ce qu'elle avait cru désirer.

Elle voulait que son bébé vive. Elle voulait que quelqu'un la serre dans ses bras. Elle voulait Adam.

Elle bannit cette pensée. Elle avait détesté ses promesses, vaines et malhonnêtes, de tout arranger. Ses serments d'amour. C'était pire que tout.

Cornelia tendit la main et lui lissa les cheveux.

— Tu es réveillée. Qu'est-ce qui t'arrive ?

— J'ai rêvé d'un bébé. De ma mère.

— Oh, ma chérie, murmura Cornelia.

— J'ai peur de le perdre, chuchota Séra. J'ai l'impression de me retrouver piégée dans mon propre corps. Je ne supporte pas de ne pas savoir.

Thaïs lui embrassa la main.

— Tu surmonteras cela, ma chérie, quoi qu'il arrive. Comment te sens-tu ?

Séra savait que Thaïs parlait de son corps, qui, de fait, allait mieux maintenant qu'elle avait dormi.

— Je me sens bête, avoua Séraphina.

— Pourquoi ? demanda Cornelia.

— À cause d'Adam.

Thaïs vint se blottir contre elle.

— Que veux-tu dire ?

— J'ai eu la faiblesse de m'enticher de lui alors que je suis censée être immunisée contre ce genre d'incidents. Je me suis imaginé qu'il me voyait vraiment telle que je suis. Le bon et le mauvais. Je pensais qu'il en viendrait à éprouver de l'affection pour moi, petit à petit, malgré ce qu'il voyait – à cause de ce qu'il voyait. Mais ce n'était rien de plus qu'un béguin, comme la première fois. Et si je peux toujours être aussi sotte, à quoi cela m'aura-t-il servi de souffrir autant ? N'ai-je donc rien appris ?

Cornelia secoua la tête.

— Non. Il n'est pas question que je te laisse entretenir de telles pensées.

Tant mieux. Cornelia Ludgate était notoirement intolérante au sentimentalisme et son bon sens l'aiderait à retrouver des idées claires.

— Séra, l'homme désemparé qui était chez Jack Willow aujourd'hui est profondément attaché à toi, cela ne fait aucun doute dans mon esprit. Quoi qu'il ait pu faire, quelles que soient ses erreurs, tu ne peux pas l'accuser d'être insensible. Tu n'es pas aveugle.

Séra ferma les yeux. Elle ne s'attendait pas à un tel commentaire. Surtout de la part de Cornelia.

— Il se soucie de moi maintenant qu'il sait que j'attends un enfant de lui, protesta-t-elle. Ce n'est pas la même chose qu'être attaché à moi. Il m'a demandé de l'épouser. Ce qui est, s'il me comprenait vraiment, la pire…

— Oh, Séra ! soupira Thaïs. Est-ce que tu t'entends parler ?

— Que veux-tu dire ? répliqua Séra, piquée au vif.

— Tu sais que je m'incline devant ton esprit supérieur. Mais Adam est un homme, pas une théorie que tu peux démontrer avec des mots. Il faut que tu lui parles.

— Thaïs a raison, approuva Cornelia avec un doux sourire.

Thaïs se lissa les cheveux d'un air satisfait et tendit les orteils vers le feu.

— Ma sagesse est enfin reconnue à sa juste valeur.

— Je ne veux pas parler avec Adam, marmonna Séra. J'ai trop peur de ce qu'il va dire.

— C'est bien pour cela que tu dois le faire, riposta Cornelia.

Séra réfléchit. Elles avaient peut-être raison. Rester allongée à faire tourner les possibilités dans sa tête n'était peut-être pas très bon pour sa santé.

Elle avait besoin de clarté.

Et elle en avait besoin tout de suite.

— Très bien, déclara-t-elle en se levant. Aidez-moi à m'habiller.

Aucune de ses amies ne bougea.

— Le seul endroit où tu iras, c'est dans ton lit, rétorqua Thaïs. Il est tard et tu as fait un malaise.

— Je me sens beaucoup mieux. C'est le matin que je suis sujette aux nausées. Tu as dit que je devais parler à Adam et tu as raison. Je le dois.

— Je ne voulais pas dire *tout de suite*. Hawksmoor t'a conseillé de te reposer.

Impossible de se reposer dans l'état où elle était. Elle ne fermerait pas l'œil de la nuit, elle le savait.

— Je vais aller le voir. Peux-tu demander à Tompkins de faire préparer mon attelage ?

Adam traversait les mornes rues de Londres, furieux d'avoir manqué à ses devoirs envers Séraphina.

Il comprenait sa souffrance. Il comprenait qu'elle ne veuille pas le voir. Et pourtant, il mourait d'envie d'aller tambouriner à sa porte pour la supplier de reconnaître qu'il arrivait parfois que des gens soient capables d'accomplir bien plus que ce à quoi ils étaient destinés, pour peu que la vie leur donne l'occasion de grandir.

Il voulait grandir pour elle.

Il voulait être un homme qui se révélerait digne de cette femme qui toisait une foule vociférante d'hommes écumant de rage et leur disait fermement : « Non, vous avez tort. »

Il n'avait jamais été quelqu'un de véhément. Sa vie était bâtie sur des choses que Séraphina rejetait.

Mais il était architecte. Et s'il avait un seul talent, c'était la rénovation.

Il voulait rénover sa vie pour elle.

Enfant ou pas, mariage ou pas.

C'était *elle* qu'il voulait.

Il rentra chez lui, dans son logement tranquille où sa famille dormait déjà.

Il s'assit à son bureau, tailla une plume neuve, et écrivit au journal pour se désolidariser de la dénonciation de Mayhew et réaffirmer son soutien personnel à l'institut de Mlle Arden.

Il entama une autre lettre destinée à Mayhew. Les pages commencèrent à s'empiler sur son bureau. Quand la pendule sonna minuit, il se relut.

Il s'estima satisfait. Très satisfait, même.

Un bruit dans la rue l'incita à aller jeter un coup d'œil par la fenêtre. Un attelage s'arrêtait devant la maison. D'ordinaire, il n'y avait pourtant pas beaucoup de mouvement dans cette rue, surtout à une heure aussi tardive. Une silhouette encapuchonnée descendit de voiture et se dirigea vers sa porte. Sous l'ourlet de la cape, il aperçut la bordure de dentelle d'une chemise de nuit.

Il se rua dans l'escalier.

30

Adam ouvrit la porte avant même que Séra ait frappé. Son visage s'illumina à sa vue, la lumière émanant de ses yeux comme la lueur d'un lampion en papier.

— Séra, souffla-t-il, comme si son nom était un poème.

Il écarta les bras.

Elle s'y blottit. Adam les referma autour d'elle et un flot de chaleur et de bonheur la submergea. Cela, au moins, avait toujours été parfait. Il la serrait dans ses bras comme personne ne l'avait jamais fait.

Elle dut se faire violence pour s'écarter de lui.

— Il faut que nous parlions.

Il acquiesça.

— L'appartement est au premier. Vous pouvez monter l'escalier ?

Il y avait davantage dans cette question que ce qu'il paraissait et Séra se sentit coupable. Il avait dû se faire un sang d'encre.

— Oui, répondit-elle. Je me sens beaucoup mieux. Plus de malaise, ni de saignements.

Il laissa échapper un soupir.

— Suivez-moi, murmura-t-il. Vous êtes la bienvenue.

Il la guida jusqu'à l'étage, puis à travers une enfilade de petites pièces fort plaisantes, quoique plongées dans la pénombre, et ils s'arrêtèrent dans un salon. Il y avait des fleurs dans un vase et des plantes accrochées aux fenêtres. Les murs étaient recouverts de livres et de dessins d'enfants encadrés. Il y avait aussi des jouets, abandonnés ici ou là.

— Puis-je vous offrir quelque chose ? Du thé ? s'enquit-il.

— Non.

Elle se sentait en porte-à-faux dans cet appartement, avec les affaires de sa famille autour d'eux. Sans doute parce qu'elle l'avait vu comme un amant qui se dissolvait dans l'éther après avoir quitté son royaume. Elle n'avait jamais envisagé son quotidien, celui d'un homme qui payait son loyer chaque mois, possédait des tables et des chaises, et regardait ses enfants jouer avec des cubes en bois pendant qu'il leur lisait des histoires.

— Passons dans mon bureau, proposa-t-il à voix basse. Je ne veux pas réveiller les enfants.

Elle le suivit dans une petite pièce encombrée.

— Excusez le désordre, je ne m'attendais pas à recevoir de la visite, dit-il en débarrassant une chaise d'une pile de livres et de dessins d'architecture. Voilà. Asseyez-vous, je vous en prie.

Il s'adressait à elle avec une politesse qui lui disait combien il était nerveux. Et cependant ses gestes étaient empreints d'une sorte de grâce autoritaire, comme s'il était davantage lui-même dans ce décor.

Elle se demanda pourquoi elle n'avait jamais songé à lui rendre visite. Certes, il ne l'avait jamais invitée. Et pourquoi l'aurait-il fait alors qu'elle aurait certainement refusé ?

— Je vous ai réveillé ? demanda-t-elle.

— Non, je travaillais, répondit-il en désignant les feuillets éparpillés sur son bureau.

Séra remarqua un exemplaire du second volume de ses mémoires sur ledit bureau.

— Ainsi, vous l'avez lu, dit-elle en le pointant du doigt.

Il acquiesça.

— Deux fois.

Il s'exprimait d'une voix douce. Aimable, mais retenue. Comme s'il n'avait pas envie d'en dire trop avant de lui avoir permis d'exposer le motif de sa visite. Un motif qu'elle se devait de lui donner sans tarder vu qu'il était minuit passé.

— J'avais oublié que votre cabinet serait nommé dans mon livre. J'étais tellement secouée quand vous êtes parti de chez moi que je n'ai pas pensé à vous prévenir, alors même que vous m'aviez parlé de Pendrake. Je suis désolée que vous ayez été pris de court. Et des ennuis que cela vous a valus.

Il secoua la tête.

— Ce n'est pas grave. Je viens d'écrire une lettre au journal, ajouta-t-il en fouillant parmi les papiers sur son bureau avant de lui tendre une feuille. Pour réaffirmer mon soutien à votre projet d'apprentissage féminin. Je la déposerai demain matin.

— Est-ce que… cela ne vous vaudra pas davantage d'ennuis ?

— Bien sûr que si, répondit-il posément.

Elle le dévisagea, cherchant des signes d'amertume ou de ressentiment sur ses traits, en vain.

— Est-ce bien sage ? insista-t-elle.

— C'est d'une folle imprudence.

Il était si calme qu'elle en était mal à l'aise. Il s'empara de son livre, le feuilleta, puis lui montra la page où elle racontait la perte de son enfant.

— J'ai eu le cœur brisé en lisant cela.

Elle déglutit.

— Merci. Cela n'a pas été une période facile.

— Je regrette que vous ne m'en ayez pas parlé quand je suis venu vous voir. Je sais ce que c'est, voyez-vous. Cette souffrance qui ne disparaît jamais.

— Jamais, confirma-t-elle.

— Et je regrette que vous ne m'ayez rien dit à propos de Pendrake. Ce qu'il était pour vous.

Il n'y avait nul reproche dans sa voix. Il avait dit cela comme il aurait pu dire « Je regrette de ne pas avoir mis un manteau plus chaud. »

Il devinait, soupçonnait-elle, qu'elle aurait préféré sauter par la fenêtre et s'éloigner à tire-d'aile, suffoquer plutôt que de parler ouvertement de ces sujets. Elle le soupçonnait aussi de choisir ses mots avec soin pour la mettre à l'aise, comme s'il s'adressait à un chaton apeuré.

— Cela ne m'a pas semblé opportun, trouva-t-elle la force de répondre.

Pourquoi avait-elle tant de mal à exprimer ses émotions ? Elle les sentait bouillonner en elle, impatientes de s'incarner sous forme de mots, et pourtant... elle était incapable de les articuler. C'était tellement plus facile de ne rien dire.

Adam resta silencieux un instant, puis il vint s'agenouiller devant elle et s'empara de ses mains.

— Comment avez-vous pu penser que je trouverais cela inopportun ? demanda-t-il d'une voix douce.

— Parce que vous m'aviez expliqué clairement que vous ne pouviez vous permettre d'être associé à moi et que vos raisons étaient... solides. Votre décision était prise. Vous révéler mon histoire n'aurait servi qu'à vous compliquer la vie, sans rien changer à votre situation.

— Et donc, vous avez cherché à me protéger ?

Le protéger ? Était-ce ce qu'elle avait fait ? À l'entendre, elle s'était montrée brave et noble. La vérité, c'était qu'elle avait eu peur. C'était *elle* qu'elle avait cherché à protéger.

— J'ai perdu des gens que j'aimais à cause de Pendrake. Je ne voulais pas revivre cela. Je me suis dit que ce serait plus facile pour tout le monde si vous n'aviez pas à faire ce genre de choix.

— Je vous aurais choisie, s'écria-t-il avec ferveur. Je *vous* choisis.

— Adam, vous ne pouvez pas.

Il lui souleva le menton.

— Si, je le peux.

— Mais tout ce que vous avez dit au sujet de votre travail, de vos dettes...

— Toutes ces choses sont vraies, mais avez-vous entendu ce que j'ai dit d'autre ? Que je suis amoureux de vous, Séra ? Que si j'avais été au courant pour Pendrake et votre enfant, j'aurais...

Il aurait pris la mauvaise décision. Pour elle. Et ensuite il lui en aurait voulu.

— Adam, c'est bien là le problème. Je peux avoir un bébé toute seule. Vous pourrez venir le voir si vous le souhaitez, mais vous n'avez pas besoin de détruire votre avenir pour autant. Ce bébé ne doit pas changer...

— Je parlais de votre fille, dit-il. De l'enfant que vous avez perdu.

Elle détourna les yeux.

— Je ne pourrais jamais choisir Pendrake sachant la souffrance qu'il a causée à la femme que j'aime, déclara Adam calmement. Il n'y a rien à dire de plus.

— Et votre famille, Adam ? Vos responsabilités ?

— Je prendrai soin d'eux, Séra. Je suis capable de m'occuper de mes propres affaires. Vous n'avez pas à veiller sur moi. Je ne vous le demande pas.

Elle s'efforça de comprendre.

— Que me demandez-vous ?

— Je vous demande d'accepter que j'aie pu commettre une erreur. Je ne disposais pas de toutes les informations et je vous ai blessée. Je veux que vous compreniez que si j'avais connu toute l'histoire, mes calculs auraient été différents. Et le bébé – notre bébé – aurait également modifié ces calculs.

— Adam, vous ne pouvez pas détruire votre avenir pour un enfant que je risque de perdre.

Il se rembrunit, garda le silence un moment, puis :

— Je sais qu'il n'y a aucune certitude, Séra. Sachez toutefois que lorsque j'ai appris votre état, j'en ai été heureux. Absolument, follement heureux.

Elle se mordit la lèvre. Mon Dieu, que se passait-il ? Pourquoi avait-elle l'impression que la pièce tournoyait autour d'elle ? Elle tenta de réprimer un sourire, et s'en révéla incapable. Et quand il la vit sourire, il sourit aussi.

— Ce que je suis en train de comprendre, Séra, c'est que rien n'est jamais certain et que j'ai été bien naïf de croire le contraire. J'aurais beau tenter de vivre de la façon la plus sûre, et la plus tristement raisonnable, que je ne saurais toujours pas ce que le sort me réserve. Je préfère ressentir cela, Séra, la joie et la terreur. Je *vous* préfère, déclara-t-il avant de ménager une pause. Et *vous*, que préférez-vous ?

Un tourbillon de doutes, d'espoirs et d'hésitations s'éleva en elle, embryonnaires, impossibles à formuler.

— J'ai envie de vous croire, murmura-t-elle. Et en même temps je suis terrifiée.

Le beau visage d'Adam devint si doux qu'elle eut envie de se jeter dans ses bras et d'y rester pour toujours.

— Séra, mon ange, qu'est-ce qui vous terrifie ?

— L'idée de redevenir celle que j'étais avant. J'ai aimé Trewlnany, Adam. Je l'ai aimé comme seule une toute jeune fille peut aimer. Et après tout ce qui est arrivé, je me suis juré de ne plus jamais ressentir cela. J'ai tenu parole. Chaque fois que j'ai éprouvé un semblant d'affection pour quelqu'un, j'ai veillé à le faire sortir de ma vie. Je suis très douée pour cela.

Il émit un petit rire.

— Sur ce point, je vous crois volontiers, mademoiselle Arden.

Cette pique fit du bien à Séra.

— J'avais presque réussi à me convaincre que vous étiez différent, quand vous m'avez révélé vos liens avec Pendrake. Et cela a... Vous vous souvenez de m'avoir dit que votre père buvait et que vous ne supportiez pas l'alcool parce que cela ravivait de déplaisants souvenirs ? Je crois que j'ai ressenti quelque chose d'équivalent. Comme si cette période affreuse refaisait surface. Demander à un homme de me choisir en dépit de ses intérêts. Redouter qu'il ne le fasse pas.

Les yeux d'Adam étaient devenus des lacs de compassion.

— Ma douce, murmura-t-il.

Sa gentillesse brisa quelque chose en elle et elle trouva soudain les mots qui lui avaient fait défaut.

— Je croyais que si j'arrivais à ignorer ces caricatures et ces oiseaux morts, que si je réussissais à écrire mon livre, j'obtiendrais enfin justice. Que les coupables verraient qu'ils ne pouvaient pas s'en tirer aussi aisément. Qu'il existait une morale supérieure à leur pouvoir. Cependant, quand j'ai appris vos liens avec Pendrake, l'influence qu'il exerçait sur vous... je me suis sentie idiote. J'ai compris qu'ils avaient toujours le pouvoir de me faire du mal.

Adam parut sur le point de parler, mais elle avait besoin de mettre en mots toutes les choses qu'elle osait à peine admettre.

— Et puis il y a eu aujourd'hui, Adam. J'ai vraiment cru que je faisais une fausse couche. Je me suis efforcée de ne jamais penser à ma fille depuis que je l'ai perdue et... je ne supporte pas l'idée que cela puisse arriver de nouveau.

Elle eut envie de pleurer, se sentit puérile et s'agita sur sa chaise, gagnée par l'envie de se lever pour arpenter la pièce.

Lentement, comme pour lui laisser le temps de l'en empêcher, Adam l'entoura de ses bras.

— Moi aussi, j'ai peur. Mais quoi qu'il advienne, je serai là pour vous. Je partagerai le fardeau avec vous, si vous m'y autorisez.

— Et comment le pourrions-nous, Adam ? Vous avez votre famille et je n'ai pas l'habitude de partager ma vie avec qui que ce soit, excepté mes amis. Je ne saurais pas par où commencer.

— Je suppose que nous allons devoir essayer, et trouver un moyen d'y parvenir, répondit-il en lui lissant tendrement les cheveux.

Essayer. Encore ce mot. En serait-elle capable ?

Elle ferma les yeux et se rappela les paroles d'Adam : « Vous avoir perdue me diminue. » Elle perçut avec acuité la vérité de ces mots. Elle voulait être avec lui comme s'il avait été une partie de son corps.

— J'aimerais essayer, murmura-t-elle. Je ne vous promets pas d'y arriver. Vous allez devoir me montrer comment faire.

Un sourire incurva ses lèvres.

— J'en serais honoré.

Ses traits se tendirent soudain.

— Il y a toutefois une complication, ajouta-t-il. Je dois retourner en Cornouailles. Tregereth a apporté des modifications à ses plans et je dois les appliquer si je veux être payé. Et je vais avoir besoin d'argent, car Mayhew va m'en réclamer. Je serai absent au moins un mois.

— Oh, je vois !

Les grands sentiments étaient déjà ternis par des détails triviaux.

— Je sais que c'est un lieu compliqué pour vous, mais si vous veniez avec moi, nous pourrions passer du temps ensemble. Pour essayer.

Elle ne sut que répondre. D'un côté, ce serait charmant d'être avec Adam, loin des pressions de Londres. Ils pourraient se voir tous les jours sans avoir à aller et venir à travers la capitale.

D'un autre côté, elle n'était pas du genre à abandonner son travail pour expérimenter le bonheur domestique.

Sans compter le risque d'être persécutée par Pendrake et Trewlnany s'ils apprenaient son retour. Cela dit, elle serait dans son bon droit. Après tout, n'était-elle pas la propriétaire légitime de cette maison et de ces terres ? En dépit de ses douloureux souvenirs, c'était l'endroit où elle avait grandi. L'endroit où elle avait connu Adam.

Et où elle l'avait perdu.

Que se passerait-il si elle prenait ce risque et qu'elle échouait ? Si elle revenait à Londres encore plus malheureuse qu'avant son départ ?

— Je peux y réfléchir ? demanda-t-elle.

— Bien sûr. Prenez tout le temps qu'il vous faut.

— Vous êtes adorable, dit-elle en se penchant vers lui afin de déposer un baiser sur sa joue.

Elle ne put retenir un bâillement. Elle était si fatiguée qu'elle aurait pu s'endormir sur sa chaise.

— Il est tard. Je ferais mieux de vous laisser.

— Puis-je vous voler un baiser de bonne nuit ?

Elle sourit.

— Vous n'aurez pas besoin de le voler.

Il l'embrassa tendrement. Ce fut un baiser doux, presque chaste, pourtant Séraphina éprouva cette même envie.

Vous. Encore plus.

Dans ses bras, tout semblait simple. Dans ses bras, elle avait envie de croire qu'ils pourraient trouver leur voie.

— Je vous aime, lui chuchota-t-il à l'oreille.

Elle ne répondit pas.

Elle imagina juste ce qu'elle aurait pu dire.

Je vous aime aussi ? Moi aussi ?

Je vous aime.

Elle l'embrassa sur la joue.

— Bonne nuit.

Adam ne dormit pas. Dès que Séraphina fut partie, il rassembla ses papiers et se rendit au cabinet. Il travailla fiévreusement, rassemblant toutes les pièces de son plan à l'intention de Mayhew.

À 8 h 30, il entendit les pas de son beau-frère dans l'escalier.

Il se raidit. Il avait l'impression qu'ils étaient devenus des étrangers depuis leur altercation devant la librairie de Willow.

Et pourtant, ils n'étaient pas des étrangers.

Mayhew avait la même allure qu'à l'accoutumée. Il était toujours impeccablement vêtu, la démarche souple, exsudant le parfum de sa coûteuse huile de rasage. Quand il découvrit Adam en bras de chemise et pas rasé, il plissa le front comme il aurait pu le faire n'importe quel autre jour.

— Seigneur, Anderson, tu ressembles à un fossoyeur !

Malgré sa colère, Adam ne put s'empêcher de sourire. Mayhew se moquait de son manque d'élégance depuis l'enfance.

— Tu es bien assez élégant pour deux, répliqua-t-il.

Mayhew leva les yeux au ciel.

— Quand bien même. Tu ne peux pas te présenter devant le Conseil des architectes habillé comme un miséreux. Rentre chez toi et enfile une tenue de gentleman.

Une attitude typique de James, qui voyait le monde tel qu'il avait envie qu'il soit, aussi irréaliste que soit sa vision.

— Je n'ai pas la moindre chance avec le Conseil, Mayhew. Pas après ce qui s'est passé hier.

Son beau-frère soupira.

— Je me suis entretenu avec Bell, après cet accrochage, chez l'imprimeur. Je lui ai dit que tu avais été pris d'un coup de sang, comme il nous arrive souvent, à nous autres Écossais, et que tu avais eu un instant d'égarement. Tu sais, « séduit par la Débauchée ». J'ai aussi mentionné l'identité de ton père.

Ils étaient en désaccord sur ce point. Mayhew estimait que le lien d'Adam avec un duc – même en tant qu'enfant illégitime – pouvait leur ouvrir des portes. Adam lui avait interdit de le faire valoir, refusant d'être associé à un homme qu'il méprisait.

— Mayhew, je t'avais dit de ne pas...

— Oui, je sais, il n'empêche que cela a fonctionné. Bell était fâché, mais il a accepté de ne pas te dénoncer à Pendrake à condition que tu rompes avec Mlle Arden et déclares publiquement renoncer à elle avant l'audience.

— Je ne peux pas faire cela.

La bonne humeur de Mayhew disparut instantanément.

— Je ne te le demande pas. Je te l'ordonne.

Adam se leva et alla chercher le portfolio de cuir contenant les plans corrigés. Il remit les croquis à Mayhew. C'était le meilleur travail qu'il ait jamais accompli. Imposant, et cependant fonctionnel. Aucun détail n'avait été laissé de côté. Si Pendrake ne choisissait pas leurs plans, ce ne serait pas à cause du projet lui-même.

— Ces dessins devraient conquérir la commission. L'autre livre que je t'ai remis contient tout ce que tu auras besoin de dire au Conseil. Il explique le raisonnement qui sous-tend le projet et dresse le plan d'une construction rapide, à un coût raisonnable.

— Mais je ne suis pas architecte, Adam ! s'écria Mayhew.

— Non, en revanche tu es le roi de l'éloquence, et tu as quelques jours pour étudier. Tu peux les convaincre. Dis-leur que tu m'as congédié après la révélation de ma morale peu scrupuleuse. Dis-leur que tu es seul responsable de l'efficacité qui a fait notre réputation. Dis-leur ce que tu veux. Si tu obtiens cette commande, tu embaucheras un architecte pour me remplacer. Je t'ai laissé la liste de nos ouvriers et de nos fournisseurs pour que mon départ n'affecte pas les contrats en cours.

— Ton départ ? Où comptes-tu aller ? Ce cabinet est toute ta vie.

Plus maintenant.

— Je te cède ma part. J'ai demandé à Clarke d'écrire au notaire pour rédiger les actes. La seule part que je garde, c'est la commande de Tregereth, parce que je dois la terminer personnellement. Je te signerai la remise du capital en échange de l'oubli de ma dette. La commande de l'arsenal devrait te rapporter trois fois ta mise si tu l'obtiens. Dans le cas contraire... je trouverai une solution.

— C'est de la folie, déclara Mayhew. Et tu as vraiment mauvaise mine, ajouta-t-il en étrécissant les yeux. Serais-tu souffrant ?

Adam sourit. Il était épuisé, et pourtant il ne s'était pas senti aussi bien depuis des mois.

— Pas le moins du monde.

— Tu ne peux pas partir comme cela. Nous sommes associés. Nous sommes parents.

Le regard de Mayhew reflétait une réelle inquiétude. Adam en fut touché.

— Je suis désolé, James. C'est mieux pour toi. Je tiens à rendre à ta famille ce que vous m'avez donné. C'est pour cette raison que j'agis ainsi. Je ne peux toutefois plus en faire partie.

Mayhew se frotta les yeux.

— C'est à cause de Mlle Arden.

— Oui.

— Qu'a-t-elle donc que la famille de ton épouse n'a pas ?

— James, répondit Adam d'un ton posé, tu sais que Catriona était toute ma vie. Je la pleure encore chaque jour. Mais la vérité, c'est que je suis tombé amoureux de Séraphina Arden. Et même si cela ne devait pas durer, je veux me comporter dignement vis-à-vis d'elle.

— Vis-à-vis d'elle ? Et tes enfants ? Et Marianne ? Comment feras-tu pour vivre ?

— Je m'attends à recevoir une nouvelle commande. Je me débrouillerai. Tu n'as pas à t'inquiéter.

— Emmène au moins les enfants chez ma mère. Si tu dois t'égarer dans une espèce de...

— Mes enfants sont heureux, intelligents et entre de bonnes mains. Et ils t'adorent. Pour leur bien, j'aimerais que nous nous séparions en bons termes et avec ta bénédiction. Cela dit, je comprendrais que tu me la refuses.

Mayhew croisa les bras.

— Adam, tu es comme un frère pour moi. Je ne t'empêcherai pas de faire ce que tu veux. Je me contenterai de te dire qu'il te sera difficile de revenir en arrière après avoir pris une telle décision.

Adam regarda son beau-frère d'un air triste.

— Tu as raison. On ne peut pas toujours revenir en arrière. Et parfois, on ne le *veut* pas.

31

Séraphina Arden avait reçu beaucoup de lettres dans sa vie.

Des lettres qui moquaient son physique. Des lettres qui décriaient ses mœurs. Des lettres qui lui souhaitaient un sort funeste.

En revanche, elle n'avait jamais reçu autant de lettres de soutien que cette semaine qui suivit sa conférence chez Jack Willow. Et elles n'avaient jamais contenu autant de ces rectangles de papier si utiles : des billets de banque !

— J'ai des nouvelles ! s'exclama-t-elle en pénétrant dans l'atelier de Cornelia, au terme d'une entrevue avec l'avoué qui gérait ses comptes.

Elle souleva le rideau de toile qui protégeait le cœur de l'atelier des courants d'air du vestibule et se figea. Lady Elinor Bell était à demi allongée sur une table dressée au centre de la pièce, entourée de gâteaux, de fruits et d'entremets colorés.

Entièrement nue.

— Bonjour, ma chère, la salua Elinor d'une voix douce.

Séraphina plaqua la main sur sa bouche.

— Je suis surprise de te voir, poursuivit Elinor, comme s'il n'y avait rien de surprenant à ce qu'elle soit nue et entourée de friandises. Les filles m'ont assuré que tu te reposais.

Séra avait effectivement passé la semaine au lit, à répondre à son abondant courrier en sirotant du bouillon au gingembre et à dormir. Si elle était encore sujette aux nausées matinales, elle se sentait beaucoup mieux.

Suffisamment, peut-être, pour affronter la décision qui se profilait devant elle.

— Je vais mieux, assura-t-elle à Elinor. Mais que fais-tu ici ? Je te croyais dans le Surrey ?

Elinor désigna le festin qui l'entourait. Sa poitrine généreuse était à peine dissimulée par une pièce montée, tandis qu'un compotier surchargé de grappes de raisin masquait sa féminité.

— Je crois que c'est évident, ma chérie, répondit-elle. Je suis devenue un dessert.

Séra s'esclaffa. C'était l'Elinor dont elle se souvenait. Voluptueuse, pleine d'esprit et aussi sereine qu'un bedeau.

— Puis-je te présenter la première de mes Jézabel ? dit Cornelia en s'écartant afin que Séraphina puisse admirer le grand portrait d'Elinor sur son chevalet. Ce n'est pas terminé, bien sûr, mais on voit déjà combien notre Elinor est dépravée.

— Cela se vendra une fortune, prédit Séraphina en étudiant les couleurs vives, la pose suggestive, ainsi que le mouchoir brodé du blason des Bell gisant sur le sol, à côté du festin. Bell en fera une crise d'apoplexie.

— Je l'espère bien, déclara Elinor. Si cela ne l'incite pas à divorcer, je me demande ce qui le fera.

— Oh, je n'en suis pas si sûre ! intervint Thaïs.

Assise sur un divan dans un coin de l'atelier, elle grignotait une tartelette, visiblement chipée sur l'amoncellement de pâtisseries qui se trouvaient aux pieds d'Elinor.

— Une fois qu'il t'aura vue poser ainsi, il risque de vouloir te reprendre.

— Il ne pourra pas m'avoir, répondit Elinor avec un sourire mystérieux. J'ai décidé de me déclarer à un autre.

Séra jeta un coup d'œil à Thaïs et à Cornelia. Avait-elle raté quelque chose, pendant sa convalescence ? Mais les deux femmes semblaient aussi perplexes qu'elle.

— Tu ne veux pas dire..., hasarda Séra.

Elinor acquiesça avant qu'elle ait achevé sa phrase.

— Quitte à être publiquement condamnée pour une prétendue liaison avec Jack Willow, j'ai décidé qu'il n'y avait plus aucune raison de ne pas en entretenir vraiment une. J'ai envoyé ma femme de chambre l'inviter à me rejoindre dans le Surrey. S'il vient, je lui avouerai ce que je ressens pour lui. La décision lui reviendra, bien sûr, mais je le crois assez épris de moi pour donner corps aux soupçons de lord Bell.

Elle leur adressa un sourire radieux. Séra ne se souvenait pas de l'avoir vue aussi heureuse depuis des mois.

— Tu l'aimes, dit-elle d'une voix douce.

Elinor rougit d'une façon qui la fit soudain paraître beaucoup plus jeune.

— Oui. Je crois que je l'aime depuis toujours.

— Je pense que tu es très courageuse, déclara solennellement Thaïs.

— Et très téméraire, ajouta Cornelia, visiblement moins enthousiaste. Si Bell le découvre...

Elinor soupira.

— Il y a un temps pour la prudence, mais il faut parfois prendre le risque de laisser parler son cœur. C'est une leçon que j'aurais aimé apprendre plus tôt dans ma vie. Une leçon que, je l'espère, vous n'aurez pas à apprendre à mon âge, en considérant les occasions manquées.

Elle adressa à Séraphina un regard entendu.

Celle-ci lança un regard noir à Thaïs et à Cornelia. Toute la semaine, elles l'avaient harcelée pour qu'elle leur révèle ce dont elle avait discuté avec Adam. Toute la semaine, elle avait résisté et ne leur avait rien dit.

Non qu'elle n'apprécie pas leurs conseils. Cependant, ses propres sentiments étaient si nouveaux qu'elle hésitait à les formuler. Comme si, en nommant les peurs qu'elle avait eues, ou les espoirs qui avaient fleuri dans les meilleurs moments, elle risquait de découvrir que tout cela n'avait été qu'un rêve.

Elle ne voulait pas tout gâcher.

— Je venais vous annoncer que j'ai eu une entrevue avec mon avoué ce matin. Il a fait les comptes. Nous avons d'ores et déjà réuni dix mille livres.

— Tu plaisantes ? s'exclama Cornelia.

— Non. J'ai regardé les chiffres. Nous avons de quoi démarrer l'institut.

— Bien plus que le démarrer, s'écria Thaïs. C'est une fortune ! Nous avons les moyens d'acheter un terrain, et il restera encore des fonds !

— Et de quoi commander un projet architectural, ajouta Cornelia en regardant Séra. Je ne crois pas que tu aies un bon architecte dans tes relations, si ?

— J'envisage de demander son aide à Adam, reconnut-elle en ayant l'impression de placer son sort entre les mains du destin. Mais il y a autre chose entre nous, alors avant d'aborder ce projet… En fait, j'envisage de prendre un congé.

— Des vacances ? s'écria Thaïs. Tu détestes cela.

— Ce serait davantage une expérience que des vacances. Adam est reparti en Cornouailles pour finir un chantier. Il veut que je le rejoigne.

Cornelia posa son pinceau. Thaïs cessa de manger. Elinor se redressa, réalisa qu'elle était indécente et courut attraper un peignoir.

— Et qu'as-tu répondu ? demanda Cornelia.

— J'ai répondu que j'allais y réfléchir. Cela fait des jours que je n'arrête pas d'y penser et je ne sais toujours pas quoi faire.

— Ah, ces philosophes et leurs réflexions à n'en plus finir ! soupira Thaïs. Autorise une modeste fille de la nuit sans éducation à t'aider à résoudre cette énigme. Mon conseil : vas-y !

— Pourquoi ? demanda Séra.

— Parce que le simple fait que tu envisages d'aller là-bas signifie que tu as envie d'être avec lui.

— Une part de moi a envie… d'essayer, je crois. Pour autant, je ne veux pas abandonner notre travail. Pas alors que nous faisons de tels progrès.

Elinor s'éclaircit la voix.

— Ma chérie, tu viens de vivre une période extraordinaire. Tu as écrit un livre, tu t'es battue pour moi, tu t'es opposée à Pendrake, Bell et Trewlnany. Tu as récolté une somme d'argent incroyable pour notre institut et quantité de soutiens. Tu mérites de prendre du temps pour toi. Laisse-nous nous occuper de la suite.

— La réalisation des portraits va me prendre des mois, ajouta Cornelia. Nous nous occuperons de tout pendant ton absence. Et quand tout sera prêt pour la prochaine exposition, nous t'écrirons pour t'ordonner de cesser de paresser et revenir assister à notre triomphe.

Tout semblait si simple à les entendre.

— Je dois aussi penser à sa famille, dit Séra. Si je passe ouvertement du temps avec lui, les tenir à l'écart du scandale deviendra plus difficile.

— Trop tard, répliqua Thaïs. Vous allez avoir un enfant ensemble.

— Oui, mais sa famille…

— Ce qui fait que *tu* vas faire partie de sa famille, la coupa Thaïs en levant l'index.

Séra n'avait jamais envisagé la chose sous cet angle. Elle n'avait pas envisagé qu'ils puissent affronter le monde *ensemble*. Veiller mutuellement sur leurs intérêts, comme une équipe.

Thaïs arborait un sourire incroyablement suffisant.

— J'ai réussi à lui faire entendre raison. Hourrah !

Séra la regarda fixement.

— Imagine que j'y aille et que cela se passe mal.

— Tu reviendras me trouver, et tu diras « Thaïs, satanée traîtresse, tu m'as dupée avec ta logique des bas-fonds ». Nous réunirons alors la Société des Sirènes et nous maudirons les hommes et cette vie cruelle. Et puis nous sécherons nos larmes et nous passerons à l'aventure suivante.

— Je pense que Thaïs a raison, déclara Cornelia, pensive.

Thaïs applaudit cette remarque.

— J'ai toujours raison ! Il aura fallu dix ans pour que vous finissiez par l'admettre.

— Toutes mes excuses, ô Grand Sage, grommela Cornelia. Séra, le pire qui puisse arriver si tu vas là-bas, c'est que cela ne te plaise pas et que tu reviennes. Mais imagine que tu y ailles et que ce soit merveilleux ?

Imaginer cela semblait dangereux. Dangereusement tentant.

— Séra, est-ce qu'il te manque ? s'enquit Elinor.

— Tellement, murmura-t-elle, ses yeux s'embuant de larmes.

Tellement qu'il n'y avait pas vraiment de choix à faire, au fond.

— Très bien, déclara-t-elle avec un haussement d'épaules.

— Très bien quoi ? demanda Cornelia.

Séra rit doucement, n'osant croire à ce qu'elle s'apprêtait à dire.

— Je vais y aller.

Thaïs se leva d'un bond, la saisit aux épaules et l'embrassa sur les deux joues.

— Bravo ! dit-elle.

Cornelia les entoura de ses bras.

— Tu vas nous manquer.

Elinor se joignit à leur étreinte.

— Je suis tellement fière de toi, ma chérie. Tu t'es tellement battue pour nous toutes. À présent, va là-bas et bats-toi pour le bonheur que tu mérites. Et souviens-toi : la meilleure des revanches c'est d'être follement amoureuse d'un homme qui t'adore.

Adam se planta devant le belvédère fraîchement rénové de Tregereth, tira son carnet de croquis de sa poche et entreprit de dessiner les falaises.

Il était venu là chaque après-midi depuis son retour en Cornouailles. Il s'était raconté qu'il faisait cela pour avoir une vision dégagée du domaine de Tregereth et évaluer le travail accompli dans la journée. En réalité, il venait là pour espérer.

Espérer une lettre froissée d'avoir été égarée par la poste pendant une semaine. Une lumière brûlant à la fenêtre de sa maison délabrée. La voix de sa fille, criant le nom de Séraphina, le regard tourné vers le chemin côtier.

Et pourtant, à chaque jour qui passait sans nouvelles d'elle, l'idée qu'elle puisse ne pas venir avait grandi pour devenir un fait accompli : elle n'était pas venue.

Il tourna la page de son carnet et se mit à la dessiner telle qu'elle était, la première fois qu'il l'avait vue. Ses longues jambes sous la chemise transparente. Ses yeux verts si mystérieux. Ses lèvres incurvées sur un sourire qui semblait dire « je savais déjà ».

Quelque chose lui frôla l'épaule – sa lavallière flottant au vent. Il l'ajusta et poursuivit son croquis, s'absorbant dans le détail de sa chevelure, l'ombre de ses cils.

— Adam.

Il fit volte-face.

— Je voulais vous faire la surprise, dit Séraphina Arden.

Il lâcha son carnet.

Il perdit de vue ce qu'il fit ensuite. Il l'embrassa peut-être, avec tout le désir qu'il n'avait pas osé ressentir depuis qu'il avait quitté Londres. Il défit peut-être les épingles de sa coiffure pour libérer sa chevelure. Il gronda peut-être « viens plus près, femme ». Il n'aurait pas pu attester de ce qui se passa au cours des cinq minutes qui suivirent car lorsqu'il se ressaisit un peu, il était dans un tel état qu'il était fort possible qu'un passant ait été témoin d'un acte obscène.

Il s'écarta d'elle et la contempla, sa Séra.

— Je craignais tellement que vous ne veniez pas, murmura-t-il.

— Moi aussi, avoua-t-elle, haletante.

Il lui prit la main, déposa un baiser au creux de sa paume.

— Essayons de ne pas avoir peur cette fois.

— Oh, Adam ! souffla-t-elle, les yeux brillant de larmes. C'est une promesse.

Elle se pencha vers lui et l'embrassa, et il sentit qu'il perdait de nouveau pied, et elle mit les mains sur ses hanches et il réalisa que s'ils ne s'arrêtaient pas tout de suite ils ne le pourraient plus.

— Pas ici, haleta-t-il en se forçant à s'écarter d'elle.

— Ne me tourmentez pas. Cela fait si longtemps, murmura-t-elle en frissonnant malgré l'exceptionnelle douceur de cette journée d'automne.

Il s'empara de sa main.

— Venez. Tregereth est le seul client qu'il me reste. Je ne peux pas me permettre de séduire sa voisine sur son belvédère.

— Attendez. Nous sommes à marée basse. Nous pouvons aller dans les grottes qui se trouvent au pied des falaises. Elles sont isolées et peuvent se révéler très... excitantes. Voulez-vous que je vous les fasse découvrir ?

Des grottes. Isolées. Avec Séraphina.

— Cela me plairait énormément, avoua-t-il.

Elle l'entraîna sur un chemin broussailleux qui serpentait parmi les rochers jusqu'à la rive. Elle s'arrêta pour ôter ses souliers, remua les orteils dans le sable mouillé.

Il se débarrassa de ses bottes et la suivit entre deux piliers de pierre jumeaux protégeant une petite ouverture sous la jetée. Le sol était recouvert de bouquets d'algues et d'éponges jaune vif. Le rai de lumière qui éclairait la grotte créait des milliers de reflets pastel à la surface de l'eau qui leur léchait les chevilles et tachetait la roche de veines d'or et de cuivre.

Séra étendit sa cape un gros rocher poli par la mer, au centre de la grotte.

— Venez.

Il la laissa le débarrasser de son manteau et de sa chemise. Il faisait frais et humide à l'intérieur de la grotte et il eut la chair de poule. Elle fit courir ses mains le long de sa taille, les fit remonter jusqu'à ses tétons.

— Vous avez froid, commenta-t-elle, et elle fit passer sa chemise par-dessus sa tête, l'attira contre sa peau nue et lui frotta les bras pour le réchauffer.

— Ça va déjà mieux, soupira-t-il.

— Reprenons là où nous nous étions arrêtés, proposa-t-elle.

Ses doigts suivirent la ligne de poils qui partait de son nombril et s'insinuèrent sous la ceinture de son pantalon pour le caresser.

Il ferma les yeux pour mieux savourer la sensation. Il avait l'impression de se retrouver dans un de ses rêves où ils batifolaient ensemble parmi les flots.

Une vague plus haute que les autres s'écrasa contre les rochers avant de lui asperger les chevilles et les mollets.

Dans ses rêves, Séra finissait toujours par lui échapper.

— Adam, murmura-t-elle.

Il rouvrit les yeux. Elle lui souriait et posait sur lui un regard tendre et vivant comme il ne lui en avait encore jamais vu.

— Je suis là, dit-elle en l'attirant contre elle. Je vous tiens.

32

— La marée remonte. Nous devrions rentrer, conseilla Séra.

Adam resserra son étreinte.

— Je ne veux pas vous lâcher.

— Je ne le veux pas non plus, murmura-t-elle. Je ne vous le suggérerais même pas si nous ne risquions de nous noyer.

Il l'étreignit tendrement une dernière fois avant de se relever. Chaque fois qu'il la serrait contre lui, un éclair de certitude la traversait.

Elle était si heureuse d'être revenue.

Ils s'aidèrent mutuellement à se rhabiller avant de remonter sur le chemin côtier. Adam lui prit la main.

— Je dois rentrer pour le dîner des enfants. Je vais toutefois vous raccompagner chez vous.

Elle sourit à la pensée d'Adeline et de Jasper guettant leur père à la fenêtre.

— Sont-ils heureux d'être ici ?

— Oui. Ils m'ont demandé si vous alliez venir.

Il avait beau avoir dit cela d'un ton désinvolte, elle devina qu'il venait de passer deux semaines d'incertitude.

— Que leur avez-vous répondu ?

Il lui coula un regard oblique.

— J'ai dit que je l'espérais.

— Je suis désolée de vous avoir causé du tracas. J'avais besoin d'être sûre de moi. Et quand je l'ai été, je me suis dit que j'arriverais ici aussi vite qu'une lettre.

— La seule chose qui compte, c'est que vous soyez ici, dit-il d'une voix douce.

La gorge de Séra se noua. Pendant des années, elle n'avait pas versé une larme – pas une seule –, et voilà qu'elle était devenue une vraie fontaine !

— Que diriez-vous d'amener les enfants à déjeuner demain ? Ainsi que Marianne ? J'aimerais beaucoup les voir. Quoique..., ajouta-t-elle après réflexion. Je ne sais pas dans quel état je vais trouver la maison.

— Vous êtes venue me rejoindre directement ?

Elle acquiesça.

Il arqua un sourcil.

— Quelle impatience...

— J'avoue, répliqua-t-elle avec un sourire faussement timide.

— Allons voir ce qu'il en est, dit-il en gravissant avec elle les marches de la terrasse.

— Maria a réussi à ouvrir tous les volets, constata-t-elle. C'est plutôt bon signe.

Séra s'arrêta pour inspecter celui qui cognait toujours contre la fenêtre. Quelqu'un l'avait réparé.

Elle tourna les yeux vers Adam. Il affichait la plus parfaite innocence, comme s'il n'avait rien remarqué.

Elle ouvrit la porte-fenêtre de la terrasse et découvrit que les charnières ne grinçaient plus. Et quand elle pénétra à l'intérieur, le plancher disjoint ne craqua pas.

Partout où elle portait le regard, elle remarquait des petits changements. Les barreaux brisés de la rampe de l'escalier avaient été remplacés. Les taches d'humidité avaient disparu. La peinture écaillée avait été poncée et recouverte d'une nouvelle couche de blanc.

Mais le plus remarquable, c'était le bruit. Elle n'entendait plus que celui de ses pas. La pièce ne gémissait plus comme si elle était hantée.

— Bienvenue chez vous, déclara tranquillement Adam.

— C'est vous qui avez fait tout cela ?

Il hésita, comme s'il se demandait quelle serait sa réaction.

— J'espère que cela ne vous contrarie pas. Certains de mes employés se trouvaient désœuvrés et je tenais à ce que la maison soit confortable pour vous. Et le bébé. À condition que vous veniez, bien sûr.

Il était adorable. Elle s'approcha de lui et écarta ses cheveux de ses beaux yeux.

— Merci.

— J'ai aussi laissé quelque chose pour vous dans votre bureau. Un cadeau.

— Je peux le voir maintenant ?

— Si vous voulez.

Main dans la main ils franchirent la porte de son bureau. Sur la table, il y avait un rouleau de plans architecturaux. *Un Institut pour l'Égalité des femmes*, était-il écrit dans la marge.

Quand elle l'eut déployé, elle découvrit un grand bâtiment élégant, doté de lignes gracieuses, d'une symétrie classique, et assez haut pour que l'importance de son objectif ne laisse aucun doute. Les pages suivantes montraient un joli jardin, une salle de conférences, un vaste hall central qui ressemblait à un mélange de club pour gentlemen et de salon féminin. Le projet reflétait le respect des occupants, la prise en compte de leur confort et de leurs besoins – une petite coiffeuse pourvue d'un miroir incluse dans chaque mur de la résidence, des bureaux escamotables dans les ateliers, une nursery.

Il avait tenu compte de toutes les idées fantaisistes dont elle lui avait fait part lorsqu'elle avait sollicité ses conseils. C'était comme s'il avait absorbé sa vision pour la transposer sur le papier.

Elle était si touchée qu'elle put à peine parler.

— C'est parfait, articula-t-elle.

— Rien ne vous oblige à utiliser ces plans, bien sûr, si vous préférez faire appel à un autre architecte. Je voulais juste faire quelque chose. Pour aider votre cause.

— Ne soyez pas ridicule. C'est vous qui le construirez, déclara-t-elle d'un ton décisif. Nous avons déjà levé assez de fonds pour acheter le terrain. Une fois que Cornelia aura commencé à commercialiser sa série de peintures, nous aurons assez pour la construction.

— J'ai rompu avec Mayhew, annonça-t-il. Il faudra donc que j'embauche de nouveaux apprentis. Vous pourrez peut-être m'indiquer des candidates éligibles.

— Voilà que vous cherchez à m'impressionner, répliqua-t-elle avec un grand sourire.

Il réfléchit un instant.

— Je cherche *bel et bien* à vous impressionner. Sans doute dans l'espoir que vous vous attachiez à moi.

Séra l'enlaça.

— C'est déjà le cas, murmura-t-elle.

Il cala le menton sur sa tête et ils restèrent ainsi, savourant l'instant. Finalement, elle déposa un baiser sur sa joue et s'écarta.

— Allez vite retrouver vos enfants avant qu'il fasse nuit. Je vous verrai tous demain.

Il l'embrassa tendrement et sortit.

Debout devant la fenêtre, tandis qu'elle le regardait remonter le chemin, elle pressa la main sur son ventre.

— C'est ton père, dit-elle à son bébé. Je pense que tu l'aimeras beaucoup.

Tompkins passa la tête dans la pièce.

— Ah, vous êtes là ! Vous avez une visiteuse. Je lui ai dit que vous étiez sortie, mais elle a insisté pour attendre.

Séra grimaça. Apparemment, la nouvelle de son retour avait fait le tour de Kestrel Bay une heure après que son attelage avait traversé la place du village.

— Mon Dieu, soupira-t-elle. De qui s'agit-il ?

Tompkins lui remit une carte de visite. *La baronne Trewlnany.*

— Elle attend dans le petit salon.

Séra quitta le bureau en hâte sans trop savoir si elle était intriguée ou si elle avait peur.

Tamsin était assise sur le canapé, le dos très droit. Posée sur le sol près de ses pieds se trouvait une cage à oiseaux dans laquelle il y avait deux martins-pêcheurs.

Cette vision la laissa bouche bée.

Tamsin se leva et déposa la cage sur le sol.

— Séra. Je suis désolée de me présenter chez toi sans m'être annoncée. J'espère que je ne te dérange pas trop.

Séra s'assit, s'efforçant de dissimuler sa nervosité.

— Tu ne me déranges pas. Cela dit, je doute que ton mari approuve cette visite.

Tamsin pinça les lèvres.

— Mon comportement rencontre rarement son approbation ces derniers temps. Un sentiment tout à fait réciproque, ajouta-t-elle.

Séra avait toujours apprécié son style acide et efficace. L'échange de répliques qui font mouche avait été à l'origine de leur amitié à l'époque où elles se promenaient ensemble le long des falaises, avant d'aller lire dans le grenier de Séraphina.

Tamsin ne lui avait pas parlé ainsi depuis tant d'années qu'elle avait presque oublié comment les choses se passaient entre elles autrefois.

— Je ne vois pas pourquoi, ironisa Séra.

Tamsin hocha la tête, mais son sourire déserta ses lèvres.

— Je te suis reconnaissante de t'être opposée à Bell à ma conférence, reprit Séra. C'était un acte courageux qui a dû te coûter cher. Merci.

— Oh, Séra, je ne souhaite ni ne mérite tes remerciements ! J'ai lu ton livre, vois-tu. Il m'a permis de comprendre mes erreurs. Tu n'imagines pas à quel point je suis désolée.

Séra sentit sa gorge se serrer désagréablement.

La trahison de Tamsin des années plus tôt – qui avait épousé Trewlnany après qu'elle lui eut avoué être enceinte de ses œuvres – était toujours restée incompréhensible à ses yeux.

Elles étaient si proches que la perte de Tamsin avait été presque plus douloureuse que celle de Jonathan. Il lui semblait que Tamsin aurait dû rompre ses fiançailles quand elle avait découvert la véritable nature de celui à qui elle était promise. Et qu'il était le père de l'enfant que portait son amie.

Or elle ne l'avait pas fait. Elle s'était contentée de disparaître de la vie de Séraphina sans un mot.

Et voilà qu'elle se trouvait maintenant devant elle. Et que Séra était contente de la voir.

— Je t'en ai voulu à l'époque, reconnut-elle. Ce n'est plus le cas. Je sais que ta situation n'était pas facile, Tamsin. Tu n'étais qu'une toute jeune fille. Et ton père avait des attentes te concernant, tout comme le mien.

— Je sais que j'aurais dû rompre quand j'ai appris qu'il t'avait fréquentée en secret. Mais je n'ai pas pu m'y résoudre parce que, vois-tu… il m'avait fréquentée, moi aussi.

Séra tressaillit.

— Je te demande pardon ?

Tamsin hocha la tête d'un air désolé.

— Avant l'annonce de nos fiançailles, avant que je sache pour vous deux, il… il était arrivé à ses fins avec moi.

— L'ordure.

— J'étais consentante, s'empressa de préciser Tamsin. J'étais amoureuse de lui. Il était si séduisant et tellement… Tu sais comment il était. Tu l'as parfaitement décrit dans ton livre. Quelle fille aurait pu lui résister ?

— Oh, Tamsin ! soupira Séra.

— Je sais. Quand tu m'as révélé ce qui s'était passé entre vous et que tu étais enceinte... j'ai honte de l'avouer, mais je l'ai cru quand il m'a dit que c'était toi qui l'avais séduit. Il m'a juré que le scandale se dissiperait, que son père paierait ce qu'il faudrait pour l'enfant et qu'un autre homme t'épouserait. Ensuite, quand tu as refusé d'épouser ce vieux planteur et que tu t'es enfuie, j'ai commencé à comprendre que j'avais commis une énorme erreur. Hélas, il était trop tard pour revenir en arrière. J'étais déjà mariée.

Tamsin perdit contenance en prononçant le mot « mariée ».

— Je suis tellement désolée, Tamsin.

— Et le pire, c'est qu'il n'a pas changé. Il est toujours aussi charmant et amusant que lorsque nous étions jeunes filles, et tout aussi prompt à séduire celles qui lui plaisent. Le ciel me vienne en aide, Séra, je continue moi-même à succomber à son charme de temps à autre parce que c'est tellement plus facile que de le mépriser.

Elle se tapota le ventre.

— Comme tu peux le constater... Notre cinquième. Oh, Séra, qu'est-ce qui cloche chez moi ?

Séra s'empara de sa main.

— Rien ne cloche chez toi, Tamsin. Comment te comporter autrement ? Aurais-je agi différemment si nos situations avaient été inversées ?

Tamsin s'essuya les yeux.

— Je suis fière de toi, Séra. J'ai lu tous tes livres au moins deux fois. Et quand je t'ai écoutée à la conférence, j'ai ressenti une sorte de fierté perverse. Je me suis dit que si je ne m'étais pas montrée aussi cruelle envers toi, tu ne serais peut-être pas devenue celle que tu es.

Elle sortit un billet de banque de sa poche et le lui tendit.

— Je voudrais fait un don pour ton institut. Trewlnany ne s'intéresse pas aux comptes du ménage.

Séra considéra le billet.

— Cinq cents livres ! C'est une fortune.

— Si je ne te le donne pas, il le dépensera pour des femmes ou des chevaux.

— Merci, Tamsin.

Un des martins-pêcheurs gazouilla et toutes deux baissèrent les yeux sur la cage. Tamsin la souleva.

— C'est pour toi. J'adorais ceux que tu avais ici autrefois. J'aurais aimé en avoir, moi aussi, et quand j'ai eu des enfants, je leur en ai offert. Nous avons une jolie volière à Gwennol Bluff. Cet été, plusieurs d'entre eux ont disparu. C'est pourquoi, quand M. Anderson a mentionné...

Tamsin frissonna.

— Je suis tellement navrée, Séra. Je t'ai apporté ce couple en geste d'excuses. Je les remporterai si tu n'en veux pas. Sache toutefois que cela m'a rendue folle de colère que Jonathan ait pu se montrer aussi cruel.

Séra prit une longue inspiration.

— Je me doutais que c'était lui, mais je ne comprenais pas la raison de son geste.

Tamsin haussa les sourcils.

— Voyons, tu sais bien que tu le terrifies.

— *Lui* ? Je le *terrifie* ?

— Parce que tu es au courant au sujet de sa mère. Qu'il n'est pas l'enfant légitime de Pendrake. Il croyait que c'était ce que tu avais l'intention de révéler dans ton livre.

Il lui avait révélé son secret au cours d'un de leurs après-midi. La mère de Trewlnany étant stérile, Pendrake avait eu, avec la bénédiction de son épouse, un fils d'une maîtresse afin d'avoir un héritier. Séra n'en avait jamais soufflé mot à qui que ce soit.

— Pourquoi pensait-il que je révélerais son secret alors que je ne l'ai jamais fait, pas même à l'époque ?

Tamsin fronça les sourcils.

— Il ne voyait pas pourquoi tu te serais contentée de l'embarrasser quand tu avais le pouvoir de le détruire.

Un homme comme Jonathan Trewlnany ne pouvait effectivement pas comprendre ses raisons.

— Je n'avais pas l'intention de me venger, juste de montrer au monde que les hommes tels que lui ne sont pas soumis aux mêmes impératifs que les femmes. Je veux que les gens comprennent ce que cela fait d'être la femme dans l'histoire, qu'ils aient une idée de la colère et du sentiment d'injustice que l'on ressent face à un tel deuil.

— Eh bien, tu as pu constater l'inquiétude que tu as suscitée chez lui. Mon cher époux mérite bien, après tout, de subir ta vengeance, déclara Tamsin.

— Je reconnais avoir pris un certain plaisir à révéler son nom après toutes ces années. Si je l'ai fait cependant, c'est surtout parce que, sans scandale, les gens ne s'intéressent pas à nos histoires.

— En effet, reconnut Tamsin avec un sourire triste. Ils ne le font jamais.

— Ils commencent peut-être, à présent. Un jour, ils seront nombreux. Et c'est ainsi que nous changerons les choses.

— Je l'espère de tout cœur, Séra, dit Tamsin en se levant. Je ne vais pas m'imposer plus longtemps. Je sais que tu viens d'arriver et tu dois être fatiguée. Je te laisse les oiseaux ?

— Volontiers. Je connais deux enfants qui seront ravis de m'aider à en prendre soin.

Tamsin hocha la tête. Elle pivota pour partir, s'arrêta et se retourna de nouveau.

— Séra, puis-je te serrer dans mes bras ?

Séra s'avança et referma les bras autour de son amie.

— Tamsin, tu es toujours une perle, tu sais.

Tamsin inspira profondément.

— Sûrement pas. Mais tu m'as manqué toutes ces années. Je regardais ta maison en regrettant que tu ne sois plus là.

— Je compte rester ici un moment. Passe me voir quand tu veux.

Adam percha Adeline sur ses épaules et Marianne prit Jasper par la main alors qu'ils remontaient le chemin en direction de la maison de Séraphina.

— Je suis contente que Mlle Arden soit revenue, pépia Addie. Je pense que je lui ai beaucoup manqué.

— Je crois qu'elle sera très heureuse de te voir, confirma Adam en riant.

Il l'espérait, en tout cas. Il savait qu'il n'y avait aucune garantie pour que le bonheur qu'il éprouvait dure éternellement. Il l'espérait néanmoins.

Séraphina les attendait sur la terrasse, où la table était dressée. Quand elle les vit, elle se leva, le regard brillant.

— Jasper ! Addie ! J'étais impatiente de vous revoir !

Ils lui sourirent timidement tandis qu'elle descendait les marches pour les accueillir.

— Je peux vous serrer dans mes bras ?

Ils acceptèrent, et elle s'agenouilla pour les étreindre tour à tour.

Jasper toucha le collier qu'elle portait.

— C'est notre amulette, dit-il à Addie.

— C'est le bijou que je préfère de toute ma collection, avoua Séraphina. J'ai quelque chose pour vous, en guise de remerciement.

Elle les conduisit jusqu'à une petite table où se trouvait une pile de couronnes de fleurs. Elle en plaça une sur la tête d'Addie et une autre sur celle de Jasper.

Adam croisa son regard au-dessus de leurs têtes et porta deux doigts à son cœur.

Séra devint aussi rouge qu'une pivoine.

Adam baissa la tête pour dissimuler un sourire.

— Je suis désolée de ne pas avoir pu vous accompagner à Golowan, dit Séra aux enfants. J'ai pensé qu'aujourd'hui nous pourrions avoir une fête rien que pour nous, alors j'ai demandé à la cuisinière de préparer des *pasties*.

— J'ai une faim de loup. Je pourrais en manger deux, assura Addie.

— Parfait. C'est ce qu'il faut pour devenir fort et puissant.

— Addie est déjà très forte, déclara Jasper. Elle arrive à soulever un rocher. Elle m'a aidé à construire un fort sur la plage.

— Il était énorme ! s'écria Addie.

— Je suis très impressionnée. Serez-vous architectes plus tard, comme votre papa ?

Jasper réfléchit.

— Peut-être. Quand je serai plus grand.

Il jeta un coup d'œil à son père comme pour s'assurer que celui-ci n'était pas froissé par son hésitation. Ce dernier lui ébouriffa les cheveux.

— Tu pourras être ce que tu voudras, mon garçon.

— Peut-être que j'écrirai des livres, comme Mlle Arden, avoua Jasper.

— Une ambition très sensée, répondit Séra avec un grand sourire.

— Moi, je serai princesse, annonça Addie avec hauteur.

Séraphina et Marianne échangèrent un regard amusé.

Séra s'esclaffa.

— Rien ne presse pour en décider, mademoiselle Adeline.

Un pépiement attira l'attention de Jasper.

— J'entends un oiseau !

— Il semblerait que j'aie de nouveaux amis, expliqua Séra. Voulez-vous que je vous les présente ?

Les enfants acquiescèrent. Elle les conduisit vers une table où deux martins-pêcheurs turquoise pépiaient dans une cage dorée.

— Des perroquets ! cria Addie, ravie.

— Ce sont des martins-pêcheurs, rectifia Séra. J'en avais quand j'étais petite.

— Ils sont très beaux, déclara Jasper en se rapprochant pour les examiner, avant de se raviser. Est-ce qu'ils mordent ?

— Non. Ces deux-là sont nés en captivité. Ils font confiance aux humains.

Les enfants se penchèrent vers la cage.

— J'ai pensé que vous pourriez m'aider à m'occuper d'eux, reprit Séra. Les oiseaux n'aiment pas rester seuls et je suis tellement occupée. Vous pourriez venir de temps en temps pour leur tenir compagnie.

Adam fut profondément touché qu'elle ait pensé à cela.

Séra avait dit qu'elle aurait besoin de son aide pour construire une vie à deux, or il avait l'impression que ce ne serait pas le cas.

— On pourra, papa ? s'enquit Jasper.

— Bien sûr, répondit Adam.

Pendant que les enfants discutaient des noms qu'ils donneraient aux oiseaux, Adam croisa le regard de Séraphina. Elle lui sourit, calme et heureuse.

— Voulez-vous que nous passions à table ? proposa-t-elle aux enfants. J'ai hâte d'entendre le récit de vos aventures sur la route depuis Londres. J'espère que vous n'avez pas épuisé votre chère tantine, ajouta-t-elle en glissant le bras autour des épaules de Marianne.

Tandis que sa famille s'attablait au soleil, Adam regarda Séraphina.

« Je vous aime », articula-t-il silencieusement.

Le regard de Séra s'embua.

Elle pressa deux doigts sur son cœur et lui retourna sa déclaration tout aussi silencieusement.

ÉPILOGUE

Extrait tiré de
La Société des Sirènes – Souvenirs
par Séraphina Arden, 1827

Si vous m'aviez dit, le soir de la disparition d'Elinor, que notre rébellion m'amènerait à tomber amoureuse d'un homme, à avoir un enfant avec lui et à adopter sa famille comme s'il s'agissait de la mienne, je vous aurais ri au nez en répliquant qu'il ne s'agissait pas là d'une fin heureuse, selon moi.

Je vous aurais dit que la domestication des femmes équivalait à un emprisonnement. Que le fardeau de la maternité ne pouvait qu'amoindrir mon pouvoir et me distraire du combat que je menais.

J'aurais avancé que j'étais bien plus efficace en tant que porte-parole de celles qui ne pouvaient pas s'exprimer ou y avaient renoncé.

Je continue toutefois de me souvenir de la déclaration la plus romantique qu'Adam Anderson m'a un jour adressée dans une lettre : Vous avoir perdue me diminue.

Et j'ai souvent songé, au fil des années que nous avons partagées, au corollaire de cette pensée : Votre amour me grandit.

Mon Adam a toujours été un sage, voyez-vous.

Finalement, plus je me suis mise à aimer, plus mon pouvoir s'est accru.

Je ne me suis pas perdue en aimant Adam et nos enfants. Je me suis étoffée. Enrichie. J'ai découvert que je pouvais être tout à la fois une Débauchée, une

Intellectuelle, une Mère, une Renégate, une Compagne et une Sirène.

Je n'ai pas épousé Adam Anderson, mais il se tient dans la même pièce que moi presque chaque jour, et tandis que j'écris mes mémoires, il peint.

Est-il trop honnête d'avouer que je suis toujours incapable de détacher mes yeux de lui ? Qu'il reste l'homme le plus gentil que j'aie jamais connu ? Que même dans nos pires moments, et il y en a eu évidemment, il a toujours été charmant – sauf au lit ?

Il a accepté de construire l'institut, et bien d'autres commandes, et de m'aider à organiser ma vie afin que je puisse être toutes les versions de moi-même que je souhaitais. J'aime à penser que, à ma façon, je lui ai rendu le même service.

Mais ce serait trop m'avancer dans le reste de l'histoire.

Car l'hiver qui suivit ce que je viens de raconter, alors que je m'apprêtais à quitter le nid de bonheur dont j'avais profité avec Adam afin de retourner à Londres pour préparer l'exposition de Cornelia, j'ai appris que lord Bell avait enfin soumis une requête de divorce auprès du Parlement.

Je me suis ruée à Londres pour être avec Elinor.

Ce que j'ai alors découvert m'a contrainte à m'interroger sur les progrès que nous avions accomplis.

Car lord Bell ne s'était pas limité à cela.

Il avait aussi enlevé Jack.

Note de l'auteure

Cher lecteur, chère lectrice,

Je suis une grande lectrice de romances depuis l'enfance. Et c'est peut-être pour cela que je suis obsédée par les débauchés et les femmes déshonorées.

En grandissant, j'avais l'impression que tous les livres que j'empruntais à la bibliothèque avaient pour sujet un débauché. Vous connaissez sans doute ce personnage. C'est le fils cadet d'un marquis ou d'un comte, il est beau à tomber, mais de mœurs dissolues. Charmant, mais bon à rien. Séduisant, mais creux. Tellement doué pour les jeux d'alcôve que c'est à croire qu'il a étudié l'art de plaire à l'université. Et si prompt à pratiquer ses talents amoureux qu'on craint pour sa santé.

On trouve souvent ce débauché dans les bras d'une de ses maîtresses qu'il plonge, sans états d'âme, dans les affres de l'extase, avant de s'en aller rejoindre son club pour partager un repas liquide en compagnie de ses amis. Ses amis sont aussi débauchés que lui – à moins qu'on ne les ait déjà croisés dans un précédent ouvrage, auquel cas ce sont des débauchés repentis, désormais éperdument épris de leur épouse, généralement sur le point d'accoucher.

Ce dernier point était crucial. Le débauché, en suis-je venue à comprendre, est une chenille qui n'en est encore qu'au stade préliminaire de son existence. Son appétit sexuel est compulsif parce qu'il n'a pas encore atteint la maturité émotionnelle. Si sa vie se déroulait auparavant dans un tourbillon de plaisirs égoïstes, c'était parce qu'il tentait de combler le vide de son âme.

Et comme il est délicieux d'être celle qui saura combler ladite âme ! Car le débauché repenti fait le meilleur des époux. En effet, une fois devenu un mari aimant et dévoué, le débauché reste très beau, charmant, viril et scandaleusement doué pour les choses du sexe. Et qui plus est, follement amoureux de vous. Vous lui avez permis d'opérer sa métamorphose.

Le fantasme du débauché est puissant. Mais renverser un fantasme, le secouer plusieurs fois et regarder ce qui en sort se révèle toujours intéressant. Quand j'ai envisagé de changer l'identité de genre de ce héros pour en faire une femme, il m'est apparu qu'il existait déjà une version féminisée de la figure du débauché dans la romance. On l'appelle la femme perdue.

Vous savez de qui je veux parler. La jeune femme bien née, mais qui a un passé. Peut-être a-t-elle eu un amant ou peut-être est-ce seulement une rumeur. Peu importe, aux yeux du monde, cela a suffi à altérer sa personnalité et sa valeur. Elle n'est plus mariable, alors qu'elle a été élevée dans le seul but de se marier. Elle ne peut donc être rachetée que par un homme soucieux de sauver son honneur ou bien redresser fièrement la tête et voler de ses propres ailes.

Quand la femme perdue tombe amoureuse, ce qui se produit immanquablement, c'est d'un homme qui sait voir la merveilleuse personne qu'elle est, au-delà de sa réputation. Souvent, elle obtient justice, en même temps qu'elle trouve l'amour, et elle se fait une place au sommet de la société qui a voulu la dévaluer. C'est un fantasme de rédemption et de revanche. Et c'est également délicieux.

Mais ses années de formation sont moins plaisantes. Car contrairement au débauché, ce séducteur impénitent, passionné d'excès érotiques, la femme perdue mène rarement une vie de plaisirs. Peut-être a-t-elle eu un amant, qui est mort avant que le mariage ait eu lieu, ou qui l'a dupée. Le plus souvent cependant, elle n'a même pas eu de relation charnelle et ne doit sa perte qu'à la supposition qu'elle en a eu. Ce n'est pas tant le reflet de la romance que celui d'un double standard qui persiste dans le monde occidental : on admire la virilité des hommes qui multiplient les conquêtes amoureuses, mais on jette l'opprobre sur les femmes qui cèdent aux plaisirs de la chair.

Je me suis donc dit qu'il serait intéressant d'écrire un livre sur une femme débauchée qui combinerait les figures du débauché et *de la femme perdue. De prendre pour héroïne une femme furieuse d'avoir été mise au ban de la société pour une aventure de jeunesse et par la faute d'un débauché. Que se passerait-il si elle prenait le parti de riposter à la simple notion de sa perte, et si elle décidait de mener ouvertement une vie de débauche ?*

Et que se passerait-il si elle tombait amoureuse ? Car dans une romance, une vie de débauche ou la mise au ban de la société ne constituent jamais la fin de l'histoire, elles n'en sont que le point de départ.

Alors que je cogitais là-dessus (90 % du travail d'écriture d'une romance consiste à cogiter), je suis tombée sur le livre Romantic Outlaws *de Charlotte Gordon, une double biographie de Mary Wollstonecraft et de sa fille, Mary Shelley. Je l'ai dévoré et j'en suis sortie animée d'un amour ardent et passionné pour Mary Wollstonecraft. Cette femme, me suis-je dit, a tout d'une héroïne de romance.*

Voici quelques exemples de ce qu'elle a accompli au cours de sa vie : elle a fondé une école, subvenu à ses besoins par son travail de critique, de philosophe et de romancière, mené plusieurs histoires d'amour intensément tragiques en dehors des liens du mariage, elle s'est immergée dans le paysage parisien afin de témoigner, en tant que reporter, de la Révolution française, elle a voyagé seule avec un bébé jusqu'en Scandinavie à la recherche du trésor perdu de son amant, donné naissance à l'auteure de Frankenstein et connu la singulière expérience posthume de la défloration de sa fille sur sa propre pierre tombale !

Ah, et elle a aussi rédigé un des tout premiers ouvrages phares de philosophie féministe, Défense des droits de la femme, qui a contribué à un changement radical dans la façon dont les femmes étaient éduquées, et qui soutient que les femmes sont aussi capables de raisonnement et d'indépendance que les hommes !

C'est parce qu'elle avait vu des femmes qui lui étaient chères souffrir des restrictions en matière de choix de carrières que Mary Wollstonecraft croyait profondément à cela. Elle avait vu des amies proches se marier afin de subvenir aux besoins de leur famille et se retrouver piégées dans des relations abusives, quand elles ne mouraient pas en couches. Elle-même a lutté pour subvenir à ses besoins et à ceux de ses sœurs, sans avoir, contrairement à ses frères, la possibilité d'hériter ou d'exercer une profession plus lucrative que celle d'enseignante ou de gouvernante.

Elle n'a certes pas mené une vie de débauche effrénée, mais elle a vécu en dehors des conventions imposées par la société. Si elle désavouait le mariage, qui privait la femme de ses droits, elle a aimé, passionnément, et a quand même eu un enfant. Cela lui a coûté cher. Elle a lutté contre la dépression presque toute sa vie et a fait deux tentatives de suicide après que le père de son enfant l'eut abandonnée. Elle a survécu, s'est remise et a continué de chercher la justice, le succès professionnel et l'amour.

Quand elle s'est finalement mariée, pour éviter à son second enfant d'avoir à affronter la stigmatisation de la bâtardise, elle s'est battue pour établir une juste répartition des tâches domestiques dans son foyer, afin que son mari et elle puissent poursuivre leurs travaux respectifs. Toutefois, alors qu'elle avait enfin trouvé un partenariat harmonieux et équilibré, la satisfaction dans la maternité *ainsi que dans le livre qu'elle était en train d'écrire – un roman gothique intitulé* Maria, *dont l'action se situe dans un asile d'aliénés où l'époux de l'héroïne l'a fait enfermer pour la punir d'avoir osé le défier –, elle est morte de complications consécutives à l'accouchement.*

Au lieu de rendre hommage à la penseuse révolutionnaire qu'elle avait été, ses détracteurs ont utilisé des détails de sa vie privée pour la peindre en femme immorale et rejeter ses idées. Fort heureusement, l'histoire s'est amendée depuis lors, et son œuvre est aujourd'hui reconnue à travers de nombreuses études historiques et féministes.

Mon travail ne s'inscrit pas dans un cadre académique. Je suis auteure de romance. Et j'ai voulu lui offrir un heureux dénouement à ma manière.

Parce que dans l'histoire de Mary Wollstonecraft, j'avais vu des débauchés et une femme perdue qui a utilisé tous les moyens à sa disposition pour dénoncer l'injustice et vivre sa vie comme elle l'entendait. Une femme qui, sa vie durant, a souffert pour ses idéaux et qu'on a odieusement insultée à cause de ces mêmes idéaux après sa mort. Une héroïne qui méritait d'obtenir ce qu'elle désirait.

Séraphina Arden n'est pas la « fictionnalisation » directe de Mary Wollstonecraft. Pour autant, ses opinions doivent un large tribut à son intelligence féroce, son esprit combatif, ses émotions tumultueuses et son tempérament ardent.

En tant que critique littéraire, Mary Wollstonecraft se révélait parfois cinglante s'agissant des romans d'amour. J'ignore si elle aurait qualifié ce qui précède d'ineptie sentimentale jaillie de l'esprit d'une de ces innombrables femmes qui se piquent d'écrire… Quoi qu'il en soit, j'espère qu'une part d'elle aurait réussi à lire l'histoire de Séraphina Arden et à la trouver, disons, délicieuse.

Et j'espère qu'elle vous a plu aussi !

Affectueusement,

Scarlett

Remerciements

Merci à toute l'équipe d'Avon pour m'avoir aidée à faire naître la Société des Sirènes, tout particulièrement à Nicole Fischer, qui a soutenu ce livre, et à Carrie Feron qui a contribué à mon travail. Merci à l'infatigable et héroïque Sarah Younger, sans qui je ne serais qu'un grain de poussière porté par le vent. Merci à l'équipe de Teresa Editorial et particulièrement à Dee Hudson pour son travail de recherche et de consultante éditoriale, et à Trisha Tobias pour sa lecture tout en sensibilité.

Merci à mes amies auteures, qui sont aussi mes vraies amies, y compris (et parfois particulièrement) celles qui me sont proches. Merci à toutes les femmes de ma vie, de par le monde, qui m'abreuvent de joie, de conversations, de mets délicieux, de cours de Pilates, de conseils professionnels, de dessous-de-plat au crochet et de journées au bord de la piscine, selon mes besoins. Merci, comme toujours, à mon assistante éditoriale qui, malgré son dévouement, reste parfaitement incompétente, parce que c'est un félin. Et merci à mon bel époux adoré.

Questionnaire aux lectrices

1. Séraphina s'applique à défier les croyances conventionnelles du XVIIIe siècle qui maintiennent que les femmes sont destinées à devenir épouses et mères, qu'elles ne doivent pas avoir de relations sexuelles en dehors du mariage, qu'elles ne doivent pas être autorisées à voter ni à bénéficier de la même éducation ou des mêmes droits de propriété que les hommes. Quels aspects de sa lutte semblent encore pertinents aujourd'hui ?

2. Séraphina, Thaïs et Cornelia font scandale à cause de leurs mœurs et exploitent leur célébrité pour réunir des fonds et diffuser les idées qui leur tiennent à cœur. Quels sont les risques et les avantages d'un tel comportement ? Existe-t-il des parallèles à l'époque actuelle ?

3. Complétez cette phrase : Adam Anderson est un héros…

4. Pourquoi Séraphina est-elle opposée au mariage ? Approuvez-vous son raisonnement ? Quelles conséquences aura, pour Adam et elle, le choix de fonder une famille qui sorte du cadre traditionnel ? Quelles seraient selon vous les conséquences s'ils choisissaient de se marier ?

5. En tant qu'époux, lord Bell est en mesure de faire enfermer sa femme dans un asile pour avoir désobéi à ses ordres. Que signifiait pour une femme le fait de perdre ses droits lorsqu'elle se mariait ? En quoi estimez-vous que cela a contribué à façonner le rôle des femmes dans la société ?

6. Séraphina Arden, qui a été « déshonorée » quand elle était une toute jeune femme, revendique ensuite l'appellation de « débauchée » et proteste contre le double standard auquel les hommes et les femmes sont soumis en matière de morale sexuelle. Comment la figure du débauché contraste-t-elle avec celle de la femme déshonorée dans les romances ? Existe-t-il un parallèle à notre époque ?

7. Que souhaite accomplir Séraphina en révélant le nom du baron Trewlnany dans son livre de souvenirs ? Pourquoi s'abstient-elle de révéler certaines informations infamantes sur cet homme ? Approuvez-vous sa décision ? En quoi cela évoque-t-il certaines tendances actuelles comme la « cancel culture » (culture de l'effacement) ou le mouvement #metoo ?

Envoyez vos réponses à une ou plusieurs des questions ci-dessus à l'adresse contact-jlpe@jailu.com. Les plus inspirantes seront publiées sur nos réseaux sociaux J'ai lu pour elle et vous pourrez remporter un livre parmi nos nouveautés !

AVENTURES & PASSIONS

5 mai

Loretta Chase

Trois amis - Sous un ciel d'étoiles

Inédit

Alors que Cassandra Pomfret se rend chez sa tante, loin de Londres, pour apaiser la colère de son père, un coup de feu affole son cheval qui renverse l'attelage. Folle de rage, elle fond sur le responsable et l'agonit d'injures. Le coupable, le duc d'Ashmont, se répand en excuses et veut réparer les dégâts. Mais rien n'apaise l'ire de celle que le duc appelle déjà sa ravissante mégère. À moins qu'une demande en mariage en bonne et due forme ne soit la solution ? La réponse, cinglante, fuse : c'est non !

✦

Elizabeth Hoyt

Les Greycourt - Parce que je vous aime

Inédit

Messalina Greycourt savait que son oncle, le duc de Windemere, était un pervers, mais elle n'imaginait pas qu'il la marierait de force à son sbire ! Gideon Hawthorne est un homme dangereux. Dévoré d'ambition, il se moque bien que la jeune fille ne soit pas consentante. Tout juste daigne-t-il attendre un mois avant de consommer leur union. Un mois ? Messalina a l'intention de s'enfuir bien avant ! C'est du moins ce qu'elle s'était jurée avant de succomber au charme de ce machiavélique époux...

Anne Gracie

Mariages de convenance - Mon amoureux

Inédit

Dans une église bondée, lady Rose Rutherford est sur le point de donner son consentement au duc d'Everingham, le plus beau parti de Londres, lorsqu'un individu interrompt la cérémonie. Qui est cet homme que personne ne semble connaître ? C'est le premier mari de Rose, Thomas Beresford qui l'avait épousé secrètement lorsqu'elle avait seize ans et qui avait disparu en mer. Aujourd'hui de retour, il veut recupérer son rang et confondre ceux qui l'ont trahi en le condamnant à une mort certaine. Aucun obstacle ne saurait arrêter sa détermination, même la douce Rose qui n'a jamais quitté son cœur...

✦

Lisa Kleypas

La ronde des saisons - Parfum d'automne

Pour les sœurs Bowman, Lilian et Daisy, la saison londonienne n'a pas été un succès. Malgré leurs dollars, aucun prétendant ne s'est fait connaître. Invitées chez le comte de Westcliff, qui souhaite faire des affaires avec son père, Lilian supporte difficilement le caractère de cet aristocrate hautain et guindé. Pourtant, elle n'a opposé aucune résistance lorsque, le premier soir, le comte lui a volé un baiser. Troublée par le souvenir de ses lèvres, Lilian est, malgré tout, bien décidée à ne pas se laisser intimider par cet Anglais insupportable, mais terriblement séduisant !

Regency

5 mai

Mary Balogh

Une partie de campagne

Inédit

« Recherche gouvernante, discrète, bonne éducation. » Pourquoi Anthony Earhart, marquis de Staunton, fils aîné et héritier du duc de Withingsby, fait-il paraître cette annonce ? En réalité il souhaite une épouse. Pour faire enrager son père, qu'il déteste, il a décidé de se marier avec une femme ordinaire, sans fortune, réservée et bien élevée. Mlle Charity Duncan, qui a candidaté, fera parfaitement l'affaire. Terne, effacée... une vraie petite souris. Appâtée par la promesse d'une rente à vie, elle accepte de l'épouser. Mais, sous ses nouveaux atours de marquise, Charity révèle une grâce et une impertinence des plus piquantes...

✦

Evie Dunmore

Les rebelles d'Oxford - Panique chez les Montgomery

Inédit

Admise au collège d'Oxford, Annabelle s'est vu offrir une bourse par une ligue de suffragettes. En contrepartie, elle a pour mission d'infiltrer la maison Montgomery. Elle doit se débrouiller pour rallier à leur cause Sebastian Devereux, duc de Montgomery et soutien notoire des conservateurs. Une vraie gageure. Sebastian est tout ce qu'on attend d'un duc : arrogant, despotique... et fort séduisant. Annabelle se veut forte et libre, mais aura-t-elle le courage de le repousser quand il lui proposera de devenir sa maîtresse ?

Mary Balogh

Le petit défaut de Lady Rotherham

Inédit

Célibataire endurci et libertin notoire, le marquis de Kenwood enchaîne les conquêtes avec la plus grande désinvolture. Lors d'une soirée un peu trop arrosée au White's, ses amis parient qu'il ne pourra pas séduire Diana Ingram, jeune veuve ravissante, mais froide comme un glaçon. Jack relève le défi avec l'arrogance qui le caractérise. Nulle femme ne saurait lui résister. Et si sa proie est prude, la victoire n'en sera que plus délectable. Mais le don juan va être pris à son propre piège. Surtout si la rusée et incorrigible lady Rotherham s'en mêle.

✦

Martha Waters

Les caprices de lady Violet

Inédit

Lady Violet et lord James ont fait un mariage d'amour. Pourtant, le bonheur des premiers mois fait place aux disputes, les ardeurs ont perdu leur fougue. S'ils vivent sous le même toit, ils ne partagent plus rien. Cependant, lorsque Violet apprend que son mari a été victime d'un accident dans le Kent, son sang ne fait qu'un tour. Elle fonce le rejoindre et le retrouve... en pleine forme. Pour se venger de cette blague de mauvais goût, Violet déclare être très malade ! Ainsi commence un badinage orageux où le bluff et l'humour attisent la flamme qui semblait s'être éteinte.

13167

Composition
FACOMPO

Achevé d'imprimer en Italie
par GRAFICA VENETA
le 7 mars 2020

Dépôt légal : avril 2020
EAN 9782290254004
OTP L21EPSN002299N001

ÉDITIONS J'AI LU
87, quai Panhard-et-Levassor, 75013 Paris

Diffusion France et étranger : Flammarion